主編：陳大為、鍾怡雯

華文小說百年選

中國大陸卷

壹

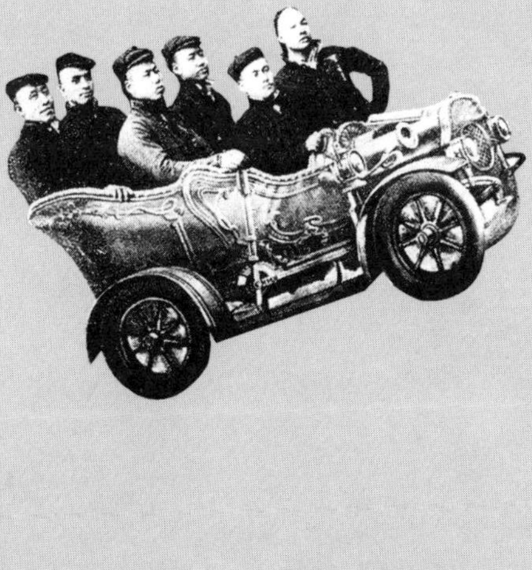

編輯體例

一、時間距度：以一九一八年為起點，到二〇一七年結束。

二、地理範圍：以臺灣、香港、馬華、中國大陸等四個創作質量較理想，而且學術研究成果已具規模的華文文學區域為編選範圍。歐美、新加坡等東南亞九國的華文文學，不在選文範圍內。

三、選文類別：以新詩、散文、短篇小說為主，在特殊情況下，節錄長篇小說當中足以反映全書敘事風格，而且情節相對獨立的章節。

四、編選形式：以單篇作品為單位，透過編年史的方式，讓不同時代作品依序登場，藉此建構一地文壇的百年文學發展脈絡。百年當中，總會有幾個時期的整體創作質量，或直接受到政治局勢左右，或受二戰的戰火波及，而導致嚴重的崩壞；但也總會有那麼幾個時代人才輩出，而且出版業興盛，每個「十年」（decade）的選文結果因此不盡相同，不過至少會有一兩篇重要的作品負責呈現那個「十年」的文學風貌，或文學浪潮。在此一理念下建構起來的百年文學地景，應該是相對完善的。

五、選稿門檻：所有入選作家必須正式出版過至少一部個人作品集，唯有發表於一九五〇年以前的部分單篇作品得以破例。

六、選稿基礎：主要選文來源，包括文學大系、年度選集、世代精選、個人文集、個人精選、期刊雜誌、文學副刊、數位文學平臺。至於作家及作品的得獎紀錄、譯本數量、銷售情況、點閱與按讚次數，皆不在評估之例。

七、作家國籍：華人作家在過去百年因國家形勢或個人因素，常有南遊北返，或遷徙他鄉的行述，部分作家甚至產生國籍上的變化。在分卷上，本書同時考慮「原國籍」、「新國籍」、「異地定居」、「長期旅居」等因素（不含異地出版），彈性處理，故某些作家的作品會分別出現在兩個地區的卷次。

目次

總序

華文文學・百年・選

《華文文學百年選》是一套回顧華文文學百年發展的大書，書名由三個關鍵詞組成，涵蓋了全書的編選理念。

先說華文文學。在中港臺三地以外的華人社會，華文是一顆文化的種籽，從華文小學到華文中學，從華語到華文課本，「華」字的存在跟空氣一樣自然，一般百姓不會特別去思量它的命名有何不妥。華語文不但區隔了在地的異族語文，其實也區隔了文化中國這個母體，它暗示了一種「海外」獨有的、在地化的「非純正中文」或「非純正漢語」，日子久了，發酵成像土特產一樣的腔調。

在一九八〇年代進入中國學術視域的「華文文學研究」，不包括中國大陸的境內文學，因為那是「中國文學研究」，臺港澳文學後來跟海外華文文學融為一體，統稱為華文文學。當時臺灣學界不重視這個領域，命名權自然被中國學界整碗端去，先後成立了研究中心、超大型國際會議、專業學術期刊，甚至主動撰寫各國文學史，由此架設起一個龐大的研究平臺，「世界華文文學」遂成囊中之物。華文文學自此獲得更多的交流與關注，學科視野變得更為開闊，我們對東南亞華文文學的研究，確實獲利於此平臺，中國學界的貢獻不容抹煞。不過，「海外」華文文學詮釋權旁落的問題十分嚴重，除了馬華文學有能力在一九九〇年代奪回詮釋權，其他地區至今都沒有足夠強大的本土研究團隊跟中國學界抗衡，發不出自己的聲音。世界華文文學研究平臺，是跨國的學術論壇，也是話語權的戰場。

近十餘年來，有些學者覺得華文文學是中共中心論的政治符號，必須另起爐灶，重新界定了「華語語系文學」，它的命名過程很粗糙且漏洞百出，卻成為當前最流行的學術名詞。它建基於學理和心理上的「雙重反共」，在本質上並沒有改變任何東西，沒有哪個國家或地區的華文文學創作和研究從此改頭換面。

再度把鏡頭轉向廿一世紀的中國大陸，情況又不同了。原本屬於海外華人專利的「華語」，被中國民間商業團體改了體質，撐大了容量，成了現代漢語全球化的通行證，華語吞噬了漢語的概念版圖，一個懷抱天下的「華語世界」在中國傳媒界裡誕生。其中最好的例子是「華語電影傳媒大獎」（十七屆）、「華語音樂傳媒大獎」（十七屆），和「華語文學傳媒大獎」（十五屆），全都是包含中國在內的影音文學大獎；如果再算上那些五花八門的全球華語詩歌大獎，即可發現華語在非官方的日常使用領域中，正逐步取代漢語或普遍話，尤其在能見度較高的國際性藝文舞臺。

我們以華文文學作為書名，兼取上述華文和華語的慣用意涵，把中國大陸涵蓋在內（一如我們主辦的「亞太華文文學國際學術研討會」），強調它的全球化視野。這種視野同樣體現在馬來西亞「花蹤世界華文文學獎」（九屆），卻在臺灣逐步消失。鎖國多年的結果，曾為全球華文文學中心的臺灣離世界越來越遠。

這套書的最大編選目的，不是形塑經典，而是把濃縮萃取後的華文文學世界，以編年史的形式帶進臺灣書市，學生和大眾讀者可以用最小的篇幅去了解華文文學的百年地景——展讀中國小說家如何歷經五四運動、京海之爭、十年文革、文化尋根，和原鄉寫作浪潮的衝擊，如何在新世紀開創武俠、科幻、玄幻小說的大局；或者細讀香港文人從殖民到後殖民，從人文地誌到本土意識的敘述；以及歷代馬華作家筆下的南洋移民、娘惹文化、國族政治、雨林傳奇。當然還有自己的百年臺灣文學脈動。

現代百年，真的是很長的時間。

這百年的起點，有幾種說法。在我們的認知裡，現代白話文的源頭來自白話漢譯《聖經》及晚清傳教士的衍生寫作，當時有些讚美詩的中文／中譯，已經是相當成熟的「歐化白話」，胡適不過借用現成的歐化白話來進行新詩習作，從這角度來看，《嘗試集》比較像是一筆重要的文學史料或遺產。真正對中國現代文學寫作具有影響力並產生經典意義的，是一九一八年魯迅發表的〈狂人日記〉，此文正式揭開中國現代文學乃至全球現代漢語寫作的序幕，是歷久不衰的真經典。故本書以一九一八年為起點，止於二〇一七年終，整整一百年。

百年文學，分量遠比想像中的大。

我們在過去二十年的個人研究生涯中，花了一半的心力研究中國當代小說、散文和詩歌，另一半心力則投入臺灣、香港、馬華新詩及散文，有關新加坡、泰國、越南、菲律賓的研究成果不及一成，北美和歐洲則止於閱讀。上述研究成果，以及我們過去編選的二十幾冊新詩、散文、小說選，都是這套大書的基石，編起來才不至於太吃力。經過一番閱讀與評估，我們認為只有中、臺、港、馬四地的文獻資料是相對完整的，文學史的發展軌跡十分清晰，在質量上足以獨自成卷，而且我們長期追蹤它們的發展，不時選取新近出版的佳作來當教材，比較有把握。歐美的資料太過零散，東南亞其餘九國都面臨老化、斷層、衰退的窘境，即使有很熱心的中國學者為之撰史，甚至編選出文學大系，但質量並不理想。我們最終決定只編選中、臺、港、馬四地，所以不冠以世界或全球之名，只稱華文文學。

最後談到選文。

每個讀者都有自己的好惡，每個學者都有自己的一部（沒有寫出來的）文學史，大家總是對別人編的選集產生異議。文學本來就是主觀的。為了平衡主編自身的個人口味與好惡，我們初步擬好隱藏其後的文學史發展架構，再從各種文學大系、年度選集、世代精選、選出部分被各地區的主流論述認可的經典之作；接著，從個人文集與精選、期刊雜誌、文學副刊、數位文學平臺，挖掘出能夠跟前者並肩的佳作。我們既選了擁有大量研究成果的重量級作家，和中流砥柱的實力派，同時也選了被主流評論忽略的大眾文學作家與文壇新銳。在同水平作品當中，我們會根據教學經驗挑選一些適合課堂討論，或個人研讀與分析的作品。至於作家的得獎紀錄、譯本數量、銷售情況、點閱與按讚次數、意識形態、族群政治等因素，皆不在評估之例。

編這麼一套工程浩大的選集，確實很累。回想埋首書堆的日子，其實是快樂的——重溫了一路陪伴我們成長的老經典，發現了令人讚歎的新文章。我們希望能夠把多年來在教學和研究方面累積的成果，轉化成一套大書，它既是回顧華文文學百年發展的超級選本，也是現代文學史和創作課程的理想教材，更是讓一般讀者得以認識華文文學世界的一流讀物。

陳大為、鍾怡雯

二〇一八年一月八日　中壢

序

敘事的仙術

故事講得好，會成為一門仙術。

曾有百千萬個大清朝的子民在茶館裡或涼亭外，如痴如醉，跟著說書人的嘴形在編織大夢——那刀槍不入的乩身，單憑六壬神功的拳頭，輕易粉碎了石砌的禮拜堂和洋鬼子，拳拳到肉，宛如再現的水滸加封神，連朝廷都被圈粉了。後來拳匪敗亡於洋槍之下，宿醉的聽客才緩緩醒來，已是八國聯軍兵臨城下的一九〇一年秋天。

真實的義和團事件跟小說虛構的情節，有好些地方是一樣的，它絕對可以衍生出很多部長篇小說。拳亂之後出現了一個說法：長久以來，中國老百姓對仙術的迷信來自小說，義和團的咒術和降神附體的神祇統統取材自小說。小說被很合理的黑化了，尤其淺文言的大眾通俗小說。要怪誰呢？去怪鉛活字排版和石版印刷吧，它們是怪力亂神之言得以燎原的幫凶。最有遠見的是康有為，早在一八九七年就曾感慨：「僅識字之人，有不讀經，無有不讀小說者。故六經不能教，當以小說教之；正史不能人；當以小說人之；語錄不能諭，當以小說諭之；律例不能治，當以小說治之。」再經拳匪禍國，梁啟超在一九〇二年的〈論小說與群治之關係〉很肯定的說：「欲新一國之民，不可不先新一國之小說。」唯有從老百姓痴迷的讀物下手，透過健康的故事講述，方能拯救傾頹之國家。接下來的幾年，文學質地平庸的大眾小說暴量產出，傳統小說達到最後的假高潮。

話說一九〇二年，魯迅才二十一歲，剛以官費留學東京弘文學院，隨即剪掉了辮子。魯迅的文學成長史是承先啟後的最佳見證：他受過深文言的國學教育（日後以此論述國學）、讀過淺文言的晚清大眾小說、吸收了傳教士為了翻譯聖經自創的歐化白話文，魯迅（及其同代文人）就借這種新式白話文來寫小說。對魯迅來說，親身經歷過的晚清猶如剪去的辮子，〈狂人日記〉（1918）才是對古老的中國小說傳統展示出「現代性的斷裂感」和「滅門式的破壞力」的新小說，它在文學史的斷代意義，絕非之前各種文學革命宣言所能及。不過，它只撼動知識份子的靈魂，鐵屋子裡的遍地庸眾始終沒喚醒。

一九二一年，留學東京帝國大學的郁達夫用一年時間寫了三個短篇，火速結集成震驚文壇的《沉淪》；兩年後，〈春風沉醉的晚上〉（1923）寫出傳統小說難以企及的人物心理活動及其淨化過程，嶄新的技藝鞏固了中國現代小說的第二片基石。這一年，只受過小學教育的沈從文進京闖盪，在逆境中開始創作，數年後大成，〈漁〉（1929）、〈三個男人和一個女人〉（1930）、《邊城》（1934）等有關湘西的原鄉寫作，開創了一片詩化的土地，讓他坐穩了京派文人的太師椅。京派不等同於京味，老舍的京味是最道地的。老舍在一九二二年發表少作，一路寫下來陸續交出《駱駝祥子》（1936）等幾部長篇，短篇首推京味十足的〈柳家大院〉（1933）。海派的穆時英十八歲成名，發表〈白金的女體塑像〉（1934）時也才二十一歲，前衛、細膩的筆法讓他很快成為「新感覺派聖手」。民國時期的短篇小說，不再是茶館裡或涼亭外的一嘴仙術，恐怕沒幾個販夫走卒看懂為何魯迅〈出關〉（1935）要顛覆老子典故，或者蕭紅〈牛車上〉（1936）所壓縮的時代悲劇。故事回到文字的內部，往往會添一層深意，變成只有菁英能解的深白話。儘管趙樹理〈小二黑結婚〉（1943）用上民間評書的技法，一時也找不回仙術般的魅力。

中共建政後，必須曉得什麼是政治正確，才能像陸文夫〈小巷深處〉（1956）和林斤瀾〈新生〉（1960）那樣，寫出不同遭遇的人民如何在新社會裡新生，又兼顧到小說的藝術性。那個年代讀小說的不止讀者，還有黨的顯微鏡和爪牙。從建政到文革結束，文壇充斥著作為時代寫作樣板的紅色小說，好不容易等到改革開放，才有劉心武和盧新華發表主題先行的傷痕小說，接著是高曉聲〈李順大造屋〉（1979），透過一則幽默的順民生活史，來反思建政三十年來農村的制度和問題，成了反思小說的代表作。當代小說的第一波真高潮，該從尋根算起。嚴格來說，尋根熱是一九八五年夏天的大事，但汪曾祺〈受戒〉（1980）、彭見明〈那山　那人　那狗〉（1983）、阿城〈棋王〉（1984）都被追溯成前驅之作。汪曾祺在典雅和俚俗之間焠煉出極為簡潔的散文化語言，又略帶詩意，把鄉土小說帶入全新境界，江蘇高郵成了湘西鳳凰之後的第二個原鄉地景。後來史鐵生〈我的遙遠的清平灣〉（1983）寫了老知青在陝北黃土高原的插隊記憶，又把讀者帶入另一種質樸、動人的現實土壤。小說開始恢復了仙氣。

一九八五年是大潮之年，莫言〈透明的紅蘿蔔〉（1985）和扎西達娃〈西藏，繫在皮繩扣上的魂〉（1985）不約而同的吸收了拉美魔幻現實主義，前者開創出高密原鄉傳奇，最終抵達諾獎巔峰；後者以深厚的藏傳佛教信仰體系為底蘊，融合拉美魔幻手法，在藏族文化精神和世界觀的內部，開創了一個龐大的藏傳魔幻現實主義傳統，阿來〈魚〉（2000）、次仁羅布〈放生羊〉（2009）、柴春芽〈一隻玻璃瓶裡的小母牛〉（2009）都是接脈之大作。對藏密和苯教的認識越深，讀者能觸及的礦脈越堅實。尾隨魔幻登場的，還有埋首於後設實驗的孫甘露〈島嶼〉（1989）和李馮〈我作為英雄武松的生活片斷〉（1993），以及殘雪〈飼養毒蛇的小孩〉（1990）的荒誕敘事。當然，並非全部小說家都沉溺於西方文學思潮，韓少功〈北門口預言〉（1992）、畢飛宇〈哺乳期的女人〉（1996）、葉兆言〈哭泣的小貓〉（1996）、王安憶〈喜宴〉（1999）、紅柯〈吹牛〉（1999）皆以說書人的本色和非凡技藝，講了一個又一個迷人的故事。

跨過千禧年，小說界迎來的第一個浪潮是底層敘事，劉慶邦〈幸福票〉（2001）以自身的底層經驗滲入故事的礦層；王祥夫〈半截兒〉（2003）、〈堵車〉（2005）憑著微觀之心和冷酷之筆，寫出了生命的痛和人性的光。三篇都是箇中精品。李銳不寫底層，〈袴鐮〉（2004）展現了對土地的深厚觀照；盛可以不寫農村，〈手術〉（2003）剖析了新時代的都市愛情病理。接下來十餘年，老將新人各顯神通，遲子建〈一罈豬油〉（2008）、顏歌〈白馬〉（2009）、蘇童〈她的名字〉（2013）、蔡駿〈北京一夜〉（2014）、路內〈刀臀〉（2014）、徐則臣〈狗叫了一天〉（2016）、李浩〈會飛的父親〉（2016），在簡單的故事裡展現出化腐朽為神奇的仙術。

最後不得不提劉慈欣〈贍養上帝〉（2012）及其長篇科幻，恢宏的科幻視野補全了中國小說的最後罩門，不再學晚清前輩抄襲西方；徐皓峰〈師父〉（2012）則是「硬派—國術流」小說的鎮館之寶，雖重啟了民國武林的地圖，但正統武俠小說恐怕大勢難再；貓膩的超級長篇《將夜》（2011-2014）橫空出世，將玄門仙術、武學搏擊、兵法權謀融於一爐，是這一波玄幻修真大潮中難以超越的頂尖之作。方興未艾的修真小說是仙術的敘事，不會滋生拳匪，但過度量產的低水平網路寫作，卻在量產庸眾，絕對是小說界巨大的暗傷，誰還聽見魯迅遠去的吶喊？

陳大為　二〇一九年五月十三日

1918 狂人日記

魯迅

某君昆仲，今隱其名，皆余昔日在中學校時良友；分隔多年，消息漸闕。日前偶聞其一大病；適歸故鄉，迂道往訪，則僅晤一人，言病者其弟也。勞君遠道來視，然已早癒，赴某地候補矣。因大笑，出示日記二冊，謂可見當日病狀，不妨獻諸舊友。持歸閱一過，知所患蓋「迫害狂」之類。語頗錯雜無倫次，又多荒唐之言；亦不著月日，惟墨色字體不一，知非一時所書。間亦有略具聯絡者，今撮錄一篇，以供醫家研究。記中語誤，一字不易；惟人名雖皆村人，不為世間所知，無關大體，然亦悉易去。至於書名，則本人癒後所題，不復改也。七年四月二日識。

一

今天晚上，很好的月光。

我不見他，已是三十多年；今天見了，精神分外爽快。才知道以前的三十多年，全是發昏；然而須十分小心。不然，那趙家的狗，何以看我兩眼呢？

我怕得有理。

二

今天全沒月光，我知道不妙。早上小心出門，趙貴翁的眼色便怪：似乎怕我，似乎想害我。還有七八個人，交頭接耳的議論我，又怕我看見。一路上的人，都是如此。其中最凶的一個人，張著嘴，對我笑了一笑；我便從頭直冷到腳跟，曉得他們布置，都已妥當了。

我可不怕，仍舊走我的路。前面一夥小孩子，也在那裡議論我；眼色也同趙貴翁一樣，臉色也都鐵青。我想我同小孩子有什麼仇，他也這樣。忍不住大聲說，「你告訴我！」他們可就跑了。

我想：我同趙貴翁有什麼仇，同路上的人又有什麼仇；只有廿年以前，把古久先生的陳年流水簿子，踹了一腳，古久先生很不高興。趙貴翁雖然不認識他，一定也聽到風聲，代抱不平；約定路上的人，同我作冤對。但是小孩子呢？那時候，他們還沒有出世，何以今天也睜著怪眼睛，似乎怕我，似乎想害我。這真教我怕，教我納罕而且傷心。

我明白了。這是他們娘老子教的！

三

晚上總是睡不著。凡事須得研究，才會明白。

他們——也有給知縣打枷過的，也有給紳士掌過嘴的，也有衙役占了他妻子的，也有老子娘被債主逼死的；他們那時候的臉色，全沒有昨天這麼怕，也沒有這麼凶。

最奇怪的是昨天街上的那個女人，打他兒子，嘴裡說道，「老子呀！我要咬你幾口才出氣！」他眼睛卻看著我。我出了一驚，遮掩不住；那青面獠牙的一夥人，便都鬨笑起來。陳老五趕上前，硬把我拖回家中了。

拖我回家，家裡的人都裝作不認識我；他們的眼色，也全同別人一樣。進了書房，便反扣上門，宛然是關了一隻雞鴨。這一件事，越教我猜不出底細。

前幾天，狼子村的佃戶來告荒，對我大哥說，他們村裡的一個大惡人，給大家打死了；幾個人便挖出他的心肝來，用油煎炒了吃，可以壯壯膽子。我插了一句嘴，佃戶和大哥便都看我幾眼。今天才曉得他們的眼光，全同外面的那夥人一模一樣。

想起來，我從頂上直冷到腳跟。

他們會吃人，就未必不會吃我。

你看那女人「咬你幾口」的話，和一夥青面獠牙人的笑，和前天佃戶的話，明明是暗號。我看出他話中全是毒，笑中全是刀。他們的牙齒，全是白厲厲的排著，這就是吃人的傢伙。

照我自己想，雖然不是惡人，自從踹了古家的簿子，可就難說了。他們似乎別有心思，我全猜不出。況且他們一翻臉，便說人是惡人。我還記得大哥教我做論，無論怎樣好人，翻他幾句，他便打上幾個圈；原諒壞人幾句，他便說「翻天妙手，與眾不同」。我哪裡猜得到他們的心思，究竟怎樣；況且是要吃的時候。

凡事總須研究，才會明白。古來時常吃人，我也還記得，可是不甚清楚。我翻開歷史一查，這歷史沒有年代，歪歪斜斜的每頁上都寫著「仁義道德」幾個字。我橫豎睡不著，仔細看了半夜，才從字縫裡看出字來，滿本都寫著兩個字是「吃人」！

書上寫著這許多字，佃戶說了這許多話，卻都笑吟吟的睜著怪眼看我。

我也是人，他們想要吃我了！

四

早上，我靜坐了一會。陳老五送進飯來，一碗菜，一碗蒸魚；這魚的眼睛，白而且硬，張著嘴，同那一夥想吃人的人一樣。吃了幾筷，滑溜溜的不知是魚是人，便把他兜肚連腸的吐出。

我說「老五，對大哥說，我悶得慌，想到園裡走走。」老五不答應，走了；停一會，可就來開了門。

我也不動，研究他們如何擺布我；知道他們一定不肯放鬆。果然！我大哥引了一個老頭子，慢慢走來；他滿眼凶光，怕我看出，只是低頭向著地，從眼鏡橫邊暗暗看我。大哥說：「今天你彷彿很好。」我說：「是的。」大哥說：「今天請何先生來，給你診一診。」我說：「可以！」其實我豈不知道這老頭子是劊子手扮的！無非借了看脈這名目，揣一揣肥瘠：因這功勞，也分一片肉吃。我也不怕；雖然不吃人，膽子卻比他們還壯。伸出兩個拳頭，看他如何下手。老頭子坐著，閉了眼睛，摸了好一會，呆了好一會；便張開他鬼眼睛說，「不要亂想。靜靜的養幾天，就好了。」

不要亂想，靜靜的養！養肥了，他們是自然可以多吃；我有什麼好處，怎麼會「好了」？他們這群人，又想吃人，又是鬼鬼祟祟，想法子遮掩，不敢直捷下手，真要令我笑死。我忍不住，便放聲大笑起來，十分快活。自己曉得這笑聲裡面，有的是義勇和正氣。老頭子和大哥，都失了色，被我這勇氣正氣鎮壓住了。

但是我有勇氣，他們便越想吃我，沾光一點這勇氣。老頭子跨出門，走不多遠，便低聲對大哥說道：「趕緊吃罷！」大哥點點頭。原來也有你！這一件大發見，雖似意外，也在意中：合夥吃我的人，便是我的哥哥！

吃人的是我哥哥！

我是吃人的人的兄弟！

我自己被人吃了，可仍然是吃人的人的兄弟！

五

這幾天是退一步想：假使那老頭子不是劊子手扮的，真是醫生，也仍然是吃人的人。他們的祖師李時珍作的「本草什麼」上，明明寫著人肉可以煎吃；他還能說自己不吃人麼？

至於我家大哥，也毫不冤枉他。他對我講書的時候，親口說過可以「易子而食」；又一回偶然議論起一個不好的人，他便說不但該殺，還當「食肉寢皮」。我那時年紀還小，心跳了好半天。前天狼子村佃戶來說吃心肝的事，他也毫不奇怪，不住的點頭。可見心思是同從前一樣狠。既然可以「易子而食」，便什麼都易得，什麼人都吃得。我從前單聽他講道理，也胡塗過去；現在曉得他講道理的時候，不但唇邊還抹著人油，而且心裡滿裝著吃人的意思。

六

黑漆漆的，不知是日是夜。趙家的狗又叫起來了。

獅子似的凶心，兔子的怯弱，狐狸的狡猾，……

七

我曉得他們的方法，直捷殺了，是不肯的，而且也不敢，怕有禍祟。所以他們大家聯絡，布滿了羅網，逼我自戕。試看前幾天街上男女的樣子，和這幾天我大哥的作為，便足可悟出八九分了。最好是解下腰帶，掛在梁上，自己緊緊勒死；他們沒有殺人的罪名，又償了心願，自然都歡天喜地的發出一種嗚嗚咽咽的笑聲。否則驚嚇憂愁死了，雖則略瘦，也還可以首肯幾下。

他們是只會吃死肉的！——記得什麼書上說，有一種東西，叫「海乙那」的，眼光和樣子都很難看；時常吃死肉，連極大的骨頭，都細細嚼爛，嚥下肚子去，想起來也教人害怕。「海乙那」是狼的親眷，狼是狗的本家。前天趙家的狗，看我幾眼，可見他也同謀，早已接洽。老頭子眼看著地，豈能瞞得我過。

最可憐的是我的大哥，他也是人，何以毫不害怕；而且合夥吃我呢？還是歷來慣了，不以為非呢？還是喪了良心，明知故犯呢？

我詛咒吃人的人，先從他起頭；要勸轉吃人的人，也先從他下手。

八

其實這種道理，到了現在，他們也該早已懂得，……

忽然來了一個人；年紀不過二十左右，相貌是不很看得清楚，滿面笑容，對了我點頭，他的笑也不像真笑。我便問他，「吃人的事，對麼？」他仍然笑著說，「不是荒年，怎麼會吃人。」我立刻就曉得，他也是一夥，喜歡吃人的；便自勇氣百倍，偏要問他。

「對麼？」

「這等事問他什麼。你真會……說笑話。……今天天氣很好。」

天氣是好，月色也很亮了。可是我要問你，「對麼？」

他不以為然了。含含糊糊的答道，「不……」

「不對？他們何以竟吃？！」

「沒有的事……」

「沒有的事？狼子村現吃；還有書上都寫著，通紅斬新！」

他便變了臉，鐵一般青。睜著眼說，「也許有的，這是從來如此……」

「從來如此，便對麼？」

「我不同你講這些道理；總之你不該說，你說便是你錯！」

我直跳起來，張開眼，這人便不見了。全身出了一大片汗。他的年紀，比我大哥小得遠，居然也是一夥；這一定是他娘老子先教的。還怕已經教給他兒子了；所以連小孩子，也都惡狠狠的看我。

九

自己想吃人，又怕被別人吃了，都用著疑心極深的眼光，面面相覷。……

去了這心思，放心做事走路吃飯睡覺，何等舒服。這只是一條門檻，一個關頭。他們可是父子兄弟夫婦朋友師生仇敵和各不相識的人，都結成一夥，互相勸勉，互相牽掣，死也不肯跨過這一步。

十

大清早，去尋我大哥；他立在堂門外看天，我便走到他背後，攔住門，格外沉靜，格外和氣的對他說，

「大哥，我有話告訴你。」

「你說就是。」他趕緊回過臉來，點點頭。

「我只有幾句話，可是說不出來。大哥，大約當初野蠻的人，都吃過一點人。後來因為心思不同，有的不吃人了，一味要好，便變了人，變了真的人。有的卻還吃，——也同蟲子一樣，有的變了魚鳥猴子，一直變到人。有的不要好，至今還是蟲子。這吃人的人比不吃人的人，何等慚愧。怕比蟲子的慚愧猴子，還差得很遠很遠。

「易牙蒸了他兒子，給桀紂吃，還是一直從前的事。誰曉得從盤古開闢天地以後，一直吃到易牙的兒子；從易牙的兒子，一直吃到徐錫林；從徐錫林，又一直吃到狼子村捉住的人。去年城裡殺

了犯人，還有一個生癆病的人，用饅頭蘸血舐。

「他們要吃我，你一個人，原也無法可想；然而又何必去入夥。吃人的人，什麼事做不出；他們會吃我，也會吃你，一夥裡面，也會自吃。但只要轉一步，只要立刻改了，也就人人太平。雖然從來如此，我們今天也可以格外要好，說是不能！大哥，我相信你能說，前天佃戶要減租，你說過不能。」

當初，他還只是冷笑，隨後眼光便凶狠起來，一到說破他們的隱情，那就滿臉都變成青色了。大門外立著一夥人，趙貴翁和他的狗，也在裡面，都探頭探腦的挨進來。有的是看不出面貌，似乎用布蒙著；有的是仍舊青面獠牙，抿著嘴笑。我認識他們是一夥，都是吃人的人。可是也曉得他們心思很不一樣，一種是以為從來如此，應該吃的；一種是知道不該吃，可是仍然要吃，又怕別人說破他，所以聽了我的話，越發氣憤不過，可是抿著嘴冷笑。

這時候，大哥也忽然顯出凶相，高聲喝道，

「都出去！瘋子有什麼好看！」

這時候，我又懂得一件他們的巧妙了。他們豈但不肯改，而且早已布置；預備下一個瘋子的名目罩上我。將來吃了，不但太平無事，怕還會有人見情。佃戶說的大家吃了一個惡人，正是這方法。這是他們的老譜！

陳老五也氣憤憤的直走進來。如何按得住我的口，我偏要對這夥人說，

「你們可以改了，從真心改起！要曉得將來容不得吃人的人，活在世上。

「你們要不改，自己也會吃盡。即使生得多，也會給真的人除滅了，同獵人打完狼子一樣！——

同蟲子一樣！」

那一夥人，都被陳老五趕走了。大哥也不知哪裡去了。陳老五勸我回屋子裡去。屋裡面全是黑沉沉的。橫梁和椽子都在頭上發抖；抖了一會，就大起來，堆在我身上。

萬分沉重，動彈不得；他的意思是要我死。我曉得他的沉重是假的，便掙扎出來，出了一身汗。可是偏要說：

「你們立刻改了，從真心改起！你們要曉得將來是容不得吃人的人，……」

十一

太陽也不出，門也不開，日日是兩頓飯。

我捏起筷子，便想起我大哥；曉得妹子死掉的緣故，也全在他。那時我妹子才五歲，可愛可憐的樣子，還在眼前。母親哭個不住，他卻勸母親不要哭；大約因為自己吃了，哭起來不免有點過意不去。如果還能過意不去，……

妹子是被大哥吃了，母親知道沒有，我可不得而知。

母親想也知道；不過哭的時候，卻並沒有說明，大約也以為應當的了。記得我四五歲時，坐在堂前乘涼，大哥說爺娘生病，做兒子的須割下一片肉來，煮熟了請他吃，才算好人；母親也沒有說不行。一片吃得，整個的自然也吃得。但是那天的哭法，現在想起來，實在還教人傷心，這真是奇極的事！

十二

不能想了。

四千年來時時吃人的地方，今天才明白，我也在其中混了多年；大哥正管著家務，妹子恰恰死了，他未必不和在飯菜裡，暗暗給我們吃。

我未必無意之中，不吃了我妹子的幾片肉，現在也輪到我自己，……

有了四千年吃人履歷的我，當初雖然不知道，現在明白，難見真的人！

十三

沒有吃過人的孩子，或者還有？

救救孩子……

作者簡介

——魯迅（1881-1936），浙江紹興人，新文學運動領導人之一。原名周樟壽，後改名周樹人。曾留學日本，回國後於學校任教。一九一八年於《新青年》以筆名「魯迅」發表了中國現代白話文學的開山之作〈狂人日記〉，一九二一年發表中篇小說〈阿Q正傳〉。魯迅雖然只發表了三十三篇小說，但他在中國現代文學史上，具有不可動搖的神聖地位。曾出版小說集《吶喊》、《徬徨》、《故事新編》，散文集《熱風》、《墳》、《華蓋集》、《華蓋集續編》、《華蓋集續編的續編》、《而已集》、《三閒集》、《二心集》、《南腔北調集》、《花邊文學》等，論著《中國小說史略》、《漢文學史綱要》、《中國小說的歷史變遷》。

春風沉醉的晚上

1923

郁達夫

在滬上閒居了半年，因為失業的結果，我的寓所遷移了三處。最初我住在靜安寺路南的一間同鳥籠似的永也沒有太陽晒著的自由的監房裡。這些自由的監房的住民，除了幾個同強盜小竊一樣的凶惡裁縫之外，都是些可憐的無名文士，我當時所以送了那地方一個 Yellow Grub Street 的稱號。在這 Grub Street 裡住了一個月，房租忽漲了價，我就不得不拖了幾本破書，搬上跑馬廳附近一家相識的棧房裡去。後來在這棧房裡又受了種種逼迫，不得不搬了，我便在外白渡橋北岸的鄧脫路中間，日新里對面的貧民窟裡，尋了一間小小的房間，遷移了過去。

鄧脫路的這幾排房子，從地上量到屋頂，只有一丈幾尺高。我住的樓上的那間房間，更是矮小得不堪。若站在樓板上升一升懶腰，兩隻手就要把灰黑的屋頂穿通的。從前面的衖裡踱進了那房子的門，便是房主的住房。在破布洋鐵罐玻璃瓶舊鐵器堆滿的中間，側著身子走進兩步，就有一張中間有幾根橫檔跌落的梯子靠牆擺在那裡。用了這張梯子往上面的黑黝黝的一個二尺寬的洞裡一接，即能走上樓去。黑沉沉的這層樓上，本來只有貓額那樣大，房主人卻把它隔成了兩間小房，外面一間是一個 N 菸公司的女工住在那裡，我所租的是梯子口頭的那間小房，因為外間的住者要從我的房裡出入，所以我的每月的房租要比外間的便宜幾角小洋。

我的房主，是一個五十來歲的彎腰老人。他的臉上的青黃色裡，映射著一層暗黑的油光。兩隻眼睛是一隻大一隻小，顴骨很高，額上頰上的幾條皺紋裡滿砌著煤灰，好像每天早晨洗也洗不掉的樣子。他每日於八九點鐘的時候起來，咳嗽一陣，便挑了一雙竹籃出去，到午後的三四點鐘總仍舊是挑了一雙空籃回來的，有時挑了滿擔回來的時候，他的竹籃裡便是那些破布破鐵器玻璃瓶之類。像這樣的晚上，他必要去買些酒來喝喝，一個人坐在床沿上瞎罵出許多不可捉摸的話來。

我與間壁的同寓者的第一次相遇，是在搬來的那天午後。春天的急景已經快晚了的五點鐘的時候，我點了一枝蠟燭，在那裡安放幾本剛從棧房裡搬過來的破書。先把它們疊成了兩方堆，一堆小些，一堆大些，然後把兩個二尺長的裝畫的畫架覆在大一點的那堆書上。因為我的器具都賣完了，這一堆書和畫架白天要當寫字檯，晚上可當床睡的。擺好了畫架的板，我就朝著了這張由書疊成的桌子，坐在小一點的那堆書上吸菸，我的背係朝著梯子的接口的。我一邊吸菸，一邊在那裡呆看放在桌上的蠟燭火，忽而聽見梯子口上起了響動。回頭一看，我只見了一個自家的擴大的投射影子，此外什麼也辨不出來，但我的聽覺分明告訴我說：「有人上來了。」我向暗中凝視了幾秒鐘，一個圓形灰白的面貌，半截纖細的女人的身體，方才映到我的眼簾上來。一見了她的容貌我就知道她是我的間壁的同居者了。因為我來找房子的時候，那房主的老人便告訴我說，這屋裡除了他一個人外，樓上只住著一個女工。我一則喜歡房價的便宜，二則喜歡這屋裡沒有別的女人小孩，所以立刻就租定了的。等她走上了梯子，我才站起來對她點了點頭說：

「對不起，我是今朝才搬來的，以後要請你照應。」

她聽了我這話，也並不回答，放了一雙漆黑的大眼，對我深深的看了一眼，就走上她的門口去開了鎖，進房去了。我與她不過這樣的見了一面，不曉是什麼原因，我只覺得她是一個可憐的女子。她的高高的鼻梁，灰白長圓的面貌，清瘦不高的身體，好像都是表明她是可憐的特徵，但是當時正為了生活問題在那裡操心的我，也無暇去憐惜這還未曾失業的女工，過了幾分鐘我又動也不動的坐在那一小堆書上看蠟燭光了。

在這貧民窟裡過了一個多禮拜，她每天早晨七點鐘去上工和午後六點多鐘下工回來，總只見我呆呆的對著了蠟燭或油燈坐在那堆書上。大約她的好奇心被我那痴不痴呆不呆的態度挑動了罷。有一天她下了工走上樓來的時候，我依舊和第一天一樣的站起來讓她過去。她走到了我的身邊忽而停住了腳。看了我一眼，吞吞吐吐好像怕什麼似的問我說：

「你天天在這裡看的是什麼書？」

（她操的是柔和的蘇州音，聽了這一種聲音以後的感覺，是怎麼也寫不出來的，所以我只能把她的言語譯成普通的白話。）

我聽了她的話，反而臉上漲紅了。因為我天天呆坐在那裡，面前雖則有幾本外國書攤著，其實我的腦筋昏亂得很，就是一行一句也看不進去。有時候我只用了想像在書的上一行與下一行中間的空白裡，填些奇異的模型進去。有時候我只把書裡邊的插畫翻開來看看，就了那些插畫演繹些不近人情的幻想出來。我那時候的身體因為失眠與營養不良的結果，實際上已經成了病的狀態了。況且又因為我的唯一的財產的一件棉袍子已經破得不堪，白天不能走出外面去散步和房裡全沒有光線進來，不論白天晚上，都要點著油燈或蠟燭的緣故，非但我的全部健康不如常人，就是我的眼睛和腳力，也局部的非常萎縮了。在這樣狀態下的我，聽了她這一問，如何能夠不紅起臉來呢？所以我只是含含糊糊的回答說：

「我並不在看書，不過什麼也不做呆坐在這裡，樣子一定不好看，所以把這幾本書攤放著的。」

她聽了這話，又深深的看了我一眼，作了一種不解的形容，依舊的走到她的房裡去了。

那幾天裡，若說我完全什麼事情也不去找什麼事情也不曾幹。卻是假的。有時候，我的腦筋稍微清新一點，也曾譯過幾首英法的小詩，和幾篇不滿四千字的德國的短篇小說，於晚上大家睡熟的時候，不聲不響的出去投郵，在寄投給各新開的書局。因為當時我的各方面就職的希望，早已經完全斷絕了，只有這一方面，還能靠了我的枯燥的腦筋，想想法子看。萬一中了他們編輯先生的意，把我譯的東西登了出來，也不難得著幾塊錢的酬報。所以我自遷移到鄧脫路以後，當她第一次同我講話的時候，這樣的譯稿已經發出了三四次了。

二

在亂昏昏的上海租界裡住著，四季的變遷和日子的過去是不容易覺得的。我搬到了鄧脫路的貧民窟之後，只覺得身上穿在那裡的那件破棉袍子一天一天的重了起來，熱了起來，所以我心裡想：

「大約春光也已經老透了罷！」

但是囊中很羞澀的我，也不能上什麼地方去旅行一次，日夜只是在那暗室的燈光下呆坐。在一天大約是午後了，我也是這樣的坐在那裡，間壁的同住者忽而手裡拿了兩包用紙包好的物件走了上來，我站起來讓她走的時候，她把手裡的紙包放了一包在我的書桌上說：

「這一包是葡萄漿的麵包，請你收藏著，明天好吃的。另外我還有一包香蕉買在這裡，請你到我房裡來一道吃罷！」

我替她拿住了紙包，她就開了門邀我進她的房裡去，共住了這十幾天，她好像已經信用我是一個忠厚的人的樣子。我見她初見我的時候臉上流露出來的那一種疑懼的形容完全沒有了。我進了她的房裡，才知道天還未暗，因為她的房裡有一扇朝南的窗，太陽返射的光線從這窗裡投射進來，照見了小小的一間房，由二條板鋪成的一張床，一張黑漆的半桌，一隻板箱，和一條圓凳。床上雖則沒有帳子，但堆著有二條潔淨的青布被褥。半桌上有一隻小洋鐵箱擺在那裡，大約是她的梳頭器具，洋鐵箱上已經有許多油汙的點子了。她一邊把堆在圓凳上的幾件半舊的洋布棉襖，粗布褲等收在床上，一邊就讓我坐下。我看了她那慇勤待我的樣子，心裡倒不好意思起來，所以就對她說：

「我們本來住在一處，何必這樣的客氣。」

「我並不客氣，但是你每天當我回來的時候，總站起來讓我，我卻覺得對不起得很。」這樣的說著，她就把一包香蕉打開來讓我吃。她自家也拿了一只，在床上坐下，一邊吃一邊問我說：

「你何以只住在家裡，不出去找點事情做做？」

「我原是這樣的想，但是找來找去總找不著事情。」

「你有朋友麼？」

「朋友是有的，但是到了這樣的時候，他們都不和我來往了。」

「你進過學堂麼？」

「我在外國的學堂裡曾經念過幾年書。」

「你家在什麼地方？何以不回家去？」

她問到了這裡，我忽而感覺到我自己的現狀了。因為自去年以來，我只是一日一日的萎靡下去，差不多把「我是什麼人？」「我現在所處的是怎麼一種境遇？」「我的心裡還是悲還是喜？」這些觀念都忘掉了。經她這一問，我重新把半年來困苦的情形一層一層的想了出來。所以聽她的問話以後，我只是呆呆的看她，半晌說不出話來。她看了我這個樣子，以為我也是一個無家可歸的流浪人。臉上就立時起了一種孤寂的表情，微微的嘆著說：

「唉！你也是同我一樣的麼？」

微微的嘆了一聲之後，她就不說話了。我看她的眼圈上有些潮紅起來，所以就想了一個另外的問題問她說：

「你在工廠裡做的是什麼工作？」

「是包紙菸的。」

「一天作幾個鐘頭工？」

「早晨七點鐘起，晚上六點鐘止，中午休息一個鐘頭，每天一共要作十個鐘頭的工。少作一點鐘就要扣錢的。」

「扣多少錢？」

「每月九塊錢，所以是三塊錢十天，三分大洋一個鐘頭。」

「飯錢多少？」

「四塊錢一月。」

「這樣算起來，每月一個鐘點也不休息，除了飯錢，可省下五塊錢來。夠你付房錢買衣服的麼？」

「哪裡夠呢！並且那管理人要……啊啊！我……我所以非常恨工廠的。你吃菸的麼？」

「吃的。」

「我勸你頂好還是不吃。就吃也不要去吃我們工廠的菸。我真恨死它在這裡。」

我看看她那一種切齒怨恨的樣子，就不願意再說下去。把手裡捏著的半個吃剩的香蕉咬了幾口，向四邊一看，覺得她的房裡也有些灰黑了，我站起來道了謝，就走回到了我自己的房裡。她大約作工倦了的緣故，每天回來大概是馬上就入睡的，只有這一晚上，她在房裡好像是直到半夜還沒有就寢。從這一回之後，她每天回來，總和我說幾句話。我從她自家的口裡聽得，知道她姓陳，名叫二妹，是蘇州東鄉人，從小係在上海鄉下長大的，她父親也是紙菸工廠的工人，但是去年秋天死了。她本來和她父親同住在那間房裡，每天同上工廠去的，現在卻只剩了她一個人了。她父親死後的一個多月，她早晨上工廠去也一路哭了去，晚上回來也一路哭了回來的。她今年十七歲，也無兄弟姊妹，也無近親的親戚。她父親死後的葬殮等事，是他於未死之前把十五塊錢交給樓下的老人，託這老人包辦的。她說：

「樓下的老人倒是一個好人，對我從來沒有起過壞心，所以我得同父親在日一樣的去作工，不過工廠的一個姓李的管理人卻壞得很，知道我父親死了，就天天的想戲弄我。」

她自家和她父親的身世，我差不多全知道了，但她母親是如何的一個人？死了呢還是活在哪裡？假使還活著，住在什麼地方？等等，她卻從來還沒有說及過。

三

天氣好像變了。幾日來我那獨有的世界，黑暗的小房裡的腐濁的空氣，同蒸籠裡的蒸氣一樣，蒸得人頭昏欲暈，我每年在春夏之交要發的神經衰弱的重症，遇了這樣的氣候，就要使我變成半狂。所以我這幾天來到了晚上，等馬路上人靜之後，也常常想出去散步去。一個人在馬路上從狹隘的深藍天空裡看看群星，慢慢的向前行走，一邊作些漫無涯涘的空想，倒是於我的身體很有利益。當這樣的無可奈何，春風沉醉的晚上，我每要在各處亂走，走到天將明的時候才回家裡。我這樣的走倦了回去就睡，一睡直可睡到第二天的日中，有幾次竟要睡到二妹下工回來的前後方才起來，睡眠一足，我的健康狀態也漸漸的回復起來了。平時只能消化半磅麵包的我的胃部，自從我的深夜遊行的練習開始之後，進步得幾乎能容納麵包一磅了。這事在經濟上雖則是一大打擊，但我的腦筋，受了這些滋養，似乎比從前稍能統一。我於遊行回來之後，就睡之前，卻做成了幾篇 Allan Poe 式的短篇小說，自家看看，也不很壞。我改了幾次，抄了幾次，一一投郵寄出之後，心裡雖然起了些微細的希望，但是想想前幾回的譯稿的絕無消息，過了幾天，也便把它們忘了。

鄰住者的二妹，這幾天來，當她早晨出去上工的時候，我總在那裡酣睡，只有午後下工回來的時候，有幾次有見面的機會，但是不曉是什麼原因，我覺得她對我的態度，又回到從前初見面的時候的疑懼狀態去了。有時候她深深的看我一眼，她的黑晶晶，水汪汪的眼睛裡，似乎是滿含著責備我規勸我的意思。

我搬到這貧民窟裡住後，約莫已經有二十多天的樣子，一天午後我正點上蠟燭，在那裡看一本從舊書舖裡買來的小說的時候，二妹卻急急忙忙的走上樓來對我說：

「樓下有一個送信的在那裡，要你拿了印子去拿信。」她對我講這話的時候，她的疑懼我的態度更表示得明顯，她好像在那裡說：「呵呵！你的事件是發覺了啊！」我對她這種態度，心裡非常痛恨，所以就氣急了一點，回答她說：

「我有什麼信？不是我的！」

她聽了我這氣憤憤的回答，更好像是得了勝利似的，臉上忽湧出了一種冷笑說：

「你自家去看罷！你的事情，只有你自家知道的！」

同時我聽見樓底下門口果真有一個郵差似的人在催著說：

「掛號信！」

我把信取來一看，心裡就突突的跳了幾跳，原來我前回寄去的一篇德文短篇的譯稿，已經在某雜誌上發表了，信中寄來的是五圓錢的一張匯票。我囊裡正是將空的時候，有了這五圓錢，非但月底要預付的來月的房金可以無憂，並且付過房金以後，還可以維持幾天食料，當時這五圓錢對我的效用的擴大，是誰也能推想得出來的。

第二天午後，我上郵局去取了錢，在太陽晒著的大街上走了一會，忽而覺得身上就淋出了許多汗來。我向我前後左右的行人一看，復向我自家的身上一看，就不知不覺的把頭低俯了下去。我頸上頭上的汗珠，更同盛雨似的，一顆一顆的鑽出來了。因為當我在深夜遊行的時候，天上並沒有太陽，並且料峭的春寒，於東方微白的殘夜，老在靜寂的街巷中留著，所以我穿的那件破棉袍子，還覺得不十分與節季違異。如今到了陽和的春日晒著的這日中，我還不能自覺，依舊穿了這件夜遊的敝袍，在大街上闊步，與前後左右的和節季同時進行的我的同類一比，我哪得不自慚形穢呢？我一時竟忘了幾日後不得不付的房金，忘了囊中本來將盡的些微的積聚，便慢慢的走上了閘路的估衣舖去。好久不在天日之下行走的我，看看街上來往的汽車人力車，車中坐著的華美的少年男女，和馬路兩邊的綢緞舖金銀舖窗裡的豐麗的陳設，聽聽四面的同蜂衙似的嘈雜的人聲，腳步聲，車鈴聲，一時倒也覺得是身到了大羅天上的樣子。我忘記了我自家的存在，也想和我的同胞一樣的歡歌欣舞起來，我的嘴裡便不知不覺的唱起幾句久忘了的京調來了。這一時的涅槃幻境，當我想橫越過馬路，轉入閘路去的時候，忽而被一陣鈴聲驚破了。我抬起頭來一看，我的面前正衝來了一乘無軌電車，車頭上站著的那肥胖的機器手，伏出了半身，怒目的大聲罵我說：

「豬頭三！儂（你）艾（眼）睛勿散（生）咯！跌殺時，叫旺（黃）夠（狗）來抵儂（你）命噢！」

我呆呆的站住了腳，目送那無軌電車尾後捲起了一道灰塵，向北過去之後，不知是從何處發出來的感情，忽而竟禁不住哈哈哈哈的笑了幾聲。等得四面的人注視我的時候，我才紅了臉慢慢的走向了閘路裡去。

我在幾家估衣舖裡，問了些夾衫的價線，還了他們一個我所能出的數目，幾個估衣舖的店員，好像是一個師父教出的樣子，都擺下了臉面，嘲弄著說：

「儂（你）尋薩咯（什麼）凱（開心）！馬（買）勿起好勿要馬（買）咯！」

一直問到五馬路邊上的一家小舖子裡，我看看夾衫是怎麼也買不成了，才買定了一件竹布單衫，馬上就把它換上。手裡拿了一包換下的棉袍子，默默的走回家來。一邊我心裡卻在打算：

「橫豎是不夠用了，我索性來痛快的用它一下罷。」同時我又想起了那天二妹送我的麵包香蕉等物。不等第二次的回想我就尋著了一家賣糖食的店，進去買了一塊錢巧格力香蕉糖雞蛋糕等雜食。站在那店裡，等店員在那裡替我包好來的時候，我忽而想起我有一月多不洗澡了，今天不如順便也去洗一個澡罷。

洗好了澡，拿了一包棉袍子和一包糖食，回到鄧脫路的時候，馬路兩旁的店家，已經上電燈了。街上來往的行人也很稀少，一陣從黃浦江上吹來的日暮的涼風，吹得我打了幾個冷噤。我回到了我的房裡，把蠟燭點上。向二妹的房門一照，知道她還沒有回來。那時候我腹中雖則飢餓得很，但我剛買來的那包糖食怎麼也不願意打開來。因為我想等二妹回來同她一道吃。我一邊拿出書來看，一邊口裡盡在嚥唾液下去。等了許多時候，二妹終不回來，我的疲倦不知什麼時候出來戰勝了我，就靠在書堆上睡著了。

四

二妹回來的響動把我驚醒的時候，我見我面前的一枝十二盎司一包的洋蠟燭已經點去了二寸的樣子，我問她是什麼時候了？她說：

「十點的汽管剛剛放過。」

「你何以今天回來得這樣遲？」

「廠裡因為銷路大了，要我們作夜工。工錢是增加的，不過人太累了。」

「那你可以不去做的。」

「但是工人不夠，不做是不行的。」

她講到這裡，忽而滾了兩粒眼淚出來，我以為她是作工作得倦了，故而動了傷感，一邊心裡雖在可憐她，但一邊看她這同小孩似的脾氣，卻也感著了些兒快樂。把糖食包打開，請她吃了幾顆之後，我就勸她說：

「初作夜工的時候不慣，所以覺得睏倦，作慣了以後，也沒有什麼的。」

她默默的坐在我的半高的由書疊成的桌上，吃了幾顆巧格力，對我看了幾眼，好像是有話說不出來的樣子。我就催她說：

「你有什麼話說？」

她又沉默了一會，便斷斷續續的問我說：

「我……我……早想問你了，這幾天晚上，你每晚在外邊，可在與壞人作伙友麼？」

我聽了她這話，倒吃了一驚，她好像在疑我天天晚上在外面與小竊惡棍混在一塊。她看我呆了不答，便以為我的行為真的被她看破了，所以就柔柔和和的連續著說：

「你何苦要吃這樣好的東西，要穿這樣好的衣服。你可知道這事情是靠不住的。萬一被人家捉了去，你還有什麼面目做人。過去的事情不必去說它，以後我請你改過了罷。……」

我盡是張大了眼睛張大了嘴呆呆的在看她，因為她的思想太奇怪了，使我無從辯解起。她沉默了數秒鐘，又接著說：

「就以你吸的菸而論，每天若戒絕了不吸，豈不可省幾個銅子。我早就勸你不要吸菸，尤其是不要吸那我所痛恨的 N 工廠的菸，你總是不聽。」

她講到了這裡，又忽而落了幾滴眼淚。我知道這是她為怨恨工廠而滴的眼淚，但我的心裡，怎麼也不許我這樣的想，我總要把它們當作因規勸我而灑的。我靜靜兒的想了一回，等她的神經鎮靜下去之後，就把昨天的那封掛號信的來由說給她聽，又把今天的取錢買物的事情說了一遍。最後更將我的神經衰弱症和每晚何以必要出去散步的原因說了。她聽了我這一番辯解，就信用了我，等我說完之後，她頰上忽而起了兩點紅暈，把眼睛低下去看看桌上，好像是怕羞似的說：

「噢，我錯怪你了，我錯怪你了。請你不要多心，我本來是沒有歹意的。因為你的行為太奇怪了，所以我想到了邪路裡去。你若能好好兒的用功，豈不是很好麼？你剛才說的那——叫什麼的——東西，能夠賣五塊錢，要是每天能做一個，多麼好呢？」

我看了她這種單純的態度，心裡忽而起了一種不可思議的感情，我想把兩隻手伸出去擁抱她一回，但是我的理性卻命令我說：

「你莫再作孽了！你可知道你現在處的是什麼境遇，你想把這純潔的處女毒殺了麼？惡魔，惡魔，你現在是沒有愛人的資格的呀！」

我當那種感情起來的時候，曾把眼睛閉上了幾秒鐘，等聽了理性的命令以後，我的眼睛又開了開來，我覺得我的周圍，忽而比前幾秒鐘更光明了。對她微微的笑了一笑，我就催她說：

「夜也深了，你該去睡了吧！明天你還要上工去的呢！我從今天起，就答應你把紙菸戒下來吧。」

她聽了我這話，就站了起來，很喜歡的回到她的房裡去睡了。

她去之後，我又換上一枝洋蠟燭，靜靜兒的想了許多事情：

「我的勞動的結果，第一次得來的這五塊錢已經用去了三塊了。連我原有的一塊多錢合起來，付房錢之後，只能省下二三角小洋來，如何是好呢！

「就把這破棉袍子去當吧！但是當舖裡恐怕不要。

「這女孩子真是可憐，但我現在的境遇，可是還趕她不上，她是不想做工而工作要強迫她做，我是想找一點工作，終於找不到。就去作筋肉的勞動吧！啊啊，但是我這一雙弱腕，怕吃不下一部黃包車的重力。

「自殺！我有勇氣，早就幹了。現在還能想到這兩個字，足證我的志氣還沒有完全消磨盡哩！

「哈哈哈哈！今天的那天軌電車的機器手！他罵我什麼來？

「黃狗，黃狗倒是一個好名詞，

「……」

我想了許多零亂斷續的思想，終究沒有一個好法子，可以救我出目下的窮狀來。聽見工廠的汽笛，好像在報十二點鐘了，我就站了起來，換上了白天那件破棉袍子，仍復吹熄了蠟燭，走出外面去散步去。

貧民窟裡的人已經睡眠靜了。對面日新里的一排臨鄄脫路的洋樓裡，還有幾家點著了紅綠的電燈，在那裡彈罷拉拉衣加。一聲二聲清脆的歌音，帶著哀調，從靜寂的深夜的冷空氣裡傳到我的耳膜上來，這大約是俄國的飄泊的少女，在那裡賣錢的歌唱。天上罩滿了灰白的薄雲，同腐爛的屍體似的沉沉的蓋在那裡。雲層破處也能看得出一點兩點星來，但星的近處，黝黝看得出來的天色，好像有無限的哀愁蘊藏著的樣子。

作者簡介

——郁達夫（1896-1945），浙江富陽人，名郁文，字達夫，於文學運動中具有重要地位，也是新文學史上第一位在世時即出版日記的作家。一九二一年與留日學生郭沫若、張資平等人共組「創造社」，並開始創作小說，同年出版小說集《沉淪》為中國文學史上第一部白話短篇小說集。其小說受日本文學影響，富浪漫主義色彩，抒情且具自傳性色彩。亦寫舊體詩、遊記、散文、政論、文學評論。一九三八年至新加坡主編華文副刊，一九四五年在印尼蘇門答臘被日軍殺害。

漁

沈從文

七月的夜。華山寨山半腰天王廟中已打了起更鼓，沿烏雞河水邊捕魚的人，攜籠背刀，各人持火把，滿河布了罾罶。

各處聽到說話聲音，大人小孩全有。中間還有婦人銳聲喊叫，如夜靜聞山岡母狗叫更。熱鬧中見著沉靜，大家還聽到各人手上火把的爆裂。彷彿人人皆想從熱鬧中把時間縮短，一切皆齊備妥帖，只等候放藥了。

大家皆在心中作一種估計，對時間加以催促，盼望那子時到來。到子時，在上游五里，放藥的，放了通知炮，打著鑼，把小船在灘口一翻，各人泅水上岸。所有小船上石灰、辣蓼、油枯合成的毒魚藥，沉到水中，與水融化，順流而下所有河中魚蝦，遭了劫數，不到一會，也就將頭昏眼花浮於水面，順流而下入到人們手中了。

去子時還早，負了責任，在上游沉船，是弟兄兩個。這弟兄是華山寨有名族人子弟之一脈。在那裡，有兩族極強，屬於甘家為大族，屬於吳家為小族。小族因為族小，為生存競爭，子弟皆強梁如虎如豹。大族則族中出好女人，多富翁，族中讀書識字者比持刀弄棒者為多。像世界任何種族一樣，兩族中在極遠一個時期中在極小事情上結下了冤仇，直到最近為止，機會一來即有爭鬥發生。

過去一時代，這仇視，傳說竟到了這樣子。兩方約集了相等人數，在田坪中極天真的互相流血為樂，男子向前作戰，女人則站到山上吶喊助威。交鋒了，棍棒齊下，金鼓齊鳴，軟弱者斃於重擊下，勝利者用紅血所染的巾纏於頭上，矛尖穿著人頭，唱歌回家，用人肝作下酒物，此尤屬平常事情。最天真的還是各人把活捉俘虜拿回，如殺豬般把人殺死，洗刮乾淨，切成方塊，加油鹽香料，放大鍋中把文武火煨好，抬到場上，一人打小鑼，大喊「吃肉吃肉，百錢一塊」。凡有呆氣漢子，不知事故，想一嘗人肉，走來試吃一塊，則得錢一百。然而更妙的，卻是在場的另一端，也正有人在如此喊叫，或竟加錢至兩百文。在吃肉者大約也還有得錢以外在火候鹹淡上加以批評的人。這事情到近日說來自然是故事了。

近日因為地方進步，一切野蠻習氣已蕩然無存，雖有時仍不免有一二人藉械鬥為由，聚眾搶掠牛羊，然虛詐有餘而勇敢不足，完全與過去習俗兩樣了。

甘姓住河左，吳姓住河右，近來如河中毒魚一類事情，皆兩族合作，族中當事人先將歡喜尋事的分子加以約束，不許生事，所以人各身邊佩刀，刀的用處卻只是撩取水中大魚，不想到作其他用途了。那弟兄姓吳，為孿生，模樣如一人，身邊各佩有寶刀一口，這寶刀，本來是家傳神物，當父親落氣時，在給這弟兄此刀時，同時囑咐了話一句，說：這應當流那曾經流過你祖父血的甘姓第七派屬於朝字輩仇人的血。說了這話父親即死去。然而到後這弟兄各處一訪問，這朝字輩甘姓族人已無一存在，只聞有一女兒也早已在一次大水時為水沖去，這仇無從去報，刀也終於用來每年砍魚或打獵時砍野豬這類事上去了。

時間一久，這事在這一對孿生弟兄心上自然也漸漸忘記了。

今夜間，他們把船撐到了應當沉船的地方，天還剛斷黑不久。地方是荒灘，相傳在這地方過去兩百年以前，甘吳兩姓族人曾在此河岸各聚了五百餘彪壯漢子大戰過一次，這一戰的結果是兩方同歸於盡，無一男子生還。因為流血過多，所以這地兩岸石塊皆作褐色，彷彿為人血所漬而成。這事情也好像不盡屬諸傳說，因為岸上還有司官所刊石牌存在。這地方因為有這樣故事，所以沒有人家住，但又因為來去小船所必經，在數十年前就有了一個廟，有了廟則撐夜船過此地的人不至於心虛了。廟在岸旁山頂，住了一個老和尚，因為山也荒涼，到廟中去燒香的人似乎也很少了。

這弟兄倆把船撐到了灘腳，看看天空，時間還早，所燃的定時香也還有五盤不曾燃盡。其中之一先出娘胎一個時刻的那哥哥說：

「時間太早，天上××星還不出。」

「那我們喝酒。」

船上本來帶得有一大葫蘆酒，一腿野羊肉，一包乾豆子。那弟弟就預備取酒。這些東西同那兩個大炮仗，全放在一個籮筐裡，上面蓋著那面銅鑼。

哥哥說：

「莫忙，時間還早得很，我們去玩吧。」

「好。我們去玩，把船繩用石頭壓好。」

要去玩，上灘有一里，才有人家住。下灘則也有一里，就有許多人在沿河兩岸等候浮在水面中了毒的魚的下來。向下行是無意思的事，而且才把船從那地方撐來。然而向上行呢，把荒灘走完，還得翻一小嶺，或者沿河行，繞一個大彎，才能到那平時也曾有酒同點心之類可買的人家在。

哥哥贊成上岸玩，到山上去，看廟，因為他知道這時縱向上走，到了那賣東西地方，這賣東西的人也許早到兩三里的下游等候捕魚去了。那弟弟說不行，因為那上面有水碾坊，碾坊中有熟人可以談話。他一面還恐怕熟人不知道今天下游毒魚事，他想順便邀熟人來，在船上談天，沉了船，再一同把小船抬起，坐到下游去趕熱鬧。他的刀在前數日已拂拭得鋒利無比，應當把那河中頂大的魚砍到才是這年青人與刀的本分。不拘如何兩人是已跳到河邊乾灘上了。

哥哥說：

「到廟中去看看那和尚，我還是三年前到過那地方。」

「我想到碾房，」弟弟說，他同時望到天上的星月，不由得不高聲長嘯：「好天氣！」天氣的確太好，哥哥也為這風光所征服了，在石灘上如一匹小馬，來去作小跑。

這時長空無雲，天作深藍，星月嵌天空如寶石，水邊流螢來去如仙人引路的燈，荒灘上蟋蟀三兩嘒嘒作聲，清越沉鬱，使人想像到這英雄獨在大石塊罅隙間徘徊闊步，為愛情所苦悶大聲呼喊的情形，為之肅然起敬。

弟弟因為蟋蟀聲音想起忘了攜帶笛子。

「哥哥若是有笛，我們可以唱歌。」

那哥哥不作聲，仍然跑著，忽然凝神靜聽，聽出山上木魚聲音了。

「上山去，看那和尚去，這個時候還念經！」

弟弟沒有答應，他在想到月下的鬼怪，但照例，作弟弟的無事不追隨阿兄，哥哥已向山上走去，弟弟也跟到後面來了。

人走著。月亮的光照到灘上，大石的一面為月光所不及，如躲有鬼魔。水蟲在月光下各處飛動，振翅發微聲，從頭上飛過時，儼然如蟲背上皆騎有小仙女。鼻中常常嗅著無端而來的一種香氣，遠處灘水聲音則正像母親閉目唱安慰兒子睡眠的歌。大地是正在睡眠，人在此時也全如夢中。

「哥哥，你小心蛇。」這弟弟說著，自己把腰間一把刀拉出鞘了。

「漢子怕蛇嗎？」哥哥這樣說著，仍然堂堂朝前走。

上了高岸，人已與船離遠有三十丈了。望到在月光中的船，一船黑色毒魚物料像一隻水牛。船在粼粼波光中輕輕搖擺，如極懂事，若無繫纜，似乎自動也會在水中遊戲。又望到對河遠處平岡，浴在月色中，一抹淡灰。下游遠處水面則浮有一層白霧，如淡牛奶，霧中還閃著火光，一點一點。

他們在岸上不動，哥哥想起了舊事。

「這裡死了我們族中五百漢子。他們也死了五百。」

說到這話，哥哥把刀也嘩的拔出鞘了，順手砍路旁的小樹，嘎嘎作響，樹枝砍斷了不少，那弟弟也照到這樣作去。哥哥一面揮刀一面說道：

「爹爹過去時說的那話你記不記到？我們的刀是為仇人的血而鋒利的。只要我有一天遇到這仇人，我想這把刀就會喝這人的血。不過我聽人說，朝字輩煙火實在已絕了，我們的仇是報不成了。這刀真委屈了，如今是這樣用處，只有砍水中的魚，山上的豬。」

「哥哥，我們上去，就走。」

「好，就上去吧，我當先。」

這兩弟兄就從一條很小很不整齊的毛路走向山頂去。

他們慢慢的從一些石頭上踹過，又從一些毛草中走過，越走與山廟越近，與河水越離遠了。兩弟兄到半山腰停頓了一會，回頭望山下，山下一切皆如夢中景致。向山上走去時，有時忽聽到木魚聲音較近，有時反覺漸遠。到了山腰一停頓，略略把喘息一定，就清清楚楚聽到木魚聲音以外還有念經聲音了。稍停一會這兩弟兄就又往上走去。哥哥把刀向左右劈，如在一種危險地方，一面走一面又同弟弟說話。

「……」

他們到了山廟門前了，靜悄悄的廟門前，山神土地小石屋中還有一盞微光如豆的燈火。月光灑了一地，一方石板寬坪還有石桌石椅可供人坐。和尚似乎毫無知覺，木魚聲朗朗起自廟裡，那弟弟不願意拍門。

「哥，不要吵鬧了別人。」

這樣說著，自己就坐到那石凳上去。而且把刀也放在石桌上了，他同時順眼望到一些草花，似經人不久採來散亂的丟到那裡。弟弟詫異了，因為他以為這絕對不是廟中和尚做的事。這年青人好事多心，把花拈起給他哥哥看。

「哥哥，這裡有人來！」

「那並不奇怪，砍柴的年青人是會爬到這裡來燒香求神，想從神佑得到女人的心的。」

「我可是那樣想，我想這是女人遺下的東西。」

「就是這樣，這花也很平常。」

「但倘若這是甘姓族中頂美貌的女人？」

「這近於笑話。」

「既然可以猜詳它為女人所遺，也就可以說它為美女子所遺了，我將拿回去。」

「只有小孩才做這種事，你年青，要拿去就拿去好了，但可不要為這苦惱，一個聰明人是常常自己使自己不愉快的。」

「莫非和尚藏……」

說這樣話的弟弟，自己忽然忍住了，因為木魚聲轉急，像念經到末一章了。那哥哥，在坪中大月光下舞刀，作刺劈種種優美姿勢，他的心，只在刀風中來去，進退矯健不凡，這漢子可說是吳姓族最純潔的男子了，至於弟弟呢，他把那已經半憔悴了擲到石桌上的山桂野菊拾起，藏到麂皮抱肚中，這人有詩人氣分，身體不及阿哥強，故於事情多遐想而少成就，他這時只全不負責的想像這是一個女子所遺的花朵。照烏雞河華山寨風俗，則女人遺花被陌生男子拾起，這男子即可進一步與女人要好唱歌，把女人的心得到。這年青漢子，還不明白女人究竟是怎麼一回事，只因為凡是女人聲音顏色形體皆趨於柔軟，一種好奇的欲望使他對女人有一種狂熱，如今是又用這花為依據，將女人的偶像安置在心上了。

這孩子平時就愛吹笛唱歌，這時來到這山頂上，明月清風使自己情緒飄渺，先是不讓哥哥拍打山門，恐驚吵了和尚的功課，到這時，卻情不自已，輕輕的把山歌唱起來了。

他用華山寨語言韻腳，唱著這樣意思：

你臉白心好的女人，
在夢中也莫忘記帶一把花，
因為這世界，也有做夢的男子。

無端夢在一處時你可以把花給他。

唱了一段，風微微吹到臉上，臉如為小手所摩，就又唱道：

柔軟的風摩我的臉，
我像是站在天堂的門邊——這時，
我等候你來開門，
不拘哪一天我不嫌遲。

出於兩人意料以外的，是這時山門旁的小角門，忽然訇的開了，和尚打著知會，說：

「對不起，驚動了。」

那哥哥見和尚出來了，也說：

「對不起師傅，半夜三更驚吵了師傅。」

和尚連說「哪裡哪裡」走到那弟弟身邊來。這和尚身穿一身短僧服，大頭闊肩，人雖老邁，精神勃勃，還正如小說上所描畫的有道高僧。見這兩兄弟都有刀，就問：

「是第九族子弟麼？」

那哥哥恭恭敬敬說：

「不錯，屬於宗字輩。」

「那是××先生的公子了。」

「很慚愧的，無用的弟兄辱沒了第九族吳姓。」

「××先生是過去很久了。」

「是的。師傅是同先父熟了。」

「是的。我們還……」

這和尚，想起了什麼再不說話，他一面細細的端詳月光下那弟兄的臉，一面沉默在一件記憶裡。那哥哥就說，

「四年前曾到過這廟中一次，沒有同師傅談話。」

和尚點頭。和尚本來是想另一件事情，聽到這漢子說，便隨便的點著頭，遮掩了自己的心事。他望到那刀了，就讚不絕口，說真是寶刀。那弟弟把刀給他看，他拿刀在手，略一揮動，卻便颼颼風生，寒光四溢。弟弟天真的撫著掌：

「師傅大高明，大高明。」

和尚聽說到此，把刀仍然放到石桌上，自己也在一個石凳上坐下了。和尚笑，他說：

「兩個年青人各帶這樣一把好刀，今天為什麼事來到這裡？」

哥哥說：

「因為村中毒魚派我們坐船來倒藥。」

「眾生在劫，阿彌陀佛。」

「我們在灘下聽到木魚聲音，才想起上山來看看。到了這裡，又恐怕妨礙了師傅晚課，所以就在門前玩。」

「我聽到你們唱歌，先很奇怪，因為夜間這裡是不會有人來的。這歌是誰唱的，太好了，你們

誰是哥哥呢？我只聽人說到過××先生得過一對雙生。」

「師傅看不出麼？」

那哥哥說著且笑，具有風趣的長年和尚就指他：

「你是大哥，一定了，那唱歌的是這一位了。」

弟弟被指定了，就帶羞的說：

「很可笑的事，是為師傅聽到。」

「不要緊，師傅耳朵聽過很多了，還不止聽，在年青時也就做著這樣事，過了一些日子。你說天堂的門，可惜這裡只一個廟門，廟裡除了苦薩就只老僧。但是既然來了，也就請進吧。看看這廟，喝一杯蜜茶，天氣還早得很。」

這弟兄無法推辭，就伴同和尚從小角門走進廟裡，一進去是一個小小天井，有南瓜藤牽滿的棚架，又有指甲草花，有魚缸同高腳香爐，月光灑滿院中，景致極美。他們就在院中略站，那弟弟是初來，且正唱完歌，情調與這地方同樣有詩意，就說：

「真是好地方，想不到這樣好！」

「哪裡的事。地方小，不太骯髒就是了。我一個人在這裡，無事栽一點花草，這南瓜，今年倒不錯，你瞧，沒有撐架子，恐怕全要倒了。」

和尚為指點南瓜看，到後幾人就進了佛堂，師傅的住處在佛堂左邊，他們便到了禪房，很灑脫的坐到工夫粗糙的大木椅上，喝著和尚特製款客的蜜茶。

談了一會。把烏雞河作中心，凡是兩族過去許多故事皆談到了，有些為這兩個年青人不知道，有些雖知道也沒有這樣清楚，談得兩個年青人非常滿意。並且，從和尚方面，又隱隱約約知道所謂朝字輩甘姓族人還有存在的事情。這弟兄把這事都各默默記到心上，不多言語。他們到後又談到烏雞河沿岸的女人……

和尚所知道太多，正像知道太多，所以成為和尚了。

當這兩個弟兄起身與和尚告辭時，還定下了後一回約。兩個年青人一前一後的下了山，不到一會就到了近河的高岸了。

月色如銀，一切都顯得美麗和平。風景因夜靜而轉淒清，這時天上正降著薄露。那弟弟輕輕吹著口哨，在哥哥身後追隨。他們下了高岸降到乾灘上，故意從此一大石上躍過彼一大石，不久仍然就到了船邊。

弟弟到船上取酒取肉，手摸著已凝著濕露的銅鑼，才想到不知定時香是否還在燃。過去一看，在還餘著三轉的一個記號上已熄滅了，那弟弟就同岸上的哥哥說：

「香熄了，還剩三盤，不知在什麼時候熄去？」

「那麼看星，姊妹星從北方現出，是三更子正，你看吧，還早！」

「遠天好像有風。」

「不要緊，風從南方過去，雲在東，也無妨。」

「你瞧，星子全在眨眼！」

「是咧，不要緊。」

阿哥說著也走近船邊了，用手扶著船頭一枝篙，搖盪著，且說：

「在船上喝吧，好坐。」

那弟弟不同意，到底這人心上天真較多，他要把酒拿到河灘大石上去喝，因為那較之在船中有趣。這事自然仍然是他勝利了，他們一面在石上喝酒，一面拔刀割麂肉吃，哥哥把酒葫蘆倒舉，嘴與葫蘆嘴相接咕嘟咕嘟向肚中灌。

天氣忽然變了。一葫蘆酒兩人還未喝完，先見東方小小的雲，這時已漸扯漸闊，星子閃動的更多了。

「天氣壞下來了，怎麼辦？」

「我們應當在此等候，我想半夜決不會落雨。」

「恐怕無星子，看不出時間。」

「那有雞叫。聽雞叫三更，就倒藥下水。」

「我怕有雨。」

「有雨也總要到天明時，這時也應當快轉三更了。」

「……」

「怎麼？」

「我想若是落了雨，不如坐船下去，告他們，省得漲了水可惜這一船藥。」

「你瞧，這哪裡會落雨？你瞧月亮，那麼明朗。」

那哥哥，抬頭對月出神，過了一會，忽然說：

「山上那和尚倒不錯，他說他知道我們的仇人，同父親也認識。」

「我們為什麼忘了問他俗姓。」

「那他隨便說說也得。」

「他還說唱歌，那和尚年青時可不如做了些什麼壞事，直到了這樣一把年紀，出了家，還講究這些事情！」

……

把和尚作中心，談到後來，那一葫蘆酒完了，那一腿野羊肉也完了。到了只剩下一堆豆子時，遠處什麼地方聽到雞叫了。

雞叫只一聲，則還不可信，應當來回叫，互相傳遞才為子時。這雞聲，先是一處，到後各處遠地方都有了回唱，那哥哥向天上北方星群中搜索那姊妹星，還不曾見到那星子。弟弟說：

「幸而好，今夜天氣仍然是好的。雞叫了，我們放炮倒藥吧。」

「不行，還早得很，星子還不出來！」

「把船撐到河中去不好麼？」

「星子還不出，到時星子會出的。」

那作弟弟的，雖然聽到哥哥說這樣話，但酒肉已經告罄，也沒有必需呆坐在這石上的理由了就跳下石頭向船邊奔去。他看了一會湯湯流去的水，又抬起頭來看天上的星。

這時風已全息了。山上的木魚聲亦已寂然無聞。雖遠處的雞與近身荒灘上的蟲，聲音皆無一時停止，但因此並不顯出這世界是醒著。一切光景只能說如夢如幻尚彷彿可得其一二，其他刻劃皆近於多餘了。

過一會，兩人脫了衣，把一切東西放到灘上乾處，赤身的慢慢把船搖到河中去。船應撐到灘口水急處，那弟弟就先下水，推著船尾前進，在長潭中游泳著，用腳拍水，身後的浪花照到月光下皆如銀子。

不久候在下游的人就聽到炮聲了，本來是火把已經熄了的，於是全重新點燃了，沿河數里皆火把照耀，人人低聲吶喊，有如赴敵，時間是正三更，姊妹星剛剛發現。過了一小時左右，吳家弟兄已在烏雞河下游深可及膝的水中，揮刀斫取魚類了。那哥哥，勇敢如昔年戰士，在月光下揮刀撩砍水面為藥所醉的水蛇，似乎也報了大仇。那弟弟則一心想到旁的事情，簍中無一成績。

關於報仇，關於女人戀愛，都不是今夜的事，今夜是「漁」。當夜是真有許多幸運的人，到天明以前，就得到許多魚回家，使家中人歡喜到吃驚的事。那吳家年青一點的漢子，他只得一束憔悴的花。

下過藥的烏雞河，直到第二天，還有小孩子在淺灘上撿拾魚蝦。這事情每年有一次，像過節划龍船。

作於一九二九年

作者簡介

——沈從文（1902-1988），湖南鳳凰縣人，原名沈岳煥，字崇文，為著名小說家、散文家，以及考古學專家。一九二五年發表第一篇小說〈福生〉，一九二六年創辦《人間》、《紅黑》雜誌，與當時的徐志摩、周作人、魯迅等人齊名，曾任教於輔仁大學、青島大學、武漢大學、西南聯合大學、北京大學。汪曾祺即是他在西南聯合大學的得意門生。一九四八年遭郭沫若批判，宣布封筆，並轉投中國古代服飾研究。著有小說集《八駿圖》、《如蕤集》、《新與舊》、《黑鳳集》、《春燈集》、《長河》等，以及最富盛名的《邊城》，散文集《從文自傳》、《湘行書簡》、《湘西》等，學術著作《中國古代服飾研究》、《龍鳳藝術》。

1930

三個男人和一個女人

沈從文

因為落雨，朋友逼我說落雨的故事。這是其中最平凡的一個。它若不大動人，只是因為它太真實。我們都知道，凡美麗的都常常不是真實的，天上的虹同睡眠的夢，便為我們作例。

沒有什麼人知道軍隊中開差要落雨的理由。

我們自己是找不出那個理由的。或者這事情團部的軍需能夠知道，因為沒有落雨時候，開差的草鞋用得很少，落了雨，草鞋的耗費就多了。落雨開差對於軍需也許有些好處。這些事我們並不清楚，照例非常複雜，照例團長也不大知道，因為團長是穿皮靴的。不過每次開拔總同落雨有一種密切關係，這是本年來我們的巧遇。

在大雨中作戰，還需要人，在雨裡開差，我們自然不應當再有何種怨言了，雨既然時落時止，部隊的油布雨衣，都很完全。我們前面辦站的副官，從不因為藉故落雨，便不把我們的飲食預備妥當。我們的營長，騎在馬上，盡雨淋溼全身，也不害怕發生瘧疾。我們在雨中穿過竹林，或在河邊茅棚下等候渡船，因為落雨，一切景致看來實在比平常日子美麗許多。

落了雨泥漿分外多，但滑滑的走著長路，並不使人十分難過。我們是因為落雨，所以每天才把應走的里數縮短的。我們還可以在方便中，藉故走到一個有青年婦人的家裡去，說幾句俏皮話，打個哈哈，順便討取幾張棕衣，包到腳上。我們因為落雨，才可以隨便一點，同營長在一個小盆裡洗腳。一個兵士還能夠有機會同營長在一個盆裡洗腳，這出乎軍紀風紀以上的放肆，在我們那時節，是不什麼容易得到的機會！

隊伍走了四天，到了我們要到的地點。天氣是很有趣味的天氣，等到隊伍已經達到目的地，忽然放了晴，有太陽了。

一定有許多人要笑它，以為太陽在故意同我們作對。好吧，這個我們可管不了許多。我們是移到這裡來填防的，原來所駐的軍隊早已走了，把部隊開來補缺，別人做什麼無聊事我們還是要繼續來做。

乘滿天紅霞夕陽照人時，我們有一營人留在此地了。另外一營人，今天晚上雖然也留在此地，第二天就得開拔到一個五十里外的鎮上去。那些明天還要開拔的，這時節已全駐紮到各小客棧同民房，我們卻各處去找尋應當駐宿的地點。因為各個部隊已經分配好了，我們的旗子插到楊家祠堂，可是一連人中誰也不知道這楊家祠堂的方向，只是在街中亂抓別一連的兵士詢問。

原來楊家祠堂有兩個，我們找了許久，找到的還是好像不對。因為這祠堂太小，太壞，內中極其荒涼。但連長有點生氣，他那尊貴的腳不高興再走一步了。他說，這裡既然是空的，就歇息一下，再派人去問吧。我們全是走了一整天長路的人，我們還看到許多兵士，在民房裡休息，用大木盆洗腳，提乾魚匆匆忙忙的向廚房走去。倦了餓了，都似乎有了著落，得到解決，只有我們還在這市鎮街上各處走動，像一隊無家可歸的遊民。現在既然有了個歇腳地方，並且時間又已經快夜了，所以誰也不以為意，都在祠堂外廊下架了槍，許多人都坐在那石獅子下，鬆解身上的一切負荷。

一個年輕號兵不知從什麼地方得來了一個葫蘆，滿葫蘆燒酒，一個人很貪婪的躲到牆腳邊喝它。有些兵士見到了都去搶這葫蘆，到後葫蘆打碎，所有酒全潑在還不十分乾燥的石地上了。號兵發急，大聲的辱罵，而且追打搶劫他的同伴。

連長聽到這個吵鬧，想起號兵的用處了，就要號兵吹號探問團部。號兵爬到石獅子上去，一手扳著那為夕陽所照及的石獅，一手拿著那支紫銅短小喇叭，吹了一通問答的曲子，聲音飄蕩到這晚風中，極其抑揚動人。

其時滿天是霞，各處人家皆起了白白的炊煙，在屋頂浮動。許多年輕婦人帶著驚訝好奇的神氣，身穿新漿洗過的月藍布衣裳，胸前掛著扣花圍裙，抱了小孩子，遠遠的站在人家屋簷下看熱鬧。

那號兵，把喇叭吹過後，就得到了駐在山頭廟裡團部的回音。連長又要號兵用號聲，詢問是不是本連就在這祠堂歇腳。那邊的答覆還是不能使我們的連長滿意。於是那號兵，第三次又鼓著那嘴唇，吹他那紫銅喇叭。

在街的南端來了兩隻狗，有壯偉的身材，整齊的白毛，聰明的眼睛，如兩個雙生小孩子，站在一些人的面前。這東西顯然是也知道了祠堂門前發生了什麼事情，特意走來看看的。

這對大狗引起了我們一種幻想。我們的習慣是走到任何地方看到了一隻肥狗，心上就即刻有一個殺機興起，極難遏止的。可是另外還有更使人注意的，是聽到有一個女子的聲音喊「大白」，「二白」，清朗而又脆弱，喊了兩聲，那兩隻狗對我們望望，彷彿極其懂事，知道這裡不能久玩，返身飛跑去了。

天快晚了。滿天紅雲。

我們之間忽然發生了一個意外的變故。那號兵，走了一整天的路，到地後，大家皆坐下休息了，這年輕人還爬上石獅子去吹了好幾次號。到後腳腿一發麻，想從石獅子上跳下時，誰知兩腳已毫無支持他那身體的能力，跳到地下就跌倒不能爬起，一雙腳皆扭傷了筋，再也不能照平常人的方便走路了。

這號兵是我同鄉，我們在一個堡砦裡長大，一條河裡泅水過著夏天，一個樹林子裡拾松菌消磨長日。如今便應當輪到我來照料他了。

一個二十歲的人，遭遇這樣的不幸，那有什麼辦法可言！

因為連長也是同鄉，號兵的職務雖不革去，但這個人卻因為這不幸的事情，把事業永遠陷到號兵的位置上了。他不能如另外號兵，在機會中改進幹部學校再圖上進了，他不能再有資格參加作戰剿匪的種種事情了，他不能再像其他青年兵士，在半夜裡爬過一堵土牆去與本地女子相會了。總而言之，便是這個人做人的權利，因為這無意中一摔，一切皆消滅無餘，無從補救了。

我因為同鄉緣故，總是特別照料到這個人。我那時是一個什長，我就把他放在我那一棚裡。這年輕人仍然每早得在天剛發白時候爬起，穿上軍衣，弄得一切整齊，走到祠堂外邊石階上去，吹天明起床號一通。過十分鐘，又吹點名號一通。到八點又吹下操號一通。到十點又吹收操號一通……此外還有許多次數，都不能疏忽。軍隊到了這裡，半月來完全不下操，但照規矩那號兵總得盡號兵的職務。他每次走到外邊去吹他的喇叭時，都得我照扶他。我或者沒有空閒，這差事就輪著班上一個火夫。

我們都希望他慢慢的會轉好，營部的外科軍醫，還把十分可信的保證送給這個不幸的人。這年輕人兩隻腿被軍醫都放過血，揉搓過許久，且用藥燒灼過無數次，末了還用杉木板子夾好。日子一天一天的過去，還是得不到少許效驗，我們都有點失望了，他自己卻不失望。

他說他會好的，他只要過兩個月就可以把杉木夾板取去，可以到田裡去追趕野兔了。聽到這個話老軍醫便笑著，因為他早知道這件事是青年人永遠無可希望的事情，不過他遵守著他做醫生的規則，且法律又正許可這類人說謊，所以他約許給這個號兵種種利益，有時比追兔子還誇張得不合事實。

過了兩個月，這年輕人還是完全不濟事。傷處的腫已經消了，血毒症的危險不會有了，傷部也不至於化膿潰爛了，但這個號兵，卻已完全是一個瘸腳人了。他已經不要人照料，就可以在職務上盡力了。他仍然住在我那一棚裡，因為這樣，我們兩人之間，成立了一種最好的友誼。

我們所駐在的市鎮，並不十分熱鬧，但比起湘邊各小城市，卻另有一種風味。這裡只四條大街，中央一個鼓樓操縱全城。這裡如其他地方一樣，有藥舖同煙館，有賭博地方同喝酒地方。我每天差不多都同這個有殘疾的號兵在一處過活，出去時總在一塊，喝酒兩人幫忙，賭博兩人拉伴平分。

如果部隊不開拔，這年輕人仍然有一切當兵人的幸福。凡是一個兵士能做到的事，他仍然可以有分。他要到那些有年輕婦人的住處去，婦人們都不敢得罪他。他坐上桌子賭五十文一注的二十一點撲克，別人也不好意思行使欺騙。他要吹號，凡是在過去沒有趕得過他的，如今還是不會超過他。大家知道這個號兵的不幸，還不約而同的幫助這個人。

但他的性情，在我看來，有些地方卻變了。他是一個號兵，照例一個號兵，對於他的喇叭應當有一種特殊嗜好，無事時到各處走去，喇叭總不能離身。他一定還是一個動作敏捷活潑喜事的人。他可以在晨光熹微中，爬到後山頭或城堡上去試音，到了夜裡，還要在月光下奏他的曲子，同遠遠的另一連互相唱和。別的連上的號手，在逢場時節，還各人穿了整齊的制服，排隊到場上遊行，成列的對本城人有所炫耀，說不定其中就有意外的幸運發生，給那些藏在腰門後面，露出一個白白額角同黑亮眼睛的婦女們注了意。還有，他若是行動自由而且方便，拿喇叭到山上去吹，會有多少小孩子，帶著微微的害怕，圍攏來欣賞這大人物的藝術，他就可以同那些小孩子成立一種友誼。慢慢地，他就得到許多小朋友了。

屬於號兵分外的好處，一切都完了。他僅有的只是一點分內的職務。平時好動喜事的他，有點兒陰鬱，有點兒可憐。

他的腳已經瘸了。連長當人面前就大聲的喊瘸子。為了一種方便，為了在辨別上容易認出，自從這號兵一瘸，大家都在他的號兵名字加上了「瘸子」兩字，本連火夫也有了這一種權利對這個人存輕視心，輕輕的互相批評這不幸的人，且背地裡學這人的行動作為娛樂。

在先，對於號兵的職務，他仍然如一個好人一樣，按時站在祠堂門外，或內面殿堂前石階上，非常興奮的吹他的喇叭。後來因為本連補下一個小副手，等到小號兵已經能夠較正確的吹完各樣曲子時，他就不常按時服務了。

他同我每天都到南街一個賣豆腐的人家去，坐在那大木長凳上，看鋪子裡年輕老闆推漿打豆腐。這鋪子對面是一個郵政代辦所，一家比本城各樣鋪子還闊氣的房子，從對街望去，看得見鋪子裡油黃大板壁上掛的許多字畫，許多貼金灑金的對聯。最初來的那一天，我們所見到的那兩隻白色大狗，就是這人家所豢養的東西。這狗每天蹲在門前，遇熟人就站起身來玩一陣，後來聽到一個人的叫喚，便顯得匆匆忙忙，走到有金魚缸的門裡天井去了。

我們難道是靠著白吃一碗豆漿，就成天來賴到這鋪子裡面麼？我們難道當真想要同著年輕老闆結拜兄弟，所以來同這個人要好麼？

我們來到這裡有別的原因。但是，兩個兵士，一個是廢人，一個雖然被人家派為什長，站班時能夠走出隊伍來喊報名，在弟兄中有一種權利，在官長方面也有一種權利，儼然是一個預備軍官，更方便處是可以隨意用各樣稀奇古怪的名稱，辱罵本班的火夫，作為脾氣不好時節的洩氣方法。可是一到外面，還有什麼威武可說？一個班長，一連有十個或十二個，一營有三十六個，一團就有一百以上。什長的肩領章，在我們這類人身上，只是多加一層責任罷了。一個兵士的許多利益，因為是班長，卻無從得到了。一個兵士有許多放肆處，一個班長也不許可了。若有人知道作戰時班長同排長的責任，誰也將承認班長的可憐憫了。我到這兒是不以班長自居的，我擅用了一個兵士的權利，來到這豆腐舖。雖然我們每天總不拒絕由那個單身的強健的年輕人手裡，接過一碗豆漿來喝，我們可不是為吃豆漿而上門的。我們兩人原來都看中了那兩隻白狗，同那狗的女主人了。癩蝦蟆想吃天鵝肉，這句話恰像為我們說的。

說起這女人真是一個標緻的動物！在我生來還不曾見到有第二個這樣的女子。我看過許多師長的姨太太，許多女學生。第一種人總是娼妓出身，或者做了太太，樣子變成娼妓。第二種人壯大得使我們害怕，她們跑路，打球，做一些別的為我們所猜想不到的事情，都變成了水牛。她們都不文雅，不窈窕。至於這個人呢，我說不出完全合意的是些什麼地方，可是不說謊，我總覺得這是一朵好花，一個仙人。

我們一面服從營規，來時服從自己的欲望，在這城裡我們不敢撒野，我們卻每天到這豆腐舖子裡來坐下。來時同年輕老闆談天，或者幫助他推磨，上漿，包豆腐，一面就盼望那女人出門玩時，看一看那模樣。我們常常在那二門天井大魚缸邊，望見白衣一角，心就大跳，血就在全身管子裡亂竄亂跑。我們每天想方設法花錢買了東西，送給那兩隻狗吃，同牠們要好。在先，這兩個畜生竟像知道我們存心不良，送牠們的東西嗅了一會就走開了。但到後來這東西由豆腐鋪老闆丟過去時，兩條狗很聰明的望了一下老闆，好像看得出這並不是毒藥，所以吃下了。

為什麼我們要在這無希望的事業上用心，我們自己也不知道。按照我們的身分，我們即或能夠同這個人家的兩條狗要好，也仍然無從與那狗主人接近。這人家是本地郵政代辦所的主人，也就是這小城市唯一的紳士，他是商會的會長，鋪子又是本軍的兌換機關。時常請客，到此赴席的全是體面有身分的人物，團長同營長，團副官，軍法，軍需，無不在場。平常時節，也常常見營部軍需同書記官到這鋪子裡來玩，同那主人吃酒打牌。

我們從豆腐鋪老闆口上，知道那女人是會長最小的姑娘，年紀還只有十五歲。我們知道一切無望了，還是每天來坐到豆腐鋪裡，找尋方便，等候這嬌生慣養的小姑娘出外來，只要看看那明豔照人的女人一面，我們就覺得這一天太快樂了。

或者一天沒有機會見到，就是單聽那脆薄聲音，喊叫她家中所豢養狗的名字，叫著大白二白，我們彷彿也得到了一種安慰。我們總是痴痴的注想到那魚缸，因為從那裡常常可見到白色或蔥綠色衣角，就知道那個姑娘是在家中天井裡玩。

時間略久，那兩隻狗同我們做了朋友，見我們來時，帶著一點謹慎小心的樣子，走過豆腐鋪來同我們玩。我們又恨這畜生又愛這畜生，因為即或玩得很好，只要聽到那邊喊叫，就離開我們走去了。可是這畜生是那麼馴善，那麼懂事！不拘什麼狗都永遠不會同兵士要好的，任何種狗都與兵士作仇敵，不是乘隙攻擊，就是一見飛跑；只有這兩隻狗竟當真成了我們的朋友。

豆腐鋪老闆是一個年輕人，強健堅實，沉默少言，每天愉快的做工，同一切人做生意，晚上就關了店門睡覺。看樣子好像他除了守在鋪子面前，什麼事情也不理，除了做生意，什麼地方也不去。初初看來竟不知道這人什麼時候吃飯，什麼時候去買辦他製豆腐的黃豆。他雖不大說話，可是一個主顧上門時節，他總不至疏忽一切的對答。我們問他所有不知道的事情時，他答應得也非常滿意。

我們曾邀約他喝過酒，等到會鈔時，走到櫃上去算帳，卻聽說豆腐老闆已先付了帳。第二次我們又請他去，他就毫不客氣的讓我們出錢了。

我們只知道他是從鄉下搬來的，間或也有鄉下親戚來到他的鋪子裡，看那情形，這人家中一定也不很窮。他生意做得不壞，他告訴我說，他把積下的錢都寄回鄉下去。問他是不是預備討一個太太，他就笑著不說話。他會唱一點歌，嗓子很好，聲音調門都比我們營裡人高明。他又會玩一盤棋，人並不識字，「車」「馬」「象」「士」卻分得很清楚。他做生意從未用過帳簿，但賒欠來往數目，都能用記憶或別的方法記著，不至於錯誤。他把我們當成朋友看待，不防備我們，也不諂諛我們。我們來到他的鋪子裡，雖然好像單為了看望那商會會長的小姑娘，但若沒有這樣一個同我們合得上的主人，我們也不會不問晴雨到這鋪子裡混了！

我同到我那同伴瘸腳號兵，在他豆腐鋪裡談到對面人家那姑娘，有時免不了要說出一些粗話蠢話，或者對於那兩隻畜生，常常做出一點可笑的行為，這個年輕老闆總是微笑著，在他那微笑中我們雖看不出什麼惡意，卻似乎有點祕密。我便說：「你笑什麼？你不承認她是美人麼？你不承認這兩隻狗比我們有福氣麼？」照例這種話不會得到回答。即或回答了，他仍然只是忠厚誠實而幾幾乎還像有點女性害臊神氣的微笑。

「為什麼還好笑？你們鄉下人，完全不懂美！你們一定歡喜大奶大臀的婦人，歡喜母豬，歡喜水牛。這是因為你不知道美，不知道好看的東西。」

有時那跛子號兵，也要說：「娘個狗，好福氣！」且故意窘那豆腐舖老闆，問他願不願意變成一隻狗，好得到每天與那小姑娘親近的機會。

照例到這些時節，年輕人便紅著臉一面特別勤快的推磨，一面還是微笑。

誰知道這是什麼意思？誰又一定要追尋這意思？

我們的日子可以說是過得很快樂。因為我們除了到這裡來同豆腐老闆玩，喝豆漿看那個美人以外，還常常去到場坪看殺人。我們的團部，每五天逢場，總得將從各處鄉村押解來到的匪犯，選擇幾個做壞事有憑據的，牽到場頭大路上去砍頭示眾。從前駐紮在懷化，殺人時，若分派到本連護衛，派一排押犯人，號兵還得在隊伍前面，在大街上吹號。到場坪時，隊伍取跑步向前，吹衝鋒號，使情形轉為嚴重。殺過人以後，收隊回營，從大街上慢慢通過，又得奏著得勝回營的曲子。如今這事情跛腳號兵已無分了。如今護衛的完全歸衛隊，就是平常時節團長下鄉剿匪時保護團長平安的親兵，屬於殺人的權利也只有這些人占有了。我們只能看看那悲壯的行列，與流血的喜劇了。我也不能再用班長資格，帶隊押解犯人遊街了。可是這並不是我們的損失，卻是我們的好處。我們既然不在場護衛，就隨時可以走到那裡去看那些殺過後的人頭，以及灰僵僵的屍體，停頓在那地方很久，不必須即時走開。

有一次，我們把豆腐老闆拉去了，因為這個人平素是沒有膽量看這件事的。到那血跡殷然的地方，四具死屍躺在土坪裡，上衣已完全剝去，恰如四隻死豬。許多小兵穿著不相稱的軍服，臉上顯著極其頑皮的神氣，拿了小小竹竿，刺撥死屍的喉管。一些餓狗遠遠的蹲在一旁，眺望到這裡一切新奇事情，非常出神。

號兵就問豆腐老闆，對於這個東西害不害怕。這年輕鄉下人的回答，卻仍然是那永遠神祕永遠無惡意的微笑。看到這年輕人的微笑，我們為我們的友誼感覺喜悅，正如聽到那女子的聲音，感覺生命的完全一個樣子。

因為非常快樂，我們的日子也極其容易過去了。

一轉眼，我們守在這豆腐鋪子看望女人的事情就有了半年。

我們同豆腐老闆更熟了些，同那兩隻狗也完全認識了。我們有機會可以把那白狗帶到營裡去玩，帶到江邊去玩，也居然能夠得到那狗主人的同意了。

因為知道了女人毫無希望（這是同豆腐老闆太熟習了，才從他口中探聽到不少事情的），我們都不再說蠢話，也不再做愚蠢的企圖了。仍然每天到豆腐鋪來玩，幫助這個朋友，做一切事情。我們已完全學會製造豆腐的方法，能辨別豆漿的火候，認識黃豆的好壞了。我們還另外認識了許多本地主顧，他們都願意同我們談話，做我們的朋友。主顧是營裡兵士時，我們的老闆，總要我多多的給他們豆腐，且有時不接受主顧的錢。我們一面把生活同豆腐生意打成一片，一面便同那兩隻白狗成了朋友，非常親暱，非常要好。那小姑娘的聲音，雖仍然能夠把狗從我們身邊喊叫回去，可是有時候我們吹著哨子，也依然可以嗾使那兩條狗飛奔的從家中跑出來。

我們常常看見有年輕的軍官，穿著極其體面的毛呢軍服，白白的臉龐，帶著一點害羞的紅色，走路時胸部向前直挺，用那有刺馬輪的長統黑皮靴子，磕著街石，堂堂的走進那人家二門裡去，就以為這其中一定有一些故事發生，充滿了難受的妒意。我到底是懂事一點的人，受了這個打擊，還知道用別的方法安慰到自己，可是我的同伴瘸腳號兵，卻因此大不快樂。我常常見他對那些年輕官佐，在那些人背後，捏起拳頭來做打下的姿勢。又常常見他同豆腐鋪老闆談一些我不注意到的事情。

有一次在一個小館子裡，各人皆喝多了一點酒，忘了形，我說過這樣的話，我向那跛腳的殘廢人說：「你是廢人，我的朋友，我的庚兄，你是廢人！一個小姐是只嫁給我們年輕營長的。我們試去水邊照照看，就知道這件事我們無分了。我們是什麼東西？四塊錢一月，開差時在泥漿裡跑路，駐紮下來就點名下操，夜間睡到稻草薦墊上給大臭蟲咬，口是吃牛肉酸菜的口，手只捏那冰冷的槍筒……我們年輕，這有什麼用！我們只是一些排成隊伍的豬狗罷了，為什麼對於這姑娘有一種野心？為什麼這樣不自量？……」我那時的確已有了點醉意，不知道應當節制語言，只是糊糊塗塗，教訓這個平時非常聽好話的朋友。我似乎還用了許多比喻，提到他那一隻腳。那時只是我們兩個人在一處，到後，不知為什麼理由，這朋友忽然改變了平常的脾氣，完全像一隻發瘋了的獸物，撲到我的身上來了。我們於是就揪打成一堆，各人扭著對方的耳朵，各人毫不虛偽的痛痛的打了一頓。我實在是醉了，他也是有點醉了。我們都無意思的罵著鬧著，到後有兵士從門外過身，聽到裡面吵鬧，像是自己人，才走進來勸解，費了許多方法才把我們拉開。

回到連上，各人嘔了許多，半夜裡，我們酒醒了，各人皆因為口渴，爬起來到水缸邊拿水喝。兩人喝了好些冷水，皆恍恍惚惚記起上半夜的事情，兩人都哭起來。為什麼要這樣鬥毆？什麼事使我們這樣切齒？什麼事必須要這樣做？我們披了新近領下的棉軍服，一同走到天井去看快要下落的月亮，如一個死人的臉龐。天空各處有流星下落，作美麗耀目的明光。各處有雞在叫。我們來到這裡駐防，我這個朋友跌壞了腿的那時，還是四月，如今已經是十月了。

第二天，兩人各望著對方的浮腫的臉，非常不好意思。連上有人知道了我們的毆打，一定還有人擔心我們第二次的爭鬥，可料不到昨夜醉裡的事情，我們兩人早已忘記了。我們雖然並不忘卻那件事，但我們正因為這樣，友誼似乎更好了些。

兩人仍然往豆腐舖去，豆腐老闆初初見到，非常驚訝，以為我們之間一定發生重大的事故。因為我們兩人的臉有些地方抓破了，有些地方還是浮腫，我們自己互相望到也要發笑。

到後還是我來為我們的朋友把事情說明，豆腐老闆才清楚這原委。我告訴他說，我恍惚記憶得我說了許多糊塗話，我還罵他是一隻瘸腳公狗，到後，不知為什麼兩人就揉在一處了。幸好是兩人都醉了，手腳無力，毫不落實，雖然行動激烈，卻不至於打破頭。

這時那個姑娘走出門來，站在她的大門前，兩隻白狗非常諂媚的在女人身邊跳躍，繞著女人打圈，又伸出紅紅的舌頭舔女人的小手。

我們暫時都不說話了，三個人望到對面。後來那女人似乎也注意到我們兩人臉上有些蹊蹺，完全不同往日，便望著我們微笑，似乎毫不害怕我們，也毫不疑心我們對她有所不利。可是，那微笑，竟又儼然像知道我們昨晚上的胡鬧，究竟是為了一些什麼理由。

我那時簡直非常憂鬱，因為這個小姑娘竟全不以我們為意，在那小小的心裡，說不定還以為我們是為了賺一點錢，同這豆腐老闆合股做生意，所以每天才來到這裡的。我望了一下那號兵，他的樣子也似乎極其憂鬱，因為他那隻瘸腿是早已為人家所知道了的，他的樣子比我又壞了一點，所以我斷定他這時心上是很難受的。

至於豆腐老闆呢，我不知道他是有意還是無意，這時節正露著強健如鐵的一雙臂膊，扳著那石磨，檢查石磨的中軸有無損壞。這事情似乎第三次了。另一回，也是在這類機會發現時，這年輕誠實單純的男子，也如今天一樣檢查他的石磨。

我想問他卻沒有開口的機會。

不到一會兒，人已經消失到那兩扇綠色貼金的二門裡不見了。如一顆星，如一道虹，一瞬之間即消逝了。留在各人心靈上的是一個光明的符號。我剛要對著我的瘸腿朋友做一個會心的微笑，我那朋友忽然說：「二哥，二哥，你昨晚上罵得我很對，罵得我很對！我們是豬狗！我們是陰溝裡的蝦蟆！……」因為號兵那慘沮樣子，我反而覺得要找尋一些話語，安慰這個不幸的廢人了。我說：「不要這樣說吧，這不是男子應說的話，我們有我們的志氣，憑這志氣凡事都無有不可以做到。萬丈高樓平地起，我們要做總統，做將軍，一個女人，算不了什麼稀奇。」

號兵說：「我不打量做總統，因為那個事情太難辦到。我這雙腳，娘個東西，我這雙腳！……」

「誰不許你做人？你腳將來會想法子弄好的，你還可以望連長保薦到幹部學校去念書。你可以同他們許多學生一樣，憑本領掙到你的位置。」

「我是比狗都不如的東西。我這時想，如果我的腳好了，我要去要求連長補個正兵名額。我要成天去操坪鍛鍊……」「慢慢的自然可以做到，」我轉頭向豆腐老闆望著，因為這年輕人已經把石磨安置妥當，又在搖動著長木推手了，「我們活下來真同推磨一樣，簡直無意思。你的意思以為怎麼樣？」

這漢子，對於我說的話好像以為同我的身分不大相稱，也不大同他的生活相合，還是同別一時節別一事情那樣向我微笑。

我明白了，我們三個人同樣的愛上了這個女子。

十月十四，我被派到七十里外總部去送一件公文，另外還有些別的工作，在石門候信住了一天，路上來回消磨了兩天。

回轉本城把回文送過團部，銷了差，正因為這一次出差，得六塊錢獎賞，非常快樂，預備回連上去打聽是不是有人返鄉，好把錢寄四塊回去辦冬天的臘肉。回連上見到瘸子，我還不曾開口，那號兵就說：「二哥，那個女人死了！」

這是什麼話？

我不相信，一面從容俯下身去脫換我的草鞋。瘸子站在我面前，又說是「女人死了」，使我不得不認真了。我聽清楚這話的意義後，忽然立起，簡直可說是非常粗暴的揪著了這人的領子，大聲詢問這事真偽。到後他要我用耳朵聽聽，因為這時節遠處正有一個人家辦喪事敲鑼打鼓，一個嗩吶非常淒涼的顫動著吹出那高音。我一隻腳光著，一隻腳還籠在溼草鞋裡，就拖了瘸子出門。我們同救火一樣向豆腐舖跑去，也不管號兵的跛腳，也不管路人的注意。但沒有走到，我已知道那嗩吶鑼鼓聲音，便是由那豆腐舖對面人家傳出。我全身發寒，頭腦好像被誰重重的打擊了一下，耳朵發轟轟的聲音。

我心想，這才是怪事！才是怪事……

我靜靜的坐在那豆腐舖的長凳上時，接過了朋友給我的一碗熱豆漿。豆腐舖對面這個人家大門前已憑空多了許多人，門前掛了喪事中的白布，許多小孩子頭上纏了白包頭，在門外購買東西吃。

我還看到那大魚缸邊，有人躬身焚著紙錢銀錠，火光熊熊向上直冒，紙灰飛得很高。

我知道這些事情都是真實，就全身拘攣，然而笑了。

我看看那豆腐老闆，這個人這時卻不如往天那樣樂觀，顯然也受了一種打擊，有點支持不住了。他做為沒有見到我的樣子，回過臉去。我又看號兵，號兵卻做出一種討人厭煩的樣子。不知道為什麼我這時真有點厭煩這跛腳的人，只想打他一拳，可是我到底沒有做過這種蠢事。

到後我問，才知道這女子是昨天吞金死的。為什麼吞金，同些什麼人有關係，我們當時一點也不明白，直到如今也仍然無法明白。（許多人是這樣死去，活著的人毫不覺得奇怪的。）女人一死，我們各人都覺得損失了一種東西，但先前不會說到，卻到這時才敢把這東西的名字提出。我們先是很憂鬱的說及，說到後來大家都笑了，分手時，我們簡直互相要歡喜到相撲相打了。

為什麼使我們這樣快樂可說不分明。似乎各人皆知道女人正像一個花盆，不是自己分內的東西；這花盆一碎，先是免不了有小小惆悵，然而當大家討論到許多花盆被一些混帳東西長久占據，凡是花盆終不免被有權勢的獨占，唯有這花盆卻碎到地下，我們自然似乎就得到一點安慰了。

可是，回轉營裡，我們是很難受的。我們生活破壞無餘了。從此再也不會為一些事心跳，在一些夢上發痴了。我們的生活，將永遠有了一個看不見的缺口，一處補丁，再也不是完全的了。

其實這樣女人活在世界上同死去，對於我們有什麼關係？

假使人還是好好的活下，開差移防的命令一到，我們還有什麼希望可言？我們即或駐紮在這裡再久，一個跛腳的號兵，一個什長，這兩個寶貝，還有什麼機會？除了能夠同那兩隻狗認識以外，有何種偉大企圖？

第二天，兩人很早的就起來，互相坐在鋪上對面，沉默無話可說。各人似乎在努力想把自己安置到空闊處去，不再給過去的記憶困擾。各人都要生氣，卻不知道為什麼忽然脾氣就壞到這樣子。

「為什麼眼睛有點發腫？你這個傻瓜！」號兵因為我嘲笑他，卻不取反攻姿勢，只非常可憐的望到我。

我說，「難道人家死了，你還要去做孝子麼？」

他還是那樣，似乎想用沉默作一種良心的雄辯，使我對於他的行為引起注意。我了解這點，但是卻不放棄我嘲罵他的權利。

「跛子，你真是隻癩蝦蟆，吃蟲蟻，看天上。」

末了他只輕輕的問我，「二哥，你說，是不是死了的人還會復活？」因為這一句痴話我又數說了他好一頓。

兩人到豆腐鋪時，卻見對面鋪門極其冷清，門前地下剩餘一些白紙錢。我們的朋友，那個年輕老闆，人坐在長凳上，用手扶了頭，人家來買豆腐時，就請主顧自己用刀鏟取板上的豆腐。見我們來了，他有了一點點生氣，好像是遮掩自己的傷痕，仍然對我們微笑著。他的笑，說明他還依然有個健康的身體和善良的人格。

「為什麼？頭痛嗎？」

「埋了，埋了，一早就埋了！」

「早上就埋了麼？」

「天還不大亮就出門了的。」

「你有了些什麼事情，這樣不快樂？」

「我什麼也不。」

他說了後，忙著為我們去取碗盞，預備盛豆漿給我們吃。

坐在那豆腐鋪子裡望著對面的鋪子，心中總像十分淒涼，我同號兵坐了一會兒，就離開這個豆腐鋪子，走向一個本地婦人處打牌去了。我們從那裡探聽得這女人所埋葬的地點，在離城兩里的鱔魚莊上。

不知為什麼我一望到那號兵憂鬱樣子，就使我非常生氣要打他罵他。好像這個人的不歡喜樣子，侮辱我對那小姑娘的傾心一樣。好像他這樣子，簡直是在侮辱我。我實在不願意再同他坐在一個桌上打牌了，就回到連上躺在草墊上睡了。

這夜裡跛子竟沒有回到連上來。他曾告我不想回連上去睡，我以為他一定在那婦人處過夜了，也不覺得稀奇。第二天，我還是不願意出門，仍然靜靜的躺在床上。到下午來我的頭有點發燒，全身也像害了病，不想吃喝。吃了點薑糖草藥，因為必須蒙頭取汗，到全身被汗水透溼人醒來時，天已經夜了。

我起身到大殿後面去小便，正是雨後放晴，夕陽斜掛屋角，留下一片黃色。天空有一片薄雲，為落日烘成五彩。望到這個暮景，望到一片在人家屋上淡淡的炊煙，聽到雞聲同狗聲，軍營中喇叭聲，我想起了我們初來此地那一天發生的一切事情。我想起我這個朋友的命運，以及我們生活的種種，很有點悵惘，有點悲哀。有一個疑問的符號隱藏在心上，對於這古怪人生，不知作何解釋，我的思想自然還可以說是單純而不復雜。

我到後仍然回去睡了，不想吃飯，不想說話，不想思索。

我睡下去，不知道有多久時間，只是把棉被蒙了頭顱，隱隱約約聽到在樓上兵士打牌吵鬧的聲音，迷迷糊糊見過許多人，又像是我們已經開了差，已經上了路，已經到了地。過去的事重複侵入我的記憶，使我重新看見號兵跌倒時的神氣。醒回時好像有人坐在我的身邊。把被甩去，才知道燈已熄滅了，只靠著正殿上的大油燈餘光，照得出有一個人影，坐在我身邊不動。

「瘸子，是你嗎？」

「是我。」

「為什麼這時節才回來？」

他把臉藏在黑暗裡，沒有做聲。我因為睡了許久，出了兩次汗，頭昏昏的，這時候究竟已經是什麼時候，也依然不很分明，就問他這是什麼時候。他還是好像不曾聽到我的話樣子，毫無動靜。

過了一會，他才說，「二哥，真是祖宗有靈，天保佑，放哨的差一點一槍把我打死了。」

「你不知道口令麼？」

「我哪裡會知道口令？」

「難道已經是十二點過了麼？」

「我不知道。」

「你今晚到些什麼地方去，這時才回來？」

他又不做聲了。我看見放在米桶上兵士們為我預備的一個美孚燈，燈頭弄得很小，還可以使它光亮，就要他捻一下燈。他先是並不動手，我第二次又請他做這件事。

燈光大了一點，我才望明白這號兵，全身黃泥，極其狼狽。臉上正如剛才不久同人毆打過樣子，許多部分都牽掣著顯著受傷的痕跡。我奇異而又驚訝，望到這朋友，不知道如何問他這一天來究竟到過些什麼地方，做了些什麼事情。我的頭腦這時也實在還是有點糊塗，因為先一時在迷糊中我還夢到他從石獅上滾下地的情形，所以這時還彷彿只是一個夢。

他輕輕的輕輕的說，「二哥，二哥，那墳不知道被誰挖掘了。」

「誰的墳呢。」

「好像是才挖掘不久的，我看得很清楚。」他的話，帶著頑固神氣，使我疑心他已經發了狂。

「我說，你說的是什麼人的墳？在什麼地方，你怎麼知道？」

「我怎麼知道？我聽人說那大辮子埋在鯅魚莊，我要去看看。我昨天到過一次，還是很好的。我今天晚上又去，我很分明記到那一條路，那座墳，不知道已經被誰挖了。」

如不是我有點發狂，一定就是我這個朋友發了狂。我明白他所指的墳是誰埋葬在那裡了。我像一個瘋人，跳了起來，「你到過她的墳上麼？你到過她的墳上麼？你存什麼心？你這畜生……」這朋友，卻毫不驚訝，靜靜的幽悄的說，「是的！我到過她的墳上，昨天到過，今天又到過。我不是想做壞事的人！我可以賭咒，天王在上，我並不帶了什麼傢伙去。我昨晚上還看到那個土堆，一個上好土饅頭，今天晚上全變了。我可以賭咒，看到的是昨晚那座墳，完全不是原來樣子。不知誰做了這樣事情，不知誰把她從棺木裡掏出，背走了。」

我聽到這個嚇人的報告，卻忽然想起一個人來了。但我並不說出口，因為這個人還只在我的心上一閃，就又即刻消失了。我起了一個疑問，以為是這個女子還魂，從棺木中掙扎奔出，這時節或者已經跑回家中同她的爹爹媽媽說話了。我又疑心她的死是假的，所以草草的埋葬，到後另外一個人就又把她掘出，把她救走了。我又疑心這事一定在我這個朋友有了錯誤，因為神經錯亂，忘記了方向和地位，第一次同第二次並不是在同一地方，所以才會發生這種誤會，我用許多空想去解釋，以為這件事並不完全真實。

後來我問他為什麼要到墳邊去。他很虛怯，以為我疑心這事他一定已經知道，或者至少事後知道這主謀人是誰，他一連發了七種誓言，要求各樣天神作證，分辯他並無劫取女屍的意思。他只是解釋他並不預先帶有何種鐵器作掘墓的人犯。他極力分辯他的行為。他把話說完了，望見我非常陰沉，眼睛裡含有一種疑懼神色，如果我當時還不能表示對他的信託，他一定可以發狂把我扼死。

我的病已完全嚇走了，我計算應當如何安置這個行將瘋狂另一時又必然瘋狂的朋友。我用許多別的話為他解說，且找出許多荒唐故事安慰這個破碎心靈。他的血慢慢的冷靜，一切興奮過去後，就不斷的喃喃的罵著一句野話。他告給我他實在也有過這種設想，因為聽人說吞金死去了的人，如果不過七天，只要得到男子的偎抱，便可以重新復活。他又告我，第一天他還只是想像他到了墳邊，聽得到有呼救聲音，便來做一次俠義事，從墓中把人救出。第二天，他因為聽人說到這個話，才又過那裡去，預備不必有呼救聲音，也把女人掘出。可是到了那裡一看墳頭已經完全變了樣子，棺蓋掀在一旁，一個空棺張著大口等候吃人。他曾跳進棺裡去看過，除了幾件衣服以外什麼也不見。一定是有人在稍前一些時候做了這事情，這人一定把墳掘開，便把女子的屍身背走了。

他已經不再請天神作他的偽證了。他誠實而又鉅細無遺的同我說到過去一切，我聽完了他這些話，找不出任何話來安慰他了。我對於這件事還是不甚相信；我還是在心中打量，以為這事情一定是各人都身在夢中。我以為即或不是完全做夢，到了明天早上，這號兵也一定要追悔今晚所說的話語，因為這種欲望誰也無從禁止，行諸事實仍然不近人情。他因為追悔他的行為，把我殺死滅口也做得出。我這樣想著，不免有所預防，可是，這個人現在軟弱得如一個婦人，他除了懺悔什麼也不能做了。我們有一個問題梗到心上來了，就是我們對於這件事應當如何處置。是不是要去稟告一聲，還是盡那個啞謎延長？兩人商量了一會，靠著簡單的理智，認為這發現我們無權利去過問，且等天明到豆腐鋪看看。走了許多夜路的號兵，一雙瘸腿已經十分疲倦了，回來又談了許久，所以到後就睡了。我是大白天睡了一整天的人，這時無論如何也不能再睡了。在燈影下望著這個殘廢苦悶的臉，骯髒的身，我把燈熄了，坐到這朋友身邊，等候天明。

到豆腐鋪時間已經不早了，卻不見那年輕老闆開門。昨晚上我所想起的那件事，重新在我心上一閃。門既外邊反鎖，分明不是晏起或在家中發生何等事故了。我的想像或將成為事實，我有點害怕，拉了號兵跑回連上，把這估計告給了那起過非凡野心的他。他不甚相信事情一定就是這樣子，一個人又跑出了許久，回來時，臉色啞白，說他已經探聽了別一個人家，知道那老闆的確是昨天晚上就離開了他的鋪子的。

我們有三天不敢出去，只坐在草薦上玩骨牌。到後有人在營裡傳說一件新聞，這新聞生著無形的翅翼，即刻就全營皆知了。「商會會長女兒新墳剛埋好就被人拋掘，屍骸不知給誰盜了。」另外一個新聞，卻是「這少女屍骸有人在去墳墓半里的石洞裡發現，赤光著個身子睡在洞中石床上，地下身上各處撒滿了藍色野菊花。」

這個消息加上人類無知的枝節，便離去了猥褻轉成神奇。

我們給這消息楞住了。我們知道我們那個朋友做了一件什麼事情。

從此以後我們再也不曾到那豆腐舖裡去，坐在長凳上喝那年輕朋友做成的豆漿，再也不曾見到這個年輕誠實的朋友了。至於我那個瘸子同鄉，他現在還是第四十七連的號兵，他還是跛腳，但他從不和人提起這件事情。他是不曾犯罪的，但另外一個人的行為，卻使他一生悒鬱寡歡。至於我，還有什麼意見沒有？……我有點憂鬱，有點不能同年輕人合伴的脾氣，在軍隊中不大相容，因此來到都市裡，在都市裡又像不大合式，可不知再往哪兒跑。我老不安定，因為我常常要記起那些過去事情。一個人有一個人命運，我知道。有些過去的事情永遠咬著我的心，我說出來時，你們卻以為是個故事，沒有人能夠了解一個人生活裡被這種上百個故事壓住時，他用的是一種如何心情過日子。

作者簡介

——沈從文（1902-1988），詳見本書頁五六。

柳家大院

老舍

這兩天我們的大院裡又透著熱鬧，出了人命。

事情可不能由這兒說起，得打頭兒來。先交代我自己吧，我是個算命的先生。我也賣過酸棗、落花生什麼的，那可是先前的事了。現在我在街上擺卦攤，好了呢，一天也抓弄個三毛五毛的。老伴兒早死了，兒子拉洋車。我們爺兒倆住著柳家大院的一間北房。

除了我這間北房，大院裡還有二十多間房呢。一共住著多少家子？誰記得清！住兩間房的就不多，又搭上今個搬來，明天又搬走，我沒有那麼好記性。大家見面招呼聲「吃了嗎」，透著和氣；不說呢，也沒什麼。大家一天到晚為嘴奔命，沒有工夫扯閒盤兒。愛說話的自然也有啊，可是也得先吃飽了。

還就是我們爺兒倆和王家可以算作老住戶，都住了一年多了。早就想搬家，可是我這間屋子下雨還算不十分漏；這個世界哪去找不十分漏水的屋子？不漏的自然有哇，也得住得起呀！再說，一搬家又得花三份兒房錢，莫如忍著吧。晚報上常說什麼「平等」，銅子兒不平等，什麼也不用說。這是實話。就拿媳婦們說吧，娘家要是不使彩禮，她們一定少挨點揍，是不是？

王家是住兩間房。老王和我算是柳家大院裡最「文明」的人了。「文明」是三孫子，話先說在頭裡。我是算命的先生，眼前的字兒頗念一氣。天天我看倆大子的晚報。「文明」人，就憑看篇晚報，別裝孫子啦！老王是給一家洋人當花匠，總算混著洋事。

其實他會種花不會，他自己曉得；若是不會的話，大概他也不肯說。給洋人院裡剪草皮的也許叫作花匠；無論怎說吧，老王有點好吹。有什麼意思？剪草皮又怎麼低下呢？老王想不開這一層。要不怎麼窮人沒起色呢，窮不是，還好吹兩句！大院裡這樣的人多了，老跟「文明」人學；好像「文明」人的吹鬍子瞪眼睛是應當應分。反正他掙錢不多，花匠也罷，草匠也罷。

老王的兒子是個石匠，腦袋還沒石頭順溜呢，沒見過這麼死巴的人。他可是好石匠，不說屈心話。小王娶了媳婦，比他小著十歲，長得像擱陳了的窩窩頭，一腦袋黃毛，永遠不樂，一挨揍就哭，還是不短挨揍。老王還有個女兒，大概也有十四五歲了，又賊又壞。他們四口住兩間房。

除了我們兩家，就得算張二是老住戶了；已經在這兒住了六個多月。雖然欠下倆月的房錢，可是還對付著沒教房東給攆出去。張二的媳婦嘴真甜甘，會說話；這或者就是還沒教攆出去的原因。自然她只是在要房租來的時候嘴甜甘；房東一轉身，你聽她那個罵。誰能不罵房東呢；就憑那麼一間狗窩，一月也要一塊半錢?!可是誰也沒有她罵得那麼到家，那麼解氣。連我這老頭子都有點愛上她了，不是為別的，她真會罵。可是，任憑怎麼罵，一間狗窩還是一塊半錢。這麼一想，我又不愛她了。沒有真章兒，罵罵算得了什麼呢。

張二和我的兒子同行，拉車。他的嘴也不善，喝倆銅子的貓尿能把全院的人說暈了；窮嚼！我就討厭窮嚼，雖然張二不是壞心腸的人。張二有三個小孩，大的撿煤核，二的滾車轍，三的滿院爬。

提起孩子來了，簡直的說不上來他們都叫什麼。院子裡的孩子足夠一混成旅，怎能記得清楚呢？男女倒好分，反正能光眼子就光著。在院子裡走道總得小心點；一慌，不定踩在誰的身上呢。踩了誰也得鬧一場氣。大人全憋著一肚子委屈，可不就抓個碴兒吵一陣吧。越窮，孩子越多，難道窮人就不該養孩子？不過，窮人也真得想個辦法。這群小光眼子將來都幹什麼去呢？又跟我的兒子一樣，拉洋車？我倒不是說拉洋車就低得，我是說人就不應當拉車；人嘛，當牲口？可是，好些個還活不到能拉車的年紀呢。今年春天鬧瘟疹，死了一大批。最愛打孩子的爸爸也裂著大嘴哭，自己的孩子有個不心疼的？可是哭完也就完了，小席頭一卷，夾出城去；死了就死了，省吃是真的。腰裡沒錢心似鐵，我常這麼說。這不像一句話，是得想個辦法！

除了我們三家子，人家還多著呢。可是我只提這三家子就夠了。我不是說柳家大院出了人命嗎？死的就是王家那個小媳婦。像窩窩頭那位。我又說她像窩窩頭，這可不是拿死人打哈哈。我也不是說她「的確」像窩窩頭。我是替她難受，替和她差不多的姑娘媳婦們難受。我就常思索，憑什麼好好的一個姑娘，養成像窩窩頭呢？從小兒不得吃，不得喝，還能油光水滑的嗎？是，不錯，可是憑什麼呢？

少說閒話吧；是這麼回事：老王第一個不是東西。我不是說他好吹嗎？是，事事他老學那些「文明」人。娶了兒媳婦，喝，他不知道怎麼好了。一天到晚對兒媳婦挑鼻子弄眼睛，派頭大了。為三個錢的油，兩個大的醋，他能鬧得翻江倒海。我知道，窮人肝氣旺，愛吵架。老王可是有點存心找毛病；他鬧氣，不為別的，專為學學「文明」人的派頭。他是公公；媽的，公公幾個銅子兒一個！我真不明白，為什麼窮小子單要充「文明」，這是哪一股兒毒氣呢？早晨，他起得早，總得也把小媳婦叫起來，其實有什麼事呢？他要立這個規矩，窮酸！她稍微晚起來一點，聽吧，這一頓揍！

我知道，小媳婦的娘家使了一百塊的彩禮。他們爺兒倆大概再有一年也還不清這筆虧空，所以老拿小媳婦泄氣。可是要專為這一百塊錢鬧氣，也倒罷了，雖然小媳婦已經夠冤枉的。他不是專為這點錢。他是學「文明」人呢，他要作足了當公公的氣派。他的老伴不是死了呢，他想把婆婆給兒媳婦的折磨也由他承辦。他變著方兒挑她的毛病。她呢，一個十七歲的孩子可懂得什麼？跟她耍排場？我知道他那些排場是打哪兒學來的：在茶館裡聽那些「文明」人說的。他就是這麼個人——和「文明」人要是過兩句話，替別人吹幾句，臉上立刻能紅堂堂的。在洋人家裡剪草皮的時候，洋人要是跟他過一句半句的話，他能把尾巴擺動三天三夜。他確是有尾巴。可是他擺一輩子的尾巴了，還是他媽的住破大院啃窩窩頭。我真不明白！

老王上工去的時候，把磨折兒媳婦的辦法交給女兒替他辦。那個賊丫頭！我一點也沒有看不起窮人家的姑娘的意思；她們給人家作丫鬟去呀，作二房去呀，當幫姐去呀，是常有的事（不是應該的事），那能怨她們嗎？不能！可是我討厭王家這個二妞，她和她爸爸一樣的討人嫌，能鑽天覓縫地給她嫂子小鞋穿，能大睜白眼地造謠言給嫂子使壞。我知道她為什麼這麼壞，她是由那個洋人供給著在一個學校念書，她一萬多個看不上她的嫂子。她也穿一雙整鞋，頭髮上也戴著一把梳子，瞧她那個美！我就這麼琢磨這回事：世界上不應當有窮有富。可是窮人要是狗著有錢的，往高處爬，比什麼也壞。老王和二妞就是好例子。她嫂子要是做一雙青布新鞋，她變著方兒給踩上泥，然後叫他爸爸罵兒媳婦。我沒工夫細說這些事兒，反正這個小媳婦沒有一天得著好氣；有的時候還吃不飽。

小王呢，石廠子在城外，不住在家裡。十天半月地回來一趟，一定揍媳婦一頓。在我們的柳家大院，揍兒媳婦是家常便飯。誰教老婆吃著男子漢呢，誰教娘家使了彩禮呢，挨揍是該當的。可是小王本來可以不揍媳婦，因為他輕易不回家來，還願意回回鬧氣嗎？哼，有老王和二妞在旁邊唧咕啊。老王罰兒媳婦挨餓，跪著；到底不能親自下手打，他是自居為「文明」人的，哪能落個公公打兒媳婦呢？所以挑唆兒子去打；他知道兒子是石匠，打一回勝似別人打五回的。兒子打完了媳婦，他對兒子和氣極了。二妞呢，雖然常擰嫂子的胳臂，可也究竟是不過癮，恨不能看著哥哥把嫂子當作石頭，一下子捶碎才痛快。我告訴你，一個女人要是看不起另一個女人的，那就是活對頭。二妞自居女學生；嫂子不過是花一百塊錢買來的一個活窩窩頭。

王家的小媳婦沒有活路。心裡越難受，對人也越不和氣；全院裡沒有愛她的人。她連說話都忘了怎麼說了。也有痛快的時候，見神見鬼地鬧「撞客」。總是在小王揍完她走了以後，她又哭又說，一個人鬧歡了。我的差事來了，老王和我借憲書，抽她的嘴巴。他怕鬼，叫我去抽。等我進了她的屋子，把她安慰得不哭了——我沒抽過她，她要的是安慰，幾句好話——他進來了，掐她的人中，用草紙熏；其實他知道她已緩醒過來，故意的懲治她。每逢到這個節骨眼，我和老王吵一架。平日他們吵鬧我不管；管又有什麼用呢？我要是管，一定是向著小媳婦；這豈不更給她添毒？所以我不管。不過，每逢一鬧撞客，我們倆非吵不可了，因為我是在那兒，眼看著，還能一語不發？奇怪的是這個，我們倆吵架，院裡的人總說我不對；婦女們也這麼說。他們以為她該挨揍。他們也說我多事。男的該打女的，公公該管教兒媳婦，小姑子該給嫂子氣受，他們這群男女信這個！怎麼會信這個呢？誰教給他們的呢？哪個王八蛋肚子餓得像兩層皮的臭蟲，還信「文明」呢?!三孫子「文明」？可笑，又可哭！

前兩天，石匠又回來了。老王不知怎麼一時心順，沒叫兒子揍媳婦，小媳婦一見大家歡天喜地，當然是喜歡，臉上居然有點像要笑的意思。二妞看見了這個，彷彿是看見天上出了兩個太陽。一定有事！她嫂子正在院子裡作飯，她到嫂子屋裡去搜開了。一定是石匠哥哥給嫂子買來了貼己的東西，要不然她不會臉上笑出來。翻了半天，什麼也沒翻出來。我說「半天」，意思是翻得很詳細；小媳婦屋裡的東西還多得了嗎？我們的大院裡湊到一塊也找不出兩張整桌子來，要不怎麼不鬧賊呢。我們要是有錢票，是放在襪筒兒裡。

二妞的氣大了。嫂子臉上敢有笑容？不管查得出私弊查不出，反正得懲治她！

小媳婦正端著鍋飯澄米湯，二妞給了她一腳。她的一鍋飯出了手。「米飯」！不是丈夫回來，誰敢出主意吃「飯」！她的命好像隨著飯鍋一同出去了。米湯還沒澄乾，稀粥似的，雪白的白飯，攤在地上。她拚命用手去捧，滾燙，顧不得手；她自己還不如那鍋飯值錢呢。實在太熱，她捧了幾把，疼到了心上，米汁把手糊住。她不敢出聲，咬上牙，扎著兩只手，疼得直打轉。

「爸！瞧她把飯全灑在地上啦！」二妞喊。

爺兒倆全出來了。老王一眼看見飯在地上冒熱氣，登時就瘋了。他只看了小王那麼一眼，已然是說明白了：「你是要媳婦，還是要爸爸？」

小王的臉當時就漲紫了，過去揪住小媳婦的頭髮，拉倒在地。小媳婦沒出一聲，就人事不知了。

「打！往死了打！打！」老王在一旁嚷，腳踢起許多土來。

二妞怕嫂子是裝死，過去擰她的大腿。

院子裡的人都出來看熱鬧，男人不過來勸解，女的自然不敢出聲；男人就是喜歡看別人揍媳婦——給自己的那個老婆一個榜樣。

我不能不出頭了。老王很有揍我一頓的意思。可是我一出頭，別的男人也蹭過來。好說歹說，算是勸開了。

第二天一清早，小王老王全去作工。二妞沒上學，為是繼續給嫂子氣受。

張二嫂動了善心，過來看看小媳婦。因為張二嫂自信會說話，所以一安慰小媳婦，可就得罪了二妞。她們倆抬起來了。當然二妞不行，她還說得過張二嫂！「你這個丫頭要不下窯子，我不姓張！」一句話就把二妞罵悶過去了，「三禿子給你倆大子，你就叫他親嘴；你當我沒看見呢？有這麼回事沒有？有沒有？」二嫂的嘴就堵著二妞的耳朵眼，二妞直往後退，還說不出話來。

這一場過去，二妞搭訕著上了街，不好意思再和嫂子鬧了。

小媳婦一個人在屋裡，工夫可就大啦。張二嫂又過來看一眼，小媳婦在炕上躺著呢，可是穿著出嫁時候的那件紅襖。張二嫂問了她兩句，她也沒回答，只扭過臉去。張家的小二，正在這麼工夫跟個孩子打起來，張二嫂忙著跑去解圍，因為小二被敵人給按在底下了。

二妞直到快吃飯的時候才回來，一直奔了嫂子的屋子去，看看她做好了飯沒有。二妞向來不動手做飯，女學生嘛！一開屋門，她失了魂似的喊了一聲，嫂子在房梁上吊著呢！一院子的人全嚇驚了，沒人想起把她摘下來，好鞋不踩臭狗屎，誰肯往人命事兒裡攙合呢？

二妞捂著眼嚇成孫子了。「還不找你爸爸去?!」不知道誰說了這麼一句，她扭頭就跑，彷彿鬼在後頭追她呢。

老王回來也傻了。小媳婦是沒有救兒了；這倒不算什麼，髒了房，人家房東能饒得了他嗎？再娶一個，只要有錢，可是上次的債還沒歸清呢！這些個事教他越想越氣，真想咬吊死鬼兒幾塊肉才解氣！

娘家來了人，雖然大嚷大鬧，老王並不怕。他早有了預備，早問明白了二妞，小媳婦是受張二嫂的挑唆才想上吊；王家沒逼她死，王家沒給她氣受。你看，老王學「文明」人真學得到家，能瞪著眼扯謊。

張二嫂可抓了瞎，任憑怎麼能說會道，也禁不住賊咬一口，入骨三分！人命，就是自己能分辯，丈夫回來也得鬧一陣。打官司自然是不會打的，柳家大院的人還敢打官司？可是老王和二妞要是一口咬定，小媳婦的娘家要是跟她要人呢，這可不好辦！柳家大院是不講情理的，老王要是咬定了她，她還就真跑不了。誰教自己平日愛說話呢，街坊有不少恨著她的，就棍打腿，他們還不一擁而上把她「打倒」，用個晚報上的字眼。果不其然，張二一回來就聽說了，自己的媳婦惹了禍。誰還管青紅皂白，先揍完再說，反正打媳婦是理所當然的事。張二嫂挨了頓好的。

小媳婦的娘家不打官司；要錢；沒錢再說厲害的。老王怕什麼偏有什麼；前者娶兒媳婦的錢還沒還清，現在又來了一檔子！可是，無論怎樣，也得答應著拿錢，要不然屋裡放著吊死鬼，總不像句話。

小王也回來了，十分的像個石頭人，可是我看得出，他的心裡很難過，誰也沒把死了的小媳婦放在心上，只有小王進到屋中，在屍首旁邊坐了半天。要不是他的爸爸「文明」，我想他決不會常打她。可是，爸爸「文明」，兒子也自然是要孝順了，打吧！一打，他可就忘了他的胳臂本是砸石頭的。他一聲沒出，在屋裡坐了好大半天，而且把一條新褲子——就是沒補釘呀——給媳婦穿上。他的爸爸跟他說什麼，他好像沒聽見。他一個勁兒地吸蝙蝠牌的菸，眼珠不錯眼珠地看著點什麼——別人都看不見的一點什麼。

娘家要一百塊錢——五十是發送小媳婦的，五十歸娘家人用。小王還是一語不發。老王答應了拿錢。他第一個先找了張二去。「你的媳婦惹的禍，沒什麼說的，你拿五十，我拿五十；要不然我把吊死鬼搬到你屋裡來。」老王說得溫和，可又硬張。

張二剛喝了四個大子的貓尿，眼珠子紅著。他也來得不善：「好王大爺的話，五十？我拿！看見沒有？屋裡有什麼你拿什麼好了。要不然我把這兩個大孩子賣給你，還不值五十塊錢？小三的媽！把兩個大的送到王大爺屋裡去！會跑會吃，決不費事，你又沒個孫子，正好嘛！」

老王碰了個軟的。張二屋裡的陳設大概一共值不了四個子兒！倆孩子？叫張二留著吧。可是，不能這麼輕輕地便宜了張二；拿不出五十呀，三十行不行？張二唱開了〈打牙牌〉，好像很高興似的。「三十幹麼？還是五十好了，先寫在帳上，多咱我叫電車軋死，多咱還你。」

老王想叫兒子揍張二一頓。可是張二也挺壯，不一定能揍得了他。張二嫂始終沒敢說話，這時候看出一步棋來，乘機會自己找找臉：「姓王的，你等著好了，我要不上你屋裡去上吊，我不算好老婆，你等著吧！」

老王是「文明」人，不能和張二嫂鬥嘴皮子。而且他也看出來，這種野娘們什麼也幹得出來，真要再來個吊死鬼，可得更吃不了兜著走了。老王算是沒敲上張二，張二由〈打牙牌〉改成了〈刀劈三關〉。

其實老王早有了「文明」主意，跟張二這一場不過是虛晃一刀。他上洋人家裡去，洋大人沒在家，他給洋太太跪下了，要一百塊錢。洋太太給了他，可是其中的五十是要由老王的工錢扣的，不要利錢。

老王拿著回來了，鼻子朝著天。

開張殃榜就使了八塊；陰陽生要不開這張玩藝，麻煩還小得了嗎，這筆錢不能不花。

小媳婦總算死得值。一身新紅洋緞的衣褲，新鞋新襪子，一頭銀白銅的首飾。十二塊錢的棺材。還有五個和尚念了個光頭三。娘家弄了四十多塊去；老王無論如何不能照著五十的數給。

事情算是過去了，二妞可遭了報，不敢進屋子，無論幹什麼，她老看見嫂子在門梁上掛著呢，穿著紅襖，向她吐舌頭。老王得搬家。可是，髒房誰來住呢？自己住著，房東也許馬馬虎虎不究真兒；搬家，不叫賠房才怪呢。可是二妞不敢進屋睡覺也是個事兒。況且兒媳婦已經死了，何必再住兩間房？讓出那一間去，誰肯住呢？這倒難辦了。

老王又有了高招兒，兒媳婦變成吊死鬼，他更看不起女人了。四五十塊花在吊死鬼身上，還教她娘家拿走四十多，真堵得慌。因此，連二妞的身分也落下來了。乾脆把她打發了，進點彩禮，然後趕緊再給兒子續上一房。二妞不敢進屋子呀，正好，去她的。賣個三百二百的，除給兒子續娶之外，自己也得留點棺材本兒。

他搭訕著跟我說這個事。我以為要把二妞給我的兒子呢；不是，他是托我給留點神，有對事的外鄉人肯出三百二百的就行。我沒說什麼。

正在這個時候，有人來給小王提親，十八歲的大姑娘，能洗能做，才要一百二十塊錢的彩禮。老王更急了，好像立刻把二妞鏟出去才痛快。

房東來了，因為上吊的事吹到他耳朵裡。老王把他唬回去了：房髒了，我現在還住著呢！這個事怨不上來我呀，我一天到晚不在家，還能給兒媳婦氣受？架不住有壞街坊，要不是張二的娘們，我的兒媳婦能想起上吊？上吊也倒沒什麼，我呢現在又給兒子張羅著，反正混著洋事，自己沒錢呀，還能和洋人說句話，接濟一步。就憑這回事說吧，洋人送了我一百塊錢！

房東教他給唬住了，跟旁人一打聽，的的確確是由洋人那兒拿來的錢，而且大家都很佩服老王。房東沒再對老王說什麼，不便於得罪混洋事的。可是張二這個傢伙不是好調貨，欠下兩個月的房租，還由著娘們拉舌頭扯簸箕，攆他搬家！張二嫂無論怎麼會說，也得補上倆月的房錢，趕快滾蛋！

張二搬走了，搬走的那天，他又喝得醉貓似的。

等著看吧。看二妞能賣多少錢，看小王又娶個什麼樣的媳婦。什麼事呢！「文明」是三孫子，還是那句！

作者簡介

——老舍（1899-1966），滿族正紅旗人，生於北京，本名舒慶春，字舍予。著名文學家、戲劇家，作品多取材市民生活，善於塑描人物。一九一八年畢業於北京師範學院後執教鞭，後赴英國倫敦大學東方學院華語系擔任講師，於此期間發表第一部長篇小說《老張的哲學》，後赴新加坡教學，繼而回到中國任教，一九三六年完成代表作《駱駝祥子》。一九四六赴美講學，一九四九回到北京，並創作話劇《茶館》。著有小說《駱駝祥子》、《四世同堂》、《貓城記》等，中篇小說集《我這一輩子》、《月牙集》，短篇小說集《櫻海集》、《趕集》、《蛤藻集》等，劇本《龍鬚溝》、《桃李春風》、《茶館》、《大地龍蛇》、《殘霧》、《神拳》等，散文集《老牛破車》、《小花朵集》。

白金的女體塑像

穆時英

一

六點五十五分，謝醫師醒了。

七點：謝醫師跳下床來。

七點十分到七點三十分：謝醫師在房裡做著柔軟運動。

八點十分：一位下巴刮得很光滑的，中年的獨身漢從樓上走下來。他有一張清臞的，節欲者的臉；一對沉思的，稍含帶點抑鬱的眼珠子；一個五尺九寸高，一百四十二磅重的身子。

八點十分到八點二十五分：謝醫師坐在客廳外面的露臺上抽他的第一斗板菸。

八點二十五分：他的僕人送上他的報紙和早點——一壺咖啡，兩片土司，兩只煎蛋，一只鮮橘子。把咖啡放到他右手那邊，土司放到左手那邊，煎蛋放到盤子上面，橘子放在前面，報紙放到左前方。謝醫師皺了一皺眉尖，把報紙放到右前方，在胸脯那兒劃了個十字，默默地做完了禱告，使慢慢兒的吃著他的早餐。

八點五十分，從整潔的黑西裝裡邊揮發著酒精，板菸，炭化酸，和咖啡的混合氣體的謝醫師，駕著一九二七年的 Morris 跑車往四川路五十五號診所裡駛去。

二

「七！第七位女客……謎……？」

那麼地聯想著，從洗手盆旁邊，謝醫師回過身子來。

窄肩膀，豐滿的胸脯，脆弱的腰肢，纖細的手腕和腳踝，高度在五尺七寸左右，裸著的手臂有著貧血症患者的膚色，荔枝似的眼珠子詭祕地放射著淡淡的光輝，冷靜地，沒有感覺似的。

（產後失調？子宮不正？肺癆，貧血？）

「請坐！」

她坐下了。

和輕柔的香味，輕柔的裙角，輕柔的鞋跟，同地走進這屋子來坐在他的紫薑色的板菸斗前面的，這第七位女客穿了暗綠的旗袍，腮幫上有一圈紅暈，嘴唇有著一種焦紅色，眼皮黑得發紫，臉是一朵慘澹的白蓮，一副靜默的，黑寶石的長耳墜子，一只靜默的，黑寶石的戒指，一只白金手錶。

「是想診什麼病，女士？」

「不是想診什麼病；這不是病，這是一種……一種什麼呢？說是衰弱吧，我是不是頂瘦的，皮膚層裡的脂肪不會缺少的，可以說是血液頂少的人。不單臉上沒有血色，每一塊肌膚全是那麼白金似的。」她說話時有一種說夢話似的聲音。遠遠的，朦朧的，淡漠地，不動聲色地訴說著自己的病狀，就像在訴說一個陌生人的病狀似的，卻又用著那麼親切委婉的語調，在說一些家常瑣事似的。「胃口簡直是壞透了，告訴你，每餐只吃這麼一些，恐怕一隻雞還比我多吃一點呢。頂苦的是晚上睡不著，睡不香甜，老會莫名其妙地半晚上醒過來。而且還有件古怪的事，碰到陰暗的天氣，或太綺麗了的下午，便會一點理由也沒有地，獨自個兒感傷著，有人說是虛，有人說是初期肺病。可是我怎麼敢相信呢？我還年輕，我需要健康……」眼珠子猛地閃亮起來，可是只三秒鐘，馬上又平靜了下來，還是那麼詭祕地沒有感覺似的放射著淡淡的光輝；聲音卻越加朦朧了，朦朧到有點含糊。「許多人勸我照幾個月太陽燈，或是到外埠去旅行一次，勸我上你這兒來診一診……」微微地喘息著，胸側湧起了一陣陣暗綠的潮。

（失眠，胃口呆滯，貧血，臉上的紅暈，神經衰弱！沒成熟的肺癆呢？還有性欲的過度亢進，那朦朧的聲音，淡淡的眼光。）

沉澱了三十八年的膩思忽然浮蕩起來，謝醫師狼狽地吸了口菸，把菸斗拿開了嘴，道：

「可是時常有寒熱？」

「倒不十分清楚，沒留意。」

（那麼隨便的人！）

「晚上睡醒的時候，有沒有冷汗？」

「最近好像是有一點。」

「多不多？」

「噯……不像十分多。」

「記憶力不十分好？」

「對了，本來我的記憶力是頂頂好的，在中西念書的時候，每次考書，總在考書以前兩個鐘頭裡邊才看書，沒一次不考八十分以上的……」喘不過氣來似的停了一停。

「先給你聽一聽肺部吧。」

她很老練地把胸襟解了開來，裡邊是黑色的褻裙，兩條繡帶嬌慵地攀在沒有血色的肩膀上面。

他用中指在她胸脯上面敲了一陣子，再把金屬的聽筒按上去的時候，只覺得左邊的腮幫兒麻木起來，嘴脣抖著，手指僵直著，莫名其妙地只聽得她的心臟，那顆陌生的，詭祕的心臟跳著。過了一回，才聽見自己在說：

「吸氣！深深地吸！」

一個沒有骨頭的黑色的胸脯在眼珠子前面慢慢兒的膨脹著，兩條繡帶也跟著伸了個懶腰。

又聽得自己在說：「吸氣！深深地吸！」

又瞧見一個沒有骨頭的黑色的胸脯在眼珠子前面慢慢兒的脹膨著，兩條繡帶也跟著伸了個懶腰。

一個詭祕的心劇烈地跳著，陌生地又熟悉地。聽著聽著，簡直摸不準在跳動的是自己的心，還是她的心了。

他嘆了口氣，豎起身子來。

「你這病是沒成熟的肺癆，我也勸你去旅行一次。頂好是到鄉下去——」

「去休養一年？」她一邊扭上鈕子，一邊瞧著他，沒感覺似的眼光在他臉上搜求著。「好多朋友，好多醫生全那麼勸我，可是我丈夫拋不了在上海的那家地產公司，又離不了我。他是個孩子，離了我就不能生活的。就為了不情願離開上海……」身子往前湊了一點：「你能替我診好的，謝先生，我是那麼地信仰著你啊！」——這麼懇求著。

「診是自然有方法替你診，可是，……現在還有些對你病狀有關係的話，請你告訴我。你今年幾歲？」

「二十四。」

「幾歲起行經的？」

「十四歲不到。」

（早熟！）

「經期可準確？」

「在十六歲的時候，時常兩個月一次，或是一月來幾次，結了婚，流產了一次，以後經期就難得能準。」

「來的時候，量方面多不多？」

「不一定。」

「幾歲結婚的？」

「二十一。」

「丈夫是不是健康的人？」

「一個運動家，非常強壯的人。」

在他前面的這第七位女客像浸透了的連史紙似的，瞧著馬上會一片片地碎了的。謝醫師不再說話，淨瞧著她，沉思地，可是自己也不知道在想些什麼。過了會兒，他說道：

「你應該和他分床，要不然，你的病就討厭。明白我的意思嗎？」

她點了點腦袋，一絲狡黠的羞意靜靜地在她的眼珠子裡閃了一下便沒了。

「你這病還要你自己肯保養才好，每天上這兒來照一次太陽燈，多吃牛油，別多費心思，睡得早起得早，有空的時候，上郊外或是公園裡去坐一兩個鐘頭，明白嗎？」

她動也不動地坐在那兒，沒聽見他的話似的，望著他，又像在望著他後邊兒的窗。

「我先開一張藥方你去吃，你尊姓？」

「我丈夫姓朱。」

（性欲過度亢進，虛弱，月經失調！初期肺癆，謎似的女性應該給她吃些什麼藥呢？）

把開藥方的紙鋪在前面，低下腦袋去沉思的謝醫師瞧見歪在桌腳旁邊的，在上好的網襪裡的一對脆弱的，馬上會給壓碎了似的腳踝，覺得一流懶洋洋的流液從心房裡噴出來，流到全身的每一條動脈裡邊，每一條微血管裡邊，連靜脈也古怪地癢起來。

（十多年來診過的女性也不少了，在學校裡邊的時候就常在實驗室裡和各式各樣的女性的裸體接觸著的，看到裸著的女人也老是透過了皮膚層，透過了脂肪性的線條直看到她內部的臟腑和骨骼裡邊去的；怎麼今天這位女客人的誘惑性就骨蛆似的鑽到我思想裡來呢？謎——給她吃些什麼藥呢……）

開好了藥方，抬起腦袋來，卻見她正靜靜地瞧著他，那淡漠的眼光裡像升發著她的從下部直蒸騰上來的熱情似的，覺得自己腦門那兒冷汗盡滲出來。

「這藥粉每飯後服一次，每服一包，明白嗎？現在我給你照一照太陽燈吧，紫光線特別地對你的貧血症的肌膚是有益的。」

他站起來往裡邊那間手術室裡走去，她跟在後邊兒。

是一間白色的小屋子，有幾只白色的玻璃櫥，裡邊放了些發亮的解剖刀，鉗子等類的金屬物，還有一些白色的洗手盆，痰盂，中間是一隻蜘蛛似的伸著許多細腿的解剖床。

「把衣服脫下來吧。」

「全脫了嗎？」

謝醫師聽見自己發抖的聲音說：「全脫了。」

她的淡淡的眼光注視著他，沒有感覺似的。他覺得自己身上每一塊肌肉全麻痹起來，低下腦袋去。茫然地瞧著解剖床的細腿。

「襪子也脫了嗎？」

他腦袋裡邊回答著：「襪子不一定要脫了的。」可是褻裙還要脫了，襪子就永遠在白金色的腿上織著蠶絲的夢嗎？他的嘴便說著：「也脫。」

暗綠的旗袍和繡了邊的褻裙無力地委謝到白漆的椅背上面，襪子蛛網似的盤在椅上。

「全脫了。」

謝醫師抬起腦袋來。

把消瘦的腳踝做底盤，一條腿垂直著，一條腿傾斜著，站著一個白金的人體塑像，一個沒有羞慚，沒有道德觀念，也沒有人類的欲望似的，無機的人體塑像。金屬性的，流線感的，視線在那軀體的線條上面一滑就滑了過去似的。這個沒有感覺，也沒有感情的塑像站在那兒等著他的命令。

他說：「請你仰天躺到床上去吧！」

（床！仰天！）

「請你仰天躺到床上去吧！」像有一個洪大的回聲在他耳朵旁邊響著似的，謝醫師被剝削了一切經驗教養似的慌張起來；手抖著，把太陽燈移到床邊，通了電，把燈頭移到離她身子十時的距離上面，對準了她的全身。

她仰天躺著，閉上了眼珠子，在幽微的光線下面，她的皮膚反映著金屬的光，一朵萎謝了的花似的在太陽光底下呈著殘豔的，肺病質的姿態。慢慢兒的呼吸勻細起來，白樺樹似的身子安逸地擱在床上，胸前攀著兩顆爛熟的葡萄，在呼吸的微風裡顫著。

（屋子裡沒第三個人那麼瑰豔的白金的塑像啊「倒不十分清楚留意」很隨便的人性欲的過度亢進朦朧的語音淡淡的眼光詭祕地沒有感覺似的放射著升發了的熱情那麼失去了一切障礙物一切抵抗能力地躺在那兒呢——）

謝醫師覺得這屋子裡氣悶得厲害，差一點喘不過氣來。他聽見自己的心臟要跳到喉嚨外面來似的震盪著，一股原始的熱從下面煎上來。白漆的玻璃櫥發著閃光，解剖床發著閃光，解剖刀也發著閃光，他的腦神經纖維組織也發著閃光。腦袋脹得厲害。

「沒有第三個人！」這麼個思想像整個宇宙崩潰下來似的壓到身上，壓扁了他。

謝醫師渾身發著抖，覺得自己的腿是在一寸寸地往前移動，自己的手是在一寸寸地往前伸著。

（主救我白金的塑像啊主救我白金的塑像啊主救我白金的塑像啊主救我白金的塑像啊主救我白金的塑像啊主救我……）

白樺似的肢體在紫外光線底下慢慢兒的紅起來，一朵枯了的花在太陽光裡邊重新又活了回來似的。

（第一度紅斑已經出現了！夠了，可以把太陽燈關了。）

一邊卻麻痺了似的站在那兒，那原始的熱盡煎上來，忽然，謝醫師失了重心似的往前一衝，猛的又覺得自己的整個的靈魂跳了一下，害了瘧疾似的打了個寒噤，卻見她睜開了眼來。

謝醫師嚥了口黏涎子，關了電流道：

「穿了衣服出來吧。」

把她送到門口，說了聲明天會，回到裡邊，解鬆了領帶和脖子那兒的襯衫鈕子，拿手帕抹了抹臉，一面按著第八位病人的脈，問著病症，心卻像鐵釘打了一下似的痛楚著。

三

四點鐘，謝醫師回到家裡。他的露臺在等著他，他的咖啡壺在等著他，他的圖書室在等著他，他的園子在等著他，他的羅倍在等著他。

他坐在露臺上面，一邊喝著濃得發黑的巴西咖啡，一邊隨隨便便地看著一本探險小說。羅倍躺在他腳下，他的咖啡壺在桌上，他的熄了火的菸斗在嘴邊。

樹木的輪廓一點點的柔和起來，在枝葉間織上一層朦朧的，薄暮的季節夢。空氣中浮著幽渺的花香。咖啡壺裡的水蒸氣和菸斗裡的煙一同地往園子裡行著走去，一對纏腳的老婦人似的，在花瓣間消逝了婆娑的姿態。

他把那本小說放到桌上，喝了口咖啡，把腦袋擱在椅背上，噴著煙，白天的那股原始的熱還在他身子裡邊蒸騰著。

「白金的人體塑像！一個沒有血色，沒有人性的女體，異味呢。不能知道她的感情，不能知道她的生理構造，有著人的形態卻沒有人的性質和氣味的一九三三年新的性欲物件啊！」

他忽然覺得寂寞起來。他覺得他缺少個孩子，缺少一個坐在身旁織絨線的女人；他覺得他需要一只闊的床，一只梳粧檯，一些香水，粉和胭脂。

吃晚飯的時候，謝醫師破例地去應酬一個朋友的宴會，而且在筵席上破例地向一位青年的孀婦獻起殷勤來。

四

第二個月

八點：謝醫師醒了。

八點至八點三十分：謝醫師睜著眼躺在床上，聽謝太太在浴室裡放水的聲音。

八點三十分：一位下巴刮得很光滑的，打了條紅領帶的中年紳士和他的太太一同地從樓上走下來。他有一張豐滿的臉，一對愉快的眼珠子，一個五尺九寸高，一百四十九磅重的身子。

八點四十分：謝醫師坐在客廳外面的露臺上抽他的第一枝紙菸（因為菸斗已經教太太給扔到壁爐裡邊去了），和太太商量今天午餐的餐單。

九點廿分：從整潔的棕色西裝裡邊揮發著酒精，咖啡，炭化酸和古龍香水的混合氣體的謝醫師，駕著一九三三年的 Strudebaker 轎車把太太送到永安公司門口，再往四川路五十五號的診所裡駛去。

編按：這篇小說最初是以〈謝醫師的瘋症〉發表在《彗星》雜誌（一九三三年一卷六期），集結出版時改了篇名，增刪了部分情節，小說主旨和格調也產生變化，當視為一篇重新改寫的小說。

作者簡介

——穆時英（1912-1940），祖籍浙江慈溪，後由實業家父親接往上海求學，期望他日後能成為銀行經理或買辦。中學時穆時英對文學產生興趣，後就讀光華大學西洋文學系。一九二九年開始寫作，一九三二年以首作短篇小說集《南北極》一舉成名，一九三四年《白金的女體塑像》代表作出版。他善於用感覺主義、印象主義手法表現大都市的生活，開啟「洋場文學」，被譽為「新感覺派的聖手」。

老子毫無動靜的坐著，好像一段呆木頭。

「先生，孔丘又來了！」他的學生庚桑楚，不耐煩似的走進來，輕輕地說。

「請……」

「先生，您好嗎？」孔子極恭敬的行著禮，一面說。

「我總是這樣子，」老子答道。「您怎麼樣？所有這裡的藏書，都看過了罷？」

「都看過了。不過……」孔子很有些焦躁模樣，這是他從來所沒有的。「我研究《詩》，《書》，《禮》，《樂》，《易》，《春秋》六經，自以為很很長久，夠熟透了。去拜見了七十二位主子，誰也不採用。人可真是難說得明白呵。還是『道』的難以說明白呢？」

「你還算運氣的哩，」老子說，「沒有遇著能幹的主子。六經這玩藝兒，只是先生的陳跡呀。哪裡是弄出跡來的東西呢？你的話，可是和跡一樣的。跡是鞋子踏成的，但跡難道就是鞋子嗎？」停了一會，又接著說道：「白鶂們只要瞧著，眼珠子動也不動，然而自然有孕；蟲呢，雄的在上風叫，雌的在下風應，自然有孕；類是一身上兼具雌雄的，所以自然有孕。性，是不能改的；命，是不能換的；時，是不能留的；道，是不能塞的。只要得了道，什麼都行，可是如果失掉了，那就什麼都不行。」

孔子好像受了當頭一棒，亡魂失魄的坐著，恰如一段呆木頭。

大約過了八分鐘，他深深的倒抽了一口氣，就起身要告辭，一面照例很客氣的致謝著老子的教訓。

老子也並不挽留他，站起來扶著拄杖，一直送他到圖書館的大門外。孔子就要上車了，他才留聲機似的說道：

「您走了？您不喝點兒茶去嗎？……」

孔子答應著「是是」，上了車，拱著兩隻手極恭敬的靠在橫板上；冉有把鞭子在空中一揮，嘴裡喊一聲「都」，車子就走動了。待到車子離開了大門十幾步，老子才回進自己的屋裡去。

「先生今天好像很高興，」庚桑楚看老子坐定了，才站在旁邊，垂著手，說。「話說的很不少……」

「你說的對。」老子微微的嘆一口氣，有些頹唐似的回答道。「我的話真也說的太多了。」他又彷彿突然記起一件事情來，「哦，孔丘送我的一隻雁鵝，不是曬了臘鵝了嗎？你蒸蒸去吃罷。我橫豎沒有牙齒，咬不動。」

庚桑楚出去了。老子就又靜下來，闔了眼。圖書館裡很寂靜。只聽得竹竿子碰著屋簷響，這是庚桑楚載在取掛在檐下的臘鵝。

一過就是三個月，老子仍舊毫無動靜的坐著，好像一段呆木頭。

「先生，孔丘來了哩！」他的學生庚桑楚，詫異似的走進來，輕輕地說。「他不是長久沒來了嗎？這的來，不知道是怎的？……」

「請……」老子照例只說了這一個字。

「先生，您好嗎？」孔子極恭敬的行著禮，一面說。

「我總是這樣子，」老子答道。「長久不看見了，一定是躲在寓裡用功罷！」

「哪裡哪裡，」孔子謙虛的說。「沒有出門，在想著。想通了一點：烏鴉親嘴；魚兒塗口水；細腰蜂兒化別個；懷了弟弟，做哥哥的就哭。我自己久不投在變化裡了，這怎麼能夠變化別人呢！……」

「對對！」老子道。「您想通了！」

大家都從此沒有話，好像兩段呆木頭。

大約過了八分鐘，孔子這才深深的呼出了一口氣，就起身要告辭，一面照例很客氣的致謝著老子的教訓。

老子也並不挽留他。站起來扶著拄杖，一直送他到圖書館的大門外。孔子就要上車了，他才留聲機似的說道：

「您走了？您不喝點兒茶去嗎？……」

孔子答應著「是是」，上了車，拱著兩隻手極恭敬的靠在橫板上；冉有把鞭子在空中一揮，嘴裡喊一聲「都」，車子就走動了。待到車子離開了大門十幾步，老子才回進自己的屋裡去。

「先生今天好像不大高興，」庚桑楚看老子坐定了，才站在旁邊，垂著手，說。「話說的很少……」

「你說的對。」老子微微的嘆一口氣，有些頹唐的回答道。「可是你不知道：我看我應該走了。」

「這為什麼呢？」庚桑楚大吃一驚，好像遇著了晴天的霹靂。

「孔丘已經懂得了我的意思。他知道能夠明白他的底細的，只有我，一定放心不下。我不走，是不大方便的……」

「那麼，不正是同道了嗎？還走什麼呢？」

「不，」老子擺一擺手，「我們還是道不同。譬如同是一雙鞋子罷，我的是走流沙，他的是上朝廷的。」

「但您究竟是他的先生呵！」

「你在我這裡學了這許多年，還是這麼老實，」老子笑了起來，「這真是性不能改，命不能換了。你要知道孔丘和你不同：他以後就不再來，也再不叫我先牛，只叫我老頭子，背地裡還要玩花樣了呀。」

「我真想不到。但先生的看人是不會錯的……」

「不，開頭也常常看錯。」

「那麼，」庚桑楚想了一想，「我們就和他幹一下……」

老子又笑了起來，向庚桑楚張開嘴：

「你看：我牙齒還有嗎？」他問。

「沒有了。」庚桑楚回答說。

「舌頭還在嗎？」

「在的。」

「懂了沒有？」
「先生的意思是說：硬的早掉，軟的卻在嗎？」
「你說的對。我看你也還不如收拾收拾，回家看看你的老婆去罷。但先給我的那匹青牛刷一下，鞍韉晒一下。我明天一早就要騎的。」

老子到了函谷關，沒有直走通到關口的大道，卻把青牛一勒，轉入岔路，在城根下慢慢的繞著。他想爬城。

城牆倒並不高，只要站在牛背上，將身一聳，是勉強爬得上的；但是青牛留在城裡，卻沒法搬出城外去。倘要搬，得用起重機，無奈這時魯班和墨翟還都沒有出世，老子自己也想不到會有這玩意。總而言之，他用盡哲學的腦筋，只是一個沒有法。

然而他更料不到當他彎進岔路的時候，已經給探子望見，立刻去報告了關官。所以繞不到七八丈路，一群人馬就從後面追來了。那個探子躍馬當先，其次是關官，就是關尹喜，還帶著四個巡警和兩個簽子手。

「站住！」幾個人大叫著。

老子連忙勒住青牛，自己是一動也不動，好像一段呆木頭。

「啊呀！」關官一衝上前，看見老子的臉，就驚叫了一聲，即刻滾鞍下馬，打著拱，說道：「我道是誰，原來是老聃館長。這真是萬想不到的。」

老子也趕緊爬下牛背來，細著眼睛，看了那人一看，含含糊糊地說：「我記性壞……」

「自然，自然，先生是忘記了的。我是關尹喜，先前因為上圖書館去查《稅收精義》，曾經拜訪過先生……」

這時簽字手便翻了一通青牛上的鞍韉，又用籤子刺一個洞，伸進指頭去掏了一下，一聲不響，噘著嘴走開了。

「先生在城圈邊溜溜？」關尹喜問。

「不，我想出去，換換新鮮空氣……」

「那很好！那好極了！現在誰都講衛生，衛生是頂要緊的。不過機會難得，我們要請先生到關上去住幾天，聽聽先生的教訓……」

老子還沒有回答，四個巡警就一擁上前，把他扛在牛背上，簽子手用簽子在牛屁股上刺了一下，牛把尾巴一捲，就放開腳步，一同向關口跑去了。

到得關上，立刻開了大廳來招待他。這大廳就是城樓的中一間，臨窗一望，只見外面全是黃土的平原，愈遠愈低；天色蒼蒼，真是好空氣。這雄關就高踞峻坂之上，門外左右全是土坡，中間一條車道，好像在峭壁之間。實在是只要一丸泥就可以封住的。

大家喝過開水，再吃餑餑。讓老子休息一會之後，關尹喜就提議要他講學了。老子早知道這是免不掉的，就滿口答應。於是轟轟了一陣，屋裡逐漸坐滿了聽講的人們。同來的八人之外，還有四個巡警，兩個簽子手，五個探子，一個書記，帳房和廚房。有幾個還帶著筆，刀，木札，預備抄講義。

老子像一段呆木頭似的坐在中央，沉默了一會，這才咳嗽幾聲，白鬍子裡面的嘴唇在動起來了。大家即刻屏住呼吸，側著耳朵聽。

只聽他慢慢說道：

「道可道，非常道，名可名，非常名。無名，天地之始；有名，萬物之母。……」

大家彼此面面相覷，沒有抄。

「故常無欲以觀其妙，」老子接著說：「常有欲以觀其竅。此兩者，同出而異名。同，謂之玄，玄之又玄，眾妙之門。……」

大家顯出苦臉來了，有些人還似乎手足失措。一個簽子手打了一個大呵欠，書記先生竟打起瞌睡來，嘩啷一聲，刀筆，木札，都從手裡落在蓆子上面了。

老子彷彿並沒有覺得，但彷彿又有覺得似的，因為他彷彿從此講得詳細了一點。然而他沒有牙齒，發音不清，打著陝西腔，夾上湖南音，「哩」「呢」不分，又愛說什麼「唲」；大家還是聽不懂。可是時間加長了，來聽他講學的人，倒格外的受苦。

為了面子起見，人們只好熬著，但後來總不免七倒八歪斜，各人想著自己的事，待到講到「聖人之道，為而不爭」，住了口了，還是誰也不動彈。老子等了一會，就加上一句道

「唲」完了！

大家這才如大夢初醒，雖然因為坐得太久，兩腳都麻木了，一時站不起身，但心裡又驚又喜，恰如遇到大赦的一樣。

於是老子也被送到廂房裡，請他去休息。他喝過幾口白開水，就毫無動靜的坐著，好像一段呆木頭。

人們卻還在外面紛紛議論。過不多久，就有四個代表進來見老子，大意是說他話講得太快了，

加上國語不大純粹，所以誰也不能筆記。沒有紀錄，可惜非常，所以要請他補發些講義。

「來篤話啥西，俺實直頭聽弗懂！」帳房說。

「還是耐自家寫子出來末哉。寫子出來末，總算佛白嚼蛆一場哉啘。阿是？」書記先生道。

老子也不十分聽得懂，但看見別的兩個把筆，刀，木札，都擺在自己的面前了，就料是一定要他編講義。他知道這是免不掉的，於是滿口答應；不過今天太晚了，要明天才開手。

代表們認這個結果為滿意，退出去了。

第二天早晨，天氣有些陰沉沉，老子覺得心裡不舒適，不過仍須編講義，因為他急於要出關，而出關，卻須把講義交卷。他看一眼面前的一大堆木札，似乎覺得更加不舒適了。

然而他還是不動聲色，靜靜的坐下去，寫起來。回憶著昨天的話，想一想，寫一句。那時眼鏡還沒有發明，他的老花眼睛細得好像一條線，很費力；除去喝白開水和吃餑餑的時間，寫了整整一天半，也不過五千個大字。

「為了出關，我看這也敷衍得過去了。」他想。

於是取了繩子，穿起木札來，計兩串，扶著拄杖，到關尹喜的公事房裡去交稿，並且聲明他立刻要走的意思。

關尹喜非常高興，非常感謝，又非常惋惜，堅留他多住一些時，但看見留不住，便換了一副悲哀的臉相，答應了，命令巡警給青牛加鞍。一面自己親手從架上挑出一包鹽，一包胡麻，十五個餑餑來，裝在一個充公的白布口袋裡送給老子做路上的糧食。並且聲明：這是因為他是老作家，所以非常優待，假如他年紀輕，餑餑就只能有十個了。

老子再三稱謝，收了口袋，和大家走下城樓，到得關口，還要牽著青牛走路；關尹喜竭力勸他上牛，遜讓一番之後，終於也騎上去了。作過別，撥轉牛頭，便向峻坂的大路上慢慢的走去。

不多久，牛就放開了腳步。大家在關口目送著，去了兩三丈遠，還辨得出白髮，黃袍，青牛，白口袋。接著就塵頭逐步而起，罩著人和牛，一律變成灰色，再一會，已只有黃塵滾滾，什麼也看不見了。

大家回到關上，好像卸下了一副擔子，伸一伸腰，又好像得了什麼貨色似的，咂一咂嘴，好些人跟著關尹喜走進公事房裡去。

「這就是稿子？」帳房先生提起一串木札，翻著，說。「字倒寫得還乾淨。我看到市上去賣起來，一定會有人要的。」

書記先生也湊上去，看著第一片，念道：

「『道可道，非常道』……哼，還是這些老套。真教人聽得頭痛，討厭……」

「醫頭痛最好是打打盹。」帳房放下了木札，說。

「哈哈哈！……我真只好打盹了。老實說，我是猜他要講自己的戀愛故事，這才去聽的。要是早知道他不過這麼胡說八道，我就壓根兒不去坐這麼大半天受罪……」

「這可只能怪您自己看錯人，」關尹喜笑道。「他哪裡會有戀愛故事呢？他壓根兒就沒有過戀愛。」

「您怎麼知道？」書記詫異的問。

「這也只能怪您自己打了瞌睡，沒有聽到他說『無為而無不為』。這傢伙真是『心高於天，命薄如紙』，想『無不為』，就只好『無為』。一有所愛，就不能無不愛，哪裡還能戀愛，敢戀愛？您看看您自己就是：現在只要看見一個大姑娘，不論好醜，就眼睛甜膩膩的都像是你自己的老婆。將來娶了太太，恐怕就要像我們的帳房先生一樣，規矩一些了。」

窗外起了一陣風，大家都覺得有些冷。

「這老頭子究竟是到哪裡去，去幹什麼的？」書記先生趁勢岔開了關尹喜的話。

「自說是上流沙去的，」關尹喜冷冷的說。「看他走得到。外面不但沒有鹽，麵，連水也難得。肚子餓起來，我看是後來還要回到我們這裡來的。」

「那麼，我們再叫他著書。」帳房先生高興了起來。「不過餑餑真也太費。那時候，我們只要說宗旨已經改為提拔新作家，兩串稿子，給他五個餑餑也足夠了。」

「那可不見得行。要發牢騷，鬧脾氣的。」

「餓過了肚子，還要鬧脾氣？」

「我倒怕這種東西，沒有人要看。」書記搖著手，說。「連五個餑餑的本錢也撈不回。譬如罷，倘使他的話是對的，那麼，我們的頭兒就得放下關官不做，這才是無不做，是一個了不起的大人……」

「那倒不要緊，」帳房先生說，「總有人看的。交卸了的關官和還沒有做關官的隱士，不是多得很嗎？……」

窗外起了一陣風，颳上黃塵來，遮得半天暗。這時關尹喜向門外一看，只見還站著許多巡警和探子，在呆聽他們的閒談。

「呆站在這裡幹什麼？」他吆喝道。「黃昏了，不正是私販子爬城偷稅的時候了嗎？巡邏去！」門外的人們，一溜煙跑下去了。屋裡的人們，也不再說什麼話，帳房和書記都走出去了。官尹喜才用袍袖子把案上的灰塵拂了一拂，提起兩串木札來，放在堆著充公的鹽，胡麻，布，大豆，餑餑等類的架子上。

一九三五年十二月作

作者簡介

——魯迅（1881-1936），詳見本書頁二五。

牛車上

蕭紅

金花菜在三月的末梢就開遍了溪邊。我們的車子在朝陽裡軋著山下的紅綠顏色的小草，走出了外祖父的村梢。

車伕是遠族上的舅父，他打著鞭子，但那不是打在牛的背上，只是鞭梢在空中繞來繞去。

「想睡了嗎？車剛走出村子呢！喝點梅子湯吧！等過了前面的那道溪水再睡。」外祖父家的女傭人，是到城裡去看她的兒子的。

「什麼溪水，剛才不是過的嗎？」從外祖父家帶回來的黃貓也好像要在我的膝頭上睡覺了。

「後塘溪。」她說。

「什麼後塘溪？」我並沒有注意她，因為外祖父家留在我們的後面什麼也看不見了，只有村梢上廟堂前的紅旗桿還露著兩個金頂。

「喝一碗梅子湯吧，提一提精神。」她已經端了一杯深黃色的梅子湯在手裡，一邊又去蓋著瓶口。

「我不提，提什麼精神，你自己提吧！」

他們都笑了起來，車伕立刻把鞭子抽響了一下。

「你這姑娘……頑皮，巧舌頭……我……我…」他從車轅轉過身來，伸手要抓我的頭髮。

我縮著肩跑到車尾上去。村裡的孩子沒有不怕他的，說他當過兵，說他捏人的耳朵也很痛。

王雲嫂下車去給我採了這樣的花，又採了那樣的花，曠野上的風吹得更強些，所以她的頭巾好像是在飄著，因為鄉村留給我尚沒有忘卻的記憶，我時時把她的頭巾看成烏鴉或是鵲雀。她幾乎是跳著，幾乎和孩子一樣。回到車上，她就唱著各種花朵的名字，我從來沒有看到過她家這樣放肆一般地歡喜。

車伕也在前面哼著低粗的聲音，但那分不清是什麼詞句。那短小的菸管順著風時時送著煙氛。我們的路途剛一開始，希望和期待都還離得很遠。

我終於睡了，不知是過了後塘溪，是什麼地方，我醒過一次，模模糊糊的好像那管鴨子的孩子仍和我打著招呼，也看到了坐在牛背上的小根和我告別的情景，……也好像外祖父拉我的手又在說：「回家告訴你爺爺，秋涼的時候讓他來鄉下走走。……你就說老爺醃的鵪鶉和頂好的高粱酒等著他來一塊喝呢！……你就說我動不了，若不然，這兩年，我總也去……」

喚醒我的不是什麼人，而是那空空響的車輪。我醒來，第一下看到的是那黃牛自己走在大道上，車伕並不坐在車轅。在我尋找的時候，他被我發現在車尾上。手上的鞭子被他的菸管代替著，左手不住地在擦著下顎，他的眼睛順著地平線望著遼闊的遠方。

我尋找黃貓的時候，黃貓坐到五雲嫂的膝頭上去了，並且她還撫摸貓的尾巴。我看看她的藍布頭巾已經蓋過了眉頭，鼻子上顯明的皺紋因為掛了塵土，便顯明起來。

他們並沒有注意到我的醒轉。

「到第三年他就不來信啦！你們這當兵的人……」

我就問她：「你丈夫也是當兵的嗎？」

趕車的舅舅，抓了我的辮髮，把我向後拉了一下。

「那麼以後……就總也沒有信來？」他問她。

「你聽我說呀！八月節剛過，………可記不得那一年啦，吃完了早飯我就在門前餵豬，一邊啌啌的敲著槽子，一邊嗃嘮嗃嘮的叫著豬。……那裡聽得著呢？南村王家的二姑娘喊著：『五雲嫂，五雲嫂，……』一邊跑著一邊喊：『我娘說，許是五雲哥給你捎來的信。』真是，在我眼前的真是一封信，等我把信拿到手哇！看看……我不知為什麼就止不住心酸起來。……他還活著嗎！他……眼淚就掉在那紅箋條上，我就用手去擦，一擦這紅白子就印到白的上面去。把豬食就丟在院心，……進屋換了件乾淨衣袋。我就趕緊跑，跑到南村的學房見了學房的先生，我就一面笑著，就一面流著眼淚，……我說：『是外頭人來的信，請先生看看，……一年來的沒來過一個字。』學房先生接到手裡一看就說不是我的。那信我就丟在學房裡跑回來啦！……豬也沒有餵，雞也沒有上架，我就躺在炕上啦！……好幾天，我像失了魂似的。」

「從此就沒有來信？」

「沒有。」她打開了梅子湯的瓶口，喝了一碗，又喝一碗。

「你們這當兵的人，只說三年二載，……可是回來，……回來個什麼呢！回來個魂靈給人看看吧！……」

「什麼？」車伕說：「莫不是陣亡在外嗎？……」

「是，就算吧！音信皆無過了一年多。」

「是陣亡？」車伕從車上跳下去，拿了鞭子，在空中抽了兩下，似乎是什麼爆裂的聲音。

「還問什麼，……這當兵的人真是凶多吉少。」她指皺的嘴脣好像撕裂了的綢片似的，顯著輕浮和單薄。

車子一過黃村，太陽就開始斜了下去，青青的麥田上飛著鵲雀。

「五雲哥陣亡的時候，你哭嗎？」我一面捉弄著黃貓的尾巴，一面看著她。但她沒有睬我，自己在整理著頭巾。

等車伕顛跳著來在了車尾，扶了車欄，他一跳就坐在了車轅，在他沒有抽菸之前，他的厚嘴脣好像關緊了的瓶口似的嚴密。

五雲嫂的說話，好像落著小雨似的，我又順著車欄睡下了。

等我再醒來，車子停在一個小村頭的井口邊，牛在飲著水，五雲嫂也許是哭過，她陷下的眼睛高起了，並且眼角的皺紋也張開來。車伕從井口攬了一桶水提到車子旁邊：

「不喝點嗎？清涼清涼，……」

「不喝。」她說。

「喝點吧，不喝就是用涼水洗洗臉也是好的。」他從腰帶上取下手巾來，浸了浸水。「擦一擦！塵土迷了眼睛，……」

當兵的人，怎麼也會替人拿手巾？我感到了驚奇。我知道的當兵的人就會打仗，就會打女人，就會捏孩子們的耳朵。

「那年冬天，我去趕年市，……我到城裡去賣豬鬃，我在年市上喊著：『好硬的豬鬃來，……好長的豬鬃來，……』後一年，我好像把他爹忘下啦，……心上也不牽掛，……想想那沒有個好，這些年，人還會活著！到秋天，我也到田上去割高粱，看我這手，也吃過氣力，……春天就帶著孩子去做長工，兩個月三個月的就把家拆了。冬天又把家歸攏起來。什麼牛毛啦，……豬毛啦，……還有些收拾來的鳥雀的毛。冬天就在家裡收拾，收拾乾淨啦呀！……就選一個暖和的天氣進城去賣。若有順便進城去的車呢！把禿子也就帶著，……那一次沒有帶禿子。偏偏天氣又不好，天大下清雪，年市上不怎麼鬧熱；沒有幾捆豬鬃也總賣不完。一早就蹲在市上，一直蹲到太陽偏西。在十字街口一家大買賣的牆頭上貼著一張大紙，人們來來往往的在那裡看，像是從一早那一張紙就貼出來了！也許是晌午貼的，……有的還一邊看，一邊唸出來幾句。我不懂得那一套，……人們說是：『告示告示』。可是告的什麼，我不懂得那一套，……『告示』，倒知道是官家的事情，與我們做小民的有什麼長短！可不知為什麼看的人就那麼多，……聽說麼，是捉逃兵的『告示』，……又聽說麼，……又聽說麼，……幾天就要送到縣城來槍斃。……」

「哪一年？民國十年槍斃逃兵二十多個的那回事嗎？」車伕把捲起的衣袖在下意識地把它放下來，又用手扶著下顎。

「我不知道那叫什麼年，……反正槍斃不槍斃與我何干，反正我的豬鬃賣不完就不走運氣，……」她把手掌互相擦了一會，猛然，像是拍著蚊蟲似的，憑空打了一下：

「有人念著逃兵的名字，……我看著那穿黑馬褂的人，……我就說：『你再唸一遍。』起先豬毛還拿在我的手上，……我聽到了姜五雲姜五雲的；好像那名字響了好幾遍，……我過了一些時候才想要嘔吐，……喉管裡像有什麼腥氣的東西噴上來，我想嚥下去，……又嚥不下去。……眼睛冒著火苗。……那些看告示的人往上擠著，我就退在了旁邊，我再上前去看看，腿就不做主啦！看『告示』的人越多，我就退下來了！越退越遠啦！……」

她的前額和鼻頭都流下汗來。

「跟了車，回到鄉裡，就快半夜了，一下車的時候，我才想起了豬毛。……哪裡還記得起豬毛，……耳朵像兩張木片似的啦！……包頭巾也許是掉在路上，也許是掉在城裡，……」

她把頭巾掀起來，兩個耳朵的下梢完全丟失了。

「看看，這是當兵的老婆，……」

這回她把頭巾束得更緊了一些，所以隨著她的講話那頭巾的角部也起著小小的跳動。

「五雲倒還活著，我就想看看他，也算夫婦一回。……」

「……二月裡，我就背著禿子，今天進城，明天進城，……『告示』聽說又貼了幾回，我不去看那玩意兒，我到衙門去問，他們說：『這裡不管這事。』讓我到兵營裡去，……我從小就怕見官，……鄉下孩子，沒有見過。那些帶刀掛槍的，我一看到就發顫，……去吧！反正他們也不是見人就殺。……後來常常去問，也就不怕了。反正一家三口，已經有一口拿在他們的手心裡。……他們告訴我，逃兵還沒有送過來。我說什麼時候才送過來呢？他們說：『再過一個月吧！』……等我一回到鄉下就聽說逃兵已從什麼縣城，那是什麼縣城？到今天我也記不住那是什麼縣城，……就是聽說送過來啦就是啦，……都說若不快點去看可就沒有了。我再背著禿子，再進城……去問問兵營的人說：『好心急，你還要問個百八十回。不知道，也許就不送過來的。』……有一天，我看著一個大官，坐著馬車，釘東釘東的響著鈴子，從營房走出來了。……我把禿子放在地上，我就跑過去，正好馬車是向著這邊來的，我就跪下了，也不怕馬蹄就踏在我的頭上。」

「『大老爺，我的丈夫……姜五……』我還沒有說出來，就覺得肩膀上很沉重……那趕馬車的把我往後面推倒了。好像跌了跤似的我爬在道邊去。只看到那趕馬車的也戴著兵帽子。」

「我站起來，把禿子又背在背上，……營房的前邊，就是一條河，一個下半天都在河邊上看著河水。有些釣魚的，也有些洗衣裳的。遠一點，在那河灣上，那水就深了，看著那浪頭一排排的從眼前過去。不知道幾百條浪頭都坐著看過去了。我想把禿子放在河邊上，我一跳就下去吧！留他一條小命，他一哭就會有人把他收了去。」

「我拍著那小胸脯，我好像說：『禿兒，睡吧。』我還摸摸那圓圓的耳朵，那孩子的耳朵，真是，長得肥滿和他爹的一模一樣。一看到那孩子的耳朵，就看到他爹了。」

她為了讚美而笑了笑。

「我又拍著那小胸脯，我又說：『睡吧！禿兒。』我想起了，我還有幾吊錢，也放在孩子的胸脯裡吧！正在伸，伸手去放……放的時節，……孩了睜開眼睛了。……又加上一隻風船轉過河灣來，船上的孩子喊媽的聲音我一聽到，我就從沙灘上面……把禿子抱抱在……懷裡了。……」

她用包頭巾像是緊了緊她的喉嚨，隨著她的手，眼淚就流了下來。

「還是……還是背著他回家吧！那怕討飯，也是有個親娘……親娘的好。……」

那藍色頭巾的角部，也隨著她的下顎也顫抖了起來。

我們車子的前面正過著一堆羊群，放羊的孩子口裡響著用柳條做成的叫子，野地在斜過去的太陽裡分不出什麼是花，什麼是草了！只是混混黃黃的一片。

車伕跟著車子走在旁邊，把鞭梢在地上蕩起著一條條的煙塵。

「……一直到五月，營房的人才說：『就要來的，就要來的。』

「……五月的末梢，一隻大輪船就停在了營房門前的河沿上。不知怎麼這樣多的人！比七月十五著河燈的人還多。……」

她的兩只袖子在招搖著。

「逃兵的家屬，站在右邊。……我也站過去，走過一個帶兵帽子的人，還每人給掛了一張牌子。……誰知道，我也不認識那字。……

「要搭跳板的時候，就來了一群兵隊，把我們這些掛牌子的……就圈了起來，……『離開河沿遠點，遠點，……』他們用槍把我們趕到離開那輪船有三四丈遠。……站在我旁邊的一個白鬍子的老頭，他一隻手下提著一個包裹，我問他：『老伯，為啥還帶來這東西？』……『哼！不！……我有一個兒子和一個姪子，……一人一包，……回陰曹地府，不穿潔淨衣裳是不上高的。』

「跳板搭起來了，……一看跳板搭起來就有哭的。……我是不哭，我把腳跟立得穩穩當當的，眼睛往船上看著。……可是，總不見出來。……過了一會，一個兵官，挎著洋刀，手扶著欄杆說；『讓家屬們再往後退退，……就要下船，……』聽著嗃嘮一聲，那些兵隊又用槍把手把我們向後趕了過去，一直趕上了道旁的豆田，我們就站在豆秧上，跳板又呼隆呼隆地搭起了一塊。……走下來了，一個兵官領頭，……那腳鐐子，嘩啦嘩啦的，……我還記得，第一個還是個小矮個，……走下來五六個啦，……沒有一個像禿子他爹寬寬肩膀的，是真的，很難看，……兩條胳臂直伸伸的。……我看了半天工夫才看出手上都是戴了銬子的。旁邊的人越哭，我就格外更安靜。我只把眼睛看著那跳板，……我要問問他爹『為啥當兵不好好當，要當逃兵。……你看看，你的兒子，對得起嗎？』

「二十來個，我不知道那個是他爹，遠看都是那麼個樣兒。一個青年的媳婦……還穿了件綠衣裳，發瘋了似的，穿開了兵隊搶過去了。……當兵的那肯教她過去，……就把她抓回來，她就在地上打滾，她喊：『當了兵還不到三個月呀，……還不到……』兩個兵隊的人，就把她抬回來，那頭髮都披散開啦。又過了一袋菸的工夫，才把我們這些掛牌子的人帶過去。……越走越近了，越近也就越看不清楚哪個是禿子他爹。……眼睛起了白蒙……又加上別人都嗚嗚啕啕的，哭得我多少也有點心慌。……

「還有的嘴上抽著菸卷，還有的罵著，……就是笑的也有。當兵的這種人……不怪說，當兵的不惜命。……

「我看看，真是沒有禿子他爹，哼！這可怪事，……我一回身就把一個兵官的皮帶抓住：『姜五雲呢？』『他是你的什麼人？』『是我的丈夫。』我把禿子可就放在地上啦，……放在地上那不做美的就哭起來，我啪的一聲，給禿子一個嘴巴，……接著我就打了那兵官：『你們把人消滅到什麼地方去啦?!』

「『好的……好傢伙……夠朋友……』那些逃兵們就連起聲來跺著腳喊。兵官看看這情形，趕快叫當兵的把我拖開啦，……他們說：『不只姜五雲一個人，還有兩個沒有送過來，明後天，下一班船就送來。……逃兵裡他們三個是頭目。』

「我背著孩子就離開了河沿，我就掛著牌子走下去了，我一路走，一路兩條腿發顫。奔來看熱鬧的人滿街滿道啦，……我走過了營房的背後，兵營的牆根下坐著那提著兩個包裹的老頭，他的包裹只剩了一個。我說：『老伯伯，你的兒子也沒來嗎？』我一問他，他就把背脊弓了起來，用手把鬍子放在嘴脣上，咬著鬍子就哭啦！

「他還說：『因為是頭目，就當地正法了咧！』當時我還不知道這『正法』是什麼……」

她再說下去，那是完全不相接連的話頭。

「又過三年，禿子八歲的那年，把他送進了豆腐房，……就是一這樣：一年我來看他兩回。二年他回家一趟，……回來也就是十天半月的。……」

車伕離開車子，在小毛道上走著，兩隻手放在背後，太陽從橫面把他拖成一條長影，他每走一步，那影子就分成了一個叉形。

「我也有家小，……」他的話從嘴脣上流了下來似的，好像他對著曠野說的一般。

「喲！」五雲嫂把頭巾放鬆了些。

「什麼！」她鼻子上的折皺糾動了一些時候：「可是真的？……兵不當啦也不回家？……」

「哼！回家！就背著兩條腿回家？」車伕把肥大的手揩扭著自己的鼻子笑了。

「這幾年，還沒多少賺幾個？」

「都是想賺幾個呀！才當逃兵去啦！」他把腰帶更束緊了一些。

我加了一件棉衣，五雲嫂披了一張毯子。

「嗯！還有三里路……這若是套的馬，……嗯！一顛搭就到啦，牛就不行！這牲口性子沒緊沒慢，上陣打仗，牛就不行。……」車伕從草包取出棉襖來，那棉襖順著風飛著草末，他就穿上了。

黃昏的風，卻是和二月裡的一樣。車伕在車尾上打開了外祖父給祖父帶來的酒罈。

「喝吧！半路開酒罈，窮人好賭錢。……喝上兩杯，……」他喝了幾杯之後，把胸膛就完全露在外面。他一面吃嚼著肉乾，一邊嘴上起著泡沫，風從他的嘴邊走過時，他唇上的泡沫也宏大了一些。

我們將奔到的那座城，在一種灰色的氣候裡，只能夠辨別那不是曠野，也不是山崗，又不是海邊，又不是樹林，……

車子越往前進，城座看來越退越遠。臉孔和手上，都有一種黏黏的感覺。……再往前看，連道路也看不到盡頭。……

車伕收拾了酒罈，拾起了鞭子，……這時候，牛角也模糊了去。

「你從出來就沒回過家？家也不來信？」五雲嫂的問話，車伕一定沒有聽到，他打著口哨，招呼著牛。後來他跳下車去，跟著牛在前面走著。

對面走過一輛空車，車轅上掛著紅色的燈籠。

「大霧！」

「好大的霧！」車伕彼此招呼著。

「三月裡大霧……不是兵災，就是荒年。……」

兩個車子又過去了。

作者簡介

——蕭紅（1911-1942），本名張廼瑩，筆名蕭紅、悄吟、玲玲、田娣等。她出生在黑龍江省呼蘭縣城內南街長壽胡同的一個古老的地主家庭裡，祖父對蕭紅有很深的影響，他以古詩為主的啟蒙教育，使蕭紅從小打下良好的文學基礎。一九三一年，蕭紅在哈爾濱結識了蕭軍，她在蕭軍的影響下開始了創作生涯。一九三三年與蕭軍合著的小說、散文合集《跋涉》自費在哈爾濱出版，在東北引起了很大轟動，受到讀者的廣泛好評。一九三四年夏天，蕭紅在青島完成著名中篇小說《生死場》。

一九三五年，《生死場》以「奴隸叢書」的名義在上海出版，魯迅為之作序，胡風為其寫後記，在文壇上引起轟動和反響，蕭紅也因此一舉成名，從而奠定了蕭紅作為抗日作家的地位。一九三八年夏天，蕭紅與共同生活六年的蕭軍分手，隨後與端木蕻良到了四川重慶，一九四〇年春天，二人抵達香港。在香港期間，蕭紅完成最重要的長篇小說《呼蘭河傳》。一九四一年一月，長篇小說《馬伯樂（第一部）》由香港大時代書局出版；二月至十一月，《馬伯樂（第二部）》發表於香港《時代批評》（第六十至八二期），未能完稿。翌年一月，蕭紅病重入院診治，罹患肺結核和惡性氣管擴張，一月二十二日病逝，年僅三十一歲。蕭紅去世後，一部分骨灰被葬於香港的淺水灣，剩餘骨灰葬於聖士提反女校後院土山坡下。

小二黑結婚

趙樹理

一　神仙的忌諱

劉家峧有兩個神仙，鄰近各村無人不曉：一個是前莊上的二諸葛，一個是後莊上的三仙姑。二諸葛原來叫劉修德，當年做過生意，抬腳動手都要論一論陰陽八卦，看一看黃道黑道。三仙姑是後莊于福的老婆，每月初一十五都要頂著紅布搖搖擺擺裝扮天神。

二諸葛忌諱「不宜栽種」，三仙姑忌諱「米爛了」。這裡邊有兩個小故事：有一年春天大旱，直到陰曆五月初三才下了四指雨。初四那天大家都搶著種地，二諸葛看了看曆書，又掐指算了一下說：「今日不宜栽種。」初五日是端午，他歷年就不在端午這天做什麼，又不曾種；初六倒是個黃道吉日，可惜地乾了，雖然勉強把他的四畝穀子種上了，卻沒有出夠一半。後來直到十五才又下雨，別人家都在地裡鋤苗，二諸葛卻領著兩個孩子在地裡補空了。鄰家有個後生，吃飯時候在街上碰上二諸葛便問道：「老漢！今天宜栽種不宜？」二諸葛翻了他一眼，扭轉頭返回去了，大家就嘻嘻哈哈傳為笑談。

三仙姑有個女孩叫小芹。一天，金旺他爹到三仙姑那裡問病，三仙姑坐在香案後唱，金旺他爹跪在香案前聽。小芹那年才九歲，晌午做撈飯，把米下進鍋裡了，聽見她娘哼哼得很中聽，站在桌前聽了一會，把做飯也忘了。一會，金旺他爹出去小便，三仙姑趁空子向小芹說：「快去撈飯！米爛了！」

卻不料就叫金旺他爹聽見，回去就傳開了。後來有些好玩笑的人，見了三仙姑就故意問別人「米爛了沒有？」

二　三仙姑的來歷

三仙姑下神，足足有三十年了。那時三仙姑才十五歲，剛剛嫁給于福，是前後莊上第一個俊俏媳婦。于福是個老實後生，不多說一句話，只會在地裡死受。于福的娘早死了，只有個爹，父子兩個一上了地，家裡只留下新媳婦一個人。村裡的年輕人們感覺著新媳婦太孤單，就慢慢自動的來跟新媳婦做伴，不幾天就集合了一大群，每天嘻嘻哈哈，十分哄夥。

于福他爹看見不像個樣子，有一天發了脾氣，大罵一頓，雖然把外人擋住了，新媳婦卻跟他鬧起來。新媳婦哭了一天一夜，頭也不梳，臉也不洗，飯也不吃，躺在炕上，誰也叫不起來，父子兩個沒了辦法。鄰家有個老婆替她請了一個神婆子，在她家下了一回神，說是三仙姑跟上她了，她也哼哼唧唧自稱吾神長吾神短，從此以後每月初一十五就下起神來，別人也給她燒起香來求財問病，三仙姑的香案便從此設起來了。

青年們到三仙姑那裡去，要說是去問神，還不如說是去看聖像。三仙姑也暗暗猜透大家的心事，衣服穿得更新鮮，頭髮梳得更光滑，首飾擦得更明，宮粉搽得更勻，不由青年們不跟著她轉來轉去。

這是三十來年前的事。當時的青年，如今都已留下了鬍子，家裡都是子媳成群，所以除了幾個老光棍，差不多都沒有那些閒情到三仙姑那裡去了。三仙姑卻和大家不同，雖然已經四十五歲，卻偏愛當個老來俏，小鞋上仍要繡花，褲腿上仍要鑲邊，頂門上的頭髮脫光了，用黑手帕蓋起來，只可惜宮粉塗不平臉上的皺紋，看起來好像驢糞蛋上下上了霜。

老相好都不來了，幾個老光棍不能教三仙姑滿意，三仙姑又團結了一夥孩子們，比當年的老相好更多，更俏皮。

三仙姑有什麼本領能團結這夥青年呢？這祕密在她女兒小芹身上。

三　小芹

三仙姑前後共生過六個孩子，就有五個沒有成人，只落了一個女兒，名叫小芹。小芹當兩三歲時候，就非常伶俐乖巧，三仙姑的老相好們，這個抱過來說是「我的」，那個抱起來說是「我的」，後來小芹長到五六歲，知道這不是好話，三仙姑教她說：「誰再這麼說，你就說『是你的姑姑』。」說了幾回，果然沒有人再提了。

小芹今年十八了，村裡的輕薄人說，比她娘年輕時候好得多。青年小夥子們，有事沒事，總想跟小芹說句話。小芹去洗衣服，馬上青年們也都去洗；小芹上樹採野菜，馬上青年們也都去採。

吃飯時候，鄰居們端上碗愛到三仙姑那裡坐一會，前莊上的人來回一里路，也並不覺得遠。這已經是三十年來的老規矩，不過小青年們也這樣熱心，卻是近二三年來才有的事。

三仙姑起先還以為自己仍有勾引青年的本領，日子長了，青年們並不真正跟她接近，她才慢慢看出門道來，才知道人家來了為的是小芹。

不過小芹卻不跟三仙姑一樣，表面上雖然也跟大家說說笑笑，實際上卻不跟人亂來，近二三年，只是跟小二黑好一點。前年夏天，有一天前晌，于福去地，三仙姑去瀏門，家裡只留下小芹一個人，金旺來了，嘻皮笑臉向小芹說：「這會可算是個空子吧？」小芹板起臉來說：「金旺哥！咱們以後說話規矩些！你也是娶媳婦大漢了！」金旺撇撇嘴說：「咦！裝什麼假正經？小二黑一來管保你就軟了！有便宜大家討開點，沒事；要正經除非自己鍋底沒有黑。」說著就拉住小芹的胳膊悄悄說：「不用裝模作樣了！」不料小芹大聲喊道：「金旺！」金旺趕緊跑出來。一邊還咄念道：「等得住你！」說著就悄悄溜走了。

四　金旺弟兄

提起金旺來，劉家峧沒有人不恨他，只有他一個本家兄弟名叫興旺跟他對勁。

金旺他爹雖是個莊稼人，卻是劉家峧一隻虎，當過幾十年老社首，捆人打人是他的拿手好戲。金旺長到十七八歲，就成了他爹的好幫手，興旺也學會了幫虎吃食，從此金旺他爹想要捆誰，就不用親自動手，只要下個命令，自有金旺興旺代辦。

抗戰初年，漢奸敵探潰兵土匪到處橫行，那時金旺他爹已經死了，金旺興旺弟兄兩個，給一支潰兵作了內線工作，引路綁票，講價贖人，又做巫婆又做鬼，兩頭出面裝好人。後來八路軍來，打垮潰兵土匪，他兩人才又回到劉家峧。

山裡人本來就膽子小，經過幾個月大混亂，死了許多人，弄得大家更不敢出頭了。別的大村子都成立了村公所、各救會、武委會，劉家峧卻除了縣府派來一個村長以外，誰也不願意當幹部。不久，縣裡派人來劉家峧工作，要選舉村幹部，金旺跟興旺兩個，看出這又是掌權的機會，大家也巴不得有人願幹，就把興旺選為武委會主任，把金旺選為村政委員，連金旺老婆也被選為婦救會主席。其他各幹部，硬捏了幾個老頭子出來充數。只有青抗先隊長，老頭子充不得。興旺看見小二黑這個小孩子漂亮好玩，隨便提了一下名就通過了，他爹二諸葛雖然不願，可是惹不起金旺，也沒有敢說什麼。

村長是外來的，對村裡情形不十分了解，從此金旺興旺比前更厲害了，只要瞞住村長一個人，村裡人不論哪個都得由他兩個調遣。這幾年來，村裡別的幹部雖然調換了幾個，而他兩個卻好像鐵桶江山。大家對他兩個雖是恨之入骨，可是誰也不敢說半句話，都恐怕扳不倒他們，自己吃虧。

五　小二黑

小二黑，是二諸葛的二小子，有一次反掃蕩打死過兩個敵人，曾得到特等射手的獎勵。說到他的漂亮，那不只在劉家峧有名，每年正月扮故事，不論去到哪一村，婦女們的眼睛都跟著他轉。

小二黑沒有上過學，只是跟著他爹識了幾個字。當他六歲時候，他爹就教他識字。識字課本既不是《五經》、《四書》，也不是常識國語，而是從天干、地支、五行、八卦、六十四卦名等學起，進一步便學些《百中經》、《玉匣記》、《增刪卜易》、《麻衣神相》、《奇門遁甲》、《陰陽宅》等書。小二黑從小就聰明，像那些算屬相、卜六壬課、念大小流年或「甲子乙丑海中金」等口訣，不幾天就都弄熟了，二諸葛也常把他引在人前賣弄。因為他長得伶俐可愛，大人們也都愛跟他玩；這個說：「二黑，算一算十歲屬什麼？」那個說：「二黑，給我卜一課！」後來二諸葛因為說「不宜栽種」誤了種地，老婆也埋怨，大黑也埋怨，莊上人也都傳為笑談，小二黑也跟著這事受了許多奚落。那時候小二黑十三歲，已經懂得好歹了，可是大人們仍把他當成小孩來玩弄，好跟二諸葛開玩笑的，一到了家，常好對著二諸葛問小二黑道：「二黑！算算今天宜不宜栽種？」和小二黑年紀相仿的孩子們，一跟小二黑生了氣，就連聲喊道：「不宜栽種不宜栽種……」小二黑因為這事，好幾個月見了人躲著走，從此就和他娘商量成一氣，再不信他爹的鬼八卦。

小二黑跟小芹相好已經二三年了。那時候他才十六七，原不過在冬天夜長時候，跟著些閒人到三仙姑那裡湊熱鬧，後來跟小芹混熟了，好像是一天不見面也不能行。後莊上也有人願意給小二黑跟小芹做媒人，二諸葛不願意，不願意的理由有三：第一小二黑是金命，小芹是火命，恐怕火剋金；第二小芹生在十月，是個犯月；第三是三仙姑的名聲不好。恰巧在這時候彰德府來了一夥難民，其中有個老李帶來個八九歲的小姑娘，因為沒有吃的，願意把姑娘送給人家逃個活命。二諸葛說是個便宜，先問了一下生辰八字，掐算了半天說：「千里姻緣一線牽。」就替小二黑收作童養媳。

雖然二諸葛說是千合適萬合適，小二黑卻不認帳。父子倆吵了幾天，二諸葛非養不行，小二黑說：「你願意養你就養著，反正我不要！」結果雖然把小姑娘留下了，卻到底沒有說清楚算什麼關係。

金旺自從碰了小芹的釘子以後，每日懷恨，總想設法報一報仇。有一次武委會訓練村幹部，恰巧小二黑發瘧疾沒有去。訓練完畢之後，金旺就向興旺說：「小二黑是裝病，其實是被小芹勾引住了，可以鬥爭他一頓。」興旺就是武委會主任，從前也碰過小芹一回釘子，自然十分贊成金旺的意見，並且又叫金旺回去和自己的老婆說一下，發動婦救會也鬥爭小芹一番。金旺老婆現任婦救會主席，因為金旺好到小芹那裡去，早就恨得小芹了不得。現在金旺回去跟她說要鬥爭小芹，這才是巴不得的機會，丟下活計，馬上就去布置。第二天，村裡開了兩個鬥爭會，一個是武委會鬥爭小二黑，一個是婦救會鬥爭小芹。

小二黑自己沒有錯，當然不承認，嘴硬到底，興旺就下命令把他捆起來送交政權機關處理。幸而村長腦筋清楚，勸興旺說：「小二黑發瘧是真的，不是裝病，至於跟別人戀愛，不是犯法的事，不能捆人家。」興旺說：「他已是有了女人的。」村長說：「村裡誰不知道小二黑不承認他的童養媳。人家不承認是對的，男不過十六，女不過十五，不到訂婚年齡。十來歲小姑娘，長大也不會來認這筆帳。小二黑滿有資格跟別人戀愛，誰也不能干涉。」興旺沒話說了，小二黑反要問他：「無故捆人犯法不犯？」經村長雙方勸解，才算放了完事。

興旺還沒有離村公所，小芹拉著婦救會主席也來找村長。她一進門就說：「村長！捉賊要贓，捉姦要雙，當了婦救會主席就不說理了？」興旺見拉著金旺的老婆，生怕說出這事與自己有關，趕緊溜走。後來村長問了問情由，費了好大一會唇舌，才給他們調解開。

七　三仙姑許親

兩個鬥爭會開過以後，事情包也包不住了，小二黑也知道這事是合理合法的了，索性就跟小芹公開商量起來。

三仙姑卻著了急。她跟小芹雖是母女，近幾年來卻不對勁。三仙姑愛的是青年們，青年們愛的是小芹。小二黑這個孩子，在三仙姑看來好像鮮果，可惜多一個小芹，就沒了自己的份兒。她本想早給小芹找個婆家推出門去，可是因為自己名聲不正，差不多都不願意跟她結親。開罷鬥爭會以後，風言風語都說小二黑要跟小芹自由結婚，她想要真是那樣的話，以後想跟小二黑說幾句笑話都不能了，那是多麼可惜的事，因此託東家求西家要給小芹找婆家。

「插起招軍旗，就有吃糧人。」有個吳先生是在閻錫山部下當過旅長的退職軍官，家裡很富，才死了老婆。他在奶奶廟大會上見過小芹一面，願意續她，媒人向三仙姑一說，三仙姑當然願意。不幾天過了禮帖，就算定了，三仙姑以為了卻一宗心事。

小芹已經和小二黑商量得差不多了，如何肯聽她娘的話。過禮那一天，小芹跟她娘鬧起來，把吳先生送來的首飾綢緞扔下一地。媒人走後，小芹跟她娘說：「我不管！誰收了人家的東西誰跟人家去！」

三仙姑愁住了，睡了半天，晚飯以後，說是神上了身，打了兩個呵欠就唱起來。她起先責備于福管不了家，後來說小芹跟吳先生是前世姻緣，還唱些什麼「前世姻緣由天定，不順天意活不成，……」于福跪在地下哀求，神非教他馬上打小芹一頓不可。小芹聽了這話，知道跟這個裝神弄鬼的娘說不出什麼道理來，乾脆躲了出去，讓她娘一個人胡說。

小芹一個人悄悄跑到前莊上去找小二黑，恰在路上碰上小二黑去找她，兩個就悄悄拉著手到一個大窯裡去商量對付三仙姑的法子。

八　拿雙

小芹把她娘怎樣主婚怎樣裝神，唱些什麼，從頭至尾細細向小二黑說了一遍，小二黑說：「不用理她！我打聽過區上的同志，人家說只要男女本人願意，就能到區上登記，別人誰也作不了主。……」說到這裡，聽見外邊有腳步聲，小二黑伸出頭來看，黑影裡站著四五個人，有一個說：「拿雙拿雙！」他兩人都聽出是金旺的聲音，小二黑起了火，大叫道：「拿？沒有犯了法！」興旺也來了，下命令道：「捉住捉住！我就看你犯法不犯法？給你操了好幾天心了！」小二黑說：「你說去哪裡咱就去哪裡，到邊區政府你也不能把誰怎麼樣！走！」興旺說：「走？便宜了你！把他捆起來！」小二黑掙扎了一會，無奈沒有他們人多，終於被他們七手八腳打了一頓捆起來了。興旺說：「裡邊還有個女的，也捆起來！捉姦要雙，這是她自己說的！」說著就把小芹也捆起來了。

前莊上的人都還沒有睡，聽見有人吵架，有些人就跑出來看，麻稈火把下看見捆著的兩個人，大家不問就都知道了八九分。二諸葛也出來了，見小二黑被人家捆起來，就跪在興旺面前哀求道：「興旺！咱兩家沒有什麼仇！看在我老漢面上，請你們諸位高高手……」興旺說：「這事情，我們管不了，送給上級再說吧！」小二黑說：「爹！你不用管！送到哪裡也不犯法！我不怕他！」興旺說：「好小子！要硬你就硬到底！」又逼住三個民兵說：「帶他們走！」一個民兵問：「帶到村公所？」興旺說：「還到村公所幹什麼？上一回不是村長放了的？送給區武委會主任按軍法處理！」說著就把他兩個人擁上走了。

九　二諸葛的神課

鄰居們見是興旺弟兄們捆人，也沒有人敢給小二黑講情，直等到他們走後，才把二諸葛招呼回家。

二諸葛連連搖頭說：「唉！我知道這幾天要出事啦：前天早上我上地去，才上到嶺上，碰上個騎驢媳婦，穿了一身孝，我就知道壞了。我今年是羅睺星照運，要謹防帶孝的沖了運氣，因此哪裡也不敢去，誰知躲也躲不過？昨天晚上二黑她娘夢見廟裡唱戲。今天早上一個老鴉落在東房上叫了十幾聲，……唉！反正是時運，躲也躲不過。」他囉哩囉嗦念了一大堆，鄰居們聽了有些厭煩，又給他說了一會寬心話，就都散了。

有事人哪裡睡得著？人散了之後，二諸葛家裡除了童養媳之外，三個人誰也沒有睡。二諸葛摸了摸臉，取出三個制錢占了一卦，占出之後嚇得他面色如土。他說：「了不得呀了不得！丑土的父母動出午火的官鬼，火旺於夏，恐怕有些危險了。唉！人家把他選成青年隊長，我就說過不叫他當，小雜種硬要充人物頭！人家說要按軍法處理，要不當隊長哪裡犯得了軍法？」老婆也拍手跺腳道：「小爹呀！誰知道你要闖這麼大的事啦？」大黑勸道：「不怕！事已經出下了，由他去吧！我想這又不是人命事，也犯不了什麼大罪！既然他們送到區上了，我先到區上打聽打聽！你們都睡吧！」說著點了個燈籠就走了。

二諸葛打發大黑去後，仍然低頭細細研究方才占的那一卦。停了一會，遠遠聽著有個女人哭，越哭越近，不大一會就來到窗下，一推門就進來了。二諸葛還沒有看清是誰，這女人就一把把他拉住，帶哭帶鬧說：「劉修德！還我閨女！你的孩子把我的閨女勾引到哪裡了？還我……」二諸葛老婆正氣得死去活來，一看見來的是三仙姑，正趕上出氣，從炕上跳下來拉住她道：「你來了好！省得我去找你！你母女兩個好生生把我孩子勾引壞，你倒有臉來找我！咱兩人就也到區上說說理！」這兩個女人滾成一團，二諸葛一個人拉也拉不開，也再顧不上研究他的卦。三仙姑見二諸葛老婆已經不顧了命，自己先膽怯了幾分，不敢戀戰，少鬧了一會掙脫出來就走了。二諸葛老婆追出門來，被二諸葛攔回去，還罵個不休。

十　恩典恩典

二諸葛一夜沒有睡，一遍一遍念：「大黑怎麼還不回來，大黑怎麼還不回來。」第二天天不明就起程往區上走，走到半路，遠遠看見大黑、三個民兵已都回來了，還來了區上一個助理員，一個交通員。他遠遠就喊叫道：「大黑！怎麼樣？要緊不要緊？」大黑說：「沒有事！不怕！」說著就走到跟前，助理員跟三個民兵先走了。大黑告交通員說：「這就是我爹！」又向二諸葛說：「區上添傳你跟于福老婆。你去吧，沒有事！二黑跟小芹兩個人，一到區上就放開了。區上早就聽說興旺和金旺兩個人不是東西，已經把他兩個人押起來了，還派助理員到咱村開大會調查他們橫行霸道的證據。我趕到那裡人家就問罷了，聽說區上還許咱二黑跟小芹結婚。」二諸葛說：「不犯罪就好，結婚可不行，命相不對！你沒有聽說添傳我做什麼？」大黑說：「不知道，大約也沒有什麼大事。你去吧，我先回去告我娘說。」交通員說：「老漢！這就算見了你了！你去吧，我再傳那一個去！」說了就跟大黑相跟著走了。

二諸葛到了區上，看見小二黑跟小芹坐在一條板凳上，他就指著小二黑罵道：「闖禍東西！放了你你還不快回去？你把老子嚇死了！不要臉！」區長道：「幹什麼？區公所是罵人的地方？」二諸葛不說話了。區長問：「你就是劉修德？」二諸葛答：「是！」問：「你給劉二黑收了個童養媳？」答：「是！」問：「今年幾歲了？」答：「屬猴的，十二歲了。」區長說：「女不過十五不能訂婚，把人家退回娘家去，劉二黑已經跟于小芹訂婚了！」二諸葛說：「她只有個爹，也不知逃難逃到哪裡去了，退也沒處退。女不過十五不能訂婚，那不過是官家規定，其實鄉間七八歲訂婚的多著哩。請區長恩典恩典就過去了。……」區長說：「凡是不合法的訂婚，只要有一方面不願意都得退！」二諸葛說：「我這是兩家情願！」區長問小二黑道：「劉二黑！你願意不願意？」小二黑說：「不願意！」二諸葛的脾氣又上來了，瞪了小二黑一眼道：「由你啦？」區長道：「給他訂婚不由他，難道由你啦？老漢！如今是婚姻自主，由不得你了！你家養的那個小姑娘，要真是沒有娘家，就算成你的閨女好了。」二諸葛道：「那也可以，不過還得請區長恩典恩典，不能叫他跟于福這閨女訂婚！」區長說：「這你就管不著了！」二諸葛發急道：「千萬請區長恩典恩典，命相不對，這是一輩子的事！」又向小二黑道：「二黑！你不要糊塗了！這是你一輩子的事！」區長道：「老漢！你不要糊塗了；強逼著你十九歲的孩子娶上個十二歲的小姑娘，恐怕要生一輩子氣！我不過是勸一勸你，其實只要人家兩個人願意，你願意不願意都不相干。回去吧！童養媳沒處退就算成你的閨女！」二諸葛還要請區長「恩典恩典」，一個交通員把他推出來了。

十一　看看仙姑

三仙姑去尋二諸葛，一來為的是逞逞鬥氣的本領，二來為的是遮遮外人的耳目。其實讓小芹吃一吃虧她很高興，所以跟二諸葛老婆鬧了一陣之後，回去就睡了。第二天早上，她起得很遲，于福雖比她著急，可是自己既沒有主意，又不敢叫醒她，只好自己先去做飯，飯快成的時候，三仙姑慢慢起來梳妝，于福問她道：「不去打聽打聽小芹？」她說：「打聽她做甚啦？她的本領多大啦？」于福也再沒有敢說什麼，把飯菜做成了放在爐邊等，直等到她梳妝罷了才開飯。

飯還沒有吃罷，區上的交通員來傳她。她好像很得意，嗓子拉得長長的說：「閨女大了咱管不了，就去請區長替咱管教管教！」她吃完了飯，換上新衣服、新手帕、繡花鞋、鑲邊褲，又擦了一次粉，加了幾件首飾，然後叫于福給她備上驢，她騎上，于福給她趕上，往區上去。

到了區上。交通員把她引到區長房子裡，她爬下就磕頭，連聲叫道：「區長老爺，你可要給我作主！」區長正伏在桌上寫字，見她低著頭跪在地下，頭上戴了滿頭銀首飾，還以為是前兩天跟婆婆生了氣的那個年輕媳婦，便說道：「你婆婆不是有保人嗎？為什麼不找保人？」三仙姑莫名其妙，抬頭看了看區長的臉。區長見是個擦著粉的老太婆，才知道是認錯了人。交通員道：「認錯人了！

這就是于小芹的娘！」區長打量了她一眼道：「你就是小芹的娘呀？起來！不要裝神做鬼！我什麼都清楚！起來！」三仙姑站起來了。區長問：「你今年多大歲數？」三仙姑說：「四十五。」區長說：「你自己看看你打扮得像個人不像？」門邊站著老鄉一個十來歲的小閨女嘻嘻嘻笑了。交通員說：「到外邊耍！」小閨女跑了。區長問：「你會下神是不是？」三仙姑不敢答話。區長問：「你給你閨女找了個婆家？」三仙姑答：「找下了！」問：「使了多少錢？」答：「三千五！」問：「還有些什麼？」答：「有些首飾布匹！」問：「跟你閨女商量過沒有？」答：「沒有！」問：「你閨女願意不願意？」答：「不知道！」區長道：「我給你叫來你親自問問她！」又向交通員道：「去叫于小芹！」

剛才跑出去那個小閨女，跑到外邊一宣傳，說有個打官司的老婆，四十五了，擦著粉，穿著花鞋。鄰近的女人們都跑來看，擠了半院，唧唧噥噥說：「看看！四十五了！」「看那褲腿！」「看那花鞋！」三仙姑半輩沒有臉紅過，偏這會撐不住氣了，一道道熱汗在臉上流。交通員領著小芹來了，故意說：「看什麼？人家也是個人吧，沒有見過？閃開路！」一夥女人們哈哈大笑。

把小芹叫來，區長說：「你問問你閨女願意不願意！」三仙姑只聽見院裡人說「四十五」、「穿花鞋」，羞得只顧擦汗，再也開不得口。院裡的人們忽然又轉了話頭，都說「那是人家的閨女」，「閨女不如娘會打扮」，也有人說「聽說還會下神」，偏又有個知道底細的斷斷續續講「米爛了」的故事，這時三仙姑恨不得一頭碰死。

區長說：「你不問我替你問！于小芹，你娘給你找的婆家你願意跟人家結婚不願意？」小芹說：「不願意！我知道人家是誰？」區長向三仙姑道：「你聽見了吧？」又給她講了一會婚姻自主的法令，說小芹跟小二黑訂婚完全合法，還吩咐她把吳家送來的錢和東西原封退了，讓小芹跟小二黑結婚。她羞愧之下，一一答應了下來。

十二　怎麼到底

三個民兵回到劉家峧，一說區上把興旺金旺兩人押起來，又派助理員來調查他們的罪惡，真是人人拍手稱快。午飯後，廟裡開一個群眾大會，村長報告了開會宗旨就請大家舉他兩個人的作惡事實。起先大家還怕扳不倒人家，人家再返回來報仇，老大一會沒有人說話，有幾個膽子太小的人，還悄悄勸大家說：「忍事者安然。」有個被他兩人作踐垮了的年輕人說：「我從前沒有忍過？越忍越不得安然！你們不說我說！」他先從金旺領著土匪到他家綁票說起，一連說了四五款，才說道：「我歇歇再說，先讓別人也說幾款！」他一說開了頭，許多受過害的人也都搶著說起來：有給他們花過錢的，有被他們逼著上過吊的，也有產業被他們霸了的，老婆被他們姦淫過的。他兩人還派上民兵給他們自己割柴，撥上民夫給他們自己鋤地；浮收糧，私派款，強迫民兵捆人，……你一宗他一宗，從晌午說到太陽落，一共說了五六十款。

區上根據這些罪狀把他兩人送到縣裡，縣裡把罪狀一一證實之後，除叫他們賠償大家損失外，又判了十五年徒刑。

經過這次大會之後，村裡人也都敢出頭了。不久，村幹部又都經過大改選，村裡人再也不敢亂投壞人的票了。這其間，金旺老婆自然也落了選。偏她還變了口吻，說：「以後我也要進步了。」

兩個神仙也有了變化：

三仙姑那天在區上被一夥婦女圍住看了半天，實在覺著不好意思，回去對著鏡子研究了一下，真有點打扮得不像話；又想到自己的女兒快要跟人結婚，自己還賣什麼老俏？這才下了個決心，把自己的打扮從頂到底換了一遍，弄得像個當長輩人的樣子，把三十年來裝神弄鬼的那張香案也悄悄拆去。

二諸葛那天從區上回去，又向老婆提起二黑跟小芹的命相不對，他老婆道：「把你的鬼八卦收起吧！你不是說二黑這回了不得嗎？你一輩子放個屁也要卜一課，究竟抵了些什麼事？我看小芹滿不錯，能跟咱二黑過就很好！什麼命相對不對？你就不記得『不宜栽種』？」二諸葛見老婆都不信自己的陰陽，也就不好意思再到別人跟前賣弄他那一套了。

小芹和小二黑各回各家，見老人們的脾氣都有些改變，託鄰居們趁勢和說和說，兩位神仙也就順水推舟同意他們結婚。後來兩家都準備了一下，就過門。過門之後，小兩口都十分得意，鄰居們都說是村裡第一對好夫妻。

夫妻們在自己臥房裡有時候免不了說玩話：小二黑好學三仙姑下神時候唱「前世姻緣由天定」，小芹好學二諸葛說「區長恩典，命相不對」。淘氣的孩子們去聽窗，學會了這兩句話，就給兩位神仙加了新外號：三仙姑叫「前世姻緣」，二諸葛叫「命相不對」。

作者簡介

——趙樹理（1906-1970），原名趙樹禮，山西沁水縣尉遲村人。為小說流派「山藥蛋派」的開創者，作品富有鄉土氣息、語言生動，富有民族特色，被稱為現代小說的「鐵筆」、「聖手」。一九二五年考入山西省立第四師範學校，曾任《說說唱唱》、《曲藝》主編，擔任中國文聯常委、中國作家協會理事、中國曲藝工作者協會主席，一九六五年二月於山西文聯工作，後遭文化大革命迫害去世。以短篇小說〈小二黑結婚〉一舉成名，第一部長篇小說《李家莊的變遷》樹立其文壇地位，許多作品被譯為英、法、德、俄、日等二十餘種語言，〈小二黑結婚〉、《三里灣》也被改編為電影。

1956

小巷深處

陸文夫

一

蘇州，這古老的城市，現在是熟睡了。她安靜地躺在運河的懷抱裡，像銀色河床中的一朵睡蓮。那不太明亮的街燈，照著秋風中的白楊，婆娑的樹影在石子馬路上舞動，使街道也布滿了朦朧的睡意。城市的東北角，在深邃而鋪著石板的小巷裡，有間屋子裡的燈還亮著。燈光下有個姑娘坐在書桌旁，手托著下巴在凝思。她的鼻梁高高的，眼睛烏黑發光，長睫毛，兩條髮辮，從太陽穴上面垂下來，攏到後頸處又併為一條，直拖到腰際，在兩條辮子合併的地方，隨便結著一條花手帕。

在這條巷子裡，很少有人知道這姑娘是做什麼的，鄰居們只知道她每天讀書到深夜。只有郵遞員知道她叫徐文霞，是某紗廠的工人，因為郵遞員常送些寫得漂亮的信件給她，而她每接到這種信件時便要皺起眉頭，甚至當著郵遞員的面便撕得粉碎。

徐文霞看著桌上的小代數，怎樣也看不下去，感到一陣陣的煩惱。這些日子，心中常常湧起少女特有的煩惱，每當這種煩惱泛起時，便帶來了恐懼和怨恨，那一段使她羞恥、屈辱和流淚的回憶就在眼前升起。

是秋雨連綿的黃昏，是寒風凜冽的冬夜吧，閶門外那些旅館旁的馬路上、屋角邊、陰暗的弄堂口，閒蕩著一些打扮得十分妖豔的姑娘。她們有的蜷縮著坐在石頭上，有的倚在牆壁上，兩手交叉在胸前，故意把那假乳房壓得高高的，嘴角上隨便叼著菸卷，瞇著眼睛看著旅館的大門和路上的行人。每當一個人走過時，她們便嬌聲嬌氣地喊起來。

「去吧，屋裡去吧。」

「不要臉，婊子，臭貨！」傳來了行人的謾罵。

這罵聲立即引起她們一陣哄笑，於是回敬對方一連串下流的咒罵：「壽頭，豬玀，赤佬……」

在這一群姑娘中，也混雜著徐文霞，那時她被老鴇叫作阿四妹。她還是十六歲的孩子，瘦削而敷滿白粉的臉，映著燈光更顯得慘白。這些都是七、八年前的事了，徐文霞一想起心就顫抖。

一九五二年，政府把所有的妓女都收進了婦女生產教養院。徐文霞度過了終身難忘的一年，治病、訴苦、學習生產技能，她記不清母親是什麼樣子，也不知道母愛的滋味，人間的幸福就莫過如此吧，最大的幸福就是在陽光下抬著頭做個正直的人！

那一年以後，徐文霞便進了勤大紗廠。廠長見她年輕，又生著一副伶俐相，說：「別織布吧，學電氣去，那裡需要靈巧的手。」

生活在徐文霞面前放出綺麗的光彩：尊敬、榮譽、愛撫的眼光，一齊向她投過來。她什麼時候體驗過做人的尊嚴呢！她深藏著自己的經歷，好在幾次調動工作之後，已無人知道這點了，黨總支書記雖然知道的，也不願提起這些，使她感到屈辱。沒人提，那就讓它過去吧，像惡夢般地消逝吧。

愛情呢，家庭的幸福呢？徐文霞不敢想。她也怕人誇耀自己的愛人，怕人提起從前的苦難，更怕小姊妹翻準備出嫁的衣箱。她漸漸地孤獨起來，在寂靜無聲的夜晚，常蒙著被頭流淚，無事時不願有人在身邊。於是，她便在這條古老的巷子裡住下來，這裡沒人打擾她，只是偶爾門外有鞋敲打著石板，發出空洞的迴響。她拚命地讀書，伴著書度過長夜，忘掉一切。只是那些曾玩弄過她的臭男人不肯放鬆她，常寫信來求婚，徐文霞接到這些信時便引起一陣悵惘，後來索性不看便撕掉：「誰能和做過妓女的人有真正的愛情，別嘗這杯苦酒吧！」

徐文霞站起來，在房間裡走動，把所有的雜念都趕掉，翻開小代數，嘆了口氣，自語道：「把工作讓給我，把愛情讓給別人吧！」

徐文霞重新埋進書本，努力探索難解的方程式。一會兒，字母便在眼前舞動，扭曲著，糊成一片黑。她拉拉眼皮，想喚回注意力。可能是天氣燥熱吧，她伸手推開玻璃窗。窗外起著小風，樹葉兒沙沙地響著，夜氣和秋聲那樣催人入眠，徐文霞更加煩躁了。

徐文霞為啥煩躁，只有她自己知道，那個大學畢業的技術員張俊的影子，如今還在眼前晃動。他年輕，方方的臉放著紅光，老是帶著笑容和她談話，跑到她身邊來找點什麼，卻又漲紅著臉無聲地走開了。徐文霞知道為著這件事煩惱，卻故意不肯承認，用這種辦法，她擊退過好幾次愛情的干擾。今天怎麼搞的呢，說不想又偏去想：「他今天為什麼到我這裡來呢？光是輕輕地敲了一下門，隔半天又敲了一次，想進來，又不想進來的樣子。他的臉那麼紅幹麼，別這樣紅吧，同志！難道我這個人還能譏諷人嗎？唉，他為什麼不講話，他挺會說話的，今天倒結結巴巴的，盡翻我的書看，還看得很有趣呢！這些書他不是都讀過嗎？他要幫我補習代數，還要教我物理。昏啦，我竟答應了他，要是他懷著什麼心思，我可怎得了啊！」徐文霞平靜的心被攪亂了，全部「防線」都崩潰了，她不理睬那許多對她含著深情的眼光，撕掉好些向她吐露愛情的信件，卻無法逃避張俊那純真的孩子般的眼睛。她收不住奔馳起來的思想，一會兒充滿了幸福，幸福得心向外膨脹，一會兒充滿了恐懼，感到這事是那麼可怕。各種矛盾的心情，痛苦地絞縊著她，悲慘的往事又顯明起來，她伏在桌上抽泣著，肩膀在柔和的燈光下抖動。

窗外下起雨來，簷漏水滴在石板上，像傾敘著說不完的閒話。

二

時間從秋天到了冬天，徐文霞心裡卻像開滿了春花。

一下班，張俊便到徐文霞的房間裡來了。他坐在徐文霞的對面，眼不轉睛地看著她。看得徐文霞臉紅心跳起來，忙說：

「來吧，抓緊時間。」

張俊笑著，打開課本。他不僅講，還表演，不知又從哪裡找來許多生動的譬喻。這一點，張俊自己也不明白，在徐文霞面前，他的智慧像流不完的河水。

徐文霞開始做習題時，張俊便坐到另一張桌上做自己的功課。這時候，房間裡靜極了，只有筆在紙上唰唰地響。張俊一伏到書桌上，就兩三小時不動身。徐文霞深怕他過度疲勞，便走過去拉拉他的耳朵，搔搔他的後腦。張俊嚷起來：「好，你又破壞學習。」

徐文霞咯咯地笑著，便坐下來。不一會，她又向張俊手裡塞進一只蘋果。張俊把蘋果放在桌子上，先不去動，過了一會，拿起來看看，然後便到徐文霞的口袋裡摸小刀。

「好，這次是你破壞學習。」

「蘋果是你送給我的！」

這一騷動，兩個人都學不下去了，便收起書本，海闊天空地談起來。張俊老是愛談將來，一開口便是「五年以後」的理想：「到那時候我是工程師，你是技術員……」

「我也能做技術員嗎？」

「只要你學習時不調皮。」張俊調皮的眼光望著她：「那時我們還在一起工作，機器出了毛病，我和你一起修，我滿臉都是機器油，嘿，你會不認識我哩！」

「你掉在染缸裡我也認識。」

「要是世界上有這麼一對，他們一起工作，一道回家，星期天一起上街買東西，該多好啊！」

徐文霞被說得心直跳，臉上緋紅，故意裝作不明白地說：「那是人家的事情，你談它做啥。」

徐文霞好像浸在一缸溫水裡，她第一次感到愛情給人幸福和激動。

實在沒話談了，他們便挽著手到街頭散步。蘇州街上的夜晚，空氣是很清新的，行人又那麼稀少。他們盡揀沒人的地方走，踩著法國梧桐的落葉，沙沙的怪舒服。徐文霞老愛把那些枯葉踢得四處飛揚。到底走多少路，他們並不計較，總是看到北寺塔，看到那高大巍峨的黑影時便回頭。

張俊每天到徐文霞這裡來，實在忙了，睡覺之前也一定來說一聲：「睡吧！文霞，明天見。」

徐文霞也習慣了，等到十點半張俊還不來，她便睡下等他。果然聽著門上的鑰匙響，張俊走進來，用手在她的被頭上拍兩下：「睡吧，文霞……」然後她才能真的安詳地熟睡了。

在愛情的海洋裡，徐文霞本來已經絕望了，卻忽然碰著救命圈，她拚命抓著，深怕滑掉。夜裡，她常常夢見張俊鐵青著臉，指著她的鼻子罵：「我把你當塊白璧，原來你做過妓女，不要臉的東西，從此一刀兩斷！」徐文霞哭著，拉著張俊：「不能怪我呀，舊社會逼的……」張俊理也不理，手一摔，走出門去。徐文霞猛撲過去，撲了個空。醒來卻睡在床上，渾身出著冷汗，索性痛哭起來，淚水溼了枕頭，人還在抽泣。

徐文霞再也睡不著了，多少苦痛都來折磨她，尋思道：「怎麼辦哩，老是這樣下去嗎？萬一我的過去給張俊知道呢！告訴他吧。不，他不會原諒我，像他這樣的人，多少純潔的姑娘會愛上他，怎麼要做過妓女的人呢？不能講，千萬不能講啊！」徐文霞用力絞著胸前的襯衣，打開床頭的電燈，她恐懼，她怕。她不能失去張俊，不能沒有張俊的愛情。

三

初冬晴朗的早晨，天暖和得出奇。蘇州人都遛進了那些古老的花園去度過他們的假日。

徐文霞穿著鵝黃色閃著白花的綢棉襖，這棉襖似乎有點短窄，可是卻把她束得更苗條而伶俐。辮子好像更長了，齊到棉襖的下襬，給人一種修長而又秀麗的感覺。她左手拎一隻黃草提包，和張俊慢慢地走進了留園，在幽靜曲折的小道上，徐文霞的硬底皮鞋，咯咯地叩打著鵝卵石。小道的兩旁，是堆得奇巧的假山石，瘦削的太湖石到處聳立著，安排得均勻適中。晚開的菊花還是那麼挺秀，不時從太湖石的洞眼中冒出一枝來。徐文霞的眼睛像清水裡的一點黑油，滴溜溜地轉動著，心曠神怡。

他們在清澈的小石潭中看了金魚，又轉過聳峙的石峰，前面出現了一座小樓。

「上樓去吧。」徐文霞眼睛柔和發亮地望著他。

張俊拉著她的手卻向假山上爬。

「咦，上樓多好！」徐文霞跌跌蹌蹌地，爬到山頂直喘氣：「我叫你上樓，你偏要上山！」

「已經上樓啦，還怪人。」

徐文霞向前一看，真的上了樓，原來假山又當樓梯，使人在欣賞山景中不知不覺地登了樓，免去爬樓梯那枯燥的步行。徐文霞忍不住笑起來，停會兒又嘆氣說：

「俊，你看造花園的人多靈巧啊，人總是費盡心機，想把生活弄得美好一些。」

「走吧，說這些空話做啥。」

他們穿著曲折的迴廊，徐文霞心中有些憂傷，說：「唉，空話，要是明白了造園人的苦心，你就會同情他，同情他那美好的願望。」

張俊心一悸動，看著徐文霞憂傷的眼色，忙說：「你怎麼啦，文霞，想起什麼了吧？」

「不，沒有什麼。」

「那你為什麼不高興呢？」

「高興哩，能和你在一起，總是高興的。」徐文霞強笑了一下：「走吧，你看前面又是什麼地方？」

他們走進了一個滿月形的洞門，眼前出現了一片鄉村景色，豆棚瓜架豎立著，翻開的黑土散發著芬芳。他們在牽滿了葫蘆藤的花架下散步，看那繁星一樣墜在枯藤上的小葫蘆。

張俊沉默著，忽然一副莊重的神色說：「文霞，你說心裡話，你覺得我這個人怎樣。」

「怎麼說呢，我這一世，要找第二個人，恐怕……再也……」

張俊興奮極了，滿臉放著光彩，快活地說：

「這麼說，文霞，我們結婚……」

徐文霞陡然一震動，喜悅夾雜著恐怖向她奔襲過來。她臉色有些蒼白，嘴唇邊微微抖動，半晌才說：「走吧，我們向前。」

張俊興奮的話說個不完：「文霞，人生的道路是漫長的，在這條路上，兩個人攜著手，齊奔自己的理想；一個疲乏，另一個扶著她：一個勝利，另一個祝賀他。你說，還有爬不過的高山，渡不過的大河嗎！」

徐文霞感動得幾乎掉下眼淚來，有這樣的一個人，伴著一生，不正是自己的夢想嗎！可是，她卻懷疑地望著張俊，想道：「要是你知道我的過去，你還能說這些話嗎？」她痛苦地低下頭，忙說：「走吧。」

在那邊，出現了一座土山，山上長滿了楓樹，早霜把楓葉染紅了，紅得像清晨的朝霞。在半山腰的石凳上，坐著個人。這人背朝著徐文霞，拉起大衣領子晒太陽。徐文霞咯咯的皮鞋聲，引起了他的注意，便回過頭來，露出一張扁平的臉，像一張繃緊了的鼓皮，在鼓皮的兩條裂縫中間，滴溜溜的眼睛盯著徐文霞。等徐文霞發現這人時，已到了跟前，這人也跟著站起來，恭恭敬敬地說：

「你好呀四妹，你還在蘇州嗎？」

「你！你……也在這裡玩嗎。再見！俊，到山頂上去看看吧。」徐文霞拉著張俊的手，一溜煙奔上了山峰。她神色慌亂，喘著氣，腿肚在抖，眼皮跳動，渾身直打寒噤。

張俊望著那個人，見他已懶洋洋地下山了，就說：

「那人是誰，怎麼叫你四妹？」

徐文霞哆嗦著：「沒有什麼，一個熟人，四妹是我小名。」她呆了一下：「回去吧，這裡很冷，沒啥玩頭。」

張俊看著徐文霞奇怪的神色，心裡疑惑著，忐忑不安地走出了園門。

四

門上，輕輕敲了一下。半晌，又輕輕地敲了一下。

徐文霞的臉色從驚疑變成喜悅，她敏捷地從床上跳起來：「冒失鬼，又忘了帶鑰匙呢！」

徐文霞慢慢地拉開門，想猛地衝出去嚇張俊一下。忽然，有個扁平的臉在眼前出現了。徐文霞一驚，一陣涼氣從腳下傳遍全身，暗自吃驚道：「朱國魂！就是那天在留園碰到的朱國魂。」徐文霞楞住了，不知道把門關上呢還是放他進來。

朱國魂微笑著，向巷子的兩端看了一眼，不等什麼邀請，很快地折進門來，跟著把門關上，恭恭敬敬地叫了聲徐小姐。

聽到喊徐小姐，徐文霞更加驚惶地想：「都知道啦，這個鬼。」她強力使自己鎮靜，不露出一點張皇的神色，冷冷地問：

「這幾年在哪裡得意呀，朱經理？」
「嘿嘿，沒有什麼。前幾年政府說我破壞了市場，把我勞動改造了兩年。徐小姐，聽說你這兩年很抖呀。」朱國魂努力想說點兒新腔，不小心又露出了這句老話。
「現在談不到抖不抖。」徐文霞感到一陣噁心。
朱國魂向房間裡打量著，一時不講話。徐文霞也戒備著，不知道他下一步會耍出什麼花腔。她看著這張扁平臉，眼睛裡藏著屈辱和憤怒。就是這個投機商，解放前她還是一個十六歲純潔的少女的時候，他是第一次曾那樣殘酷地侮辱過她，把她的身子盡力地摧殘。覞在他想幹什麼呢？他不講話，伸長著脖子挨過來，咧著那個圓圈圈似的嘴直喘氣。徐丈霞向後讓著，真想伸手給這張扁平臉一記耳光，可是她忍耐著。從碰到他的那天起，她就怕這個人，總覺得有把柄落在這人手裡。
朱國魂突然用解放前的那副流氓腔調說：
「嘻嘻，阿四妹，你真有兩手，竟給你搭上張俊那小子，一表人才呀！咳，有苗頭。不過當心噢，過去的那段事得瞞得緊點，露了風可就炸啦！」朱國魂瞅著他那小眼睛，又意味深長他說：「你放心，我不會公開我們解放前那段交情，你們的好事我總得要成全，對不對？」
徐文霞手足發涼，極力保持著的鎮靜消失乾淨。脫口說出心裡話：「你怎麼曉得這樣清楚！」
「唉，買賣人嘛，打探消息的本事還有點哩！」
徐文霞滿臉煞白，一瞬轉了很多念頭：痛罵他一頓，轟他出去，拉他到派出所。這些都容易辦到，可是要給張俊知道呢，要是這惡棍加油添醋地告訴張俊呢……她不敢想，頭昏眩起來。她狠狠地望著對方，那張扁平臉在眼前無限制地伸長，擴大，成了極其可怕的怪相。

「你要怎麼樣呢，朱經理，大家都是明白人，有什麼裡子翻出來看看。」

「咳，談不上怎麼樣，這又不是解放前。不過，我現在擺著個小攤，短點本。想問你借一點，大家心裡有數嘛，互相幫忙。」

徐文霞下意識地伸出微抖的手，摸出一疊鈔票放在桌子上。

朱國魂站起來，一迭聲地說謝謝。他把大拇指放在唇邊上擦了點唾沫，熟練地一數，又笑嘻嘻地放在桌子上，說：

「徐小姐，這二十塊錢不能派什麼用場。要是你身邊不便，我改日再來拜訪。」

徐文霞緊咬著牙，臉漲得發紫。她把半個月的工資狠命地摔在地板上，轉身撲到枕頭上，哽咽不成聲地哭著。

五

冬天漸漸擺出冷酷的面貌，連日颳著西北風，雪花飛飛揚揚地飄落下來。

徐文霞呆坐著，面容消瘦了，眼睛也無光了。她看雪花撲打到玻璃窗上，化成水珠，像眼淚似的流下來。透過這掛滿眼淚的玻璃窗，看到外面大團的雪花飛舞著，使天空變成白濛濛的一片。

床頭鬧鐘嘀嗒嘀嗒地響，永遠那樣平穩。徐文霞又向鐘看了一眼：「咦，他怎麼還不來！」

「朱國魂大概把我的一切告訴他啦！」徐文霞的心像懸在蛛絲上，快掉下來，卻又懸盪著：他愛的人原來做過妓女啊！他還有臉見人嗎？他哪裡還能來呢。

「滴鈴鈴鈴！」鬧鐘突然響起來。徐文霞一驚，以為是門鈴響，她手捺著那跳得突突的胸脯。她怕朱國魂又來糾纏，又怕張俊來撞上朱國魂。她想：「朱國魂不會輕易地放我，這條毒蛇，不把血吸乾了是不會吃肉的。」

張俊進來了，跺著腳，抖掉雨衣上的雪，臉凍得通紅，嘴裡噴出白氣。他滿臉是笑地說：「文霞，多大的雪，你出去看看哩，好幾年不下這樣大的雪啦！」

徐文霞飛奔過去吻著他：「怎麼現在才來，最近怎麼常來得這樣遲呀？」

「是你心理作用，我還不是和過去一樣，下班就來看你！文霞，別亂猜，無論怎樣，我總不會離開你。」

徐文霞緊緊地摟著他：「別離開我，俊，別丟掉我呀！不，就是丟掉我，我也不會怨你。」

張俊揚起了眉毛，不明白地望著徐文霞，心想道：「她近來消瘦了，眼眶裡含著淚水，心中埋藏著什麼痛苦呢，不肯說，又不准問。唉，親愛的姑娘！」他的唇邊動了兩下，想問什麼又忍住了，只說：「結婚吧！文霞，結了婚我們會天天在一起的。」

徐文霞低頭沉默著。突然，她又無聲地哭了起來，伏在張俊的懷裡揩眼淚。

張俊撫摸著她的頭髮，又憐惜又著急：「別難過，文霞，我是用真誠的心待你的，為什麼你對我忽然又不信任了呢？」張俊拍拍徐文霞，安慰她一會兒，才說：「還有個會等我去，你先看看複習題，晚上我再來講新課。」

徐文霞恍恍惚惚地想：「走啦，又走啦！最近他總是這樣匆匆忙忙的，好吧，結局快到了，到了，總有一天會到的，不如早些吧！」她哪有心思複習小代數呀，不知不覺又去打開箱子，把新大衣穿起來，新皮鞋穿上，圍好那紅色的圍巾，對著鏡子旋轉了幾下，然後嘆了口氣，又一件件脫下來。她自己也不相信，這些東西竟是他買來的，準備結婚的。她幻想著這一天，卻又不相信會有這一天。近幾天張俊不在時，她便獨自翻弄這些衣服，玩賞著，作出各種美妙的想像，交織成光彩奪目的生活圖畫。越是痛苦失望的時候，她越是愛想這些。

驀地，朱國魂撞了進來，皮笑肉不笑地說：「你好呀，徐小姐，準備結婚啦，我討杯喜酒吃。」

徐文霞一看見他，所有的幻想都破滅了，她發怒地把衣裳都塞進箱子裡。全是這個人，一切幸福與歡笑都被這個人砸得粉碎，她怒睜著眼睛問：「你又來做什麼？」

「上次承你借了點小本錢，可是……又光啦。」

「怎麼，我是你的債戶？」徐文霞立起來，眼睛都氣紅了，恨不得燃起一場大火，把這個人燃成灰燼。

「何必這樣動火呢，徐小姐，有美酒大家嘗嘗，一個人吃光了是要醉的。」

徐文霞所有的怒火都升起了：「跟這個畜生拚了吧。」可是回頭看看那亂七八糟的衣箱，心又軟下來，手顫抖地摸出二十塊錢。

朱國魂沒料到第二次勒索竟這麼容易，不禁向她看了一眼，發現她近幾年竟長得如此苗條而又多姿，高高的胸脯，滾圓的肩膀，渾身發散著青春誘人的氣息。他的心動起來了，升起一種邪惡的念頭，扁平的臉上充滿了血，打個哈哈說：

「今晚我睡在這裡。」

「叭叭」！兩下清脆的耳光聲。

朱國魂猛地向後一跳，手捂著面頰，他仍微笑著說：「咳，裝什麼正經呀，你和我又不是第一次！」

徐文霞猛撲過去，像一頭發怒了的獅子。所有的痛苦、屈辱和憤怒一齊迸發出來了，她用力捶打著朱國魂。朱國魂還是嘻嘻地笑著說：「看哪，欺侮人呀，但是我原諒你，打是親來罵是愛！」徐文霞更氣得臉都白了，什麼也不顧，一口咬住朱國魂的膀子。朱國魂真的痛得跳起來了，隨手拎起一張方凳子，想了一下，又輕輕地放下來，放下臉來說：

「別這麼神氣，我只要寫封信給張俊，告訴他你是幹什麼的，過去和我曾有過那麼……」

徐文霞奪過方凳猛力擲過去。朱國魂知道再鬧下去不好，轉身溜出門去。方凳子「轟隆」一聲撞在板壁上，把四鄰都驚動了。

六

徐文霞站在張俊的宿舍門口，頭髮蓬亂著，臉色發青，眼睛裡充滿絕望的光芒：「去，告訴他，出醜讓我一個人，痛苦由我承當。」心裡雖這麼想，腳下卻不肯移動，彷彿門檻裡有條深淵，跨進一步就無法挽救。

張俊洗完臉，端了滿滿的一盆肥皂水，正要用力向門外一潑，忽見門外有人，連忙收住，水在地板上潑了一大灘。

「是你！文霞。」張俊驚叫起來，看見徐文霞這副樣子，更是驚慌。他忙拉著她的手坐到床上：

「發生什麼事啦文霞，快告訴我，快！」

徐文霞痴呆著，眼睛直楞楞地看著張俊，眼淚一滴追一滴的落在地上。

「什麼事，文霞？」張俊搖著她的肩膀：「快說吧！看你氣成這個樣子，唉，急死人啦！」

徐文霞還是僵坐著，突然一轉身，撲到張俊床上，只是泣不成聲地哭著。張俊心亂極了：「別哭，有話說呀，別哭啦，給人家聽見了笑話。」

徐文霞不停地哭著，讓眼淚來訴說她的身世，痛苦和屈辱。一直哭了十多分鐘，才覺得塞在心頭的東西疏通了，慢慢地平靜下來，深深地吸了口氣，坦率地訴說著自身的遭遇。曾經有多少個夜晚啊，她把這些話在胸中深深地埋藏著，讓自己獨自忍受著這痛苦。

張俊開始被徐文霞的敘述弄得不知所措，只吃驚地張著眼睛，但是後來他像聽到一個不平的故事一樣，怒不可遏地從床上跳起來：「那個壞蛋在哪裡，豈有此理，現在竟敢做這種事，我去找他！」

「別去吧，俊，派出所會找他的，不要為我的事情再鬧得你也沒臉見人。我對不起你，你一片真心待我，我卻把我的身世對你瞞了這麼長時間。別罵我，俊，我是怕你……」

「別哭吧，文霞。」

「我知道你不會再愛一個曾經做過妓女的女孩子，我為什麼要拖住你呢，拖住你來分擔我的羞恥和痛苦！我要離開蘇州，請求組織調我到上海去工作。今後希望你和我仍做個知己的朋友吧……」

徐文霞說不下去了。又伏倒在床上哭起來。

張俊沉默著，混亂得說不出一句話來。心裡打翻了五味瓶，說不出是什麼滋味。

徐文霞揩乾了眼淚，漸漸平靜下來，想站起來走了，卻沒有一點力氣。又過了一會兒，她像一個出征的戰士，一切想好之後，帶著一副毅然的神色離開了張俊的屋子，走上了她的征途。

張俊仍一人在屋子裡呆立著，不知怎樣處理這件事才好，腦子裡什麼也不能思索。……

夜深了，冷得要命，大半個月亮架在屋簷上，像冰做的，露水在寂靜中凝成了濃霜。

在那條深邃而鋪著石板的小巷裡，張俊在徘徊。他遠遠望著徐文霞那個亮著燈的窗戶，每次要到窗戶跟前又退回來，「怎麼說呢，向她說些什麼呢？」他想得出，那盞燈下坐著個少女，這少女是善良的化身，她無論怎樣也不能和妓女這名詞聯繫起來。他知道她在痛苦中，由於她屈辱的過去而無法生活下去，他的心又軟下來：「不能怪她呀，在那個黑暗的時代裡，一個軟弱的孤兒，能作得了什麼主呢！」

要是做為一個普通女孩的不幸，毫無疑問，張俊是會同情的，而且馬上就能諒解。可是，這是徐文霞，是個要伴著自己一生的姑娘。他躊躇著，在巷子裡一趟又一趟地走著，似乎下決心要數出地上的石頭。許多事情在眼前起伏，他想起和徐文霞相處的那些充滿了幸福和幻想的日子，在這些日子裡，人就變得聰明，而且對一切事情充滿了信心。這些都是一個姑娘帶來的，這姑娘掙扎出了苦海，向自己獻出了一顆純潔的心。她忍受著那許多痛苦來愛自己，又那麼嚮往著美好的未來而不斷地努力。張俊突然一轉，奔跑著到徐文霞的門前，一摸口袋，又忘了帶鑰匙，便捏起拳頭拚命地敲門。

那性急的擂門聲，在空寂的小巷子裡，引起了不平凡的回響。

作者簡介

——陸文夫（1928-2005），出生於江蘇泰興，於小說、散文、評論均有所成。曾任蘇州文聯副主席、中國作家協會副主席、《蘇州雜誌》主編。創作題材大多以蘇州當地風俗為主，人稱「陸蘇州」。〈獻身〉、〈小販世家〉、〈圍牆〉曾獲全國優秀短篇小說獎，〈美食家〉獲全國優秀中篇小說獎，〈門鈴〉獲首屆百花獎，長篇《人之窩》獲江蘇省首屆紫金山文學獎，散文集《姑蘇之戀》獲江蘇省散文佳作一等獎。代表作為中篇小說〈美食家〉、短篇小說〈小巷深處〉，以及介紹蘇州歷史文化的《老蘇州：水巷尋夢》。

新生

林斤瀾

深山老林裡，有一個小小的村坊。走完九嶺十八彎，聽得見毛驢叫喚了，還找不到村坊在哪裡。硬要翻上最後一道梁，才見山谷裡有一片杏樹。杏樹林裡，有石頭房子。

一個伏天的晚間，井臺西，那瘦瘦的新媳婦，往菜園查苗回來，陣痛發作了。全村生過孩子的婦女，都來到石頭房子跟前，隔著窗戶眼，壓著嗓子，把最細碎的關節，叮嚀了又叮嚀。可是孩子還是生不下來，大家都僵在井臺邊。

那瘦瘦的新媳婦，也是山裡人。別看她瘦，身上有的是山裡人的倔強勁兒。咬緊牙關，竟不叫喚。婦女們心疼，央告她喊兩聲吧，她只是不理會。慢慢的，眼皮抬不起來了，不省人事了。

成立公社時，社裡不惜工本，翻山過嶺，栽下無數的桿子，把有線廣播的線，拉到村裡來。杏樹上，掛起海碗大的喇叭。管理區裡說句話，唱個歌，山裡馬上聽得見了。可就是還沒有安上電話。山裡若有什麼緊急，倒也可以對著喇叭叫喊。外邊的大村坊管理區辦公室，就能聽見深山旮底來的嗡嗡的著急的聲音。這天晚上，不消說，生產隊長早已爬上杏樹，恨不得一頭鑽在喇叭裡。他狠狠嚷了一通，震盪得四山發出回聲，回聲住了，還有電線嗚嗚響著餘波。

不過厚道的山裡人，也不怎麼抱著十成的希望。心想就算那外邊管理區把消息傳給了診所，那位老大夫又怎麼趕得來呢？這黑夜，人家怎麼趟一條大河，怎麼走九嶺十八彎呀！心想就是人家來了，也不一定救得下來。個把月前，老大夫帶著個二十來歲的姑娘大夫，到山裡來過。斷定新媳婦骨盤小，無論如何，要在產前到公社住醫院去。老大夫有言在先，說是萬一難產，就得動手術。誰知那新媳婦跟她男人說：

「大夫嚇唬人，養不下來，揪也揪那小崽子出來。」

生產隊長催著產婦動身時，她光說：

「早著哩，收了茄子去也不晚。」

婦女們想著想著，十分難受。心想自從選她當了蔬菜組長，就是拴上根繩子，也休想把她從菜園裡拽走，她說大山裡，自古沒有種過園子。眼見茄子也紫上來了，婦女們說該當放心了吧，又催她動身。偏偏茄子地裡，長了紅蜘蛛。她說不治治這搗亂東西，怎麼丟得開手。不想著點急，肚子裡提前發作了。新媳婦咬牙忍痛，不哼一聲，這會兒，竟虛弱得連叫她也不應聲了。

半夜一陣暴雨。只見雨水裡，幾個上年紀的婦女，招呼著幾個小夥子，悄悄地喘著氣，抬著木頭來了。生產隊長驚問：

「怎麼就要做這個了？」

小夥子們不作聲，上年紀的婦女光說：

「做吧，做一個使不著的，沖沖喜，消消災。」

提出這老輩子傳下來的厚道的心願，她們有些不好意思哩！隊長心想：「防備萬一，也好。」就不說什麼了。

那新媳婦的男人，是一個高身材的小夥子。山裡人不愛刮臉，這時臉色煞白，鬍子黑長。雨水澆透的衣服，貼在緊繃繃的肌肉上。那渾身上下，有的是山裡人的倔強。一聲不響，搶過斧子，猛往木頭上砍。「空」呀「空」的，使勁砍哪使勁地砍。

誰知到了後半夜，一聲喊叫，一支火把，那二十來歲的姑娘大夫，戴著眼鏡，背著藥箱，真是彷彿從天上掉了下來。

人們還沒有看個實在，就已經鑽到屋裡去了。往屋子裡鑽時，還絆著門檻，雖說沒有跌跤，卻把眼鏡子摔在地上，碎了。人們定了定神，想起老大夫沒有來，新媳婦躺在那裡，只有出的氣沒有進的氣了。這麼個毛草姑娘，能搶得回來九死一生？

因此，做棺材的沒有住手，婦女們照舊小聲說話。天知道，不夠一頓飯工夫，姑娘大夫竟能使鉗子，把小人兒巧巧地鉗了出來，母子平安。石頭房子裡，新生命吹號一般，亮亮地哭出聲來時，男人們一甩手，扔了斧子鋸子，婦女們東奔西走，不知南北。有的跌坐井臺上，一時間站不起來了。

新媳婦的男人臉色轉紅，連鬍子也不顯了。看見姑娘大夫走到門邊，掏出巴掌大的小手絹擦汗。那男人跳到雞窩跟前，探手抓出一隻母雞，不容分說，連刀都顧不得拿，擰斷了雞脖子，隨手扔在姑娘大夫腳邊，叫道：

「你有一百條規矩，也吃了這隻雞走。」

人們這才有工夫打聽，大夫是怎麼來的？伏天水大，怎麼趟的河？摸黑怎麼走九嶺過那十八彎？上年紀的婦女怕年輕人笑話，光連聲說孩子命大，那意思彷彿是，有什麼山神爺傳的消息，有什麼星君保的駕。

這位大夫摔掉了眼鏡，看來實在就是個老實姑娘。胖胖的臉，一說話一個笑。那笑裡邊，竟還有怯生生的味道。那一聲問一聲答，不多不少的言語，透著做不來假，顯見得心平氣和。

原來，這天晚上，診所裡接到一張條子，告訴他們難產的事。這張條子，是各村送貨的供銷社轉過來的。老大夫看了條子，又急又氣，直跺腳，望望黑天，望望遠山，搖搖頭，回家去了。這位姑娘準備睡覺，可是撣撣床單，想著產婦躺在那裡掙扎呢！拍拍枕頭，彷彿看見了產婦一頭大汗！猛地轉身，拾起藥箱，衝到街上。街上漆黑。道怎麼走？河怎麼過？山怎麼爬？那手術獨自又怎麼拿得下？可是，難產一定要去搶救，這個念頭壓倒了一切。姑娘跌跌撞撞一直往前走，忽聽見背後鞭子響，過來一輛黑糊糊的大車，打個招呼，爬上車子，原來滿當當地裝著沙子呢。姑娘在沙子上坐定，看見拉車的，是兩條驢，擺著細水長流的神氣，一步一步地挪。

車把式坐在車頭，佝僂著腰身，看不清眉目，只見半臉亂蓬蓬的鬍子，有時發亮。姑娘焦躁，跳下車來，自言自語地小聲說：

「還是自己走吧，這得什麼時候走到山裡去呀？去晚了耽誤兩條性命呀……」

車把式聽見，挺直了腰身，那半臉鬍子彷彿都一根根立了起來。叫一聲「等一下」，把車趕到道邊，跳下來就卸驢。

姑娘想著自己只有兩回騎牲口的經驗，還都鬧下笑話。想只管想，卻不願意說出來。狠狠心往驢背上爬。還沒有坐穩，聽見背後颼地一鞭，那驢吃了一下好打，直往前竄。姑娘差點兒叫出聲來，又聽見背後蹄聲得得，那鬍子一句話都不說，可是也騎上驢，緊跟著來了。姑娘這才定下心，兩手緊緊抱住驢脖子。手心立刻出汗了，一忽兒，背上的汗水順脊梁下來了。不知多久，姑娘覺出鬍子手裡的鞭子，管得前後兩頭驢，服服帖帖，跑得快，走得好。姑娘身上的汗水，也就讓夜風吹乾了。說也奇怪，兩人竟沒有一句言語，直跑得兩耳裡塞滿了嘩嘩的流水聲。鬍子一聲吆喝，驢站住腳，姑娘定睛一看，已來到河邊。兩人下了驢，鬍子說聲找個會水的去，一車身，就閃在黑暗裡，不見了。姑娘牽著驢，打量那河水，只看見星星點點的黑浪，隨起隨伏，看不出寬窄，估不了深淺。

水面上的風也特別，吹得姑娘直打冷戰。

鬍子引著一個人來了。那人好像走著上操的步子，逕直走到姑娘面前。那是一個端端正正、乾乾淨淨的小夥子。小夥子打量了姑娘一眼，就順下眼睛，去打量河水。一邊柔柔和和地問道：

「馬上就過嗎？都準備好了？」

姑娘沒有什麼好準備的，也不知道該準備什麼，光答應個「嗯」。小夥子跟姑娘點了個頭，一回身，就直橛橛地跳到水裡，嘩啦嘩啦往黑裡闖。一忽兒，又嘩啦嘩啦地、黑糊糊地往姑娘這邊走來。姑娘小聲說：

「我不會水。」

那小夥子在水裡筆直站住，好像考慮了一下，用商量的口氣柔聲地問道：

「是不是打算不過了？」

姑娘一下子著急起來，又說不上別的詞兒，光連聲叫道：

「要過的，要過的，要過的……」

小夥子好像笑了，高高興興地說：

「情況是又漲了四分之一米，會點水的也保不了險了。可是咱們有辦法。」回頭跟鬍子叫道：

「拴繩子吧！」

鬍子一聲不響，抱起腳邊一盤二指粗的麻繩，抽出一頭，牢牢拴在河邊樹根上。也不招呼一聲，轉身就把繩子往水裡扔。那小夥子接住，摟著過河去了。聽得呼哧呼哧地，想是把繩子的那一頭，拴牢在對岸的樹根上。立刻，小夥子抓著繩子趟了回來，水淋淋，端端正正走到姑娘面前，順下眼睛說：

「別怕，有了保險了。」然後向後轉，蹲下，又柔柔和和地說：「來吧，背你過去。」

姑娘伏在小夥子背上，才下水，岸就看不見了，什麼也看不見了，只有那起伏的黑浪，沒頭沒腦地擁擠過來，只有那嘩嘩的水響，塞滿了上天下地。姑娘閉上眼睛，閉緊嘴，水淹了腳，淹了腿，只是不看不作聲。不多會兒，心定下來，才在水響裡，聽見那小夥子呼哧呼哧的喘氣聲，睜開眼來，覺著沒有什麼好害怕的，說：

「我下來吧，抓著繩子不怕。」

這時節，小夥子還那麼柔和，光說：

「別動，別動。」

姑娘不動，可是聽來那呼哧呼哧的喘氣，彷彿比嘩嘩的水還響，忍耐不住，大聲說：

「你累了，我能趟過去。」

小夥子答應一聲，鬆了手，姑娘落在水裡，叫了聲「啊！」

可是這裡的水，只有小腿高，姑娘緊接著叫了聲「哈！」踢著水浪，甩著手，走上了岸。

小夥子領著姑娘左拐右彎，來到一間小屋門前，叫了聲什麼，推門進去，只見一位白髮紅顏的老爺子，在劃火點燈。

小夥子說明了來意，老爺子揮著手說：

「去吧，你去吧，我送大夫上山。」說著，那紅紅的鼻子彷彿嗅了嗅，手指頭彷彿把空氣摸了摸，又說：「你也坐一坐，有陣暴雨，說話就要下來了。」

小夥子柔柔地笑道：

「我這一身，還怕雨？」

姑娘這才看清楚，他那身上溼漉漉的，是一身草綠軍裝。

心想：一個復員軍人吧。不錯，這個周到的小夥子，軍人那樣跟老爺子點了個頭，跟姑娘點了個頭，向左轉，開步走，端端正正走了出去。

小夥子剛一出去，暴雨瓢潑般下來了。老爺子從牆上取下一捆什麼東西，一根根抽出來，編辮子一般擰來擰去，也不知道做什麼用的。姑娘心裡著急，望著雨，說：

「這天！」

老爺子瞟了她一眼，手裡活不停，嘴上像哄小孩似地，說：

「別著急，別著急。雨就停，咱就走。遇事不能慌神兒，慌神兒反倒誤事。」

說著，又打聽了姑娘姓啥，叫什麼？哪裡人？多大年紀？來到診所幾天了？先前上的什麼學校？想家不想家？聽說姑娘的年紀時，紅紅的臉膛忍著一個笑，嘴裡可是口口聲聲大夫長大夫短。

老爺子編完一根長辮子，插在腰裡，往外邊一指，笑道：

「雨過了不是。大夫，趕緊上山。」

說著從門背後摸出一根棍子，自己拿住一頭，把另一頭塞在姑娘手裡，說：

「大夫，當一回瞎子吧。」

老人在前，姑娘在後，牽著上了山。走不多遠，老爺子站住腳，朗朗念道：

「天上紅彩霞。」

姑娘抬頭望天，只見那一片黑，比地上的黑要淡些，可是哪裡有什麼紅霞呢？老爺子使棍子指指地，地上暗中透亮，那是一窪水。老人朗朗念道：

「地下綠水窪。」

念著，牽著姑娘繞過窪子。一邊上坡，一邊說這是抬轎子的報路的行話。先前，財主上山，叫窮人抬著。窮哥兒們互助，也是開心取樂，遇見上坡下坎，過橋跨溝，抬前邊的，就比劃山川日月，編成一句話，暗指給抬後邊的。後邊的留神了腳下要注意的情況，也編一句來回答。

「南山飛過九頭鳥。」

「北溝架著獨木橋。」

「明月蹲山頭。」

姑娘叫了聲好，想想這蹲字有點意思，不覺忘了腳底下有一步高坎，「咕咚」，險些兒跌個嘴啃泥。老爺子叫道：

「大夫，白給你報路了。」

「忘了底下了。」

「大夫，平地起高樓。」

這九嶺十八彎，這麼走起來，第一嶺平常，第二嶺稀鬆。

眼前彷彿全是青山綠水，花香鳥語。走到一處地方，又見黑壓壓的一座山，直立在面前。老人吩咐站住，扯下腰裡編的那根東西，劃火點著，原來是個火把。又吩咐抓緊棍子，邁步走上一條羊腸小道。這小道左繞右繞，繞上直立的大山。山越高，谷越深，巖越陡，道越窄，一把火照著白髮紅顏，一鼓作氣，直往上走。走著，走著，姑娘也不心慌了，也不害怕了，看著那火把，覺得好看極了，忍不住叫道：

「高高山上一枝花。」

老爺子笑道：

「哪有後邊的先報路。可你是大夫，咱給答上一句吧：花枝底下有人家。」

當真，小道寬闊起來了，翻過一道小梁，看見了村坊。

姑娘走得痛快，因此記得摸出平光眼鏡，架在鼻梁上。這副眼鏡，卻有個來歷。姑娘剛從學校裡畢業，就下鄉當大夫，總覺得人家有些小看了自己，寫信告訴一個在三百里外，也是剛當大夫的小夥子。這小夥子近視眼，回信說道，他沒有讓人小看了，恐怕是戴了眼鏡的好處。姑娘想想，就買了副平光的黑邊的眼鏡。

可是鑽進屋子時，絆著門檻。那眼鏡子還是跌碎了。這時，姑娘已經沒有閒心對付這些個，一腳跨進門，奔到產婦床前。當斷定必須使鉗子鉗時，心倒抽緊了，從來沒有獨自動過這個手術呀，那去取鉗子的手，顫顫地有些哆嗦了。兩耳裡，聽見「空」呀「空」地，做棺材的男人沒有住手。姑娘的兩手，哆嗦得彷彿不由自己了。忽聽得背後好像有人笑了一聲，這時候，還有誰發笑呀？剛一回頭，姑娘的小手，教一雙大手握住了。不緊不鬆，握在厚墩墩的手心裡，且不放開。姑娘抬頭一看，卻是一位中年婦女，短頭髮，長方臉，嗓音厚重。可是她說些什麼，姑娘心亂，都沒有聽真。

只覺著那意思是：

「別怕，別怕。你行，你行。」

可是那眼神，姑娘再也忘記不了。怎麼那樣兩團火似的，那火苗直鑽到人的心裡去了。姑娘渾身平添了許多把握，轉身去動手術。一直到完，眼前總有那麼一對眼神，身邊總有一雙厚墩墩的大手。後來才知道，這位婦女就是村裡的生產隊長。

姑娘想起這些經過，一邊責怪自己不懂事。那一句話也沒有的鬍子車把式，那端端正正的復員軍人，那愛說愛笑的老爺子，都是多麼好的人呀！可是連名姓都沒有問一問。還有，那隊長爬上杏樹，對著喇叭喊了一通，是誰聽見了的？誰趕快傳話給供銷社？供銷社裡的誰連忙寫信？又是誰連夜捎信到診所？這些，姑娘更加一點也不知道了。

姑娘大夫勉強吃了一隻雞腿，候到晌午時分，眼見母子平安，就告辭下山。伏天的陽光，照得深山老林，處處發光，好像寶石山。伏天的晌午，風不吹，鳥不叫，牛羊不走動，山溝裡靜極了。不知走到第幾嶺第幾彎，姑娘走熱了，圓臉正如燒盤。忽見一眼泉水，乾淨透明。正要驚叫，又見一對山喜鵲，啄幾口水，回頭互相擦洗長尾巴。姑娘忍著笑，悄悄走了過去。喜鵲也不害怕，好像只是讓路，飛上水邊的杏樹。

樹下有一塊溜光的青石頭，姑娘坐了下來，就摸出紙和筆。她心裡那樣快樂，等不得回去，立刻要寫信給三百里外的小夥子，告訴他這一夜的故事。空山人靜，那筆在紙上沙沙走著，就像是輕快地，熱滾滾地，小聲說著體己話。說了些什麼呢？

說的不是自己過河上山，救下人家的性命。說的是，自己在工作上，遇見了困難，可是一路得到幫助：馱上她，背起她，牽了她，握住她，彷彿她的一堆困難，都教不知姓名的人們，搶著分走了。這不是謙虛一番，姑娘心裡，確實是這樣想的。

因此，她覺得這樣充實的生活，這樣幸福，是什麼也比不了的。她跟小夥子說：「告訴你，好好聽著，我真地想呀想，這比個人的無論什麼『幸福』，要高得多，美得多。或者根本是兩種東西。你聽清楚了嗎？我說明白了沒有？……」

作者簡介

——林斤瀾（1923-2009），浙江溫州人，原名林慶瀾，與汪曾祺並稱「文壇雙璧」，冰心曾對其創作給予高度評價。曾任劇團團員、中學教師、《北京文學》主編，北京作協副主席，二〇〇七年獲北京作協頒發「終身成就獎」。〈頭像〉曾獲全國優秀短篇小說獎、〈去不回門〉獲首屆蒲松齡短篇小說獎。作品多取材北京郊村生活以及知識分子的際遇，晚期作品深沉，被稱為「怪味小說」，著有小說集、散文集十多冊，代表作為小說集《矮凳橋風情》、《十年十癔》。

1979

李順大造屋

高曉聲

一

老一輩的種田人總說，吃三年薄粥，買一頭黃牛。說來似乎容易，做到就很不簡單了。試想，三年中連飯都捨不得吃，別的開支還能不緊縮到極點嗎？何況多半還是句空話！如果本來就吃不起飯，那還有什麼好節省的呢！

李順大家從前就是這種樣子。所以，在解放前，他並沒有做過買牛的夢。可是，土地改革以後，卻立了志願，要用「吃三年薄粥，買一頭黃牛」的精神，造三間屋。

造三間屋，究竟要吃幾個「三年粥」呢？他不曉得，反正和解放前是不同了，精打細算過日子的確有得積餘，因此他就有足夠的信心。

那時候，李順大二十八歲，粗黑的短髮，黑紅的臉膛，中長身材，背闊胸寬，儼然一座鐵塔。一家四口（自己、妻子、妹妹、兒子）倒有三個勞動力，分到六畝八分好田。他覺得渾身的勁道比天還大，一鐵耙把地球鋤一個對穿洞也容易，何愁造不成三間屋！他那鎮定而並不機靈的眼睛，刺虎魚般壓在厚嘴唇上的端正闊大的鼻子，都顯示出堅強的決心；這決心是牛也拉不動的了。

別說牛，就是火車也拉不動。李順大的爹、娘，還有一個周歲的弟弟，都是死在沒有房子上的。

他們本來是船戶，在江南的河濱裡打魚，到處漂泊，自己也不知道祖籍在哪裡。到李順大爹手裡，這隻木船已經很破舊了；釘頭鏽出漏洞，蘆棚開了天窗，經不起風浪，打不得魚蝦了。一家人改了行，有的拾荒，有的用糖換破爛，有的扒螺螄，掙一口粥吃。一九四二年，李順大十九歲，寒冬臘月，破船停在陳家村邊河濱裡。那一天，雲黑風緊，李順大帶了十四歲的妹妹順珍上岸，一個換破爛，一個拾荒。走出去十多里路。傍晚回來時，風停雲灰，漫天大雪，頃刻迷路。幸虧碰著一座破廟，兄妹倆躲過一夜。天亮後趕回陳家村，破船已被大雪壓沉在河濱裡，爹娘和小弟凍死在一家農戶大門口。原來大雪把船壓沉前，他們就上岸叩門呼救，先後敲過十幾家大門。怎奈兵荒馬亂，盜賊如毛，他們在外面喊救命，人們還以為是強盜上了村，誰也不敢開門，結果他們活活凍死在雪地裡。天沒有眼睛，地沒有良心，窮人受的災，想也想不到，說也說不盡……沒有房子，唉！

李順大兄妹倆哭昏在爹娘身邊，陳家村上的窮苦人無不傷心。他們把那條沉船拖上岸來，拆了一半做棺材埋葬了死人；剩下的半條，翻身底朝天，在墳邊搭成一個小窩棚，讓李順大安家落戶。抗戰結束，內戰開始，國民黨抽壯丁，誰也不肯去。保長收了壯丁捐，看中李順大是六親無靠的異鄉人，出三石米強迫他賣了自己去當兵。他看看窩棚，窩棚上沒有門，怕自己走了，妹妹被人糟蹋，就用賣身錢造了四步草屋，才揩乾眼淚去扛那「七斤半」。

他怎麼肯替國民黨賣命！隔了三個月，一上前線就開小差逃了回來。到了明年，保長又把他買了去。前前後後，他一共把自己賣了三次。第二次的賣身錢，付了草屋的地皮錢；第三次的賣身錢，付了爹娘的墳地錢。咳，如果再把自己賣三次，錢也都會給別人搞去的。

然而還虧得有了四步草屋，總算找著了老婆。他出去當兵時，妹妹找來了一個無依無靠的討飯姑娘同住做伴，後來就成了他的妻。一年後生了個胖小子，哪一點都不比別人的孩子差。

土改分到了田，卻沒有分到屋。陳家村上只有一戶地主，房子造在城裡，沒法搬到鄉下來分。李順大只有自己想辦法了。他粗粗一碼算，兄妹兩人兩個房（妹妹以後出嫁了就讓兒子住），起坐、灶頭各半間，養豬、養羊、堆柴也要一間，看來一家人家，至少至少要三間屋。

這就是李順大翻身以後立下的奮鬥目標。

二

一個翻身的窮苦人，把造三間屋當做奮鬥目標，也許眼光太短淺，志向太渺小了。但李順大卻認為，他是靠了共產黨，靠了人民政府。才有這個雄心壯志，才有可能使雄心壯志變成現實。所以，他是真心誠意要跟著共產黨走到底的。一直到現在，他的行動始終證明了這一點。在他看來，搞社會主義就是「樓上樓下，電燈電話」。主要也是造房子。不過，他以為，一間樓房不及二間平房合用，他寧可不要樓上要樓下。他自己也只想造平房，但又不知道造平房算不算社會主義。至於電燈，他是贊成要的。電話就用不著，他沒有什麼親戚朋友，要電話做什麼？給小孩子弄壞了，修起來要花錢，豈不是敗家當東西嗎。這些想法他都公開說出來，倒也沒有人認為有什麼不是。

陳家村上的種田漢，不但沒有輕視他的奮鬥目標，反而認為他的目標過高了。有人用了當地一句老話開頭，說：「『十畝三間，天下難揀』，在我們這裡要造三間屋，談何容易！」有的說：「真要造得成，你也得吃半輩子苦。」有的說：「解放後的世界，要容易些，怕也少不了十年積聚。」

這些話是很實在的。當時滬寧線兩側，以奔牛為界，民房的格局，截然不同：奔牛以西，八成是土牆草屋；奔牛以東，十有八九是青磚瓦房。陳家村在奔牛以東百多里，全村除了李順大，沒有一家是草屋。李順大窮雖窮，在這種環境裡，倒也看慣了好房子。唉，這個老實人，還真有點好高騖遠，竟想造三間磚房，談何容易啊！

在眾多的議論面前，李順大總是笑笑說：「總不比愚公移山難。」他說話的時候，厚嘴唇牽動著笨重的大鼻子，顯得很吃力。因此，那說出的簡單的話，給人的印象，倒是很有分量的。

從此，李順大一家，開始了一場艱苦卓絕的戰鬥，它以最簡單的工具進行拚命的勞動去掙得每一顆糧，用最原始的經營方式去積累每一分錢。他們每天的勞動所得是非常微小的，但他們完全懂得任何龐大都是無數微小的積累，表現出驚人的樂天而持續的勤儉精神。有時候，李順大全家一天的勞動甚至不敷當天正常生活的開支，他們就決心再餓一點，每人每餐少吃半碗粥，把省下來的六碗看成了盈餘。甚至還有這樣的時候，例如連天大雨或大雪，無法勞動，完全「失業」了，他們就躺在床上不起來，一天三頓合併成兩頓吃，把節約下來的一頓納入當天的收入。燒菜粥放進幾顆黃豆，就不再放油了，因為油本來是從黃豆裡搾出來的；燒螺螄放一勺飯湯，就不用酒了，因為酒也無非是米做的……長年養雞不吃蛋；清明買一斤肉上墳祭了父母，要留到端陽腳下開秧元才吃。

只要一有空閒，李順大就操起祖業，挑起糖擔在街坊、村頭遊轉，把破布、報紙、舊棉絮、破鞋子等廢品換回來，分門別類清理後賣給收購站，有時能得到很好的利潤。廢品中還往往有可以補了穿的衣褲、雨鞋等物，就揀出來補了穿一陣，到無法再補的時候仍納入廢品中，這樣也省了不少生活費用。那換廢品的糖，是買了飴糖回來自己加工的，成本很便宜。可是李順大的獨生兒子小康，長到七歲還不知道那就是糖，不知道是甜的還是鹹的。八歲的時候，被村上小夥伴慫恿著回去嘗了一塊，就被娘當賊提出來，打他的屁股，讓他痛得殺豬似地叫，被娘逼著發誓從此洗心革面。娘還口口聲聲說他長大了要做敗家精，說他會把父母想造的三間屋吃光的，說將來討不著老婆休要怪爹娘！

最可敬佩的事情，是發生在李順大的妹妹順珍身上。一九五一年分進土地時，她已經二十三歲了。當時政府還沒有號召晚婚，按照習慣，正到了結婚的妙齡。她不但肯苦能幹，溫順老實，而且一副相貌，也長得出奇的漂亮。細細看去，似乎和她哥哥一模一樣，只是鼻子小了一點。嘴唇薄了一點；就在這兩個「一點」上，造化卻又顯露出了它無所不能的偉大，把高眺個兒、鵝蛋臉型的李順珍襯出了一派清秀俏麗之氣。當時，附近村上一些小夥子央人登門求婚的，也不是三個兩個。可是，不管對方條件怎樣，人品如何，順珍姑娘只是說自己年紀還輕，一概回絕。她是哥哥撫養長大的，她決心要報答哥哥的恩情。她知道離開她的幫助，哥哥的奮鬥目標就很難實現；如果她出嫁，哥哥不但少了一個堅強可靠的助手，而且還得把她名下分到的一畝七分田讓她帶走。這樣一來，她哥哥的經濟基礎和勞動能力都會大大削弱，不知要到何年何月才能造出三間屋。因此，她甘願把一生中最美好的時代——稱得上是青春中的青春，留給她哥哥的事業。

一直到了一九五七年底、李順大已經買回了三間青磚瓦屋的全部建築材料，李順珍才算了卻心事，以二十九歲的大姑娘嫁給鄰村一個三十歲的老新郎。新郎因為要負擔兩個老人和一個殘廢妹妹的生活，窮得家徒四壁，鶉衣百結，才獨身至今。所以，迎接李順珍的，仍然是艱苦的生活。因為她已苦慣了，所以並不在乎。

三

辦過妹妹的婚事，就跨進了一九五八年。李順大這時候還缺少什麼呢？還缺些瓦木匠的工錢和買小菜的費用，再有一年，問題就可完全解決了。而且公社化以後，對李順大很為有利。土地都歸公了，他可以隨意選擇一塊最合適的地基造屋。這不是太理想了嗎。

可是，李順大終究不是革命家，他不過是一個跟跟派。聽毛主席話，跟共產黨走，能堅決做到，而且完全落實，隨便哪個黨員講一句，對他都是命令。有一夜李順大一覺醒來，忽然聽說天下已經大同，再不分你的我的了。解放八年來，群眾手裡確實是有點東西了。例如李順大不是就有三間屋的建築材料嗎？那麼，何妨把大家的東西都歸攏來加快我們的建設呢？我們的建設完全是為了大家，大家自必全力支援這個建設。任何個人的打算都沒有必要，將來大家的生活都會一樣美滿。那點少得可憐的私有財產算得了什麼，把它投入偉大的事業才是光榮的行為。不要有什麼顧慮，統統歸公使用，這是大家大事，誰也不欺。

這種理論，毫無疑問出自公心。李順大看看想想，頓覺七竅齊開，一身輕快。雖然自己的磚頭被拿去造煉鐵爐，自己的木料被拿去製推土車，最後，剩下的瓦片也上了集體豬舍的屋頂，他也曾肉痛得簌簌流淚。但想到將來的幸福又感到異常的快慰。近來的經驗也改變了他原來的看法，他認為樓房比平房更優越了。因為糧食存放在樓上不會霉爛，人住在樓上不會患溼疹。看來以後還是住分配到的樓房好，何必自討苦吃，像蝸牛那樣老是把房子作為自己的負擔呢。所以，他的思想就徹底解放了，不管集體要什麼，他都樂意拿出來。如果需要他的破床，他也會毫不吝惜；因為他和他的老婆，都不是睏在床上長大的。他的老婆，那個原先的討飯姑娘，說真的倒比他多了一個心眼。但十二級颱風早把大家颳得身不由已了，她一個女人家又有什麼用！多一個心眼無非多一層愁。不過究竟也藏下一只鐵鍋，沒有送進煉鐵爐裡熔化，所以集體食堂散了以後，不曾要去登記排隊買鍋子。

後來是沒有本錢再玩下去了，才回過頭來重新搞社會主義。自家人拆爛汙，說多了也沒意思。不過在戰場尚未打掃之前，李順大確實常常跑去憑弔，看著那倒坍了的煉鐵爐和丟棄在荒灘上的推土車，睜著淚眼，迎風唏噓。他想起了六年的心血和汗水，想起了餓著肚皮省下來的糧食，想起了從兒子手裡奪下來的糖塊，想起了被耽誤了的妹妹的青春……

四

政府的退賠政策，毫無疑問是大得人心的。但是，把李順大的建築材料拿去用光的不是國家，而是集體。這個集體，當然也要執行退賠政策。可是集體也弄得窮透了，要賠材料沒材料，要賠鈔票也困難，當幹部的只好盡一切力量去做思想工作，提高李順大這類人的政治覺悟，要求他們作出自我犧牲，以最低的價格落實退賠政策。

李順大的損失是很不小的，但政治覺悟是確實提高了。因為在這以前，從不曾有人對他進行過像這樣認真細緻的思想教育。區委書記劉清同志，一個作風正派、威信很高的領導人，特地跑來探望他，同他促膝談心；說明他的東西，並不是哪個貪汙掉的，也不是誰同他有仇故意搞光的。黨和政府的出發點都是很好的，純粹是為了加快實現社會主義建設，讓大家早點過幸福生活。為了這個目的，國家和集體投入的財物比他李順大投入的大了不知多少倍，因此，受到的損失也無法估計。現在，黨和政府不管本身損失多大，還是決定對私人的損失進行退賠。除了共產黨，誰會這樣做？歷史上從來沒有過。只有共產黨，才對我們農民這樣關心。希望他理解黨的困難，以國家集體利益為重，分擔一些損失；經過這幾年，黨和政府也有了經驗教訓，以後發展起來就快了。只要國家和集體的經濟一好轉，個人的事情也就好辦了。你要造那三間屋，現在看起來困難重重，其實將來是容易熬的。不要失望。最後，劉清同志又幫助他和供銷社聯繫，要供銷社在任何困難的情況下都要盡量供應飴糖，使他能夠換破爛，多掙一點錢。

李順大的感情是容易激動的，得到劉清同志的教導和具體的幫助，他的眼淚，早就撲落撲落流了出來，二話沒說，嗚咽著滿口答應了。

另有兩萬片瓦，由生產隊拿去蓋了七間五步頭豬舍，現在還完整地鋪在屋面上，應該是可以原物歸還的。但是，如果拆下來，一時買不到新瓦換上去，豬就得養在露天；瓦又是易碎物品，拆拆卸卸，損壞也不會少，還是不拆為宜。後經雙方協商同意，互相照顧困難，決定不拆，而由生產隊騰出兩間豬舍來，借給李順大暫住；等將來李順大造新屋時，隊裡還瓦，他也讓出豬舍。那豬舍也比李順大住的草屋強，兩間共有十步，夠寬敞了；屋脊也有一丈一尺高，就是後步比人矮，但房主人也沒有必要挺起胸膛在屋裡逞威風，無妨大局。況且李順大是從小鑽慣船棚的，他自然不嫌。

退賠問題就這樣解決了。儘管李順大衷心接受幹部們的開導，但是，他從這一件事裡也吸取了特殊的教訓。在這以前，他想到的是舊社會的通貨膨脹，鈔票存放在手裡是靠不住的；所以，一有餘錢，就買了東西存放起來。現在有了新的體驗，覺得在新社會裡，存放貨物是靠不住的，還是把鈔票藏在枕頭底下保險。老實說，從這種主張裡，嗅覺特別敏銳的「左」派是聞得出「反黨」味道來的。

從一九六二年到一九六五年，靠了「六十條」，靠了劉清同志特別照顧的飴糖，李順大又積聚了差不多能造三間屋的鈔票。但是他什麼也沒有買，他打定主張：要麼不買，要買就一下子把材料買齊，馬上造成屋，免得夜長夢多，再吃從前的虧。

這個李順大，真和許多農民一樣，具有這種向後看的小聰明。因此，當他認為有把握不再吃老虧的時候，轉眼又跌倒在前邊路上了。說真話，扶著這種人前進，手也真瘆。

那時候，物資豐富，什麼都敞開供應，他偏不買。過了幾年，物資樣樣緊張起來，沒有點「三分三」的人什麼都買不到了，他倒又想一下子樣樣都買全，豈不又做了阿木林！其實怪他也冤枉，誰又是諸葛亮呢？

五

在通常情況下，李順大覺得自己做一個跟跟派，也還勝任，真心實意，感情上毫不勉強。可是「文化大革命」開始以後，他就跟不上了。要想跟也不知道去跟誰，東南西北都有人在喊：「唯我正確！」究竟誰對誰錯，誰好誰壞，誰真誰假，誰紅誰黑，他頭腦裡轟轟響，亂了套，只得蹲下來，賴著不跟了。「是非之心，人皆有之」，這話口氣挺大，其實是沒有經過「文化大革命」，太天真了。

你總不能光看人家在臺上唱什麼，還得看看在臺底下幹的什麼吧！「好惡之心，人皆有之」，這倒也還有理，李順大就是有一點不高興。這不高興和他想造房子有密切關係。他看到那洶洶的氣勢，和五八年的更不相同，五八年不過是弄壞點東西罷了，這一次倒是要弄壞點人了。動不動就性命交關。這房子目前是造不成的了，誰知道明天會怎樣呢！他為此真有點厭惡。轉而又慶幸自己住到村中心的豬舍裡來了，如果還孤零零地待在河邊的草屋裡、他枕頭底下的造屋錢只怕還要遭到盜劫呢。

李順大想得太落後了，在文明的時代裡，文明的人是無須使用那野蠻手段的。有一個造反派的頭頭，在光天化日之下，腰裡插著手槍，肩上掛著紅寶書，由生產隊長陪同，到李順大家作客來了。原來他是公社磚瓦廠的「文革」主任，很講義氣，知道李順大要造房子買不到磚，特地跑來幫助解決困難。他大罵了一通走資派劉清不替貧下中農謀利益，現在則輪到他來當救世主了，只要李順大拿出二百一十七元錢來，他負責代買一萬塊磚頭，下個月就可以提貨。這話說得過分漂亮，原是值得懷疑的。但李順大卻認為，彼此都住同一大隊，雖然沒有交情，也三天兩頭見面，從前也不曾聽說過這人有什麼劣跡，現在出來革命，總也想做點好事，不見得一上馬就騙人。況且又是生產隊長同來的，還有槍有紅寶書，真是講交情有交情，講信仰有信仰，講威勢有威勢。李順大雖然當過三次逃兵，還沒有經過這種軟硬兼施的場面，心一嚇，面一軟，雙手顫顫數出了二百一十七。

到了下個月，大概本來是可以提貨的，想不到李順大交了厄運，被公社的專政機關請去了，要他交代幾件事：一，你是哪裡人？老家是什麼成分？二，你當過三次反動兵，快把槍交出來。三、交代反動言行（例如他說過「樓房不及平房適用，電話壞了修不起」的話，就是惡毒攻擊社會主義）。

後來的事情就不用說了，那是人人皆知的。他自己出來後也沒有多言。不過有兩點頗有性格，第一是他吃不消喊救命的時候，是磚瓦廠的文革主任解了他的圍。作為報答，事後私下商定從此不再提起那二百一十七。第二是關押他的那間房子造得相當牢固，他平生第一次詳細地在那裡研究了建築學，對自己將來要造的屋，有了非常清楚的輪廓。

等到放出來，他扶著兒子（已經十九歲了）的肩胛拐回家。流著眼淚的老婆、妹妹問他為了什麼事，吃了什麼苦？他嘶啞著喉嚨說了兩個莫名其妙的短語：「他們惡啊！我的屋啊！」

之後有一年多時間不能勞動，腰裡不好受，碰到陰天和交節氣，渾身骨頭痛。他有點奇怪，雖然這頓生活從前不曾挨過，但畢竟從小就苦苦拉拉、跌跌摜摜過來的，怎麼現在這樣嬌嫩了？莫非也變「修」了嗎？他有點吃驚，覺得自己變牛變馬都可以，但是不能變「修」。「修」是什麼東西呢？是一只黑鍋，是一只不能燒飯、只能馱在背上的裝飾品，是一個沒有生命因而不會死亡、能夠世代相傳的「傳家寶」。兒子今年十九歲了，如果背上這只鍋，到哪裡去討媳婦呢？而房子又沒有造，一點條件也沒有。

李順大想到這一點，心中恐慌又迷信。他從小聽過不少老故事，其中就有說到人會變成多種東西的。講的人總這樣說：「一夜過來，他變成了××。」而且在變化之前，也總有異樣的感覺，比如渾身骨頭痛，熱皮暴燥……等等。所以，李順大一碰到身子難受，就怕黑夜，怕自己睡著了。他總是睜大眼睛，以防在昏睡中不知不覺變成一只黑鍋。他的警惕性一直很高，所以至今還不曾變過去。

在那些不敢睡著的夜裡，李順大為了打發掉肉體上的痛苦，也想過一點使人開心的文娛生活。他沒有收音機，想讀書又不認幾個字，而且也浪費火油；因此，唯一的辦法是去回憶從小聽過的故事、看過的戲文和老一輩教給孩兒們的俚歌。後來身體好一些，他挑起糖擔出去換廢品，嘴裡常常不三不四唱著一個小曲兒，招惹孩子們。據他說這就是他在那些夜晚回憶出來的。從這些就可以看出他當時究竟想的是什麼。他唱道：

稀奇稀奇真稀奇，
老公公睏在搖籃裡；
稀奇稀奇真稀奇，
八仙臺裝在袋袋裡；
稀奇稀奇真稀奇，
老鼠咬破貓肚皮，
稀奇稀奇真稀奇，
獅子常受跳蚤氣；
稀奇稀奇真稀奇，
狗派黃鼠狼去看雞；
稀奇稀奇真稀奇，
天鵝肉進了蝦蟆嘴；
稀奇稀奇真稀奇，
大船翻在陰溝裡；
稀奇稀奇真稀奇，

長人做了短人梯。
哎呀呀，瘌痢頭戴西瓜皮，
蚌殼兜裡一泡尿，
皮球肚裡裝個屁，
穿袍的邪神一胎泥。
稀奇呀，稀奇呀，真稀奇，
火赤鏈過冬鑽在菩薩肚皮裡，
聞著香火裝神氣。

這確是一支公認的裝滿一兜肚「稀奇」的兒歌，而且老掉了牙。不過，各人兜肚裡的貨色是不同的，總要把自認為稀奇的東西裝進去。但如果追查起來，李順大決不承認自己加進了什麼。他又不是作家，不會有黑字落在白紙上，是不怕有什麼把柄落在別人手裡的。他雖然笨，究竟也經過鍛煉了，曉得當時那一班人——造反的當權派和當權的造反派，如果要觸你的楣頭，倒不在乎你做了什麼，而在於要達到一個這樣那樣的目的，例如他的二百一十七。

有一天，他在鄰村換糖唱歌，偶然碰到了在那裡勞改的走資派——老區委書記劉清，悲喜交集，久久不忍離開。最後劉清央求他再唱一遍稀奇歌，他毫不猶豫地唱起來，那悲慘、沉重、憤怒的聲音使空氣也顫抖，兩個人都流下了眼淚。

六

一年病拖下來，李順大有點心灰意懶了。他常常想自己還能活幾年？何必要再操心造屋！愚公立下移山志，也是靠後代去完成的，為啥一定要親手造成功！再說也算積有一筆錢，也有點汗馬功勞，不算坍臺了。可是凡胎未脫，塵心難破，兒子已經二十出頭了，房子造不出，媳婦就找不著，豬舍做新房，誰肯來住！要像自己那樣拾個要飯姑娘做妻子，現在也沒有這種好機會了。那可不行，沒有媳婦哪有孫子？沒有孫子哪有重孫？將來建成共產主義過幸福生活，焉能獨缺他李順大的後代？看來房子還是非造不可，而且要抓緊時間，就算這樣，兒子恐怕也得拖到政府規定的晚婚年齡以後才有婚結了。

經過動搖之後又堅定下來，立即開始行動。他挑起拾破爛的籮筐，悠悠地從這個市鎮晃蕩到那個市鎮，縣城裡大小街巷也幾乎跑遍，卻從不見有建築材料出售，詢問有關商店，才知道買一塊磚也得有本地三級證明，更無空口說白話的餘地。他曉得再瞎跑也沒有用，只有向當地生產隊、大隊、公社申請了。幸虧自己是帶了籮筐出來的，雖不曾買到造屋材料，拾到的破爛倒也賣得十幾元錢，不算白誤了工。

接著自然是找生產隊、大隊幹部打證明，人家聽了笑笑說：「打證明有什麼用，民用建築材料，有時稍會有一點，有時簡直就沒有。給了證明，你也買不到。」李順大不肯信，以為是幹部築壩。又不敢反駁，怕弄僵。就耐著性子賴著不走，搞變相靜坐示威。誰知人家倒並不放在心上，到吃晚飯時發現他沒有走，就說：「走吧，鎖門了。」他也只得回去。到了明天，又去坐。如此三天，幹部不耐煩了，說：「好話你不聽，瞎纏。你以為有用，就打個證明給你！」果然打了。他高高興興上供銷社。營業員看了證明，也和大隊幹部一樣笑笑，說：「沒辦法，無貨供應。」

「幾時有呢？」

「不曉得。」營業員說，「有空你就常來問問。」

從此李順大就如學生上學校，七天裡去問六次；半年下來，還是不曾買到一塊磚。那營業員是個好心人，暗地裡嘆息李順大太笨，卻也被他的精神感動了。終於有一天，悄悄告訴他說：「你還是省點工夫吧，不要來跑了。這幾年革命革得厲害，地皮都快革光了，難得有點東西來，幹部都照顧不周全，哪會輪到你。真要有你的份，也都是經過千揀萬揀揀剩的落腳貨，價錢倒和揀走的好貨一樣大，你也不划算。我勸你還是另想辦法吧！」

李順大得了這個忠告，十分失望，又非常感激。因此由不得要請教：「另想別的什麼法？」

營業員沉吟半晌，說：「可有至親好友當幹部的？」

「沒有。」李順大沉重而吃力地說，「只有一個種田的妹婿，沒有第二個親戚。」

「那就沒有路了。」營業員惋惜道，「現在是『圓圓頭』不及『點點頭』，你沒有親友可靠，除了買黑市，還有什麼辦法。」

李順大信以為真，從此想辦法買黑市材料。哪曉得營業員倒也並無這方面的經驗，不懂得黑市交易的複雜，一萬塊磚頭，市價二百一十七元，黑市要賣到四百元左右，而且必須先付錢，過上一年半載才能提貨，往往還會碰到騙子手。李順大已經上過一次當了，鈔票當然是不肯輕易出手的。所以，跑了千里路，說了萬句話，過了三年也不曾買成。倒還是那個營業員肯幫忙，替他買了一噸官價石灰。那石灰原是分配在蠶室裡用的，只為近年來一個勁兒旱改水，許多桑田改蒔水稻了，剩下幾棵癩痢毛桑樹，還能養幾條蠶！也就用不了那麼多石灰；倒給營業員鑽了空子，李順大拾著了便宜。為此他想買包好菸請營業員的客，卻又買不到。偶然碰見磚瓦廠的原「文革」主任（已當上廠革委會主任了），想起他從來是吸好菸的，他虧待過自己，現在請他買包菸總肯吧。就老著臉皮上去拉交情。主任倒也爽快，拿了他五角錢，從袋裡掏出一包還沒有開封的「大前門」。但是，在遞給他之前，竟自作主張拆開來拿一支抽了，並且說：「我就這一包，要不是你，我誰也不給。」

李順大拿了十九支去送給營業員，營業員堅決不收，拗不過面子，才抽了一支。其餘十八支，硬是讓順大帶回去了。

李順大回家路上，想到自己今天做了一件從來沒有做過的欠妥事情，他竟請了自己的恩人和仇人各一支菸。到吃晚飯的時候他真的發怒了，罵他的兒子沒出息，二十五歲了，還吃蔭下飯，害他老子在外面受罪。

七

鬧騰了許多年，李順大房子沒造成，造房的名氣倒很大了。精誠所至，金石為開，不僅感動了營業員，而且還感動了上帝。這上帝不是別人，就是他未來的媳婦，名叫新來。新來姑娘住在鄰村，早就同李順大吃蔭下飯的兒子小康有串聯活動。她倒不在乎房子造了沒有，反正看中了人，過了門造屋也行。可是她爹築壩，怎麼說也不肯把女兒嫁到豬舍裡去。他以自己的模範事例教導女兒，因為他儘管窮，也想法造了兩間屋，才討了第一房媳婦。他罵李順大是孱頭，是阿木林，不會做事情。可是，想不到老天爺愛開玩笑，喜歡打說滿話人的嘴巴。事隔一年，公社裡一班打倒了走資派的當權派，為了要把山河重安排，看著一條河像老傢伙似的彎著背，很不舒服。硬是動用了幾千民工，花了幾萬個勞動日開出一條筆直的樣板河，足以使火星上的高等動物看了，稱讚地球人的偉大。新來姑娘家那兩間新屋，偏偏就在樣板河的河床上（當然也不只兩間），只好拆了搬走。公社補貼搬屋費每間一百五十元，拆拆造造，又借了三百元添進去，才勉強重新搭起一間半來。新來爹瘦了兩個膘，頭髮白了七八成。而且還要老做小，聽新來姑娘的教育。新來建議他應該向李順大伯伯學習，人家就是精明，不盲動，鈔票放在枕頭邊，一個也不少。要造房子，也該看準了形勢動手呀！他說不響嘴，只得服輸，任憑女兒婚姻自主。

李順大不但有了兒媳婦，而且也知道兒媳婦在理論上對他的實踐作了充分肯定，非常的高興。因此，在兒子結婚那天晚上，喝了幾杯酒，靈機一動，對著親家翁說了兩句神來之話，他說：「現在是地牌吃天牌，爛汙二封王，你的房子造得太急了。天天鬧地震，大家寧願住牛棚，還要房子做什麼。我一萬塊磚頭給窯鬼吃在肚裡，也比你省心。」……他還想說下去，幸虧老婆警惕性高，為了挽救他，當著新親的面，開口就訓他：「灌了點酒就像吃了尿，說話沒有關攔，骨頭痛的日子忘記了！」這才轉話收場，皆大歡喜。

從那時開始，李順大不再白花心計去買東買西，他挑著糖擔，東轉一天，西轉一天，替國家收廢品，賺一點生活費。可是，事情也怪，造房子的人家，還真多著呢。他看了不禁眼饞，往往就要打聽打聽，這幢那幢是誰家造的，哪裡買的材料。得到的答覆也真千種百樣，細細說來，每一幢屋都能寫一本書，但也不惹人看，無非是「大官送上門，小官開後門，老百姓求別人」而已。那些吃盡苦頭的人，反而羨慕起李順大來，說還是他乖巧，不曾鑽進這苦膽裡頭去，不愧為識時務的俊傑。有個熟人竟不忌諱，忿然對他說：「我這一塊磚、一片瓦，沒一樣不是黑市貨，造兩間屋，用了四間的錢。上梁那天，靠造反起家的大隊書記來吃了我一頓，還說我這房子，沒有『文化大革命』，哪能造得出。×他娘，我這房子又不是他那官銜，是用拳頭打得來的嗎！」

到此為止，李順大對於建築學的知識，本來已經登峰造極，歎為觀止了。想不到天地淵博，造化無窮，值得大書特書的事情，如長江濁流，滾滾而來，竟無法忍心不看。那雞零狗碎的事，恕不細說，但值得大書特書的奇蹟，放過未免可惜。例如有一個大隊，要把全部民房拆了，合併到一個地方去，造一列式的樓房，名曰「新農村」。民房拆下的材料，折價歸公，誰要住新房，重新出錢買。李順大聽了，大為振奮，認為「樓上樓下」果然要實現了。耐不住挑著糖擔，飛奔去自費參觀。

那個地方，李順大從前也常走過，此番看去，果然大不一樣，村村巷巷，都有人家在拆屋，拆了把材料運到公路邊頭一塊大田裡，那裡正在造第一排樓房。那些拆屋的人家，議論非常熱烈，甚至到了激烈的程度，都說盤古開天闢地以來，像這樣的事情，從未有過；因此有人流出眼淚來，大概過於興奮了。有些屋上卸下來的瓦，還沾著窯裡的煤灰，分明蓋了上去還沒有經過雨淋，倒又翻身了。看了這些，李順大覺得自己二十幾年來空喊造屋沒有造成，倒是平生做的一件最正確的事情；不過想著拆屋主過去的一番心血，也不禁有點眼酸。他慨嘆著一路低頭走去，忽聽有人喊道：「喂，換糖的。」

李順大抬頭一看，見一個老頭帶著個女孩站在公路旁看造屋。十分面熟，卻想不起是誰了。那老頭笑道：「怎麼，不認識了？」

李順大恍然大悟，忙道：「原來是你，老書記。還在勞改嗎？」他忽然傷心起來。想不到，幾年不見，竟老得認不出了。可見老書記的心境不直落。

老書記笑笑說：「勞還在勞，改卻未改。你呢，又來搜集唱稀奇歌材料嗎？」

「唉唉，老書記，你取笑我。」李順大難為情地說，「這可是『樓上樓下』，搞『新農村』。我到今天才曉得，原來這農村分新舊，就在這房子上。倒不在集體化不集體化。」

老書記輕輕地噓了口氣，說：「唉，有話你就說清楚點吧。」

李順大笑笑說：「自然，說給你聽聽沒關係。不過也不能知法犯法。從前我說過樓房不如平房適用的話，已經當反動言論批過了，現在看了這種樣子，倒還真有點想法。滿好的屋，有的還是新的，倒又拆了再造，何必呢？有這個力氣，不好把田地種種熟嗎！這種事情，陽間人不敢說，陰間裡看了也要盯白眼呢。」

聽了這「反動」話，老書記不但不駁斥，反而點了點頭，嚴肅地搭腔說：「『何必呢？』你問得對。告訴你吧，有人想把這個當上天梯。你倒也明白，曉得集體化是新農村的根本，可是人家搞起復辟來，公社這個組織形式也是可以利用的。你的眼睛還要睜大些。你看看吧，貧下中農吃了二十多年苦造了點房子，一聲拆就得拆，還管群眾死活嗎。可是公社不仍舊是公社！」

李順大聽了，雖有所悟，也不能完全領會，只得張開嘴巴，睜大眼睛，尊敬地看著這個老人，默默無言。

老人憤怒地哼了一聲，也不再說，低頭看了看小女孩，指著李順大說：「叫公公。」

小女孩親熱地叫了一聲。李順大大為感動，連忙敲下一塊糖塞在她小手裡，稱她是最乖最乖的小囡。他今年五十四歲，一個拾破爛的外鄉人，還第一次有人叫他公公，這給了他非常有力的鼓舞，竟把別的念頭都沖淡了。

從此以後，他同老書記交了朋友。

八

到了一九七七年春節，李順大帶了幾塊糖去看老書記，才知道老書記重新上了任，又在區裡辦公了。李順大喜出望外，把糖給了小囡，吃了小囡媽燒出來的點心，興沖沖就往區裡跑。他覺得如今有了區委書記做朋友，總弄得著造屋材料了。

老朋友一見面，果然十分親熱。可是一提到材料，老書記沉吟不語，打起嗝頓來，弄得順大心也一顫，覺得不妙。只聽老書記慢騰騰說：「老弟，你的困難，我都知道。從前你唱稀奇歌，我十分贊成。現在你我總不能做稀奇事了吧。」

李順大忙說：「老書記，別人不做，我也不做。現在不是還通行嗎，為什麼唯獨你我不做，豈不太吃虧！」

老書記笑笑說：「十一年混亂，積習難改。現在應該撥亂反正了。否則的話，建設國家的計畫，就成了空話，別人做，我們是不能做的。全區幹部來說，第一應從我改起，群眾來說，先從唱稀奇歌的人改起，你說合理不合理？」

聽了這番話，李順大心裡糖罐醋瓶，一齊打翻，一方面感到書記要同他一起帶頭整風，不禁自豪；一方面又想到好不容易交了個大官朋友，竟又不能拉私人關係，不禁悵然。他經過「文化大革命」，也學得很乖了，不願吃這個虧。想了一下，振振有詞道：「老書記，你講的道理我服帖，不過，話說在前頭，叫我不做稀奇事，一定照辦。你可也不能動搖，不要以後碰到交情比我深的，面子比我大的，就幫他開後門，讓別人笑我同你白交了一場。那我是要造你的反的。」

老書記哈哈大笑，拿過紙筆，迅速把順大的話寫了下來，說：「我念一遍，你聽。」他念了，和順大講的一字不差，然後說：「你拿去請人寫在一張大字報來，貼在我的辦公室裡。」

李順大愕然道：「我不，這不是要你的好看！」

老書記說：「哪裡哪裡，這才教幫了我的大忙，我還真怕有大面子的人來開臭口呢！你貼了這大字報，就不用我作難了。」

李順大高高興興真地照辦了。

到了一九七七年冬天，李順大家忽然忙碌起來。老書記劉清同志，在那位「文革」主任出身的磚瓦廠廠長身上做了點工作，讓他把李順大的一萬塊磚頭退賠了，公社革委會也批准了李順大的申請，同意供應十八根水泥桁條。那位好心的供銷社營業員，通知李順大，現在椽子已經敞開供應了。這一次，李順大的房屋，會有把握造成了。要運回這麼多東西，李順大一家四口，哪裡忙得過來，只得把妹妹、妹婿、兒媳婦的兄弟妯娌都請來幫忙，搖船的搖船，推車的推車，連年老的親家公也高高興興地流了幾身汗，大大熱鬧了一番。

不過，在高興的時候，也還發生了一點掃興的事情。運回那一萬塊磚頭，曾經過一些波折。大船停在磚瓦廠，人家不發貨，皮笑肉不笑地對他說：「你的桁條還沒有買，磚頭拿回去白堆在那兒沒有用，再等等吧。」李順大同他吵了個臉紅耳赤，說桁條已經落實了。那個人卻比李順大更懂李順大，一口咬定他沒有桁條。幸而他的親家公跑來，憑自己買過磚頭的經驗，暗地裡告訴李順大什麼叫「桁條」。李順大這才恍然大悟，馬上到供銷社買了兩條最好的香菸送過去，這才皆大歡喜，磚頭下船。後來到水泥製品廠運桁條，李順大再不用別人開口，就散發了一條香菸，免得人家說他還沒有買到椽子。

做了這些腐蝕別人的事，李順大內心慚愧，不敢告訴老書記。但是他的靈魂不得安寧，有時候半夜醒過來，想起這件事，總要罵自己說：「唉，呃，我總該變得好些呀！」

作者簡介

——高曉聲（1928-1999），生於江蘇武進，一九五〇年代開始創作，一九七九年後於江蘇省文聯、江蘇作協工作，一九八〇年被選為江蘇作協副主席、中國作家協會理事。曾以「陳奐生」為主角創作系列小說作品，如〈李順大造屋〉、〈陳奐生上城〉，並獲得全國優秀短篇小說獎。曾出版《李順大造屋》、《陳奐生》、《九七小說集》、《覓》等小說集，長篇小說《青天在上》、《收田財》等。

黃油烙餅

汪曾祺

1980 ——

蕭勝跟著爸爸到口外去。

蕭勝滿七歲，進八歲了。他這些年一直跟著奶奶過。他爸的工作一直不固定。一會兒修水庫啦，一會兒大煉鋼鐵啦。他媽也是調來調去。奶奶一個人在家鄉，說是冷清得很。他三歲那年，就被送回老家來了。他在家鄉吃了好些蘿蔔白菜，小米麵餅子，玉米麵餅子，長高了。

奶奶不怎麼管他。奶奶有事。她老是找出一些零碎料子給他接衣裳，接褂子，接褲子，接棉襖，接棉褲。他的衣服都是接成一道一道的，一道青，一道藍。倒是挺乾淨的。奶奶還給他做鞋。自己打袼褙，剪樣子，納底子，自己緔。奶奶老是說：「你的腳上有牙，有嘴？」「你的腳是鐵打的！」再就是給他做吃的。小米麵餅子，玉米麵餅子，蘿蔔白菜——炒雞蛋，熬小魚。他整天在外面玩。奶奶把飯做得了，就在門口嚷：「勝兒！回來吃飯咧——！」

後來辦了食堂。奶奶把家裡的兩口鍋交上去，從食堂裡打飯回來吃。真不賴！白麵饅頭，大烙餅，鹵蝦醬炒豆腐、燜茄子，豬頭肉！食堂的大師傅穿著白衣服，戴著白帽子，在蒸籠的白濛濛的熱氣中晃來晃去，拿鏟子敲著鍋邊，還大聲嚷叫。人也胖了，豬也肥了。真不賴！

後來就不行了。還是小米麵餅子，玉米麵餅子。

後來小米麵餅子裡有糠，玉米麵餅子裡有玉米核磨出的渣子，拉嗓子。人也瘦了，豬也瘦了。往年，撵個豬可費勁哪。今年，一伸手就把豬後腿攥住了。挺大一個克郎，一蹭它，咕咚就倒了。

摻假的餅子不好吃，可是蕭勝還是吃得挺香。他餓。

奶奶吃得不香。她從食堂打回飯來，掰半塊餅子，嚼半天。其餘的，都歸了蕭勝。

奶奶的身體原來就不好。她有個氣喘的病。每年冬天都犯。白天還好，晚上難熬。蕭勝躺在炕上，聽奶奶喝嘍喝嘍地喘。睡醒了，還聽她喝嘍喝嘍。他想，奶奶喝嘍了一夜。可是奶奶還是喝嘍著起來了，喝嘍著給他到食堂去打早飯，打摻了假的小米餅子，玉米餅子。

爸爸去年冬天回來看過奶奶。他每年回來，都是冬天。爸爸帶回來半麻袋土豆，一串口蘑，還有兩瓶黃油。爸爸說，土豆是他分的；口蘑是他自己採，自己晾的；黃油是「走後門」搞來的。爸爸說，黃油是牛奶煉的，很「營養」，叫奶奶抹餅子吃。土豆，奶奶借鍋來蒸了，煮了，放在灶火裡烤了，給蕭勝吃了。口蘑過年時打了一次滷。黃油，奶奶叫爸爸拿回去：「你們吃吧。這麼貴重的東西！」爸爸一定要給奶奶留下。奶奶把黃油留下了，可是一直沒有吃。奶奶把兩瓶黃油放在躺櫃上，時不時地拿抹布擦擦。黃油是個啥東西？牛奶煉的？隔著玻璃，看得見它的顏色是嫩黃嫩黃的。去年小三家生了小四，他看見小三他媽給小四用松花粉撲痱子。黃油的顏色就像松花粉。油汪汪的，很好看。奶奶說，這是能吃的。蕭勝不想吃。他沒有吃過，不饞。

奶奶的身體越來越不好。她從前從食堂打回餅子，能一氣走到家。現在不行了，走到歪脖柳樹那兒就得歇一會。奶奶跟上了年紀的爺爺、奶奶們說：「只怕是過得了冬，過不得春呀。」蕭勝知道這不是好話。這是一句罵牲口的話。「噯！看你這乏樣兒！過得了冬過不得春！」果然，春天不好過。村裡的老頭老太太接二連三地死了。鎮上有個木業生產合作社，原來打家具、修犁耙，都停了，改了打棺材。村外添了好些新墳，好些白幡。奶奶不行了，她渾身都腫。用手指按一按，老大一個坑，半天不起來。她求人寫信叫兒子回來。

爸爸趕回來，奶奶已經嚥了氣了。

爸爸求木業社把奶奶屋裡的躺櫃改成一口棺材，把奶奶埋了。晚上，坐在奶奶的炕上流了一夜眼淚。

蕭勝一生第一次經驗什麼是「死」。他知道「死」就是「沒有」了。他沒有奶奶了。他躺在枕頭上，枕頭上還有奶奶的頭髮的氣味。他哭了。

奶奶給他做了兩雙鞋。做得了，說：「來試試！」——「等會兒！」吱溜，他跑了。蕭勝醒來，光著腳把兩雙鞋都試了試。一雙正合腳，一雙大一些。他的赤腳接觸了搪底布，感覺到奶奶納的底線，他叫了一聲「奶奶！」又哭了一氣。

爸爸拜望了村裡的長輩，把家裡的東西收拾收拾，把一些能應用的鍋碗瓢盆都裝在一個大網籃裡。把奶奶給蕭勝做的兩雙鞋也裝在網籃裡。把兩瓶動都沒有動過的黃油也裝在網籃裡。鎖了門，就帶著蕭勝上路了。

蕭勝跟爸爸不熟。他跟奶奶過慣了。他起先不說話。他想家，想奶奶，想那棵歪脖柳樹，想小三家的一對大白鵝，想蜻蜓，想蟈蟈，想掛大扁飛起來格格地響，露出綠色硬翅膀底下的桃紅色的翅膜……後來跟爸爸熟了。他是爸爸呀！他們坐了汽車，坐火車，後來又坐汽車。爸爸很好。爸爸老是引他說話，告訴他許多口外的事。他的話越來越多，問這問那。他對「口外」產生了很濃厚的興趣。

他問爸爸啥叫「口外」。爸爸說「口外」就是張家口以外，又叫「壩上」。「為啥叫壩上？」

他以為「壩」是一個水壩。爸爸說到了就知道了。

敢情「壩」是一溜大山。山頂齊齊的，倒像個壩。可是真大！汽車一個勁地往上爬。汽車爬得很累，好像氣都喘不過來，不停地哼哼。上了大山，嘿，一片大平地！真是平呀！又平又大。像是擀過的一樣。怎麼可以這樣平呢！汽車一上壩，就撒開歡了。它不哼哼了。「刷——」一直往前開。一上了壩，氣候忽然變了。壩下是夏天，一上壩就像秋天。忽然，就涼了。壩上壩下，刀切的一樣。這真平呀！遠遠有幾個小山包，圓圓的。一棵樹也沒有。他的家鄉有很多樹。榆樹，柳樹，槐樹。這是個什麼地方！不長一棵樹！就是一大片大平地，碧綠的，長滿了草。有地。這地塊真大。從這個小山包一匹布似的一直扯到了那個小山包。地塊究竟有多大？爸爸告訴他：有一個農民牽了一頭母牛去犁地，犁了一趟，回來時候母牛帶回來一個新下的小牛犢，已經三歲了！

汽車到了一個叫沽源的縣城，這是他們的最後一站。一輛牛車來接他們。這車的樣子真可笑，車軲轆是兩個木頭餅子，還不怎麼圓，骨嚕嚕，骨嚕嚕，往前滾。他仰面躺在牛車上，上面是一個很大的藍天。牛車真慢，還沒有他走得快。他有時下來掐兩朵野花，走一截，又爬上車。

這地方的莊稼跟口裡也不一樣。沒有高粱，也沒有老玉米，種莜麥，胡麻。莜麥乾淨得很，好像用水洗過，梳過。胡麻打著把小藍傘，秀秀氣氣，不像是莊稼，倒像是種著看的花。

喝，這一大片馬蘭！馬蘭他們家鄉也有，可沒有這裡的高大。長齊大人的腰那麼高，開著巴掌大的藍蝴蝶一樣的花。一眼望不到邊。這一大片馬蘭！他這輩子也忘不了。他像是往一個夢裡。

牛車走著走著。爸爸說：到了！他坐起來一看，一大片馬鈴薯，都開著花，粉的、淺紫籃的、白的，一眼望不到邊，像是下了一場大雪。花雪隨風搖擺著，他有點暈。不遠有一排房子，土牆、玻璃窗。這就是爸爸工作的「馬鈴薯研究站」。土豆——山藥蛋——馬鈴薯。馬鈴薯是學名，爸說的。

從房子裡跑出來一個人。「媽媽——！」他一眼就認出來了！媽媽跑上來，把他一把抱了起來。

蕭勝就要住在這裡了，跟他的爸爸、媽媽住在一起了。

奶奶要是一起來，多好。

蕭勝的爸爸是學農業的，這幾年老是幹別的。奶奶問他：「為什麼總是把你調來調去的？」爸說：「我好欺負。」馬鈴薯研究站別人都不願來，嫌遠。爸願意。媽是學畫畫的，前幾年老畫兩個娃娃拉不動的大蘿蔔啦，上面張個帆可以當做小船的豆莢啦。她也願意跟爸爸一起來，畫「馬鈴薯圖譜」。

媽媽給他們端來飯。真正的玉米麵餅子，兩大碗粥。媽說這粥是草籽熬的。有點像小米，比小米小。綠盈盈的，挺稠，挺香。還有一大盤鯽魚，好大。爸說別處的鯽魚很少有過一斤的，這兒「淖」裡的鯽魚有一斤二兩的，鯽魚吃草籽，長得肥。草籽熟了，風把草籽颳到淖裡，魚就吃草籽。蕭勝吃得很飽。

爸說把蕭勝接來有三個原因。一是奶奶死了，老家沒有人了。二是蕭勝該上學了，暑假後就到不遠的一個完小去報名。三是這裡吃得好一些。口外地廣人稀，總好辦一些。這裡的自留地一個人有五畝！隨便刨一塊地就能種點東西。爸爸和媽媽就在「研究站」旁邊開了一塊地，種了山藥、南瓜。山藥開花了，南瓜長了骨朵了，用不了多久，就能吃了。

馬鈴薯研究站很清靜，一共沒有幾個人。就是爸爸、媽媽，還有幾個工人。工人都有家。站裡就是蕭勝一家。這地方，真安靜。成天總不到聲音，除了風吹莜麥穗子，沙沙地像下小雨；有時有小燕吱喳地叫。

爸爸每天戴個草帽下地跟工人一起去幹活，鋤山藥。有時查資料，看書。媽一早起來到地裡掐一大把山藥花，一大把葉子，回來插在瓶子裡，聚精會神地對著它看，一筆一筆地畫。畫的花和真的花一樣！蕭勝每天跟媽一同下地去，回來鞋和褲腳沾得都是露水。奶奶做的兩雙新鞋還沒有上腳，媽把鞋和兩瓶黃油都鎖在櫃子裡。

白天沒有事，他就到處去玩，去瞎跑。這地方大得很，沒遮沒擋，跑多遠，一回頭還能看到研究站的那排勇子，迷不了路。他到草地裡去看牛、看馬、看羊。

他有時也去蒔弄蒔弄他家的南瓜、山藥地。鋤一鋤，從機井裡打半桶水澆澆。這不是為了玩。蕭勝是等著要吃它們。他們家不起火，在大隊食堂打飯，食堂裡的飯越來越不好。草籽粥沒有了，玉米麵餅子也沒有了。現在吃紅高粱餅子，喝甜菜葉子做的湯。再下去大概還要壞。蕭勝有點餓怕了。

他學會了採蘑菇。起先是媽媽帶著他採了兩回，後來，他自已也會了。下了雨，太陽一曬，空氣潮呼呼的，悶悶的，蘑菇就出來了。蘑菇這玩意很怪，都長在「蘑菇圈」裡。你低下頭，側著眼睛一看，草地上遠遠的有一圈草，顏色特別深，黑綠黑綠的，隱隱約約看到幾個白點，那就是蘑菇圈。的溜圓。蘑菇就長在這一圈深顏色的草裡。圈裡面沒有，圈外面也沒有。蘑菇圈是固定的。今年長，明年還長。哪裡有蘑菇圈，老鄉們都知道。

有一個蘑菇圈發了瘋。它不停地長蘑菇，呼呼地長，三天三夜一個勁地長，好像是有鬼，看著都怕人。附近七八家都來採，用線穿起來，掛裡房檐底下。家家都掛了三四串，挺老長的三四串。

老鄉們說，這個圈明年就不會再長蘑菇了，它死了。蕭勝也採了好些。他興奮極了，心裡直跳。「好傢伙！好傢伙！這麼多！這麼多！」他發了財了。

他為什麼這樣興奮？蘑菇是可以吃的呀！

他一邊用線穿蘑菇，一邊流出了眼淚。他想起奶奶，他要給奶奶送兩串蘑菇去。他現在知道，奶奶是餓死的。人不是一下餓死的，是慢慢地餓死的。

食堂的紅高粱餅子越來越不好吃，因為摻了糠。甜菜葉子湯也越來越不好喝，因為一點油也不放了。他恨這種摻糠的紅高粱餅子，恨這種不放油的甜菜葉子湯！

他還是到處去玩，去瞎跑。

大隊食堂外面忽然熱鬧起來。起先是拉了一牛車的羊磚來。他問爸爸這是什麼，爸爸說：「羊磚」——「羊磚是啥？」——「羊糞壓緊了，切成一塊一塊。」——「幹啥用？」——「燒。」——「這能燒嗎？」——「好燒著呢！火頂旺。」後來盤了個大灶。後來殺了十來隻羊。蕭勝就站在旁邊看殺羊。他還沒有見過殺羊。嘿，一點血都流不到外面，完完整整就把一張羊皮剝下來了！

這是要幹啥呢？

爸爸說，要開三級幹部會。

「啥叫三級幹部會？」

「等你長大了就知道了！」

三級幹部就會是三級幹部吃飯。

大隊原來有兩個食堂，南食堂，北食堂，當中隔一個院子，院子裡還搭了個小棚，下雨天也可以兩個食堂來回串。原來「社員」們分在兩個食堂吃飯。開三級幹部會，就都擠到北食堂來。南食堂空出來給開會幹部用。

三級幹部會開了三天，吃了三天飯。頭一天中午，羊肉口蘑潲子蘸莜麵。第二天燉肉大米飯。第三天，黃油烙餅。晚飯倒是馬馬虎虎的。

「社員」和「幹部」同時開飯。社員在北食堂，幹部在南食堂。北食堂還是紅高粱餅子，甜菜葉子湯。北食堂的人聞到南食堂裡飄過來的香味，就說：「羊肉口蘑潲子蘸莜麵，好香好香！」「燉肉大米飯，好香好香！」、「黃油烙餅，好香好香！」

蕭勝每天去打飯，也聞到南食堂的香味。羊肉、米飯，他倒不稀罕；他見過，也吃過。黃油烙餅他連聞都沒聞過，是香，聞著這種香味，真想吃一口。

回家，吃著紅高粱餅子，他問爸爸：「他們為什麼吃黃油烙餅？」

「他們開會。」

「開會幹嘛吃黃油烙餅？」

「他們是幹部。」

「幹部為啥吃黃油烙餅？」

「哎呀！你問得太多了！吃你的紅高粱餅子吧！」

正在嚥著紅餅子的蕭勝的媽忽然站起來，把缸裡的一點白麵倒出來，又從櫃子裡取出一瓶奶奶沒有動過的黃油，啟開瓶蓋，挖了一大塊，抓了一把白糖，兌點起子。擀了兩張黃油發麵餅。抓了一把莜麥秸塞進灶火，烙熟了。黃油烙餅發出香味，和南食堂裡的一樣。媽把黃油烙餅放在蕭勝面前，說：

「吃吧，兒子，別問了。」

蕭勝吃了兩口，真好吃。他忽然咧開嘴痛哭起來，高叫了一聲：「奶奶！」

媽媽的眼睛裡都是淚。

爸爸說：「別哭了，吃吧。」

蕭勝一邊流著一串一串的眼淚，一邊吃黃油烙餅。他的眼淚流進了嘴裡。黃油烙餅是甜的，眼淚是鹹的。

作者簡介

——汪曾祺（1920-1997），出生於江蘇高郵的書香世家，祖父是清末拔貢（選拔貢入國子監的一種生員）兼眼科大夫，父親則擅長金石書畫。如此的家學淵源，讓汪曾祺能書能文，日後更將繪畫裡的留白技法運用到小說創作裡去。他的留白偏向含蓄與收斂、淡漠而非重彩；而江南山水，以及家傳的儒學教養與文化品味，成就了他的文學風格。一九三九年，沈從文在西南聯大開創作課，汪曾祺是「各體文習作」的學生，其課堂寫作習作經沈從文的修改和推薦，於一九四〇年發表首篇小說，一九四三年畢業後在昆明、上海任中學國文教員和歷史博物館職員。一九四六年起發表〈戴車匠〉、〈復仇〉、〈綠貓〉、〈雞鴨名家〉等短篇小說，引起文壇注目，並於一九四八年出版小說集《邂逅集》。後來他在北京文聯、中國民間文學研究會工作，編輯《北京文藝》和《民間文學》等刊物。一九五八年起遭到下放土改，中斷了創作。一九六二年調北京京劇團（後改北京京劇院）任編劇。一九七九年以後，汪曾祺重新出發，〈黃油烙餅〉引起文壇的極大迴響。一九八〇年發表的〈受戒〉，逸離現實時空，遁入另一種詩化的意境，無論題材、文字與敘述格調，對當時文壇造成很大的震撼，被視為「尋根派」之始祖。

受戒

汪曾祺

1980

明海出家已經四年了。

他是十三歲來的。

這個地方的地名有點怪，叫庵趙莊。趙，是因為莊上大都姓趙。叫做莊，可是人家住得很分散，這裡兩三家，那裡兩三家。一出門，遠遠可以看到，走起來得走一會，因為沒有大路，都是彎彎曲曲的田埂。庵，是因為有一個庵。庵叫菩提庵，可是大家叫訛了，叫成荸薺庵。連庵裡的和尚也這樣叫。「寶剎何處？」——「荸薺庵。」庵本來是住尼姑的。「和尚廟」、「尼姑庵」嘛。可是荸薺庵住的是和尚。也許因為荸薺庵不大，大者為廟，小者為庵。

明海在家叫小明子。他是從小就確定要出家的。他的家鄉不叫「出家」，叫「當和尚」。他的家鄉出和尚。就像有的地方出劁豬的，有的地方出織蓆子的，有的地方出箍桶的，有的地方出彈棉花的，有的地方出畫匠，有的地方出婊子，他的家鄉出和尚。人家弟兄多，就派一個出去當和尚。當和尚也要通過關係，也有幫。這地方的和尚有的走得很遠。有到杭州靈隱寺的、上海靜安寺的、鎮江金山寺的、揚州天寧寺的。一般的就在本縣的寺廟。明海家田少，老大、老二、老三，就足夠種的了。他是老四。他七歲那年，他當和尚的舅舅回家，他爹、他娘就和舅舅商議，決定叫他當和尚。他當時在旁邊，覺得這實在是在情在理，沒有理由反對。當和尚有很多好處。一是可以吃現成飯。哪個廟裡都是管飯的。二是可以攢錢。只要學會了放瑜伽焰口，拜梁皇懺，可以按例分到辛苦錢。

積攢起來，將來還俗娶親也可以；不想還俗，買幾畝田也可以。當和尚也不容易，一要面如朗月，二要聲如鐘磬，三要聰明記性好。他舅舅給他相了相面，叫他前走幾步，後走幾步，又叫他喊了一聲趕牛打場的號子：「格當嘚──」，說是「明子準能當個好和尚，我包了！」要當和尚，得下點本，──念幾年書。哪有不認字的和尚呢！於是明子就開蒙入學，讀了《三字經》、《百家姓》、《四言雜字》、《幼學瓊林》、《上論、下論》、《上孟、下孟》，每天還寫一張仿。村裡都誇他字寫得好，很黑。

舅舅按照約定的日期又回了家，帶了一件他自己穿的和尚領的短衫，叫明子娘改小一點，給明子穿上。明子穿了這件和尚短衫，下身還是在家穿的紫花褲子，赤腳穿了一雙新布鞋，跟他爹、他娘磕了一個頭，就隨舅舅走了。

他上學時起了個學名，叫明海。舅舅說，不用改了。於是「明海」就從學名變成了法名。

過了一個湖。好大一個湖！穿過一個縣城。縣城真熱鬧：官鹽店，稅務局，肉舖裡掛著成邊的豬，一個驢子在磨芝麻，滿街都是小磨香油的香味，布店，賣茉莉粉、梳頭油的什麼齋，賣絨花的，賣絲線的，打把式賣膏藥的，吹糖人的，耍蛇的，……他什麼都想看看。舅舅一勁地推他：「快走！快走！」

到了一個河邊，有一隻船在等著他們。船上有一個五十來歲的瘦長瘦長的大伯，船頭蹲著一個跟明子差不多大的女孩子，在剝一個蓮蓬吃。明子和舅舅坐到艙裡，船就開了。

明子聽見有人跟他說話，是那個女孩子。

「是你要到荸薺庵當和尚嗎？」

明子點點頭。

「當和尚要燒戒疤嘔！你不怕？」

明子不知道怎麼回答，就含含糊糊地搖了搖頭。

「你叫什麼？」

「明海。」

「在家的時候？」

「叫明子。」

「明子！我叫小英子！我們是鄰居。我家挨著荸薺庵。——給你！」

小英子把吃剩的半個蓮蓬扔給明海，小明子就剝開蓮蓬殼，一顆一顆吃起來。

大伯一槳一槳地划著，只聽見船槳撥水的聲音：

「嘩——許！嘩——許！」

*

荸薺庵的地勢很好，在一片高地上。這一帶就數這片地勢高，當初建庵的人很會選地方。門前是一條河。門外是一片很大的打穀場。三面都是高大的柳樹。山門裡是一個穿堂。迎門供著彌勒佛。不知是哪一位名士撰寫了一副對聯：

大肚能容容天下難容之事
開顏一笑笑世間可笑之人

彌勒佛背後，是韋馱。過穿堂，是一個不小的天井，種著兩棵白果樹。天井兩邊各有三間廂房。走過天井，便是大殿，供著三世佛。佛像連龕才四尺來高。大殿東邊是方丈，西邊是庫房。大殿東側，有一個小小的六角門，白門綠字，刻著一副對聯：

一花一世界
三藐三菩提

進門有一個狹長的天井，幾塊假山石，幾盆花，有三間小房。

小和尚的日子清閒得很。一早起來，開山門，掃地。庵裡的地鋪的都是籮底方磚，好掃得很，給彌勒佛、韋馱燒一炷香，正殿的三世佛面前也燒一炷香、磕三個頭、念三聲「南無阿彌陀佛」，敲三聲磬。這庵裡的和尚不興做什麼早課、晚課，明子這三聲磬就全都代替了。然後，挑水，餵豬。然後，等當家和尚，即明子的舅舅起來，教他念經。

教念經也跟教書一樣，師父面前一本經，徒弟面前一本經，師父唱一句，徒弟跟著唱一句。是唱哎。舅舅一邊唱，一邊還用手在桌上拍板。一板一眼，拍得很響，就跟教唱戲一樣。是跟教唱戲一樣，完全一樣哎。連用的名詞都一樣。舅舅說，念經：一要板眼準，二要合工尺。說：當一個好和尚，得有條好嗓子。說：民國二十年鬧大水，運河倒了堤，最後在清水潭合龍，因為大水淹死的人很多，放了一臺大焰口，十三大師——十三個正座和尚，各大廟的方丈都來了，下面的和尚上百。誰當這個首座？推來推去，還是石橋——善因寺的方丈！他往上一坐，就跟地藏王菩薩一樣，這就不用說了；那一聲「開香贊」，圍看的上千人立時鴉雀無聲。說：嗓子要練，夏練三伏，冬練三九，要練丹田氣！說：要吃得苦中苦，方為人上人！說：和尚裡也有狀元、榜眼、探花！要用心，不要貪玩！舅舅這一番大法要說得明海和尚實在是五體投地，於是就一板一眼地跟著舅舅唱起來：

「爐香乍爇——」
「爐香乍爇——」
「法界蒙薰——」
「法界蒙薰——」
「諸佛現金身……」
「諸佛現金身……」

＊

等明海學完了早經，——他晚上臨睡前還要學一段，叫做晚經，——荸薺庵的師父們就都陸續起床了。

這庵裡人口簡單，一共六個人。連明海在內，五個和尚。

有一個老和尚，六十幾了，是舅舅的師叔，法名普照，但是知道的人很少，因為很少人叫他法名，都稱之為老和尚或老師父，明海叫他師爺爺。這是個很孤寂的人，一天關在房裡，就是那「一花一世界」裡。也看不見他念佛，只是那麼一聲不響地坐著。他是吃齋的，過年時除外。

下面就是師兄弟三個，仁字排行：仁山、仁海、仁渡。庵裡庵外，有的稱他們為大師父、二師父；有的稱之為山師父、海師父。只有仁渡，沒有叫他「渡師父」的，因為聽起來不像話，大都直呼之為仁渡。他也只配如此，因為他還年輕，才二十多歲。

仁山，即明子的舅舅，是當家的。不叫「方丈」，也不叫「住持」，卻叫「當家的」，是很有道理的，因為他確確實實幹的是當家的職務。他屋裡擺的是一張帳桌，桌子上放的是帳簿和算盤。帳簿共有三本。一本是經帳，一本是租帳，一本是債帳。和尚要做法事，做法事要收錢，——要不，當和尚幹什麼？常做的法事是放焰口。正規的焰口是十個人。一個正座，一個敲鼓的，兩邊一邊四個。人少了，八個，一邊三個，也湊合了。荸薺庵只有四個和尚，要放整焰口就得和別的廟裡合夥。這樣的時候也有過，通常只是放半臺焰口。一個正座，一個敲鼓，另外一邊一個。一來找別的廟裡合夥費事；二來這一帶放得起整焰口的人家也不多。有的時候，誰家死了人，就只請兩個，甚至一個和尚咕嚕咕嚕念一通經，敲打幾聲法器就算完事。很多人家的經錢不是當時就給，往往要等秋後才還。這就得記帳。另外，和尚放焰口的辛苦錢不是一樣的。就像唱戲一樣，有份子。正座第一份。因為他要領唱，而且還要獨唱。當中有一大段「嘆骷髏」，別的和尚都放下法器休息，只有首座一個人有板有眼地慢聲吟唱。第二份是敲鼓的。你以為這容易呀？哼，單是一開頭的「發擂」，手上沒功夫就敲不出遲疾頓挫！其餘的，就一樣了。這也得記上：某月某日、誰家焰口半臺，誰正座，誰敲鼓……省得到年底結帳時賭咒罵娘。……這庵裡有幾十畝廟產，租給人種，到時候要收租。庵裡還放債。租、債一向倒很少虧欠，因為租佃借錢的人怕菩薩不高興。這三本帳就夠仁山忙的了。另外香燭、燈火、油鹽「福食」，這也得隨時記記帳呀。除了帳簿之外，山師父的方丈的牆上還掛著一塊水牌，上漆四個紅字：「勤筆免思」。

仁山所說當一個好和尚的三個條件，他自己其實一條也不具備。他的相貌只要用兩個字就說清楚了：黃，胖。聲音也不像鐘磬，倒像母豬。聰明麼？難說，打牌老輸。他在庵裡從不穿袈裟，連海青直裰也免了。經常是披著件短僧衣，袒露著一個黃色的肚子。下面是光腳趿拉著一對僧鞋，——新鞋他也是趿拉著。他一天就是這樣不衫不履地這裡走走，那裡走走，發出母豬一樣的聲音：「呣——呣——」。

二師父仁海。他是有老婆的。他老婆每年夏秋之間來住幾個月，因為庵裡涼快。庵裡有六個人，其中之一，就是這位和尚的家眷。仁山、仁渡叫她嫂子，明海叫她師娘。這倆口子都很愛乾淨，整天的洗涮。傍晚的時候，坐在天井裡乘涼。白天，悶在屋裡不出來。

三師父是個很聰明精幹的人。有時一筆帳大師兄扒了半天算盤也算不清，他眼珠子轉兩轉，早算得一清二楚。他打牌贏的時候多，二三十張牌落地，上下家手裡有些什麼牌，他就差不多都知道了。他打牌時，總有人愛在他後面看歪頭胡。誰家約他打牌，就說「想送兩個錢給你。」他不但經懺俱通（小廟的和尚能夠拜懺的不多），而且身懷絕技，會「飛鐃」。七月間有些地方做盂蘭會，在曠地上放大焰口，幾十個和尚，穿繡花袈裟，飛鐃。飛鐃就是把十多斤重的大鐃鈸飛起來。到了一定的時候，全部法器皆停，只幾十副大鐃緊張急促地敲起來。忽然起手，大鐃向半空中飛去，一面飛，一面旋轉。然後，又落下來，接住。接住不是平平常常地接住，有各種架勢，「犀牛望月」、「蘇秦背劍」……這哪是念經，這是耍雜技。也許是地藏王菩薩愛看這個，但真正因此快樂起來的是人，尤其是婦女和孩子。這是年輕漂亮的和尚出風頭的機會。一場大焰口過後，也像一個好戲班子過後一樣，會有一個兩個大姑娘、小媳婦失蹤，——跟和尚跑了。他還會放「花焰口」。有的人家，親戚中多風流子弟，在不是很哀傷的佛事——如做冥壽時，就會提出放花焰口。所謂「花焰口」就是在正焰口之後，叫和尚唱小調，拉絲弦，吹管笛，敲鼓板，而且可以點唱。仁渡一個人可以唱一夜不重頭。仁渡前幾年一直在外面，近二年才常住在庵裡。據說他有相好的，而且不只一個。他平常可是很規矩，看到姑娘媳婦總是老老實實的，連一句玩笑話都不說，一句小調山歌都不唱。有一回，在打穀場上乘涼的時候，一夥人把他圍起來，非叫他唱兩個不可。他卻情不過，說：「好，唱一個。不唱家鄉的。家鄉的你們都熟，唱個安徽的。」

姐和小郎打大麥，
一轉子講得聽不得。
聽不得就聽不得，
打完了大麥打小麥。

唱完了，大家還嫌不夠，他就又唱了一個：

姐兒生得漂漂的，
兩個奶子翹翹的。
有心上去摸一把，
心裡有點跳跳的。

*

這個庵裡無所謂清規，連這兩個字也沒人提起。

仁山吃水煙，連出門做法事也帶著他的水煙袋。

他們經常打牌。這是個打牌的好地方。把大殿上吃飯的方桌往門口一搭，斜放著，就是牌桌。桌子一放好，仁山就從他的方丈裡把籌碼拿出來，嘩啦一聲倒在桌上。鬥紙牌的時候多，搓麻將的時候少。牌客除了師兄弟三人，常來的是一個收鴨毛的，一個打兔子兼偷雞的，都是正經人。收鴨毛的擔一副竹筐，串鄉串鎮，拉長了沙啞的聲音喊叫：

「鴨毛賣錢——！」

偷雞的有一件家什——銅蜻蜓。看準了一隻老母雞，把銅蜻蜓一丟，雞婆子上去就是一口。這一啄，銅蜻蜓的硬簧綳開，雞嘴撐住了，叫不出來了。正在這雞十分納悶的時候，上去一把薅住。

明子曾經跟這位正經人要過銅蜻蜓看看。他拿到小英子家門前試了一試，果然！小英的娘知道了，罵明子：

「要死了！明子！你怎麼到我家來玩銅蜻蜓了！」

小英子跑過來：

「給我！給我！」

她也試了試，真靈，一個黑母雞一下子就把嘴撐住，傻了眼了！

下雨陰天，這二位就光臨荸薺庵，消磨一天。

有時沒有外客，就把老師叔也拉出來，打牌的結局，大都是當家和尚氣得鼓鼓的：「×媽媽的！又輸了！下回不來了！」

他們吃肉不瞞人。年下也殺豬。殺豬就在大殿上。一切都和在家人一樣，開水、木桶、尖刀。捆豬的時候，豬也是沒命地叫。跟在家人不同的，是多一道儀式，要給即將升天的豬念一道「往生咒」，並且總是老師叔念，神情很莊重：

「……一切胎生、卵生、息生，來從虛空來，還歸虛空去往生再世，皆當歡喜。南無阿彌陀佛！」

三師父仁渡一刀子下去，鮮紅的豬血就帶著很多沫子噴出來。

＊

明子老往小英子家裡跑。

小英子的家像一個小島，三面都是河，西面有一條小路通到荸薺庵。獨門獨戶，島上只有這一家。島上有六棵大桑樹，夏天都結大桑椹，三棵結白的，三棵結紫的；一個菜園子，瓜豆蔬菜，四時不缺。院牆下半截是磚砌的，上半截是泥夯的。大門是桐油油過的，貼著一副萬年紅的春聯：

向陽門第春常在
積善人家慶有餘

門裡是一個很寬的院子。院子裡一邊是牛屋、碓棚；一邊是豬圈、雞窠，還有個關鴨子的柵欄。露天地放著一具石磨。正北面是住房，也是磚基土築，上面蓋的一半是瓦，一半是草。房子翻修了才三年，木料還露著白茬。正中是堂屋，家神菩薩的畫像上貼的金還沒有發黑。兩邊是臥房。隔扇窗上各嵌了一塊一尺見方的玻璃，明亮亮的，——這在鄉下是不多見的。房簷下一邊種著一棵石榴樹，一邊種著一棵梔子花，都齊房簷高了。夏天開了花，一紅一白，好看得很。梔子花香得衝鼻子。順風的時候，在荸薺庵都聞得見。

這家人口不多，他家當然是姓趙。一共四口人：趙大伯、趙大媽，兩個女兒，大英子、小英子。老倆口沒得兒子。因為這些年人不得病，牛不生災，也沒有大旱大水鬧蝗蟲，日子過得很興旺。他們家自己有田，本來夠吃的了，又租種了庵上的十畝田。自己的田裡，一畝種了荸薺，——這一半是小英子的主意，她愛吃荸薺，一畝種了茨菇。家裡餵了一大群雞鴨，單是雞蛋鴨毛就夠一年的油鹽了。趙大伯是個能幹人。他是一個「全把式」，不但田裡場上樣樣精通，還會罩魚、洗磨、鑿礱、修水車、修船、砌牆、燒磚、箍桶、劈篾、絞麻繩。他不咳嗽，不腰疼，結結實實，像一棵榆樹。人很和氣，一天不聲不響。趙大伯是一棵搖錢樹，趙大娘就是個聚寶盆。大娘精神得出奇。五十歲了，兩個眼睛還是清亮亮的。不論什麼時候，頭都是梳得滑滴滴的，身上衣服都是格挣挣的。像老頭子一樣，她一天不閒著。煮豬食，餵豬，醃鹹菜，——她醃的鹹蘿蔔乾非常好吃，舂粉子，磨小豆腐，編蓑衣，織蘆篚。她還會剪花樣子。這裡嫁閨女，陪嫁妝，磁罈子、錫罐子，都要用梅紅紙剪出吉祥花樣，貼在上面，討個吉利，也才好看：「丹鳳朝陽」呀、「白頭到老」呀、「子孫萬代」呀、「福壽綿長」呀。二三十里的人家都來請她：「大娘，好日子是十六，你哪天去呀？」——「十五，我一大清早就來！」

「一定呀！」——「一定！一定！」

兩個女兒，長得跟她娘像一個模子裡托出來的。眼睛長得尤其像，白眼珠鴨蛋青，黑眼珠棋子黑，定神時如清水，閃動時像星星。渾身上下，頭是頭，腳是腳。頭髮滑滴滴的，衣服格挣挣的。——這裡的風俗，十五六歲的姑娘就都梳上頭了。這兩個丫頭，這一頭的好頭髮！通紅的髮根，雪白的簪子！娘女三個去趕集，一集的人都朝她們望。

姊妹倆長得很像，性格不同。大姑娘很文靜，話很少，像父親。小英子比她娘還會說，一天咭咭呱呱地不停。大姊說：

「你一天到晚咭咭呱呱——」

「像個喜鵲！」

「你自己說的！——吵得人心亂！」

「心亂？」

「心亂！」

「你心亂怪我呀！」

二姑娘話裡有話。大英子已經有了人家。小人她偷偷地看過，人很敦厚，也不難看，家道也殷實，她滿意。已經下過小定，日子還沒有定下來。她這二年，很少出房門，整天趕她的嫁妝。大裁大剪，她都會。挑花繡花，不如娘。她可又嫌娘出的樣子太老了。她到城裡看過新娘子，說人家現在繡的都是活花活草。這可把娘難住了。最後是喜鵲忽然一拍屁股：「我給你保舉一個人！」

這人是誰？是明子。明子念「上孟下孟」的時候，不知怎麼得了半套《芥子園》，他喜歡得很。到了荸薺庵，他還常翻出來看，有時還把舊帳簿子翻過來，照著描。小英子說：

「他會畫！畫得跟活的一樣！」

小英子把明海請到家裡來，給他磨墨鋪紙，小和尚畫了幾張，大英子喜歡得了不得：

「就是這樣！就是這樣！這就可以亂孱！」——所謂「亂孱」是繡花的一種針法：繡了第一層，第二層的針腳插進第一層的針縫，這樣顏色就可由深到淡，不露痕跡，不像娘那一代繡的花是平針，深淺之間，界限分明，一道一道的。小英子就像個書僮，又像個參謀：

「畫一朵石榴花！」

「畫一朵梔子花！」

她把花掐來，明海就照著畫。

到後來，鳳仙花、石竹子、水蓼、淡竹葉，天竺果子、臘梅花，他都能畫。

大娘看著也喜歡，摟住明海的和尚頭：

「你真聰明！你給我當一個乾兒子吧！」

小英子捺住他的肩膀，說：

「快叫！快叫！」

小明子跪在地下磕了一個頭，從此就叫小英子的娘做乾娘。

大英子繡的三雙鞋，三十里方圓都傳遍了。很多姑娘都走路坐船來看。看完了，就說：「嘖嘖嘖，真好看！這哪是繡的，這是一朵鮮花！」她們就拿了紙來央大娘求了小和尚來畫。有求畫帳簷的，有求畫門簾飄帶的，有求畫鞋頭花的。每回明子來畫花，小英子就給他做點好吃的，煮兩個雞蛋，蒸一碗芋頭，煎幾個藕團子。

因為照顧姊姊趕嫁妝，田裡的零碎生活小英子就全包了。她的幫手，是明子。

這地方的忙活是栽秧、車高田水，薅頭遍草、再就是割稻子、打場子。這幾茬重活，自己一家是忙不過來的。這地方興換工。排好了日期，幾家顧一家，輪流轉。不收工錢，但是吃好的。一天吃六頓，兩頭見肉，頓頓有酒。幹活時，敲著鑼鼓，唱著歌，熱鬧得很。其餘的時候，各顧各，不顯得緊張。

薅三遍草的時候，秧已經很高了，低下頭看不見人。一聽見非常脆亮的嗓子在一片濃綠裡唱：

梔子哎開花哎六瓣頭哎……

姐家哎門前哎一道橋哎……

明海就知道小英子在哪裡，三步兩步就趕到，趕到就低頭薅起草來，傍晚牽牛「打汪」，是明子的事。——水牛怕蚊子。這裡的習慣，牛卸了軛，飲了水，就牽到一口和好泥水的「汪」裡，由牠自己打滾撲騰，弄得全身都是泥漿，這樣蚊子就咬不透了。低田上水，只要一掛十四軋的水車，兩個人車半天就夠了。明子和小英子就伏在車槓上，不緊不慢地踩著車軸上的拐子，輕輕地唱著明海向三師父學來的各處山歌。打場的時候，明子能替趙大伯一會，讓他回家吃飯。——趙家自己沒有場，每年都在荸薺庵外面的場上打穀子。他一揚鞭子，喊起了打場號子：

「格當嘚——」

這打場號子有音無字，可是九轉十三彎，比什麼山歌號子都好聽。趙大娘在家，聽見明子的號子，就側起耳朵：

「這孩子這條嗓子！」

連大英子也停下針線：

「真好聽！」

小英子非常驕傲地說：

「一十三省數第一！」

晚上，他們一起看場。——荸薺庵收來的租稻也晒在場上。他們並肩坐在一個石磙子上，聽青蛙打鼓，聽寒蛇唱歌，——這個地方以為螻蛄叫是蚯蚓叫，而且叫蚯蚓叫「寒蛇」，聽紡紗婆子不停地紡紗，「唦——」，看螢火蟲飛來飛去，看天上的流星。

「呀！我忘了在褲帶上打一個結！」小英子說。

這裡的人相信，在流星掉下來的時候在褲帶上打一個結，心裡想什麼好事，就能如願。

「揠」荸薺，這是小英子最愛幹的生活。秋天過去了，地淨場光，荸薺的葉子枯了，——荸薺的筆直的小蔥一樣的圓葉子裡是一格一格的，用手一捋，嗶嗶地響，小英子最愛捋著玩，——荸薺藏在爛泥裡。赤了腳，在涼浸浸滑滑溜的泥裡踩著，——哎，一個硬疙瘩！伸手下去，一個紅紫紅紫的荸薺。她自己愛幹這生活，還拉了明子一起去。她老是故意用自己的光腳去踩明子的腳。

她挎著一籃子荸薺回去了，在柔軟的田埂上留了一串腳印。明海看著她的腳印，傻了。五個小小的趾頭，腳掌平平的，腳跟細細的，腳弓部分缺了一塊。明海身上有一種從來沒有過的感覺，他覺得心裡癢癢的。這一串美麗的腳印把小和尚的心搞亂了。

＊

明子常搭趙家的船進城，給庵裡買香燭，買油鹽。閒時是趙大伯划船；忙時是小英子去，划船的是明子。

從庵趙莊到縣城，當中要經過一片很大的蘆花蕩子。蘆葦長得密密的，當中一條水路，四邊不見人。划到這裡，明子總是無端端地覺得心裡很緊張，他就使勁地划槳。

小英子喊起來：

「明子！明子！你怎麼啦？你發瘋啦？為什麼划得這麼快？」

＊

明海到善因寺去受戒。

「你真的要去燒戒疤呀？」

「真的。」

「好好的頭皮上燒十二個洞，那不疼死啦？」

「咬咬牙。舅舅說這是當和尚的一大關，總要過的。」

「不受戒不行嗎？」

「不受戒的是野和尚。」

「受了戒有啥好處？」

「受了戒就可以到處雲遊，逢寺掛褡。」

「什麼叫『掛褡』？」

「就是在廟裡住。有齋就吃。」

「不把錢？」

「不把錢。有法事，還得先盡外來的師父。」

「怪不得都說『遠來的和尚會念經』。就憑頭上這幾個戒疤？」

「還要有一份戒牒。」

「鬧半天，受戒就是領一張和尚的合格文憑呀！」

「就是！」

「我划船送你去。」

「好。」

小英子早早就把船划到荸薺庵門前。不知是什麼道理，她興奮得很。她充滿了好奇心，想去看看善因寺這座大廟，看看受戒是個啥樣子。

善因寺是全縣第一大廟，在東門外，面臨一條水很深的護城河，三面都是大樹，寺在樹林子裡，遠處只能隱隱約約看到一點金碧輝煌的屋頂，不知道有多大。樹上到處掛著「謹防惡犬」的牌子。這寺裡的狗出名的厲害。平常不大有人進去。放戒期間，任人遊看，惡狗都鎖起來了。

好大一座廟！廟門的門檻比小英子的肐膝都高。迎門矗著兩塊大牌，一邊一塊，一塊寫著斗大兩個大字：「放戒」，一塊是：「禁止喧譁」。這廟裡果然是氣象莊嚴，到了這裡誰也不敢大聲咳嗽。明海自去報名辦事，小英子就到處看看。好傢伙，這哼哈二將、四大天王，有三丈多高，都是簇新的，才裝修了不久。天井有二畝地大，鋪著青石，種著蒼松翠柏。「大雄寶殿」，這才真是個「大殿」！一進去，涼颼颼的。到處都是金光耀眼。釋迦牟尼佛坐在一個蓮花座上，單是蓮座，就比小英子還高。抬起頭來也看不全他的臉，只看到一個微微閉著的嘴唇和胖墩墩的下巴。兩邊的兩根大紅蠟燭，一摟多粗。佛像前的大供桌上供著鮮花、絨花、絹花，還有珊瑚樹，玉如意、整根的大象牙。香爐裡燒著檀香。小英子出了廟，聞著自己的衣服都是香的。掛了好些幡。這些幡不知是什麼緞子的，那麼厚重，繡的花真細。這麼大一口磬，裡頭能裝五擔水！這麼大一個木魚，有一頭牛大，漆得通紅的。她又去轉了轉羅漢堂，爬到千佛樓上看了看。真有一千個小佛！她還跟著一些人去看了看藏經樓。藏經樓沒有什麼看頭，都是經書！媽吔！逛了這麼一圈，腿都痠了。小英子想起還要給家裡打油，替姊姊配絲線，給娘買鞋面布，給自己買兩個墜圍裙飄帶的銀蝴蝶，給爹買旱菸，就出廟了。

等把事情辦齊，晌午了。她又到廟裡看了看，和尚正在吃粥。好大一個「膳堂」，坐得下八百個和尚。吃粥也有這樣多講究：正面法座上擺著兩個錫膽瓶，裡面插著紅絨花，後面盤膝坐著一個穿了大紅滿金繡袈裟的和尚，手裡拿了戒尺。這戒尺是要打人的。哪個和尚吃粥吃出了聲音，他下來就是一戒尺。不過他並不真的打人，只是做個樣子。真稀奇，那麼多的和尚吃粥，竟然不出一點聲音！他看見明子也坐在裡面，想跟他打個招呼又不好打。想了想，管他禁止不禁止喧譁，就大聲喊了一句：「我走啦！」她看見明子目不斜視地微微點了點頭，就不管很多人都朝自己看，大搖大擺地走了。

第四天一大清早小英子就去看明子。她知道明子受戒是第三天半夜，——燒戒疤是不許人看的。她知道要請老剃頭師傅剃頭，要剃得橫摸順摸都摸不出頭髮茬子，要不然一燒，就會「走」了戒，燒成了一片。她知道是用棗泥子先點在頭皮上，然後用香頭子點著。她知道燒了戒疤就喝一碗蘑菇湯，讓它「發」，還不能躺下，要不停地走動，叫做「散戒」。這些都是明子告訴她的。明子是聽舅舅說的。

她一看，和尚真在那裡「散戒」，在城牆根底下的荒地裡。一個一個，穿了新海青，光光的頭皮上都有十二個黑點子。——這黑疤掉了，才會露出白白的、圓圓的「戒疤」。和尚都笑嘻嘻的，好像很高興。她一眼就看見了明子。隔著一條護城河，就喊他：

「明子！」

「小英子！」

「你受了戒啦？」

「受了。」
「疼嗎？」
「疼。」
「現在還疼嗎？」
「現在疼過去了。」
「你哪天回去？」
「後天。」
「上午？下午？」
「下午。」
「我來接你！」
「好！」

＊

小英子把明海接上船。

小英子這天穿了一件細白夏布上衣，下邊是黑洋紗的褲子，赤腳穿了一雙龍鬚草的細草鞋，頭上一邊插著一朵梔子花，一邊插著一朵石榴花。她看見明子穿了新海青，裡面露出短褂子的白領子，就說：「把你那外面的一件脫了，你不熱呀！」

他們一人一把槳。小英子在中艙，明子扳艄，在船尾。

她一路問了明子很多話，好像一年沒有看見了。

她問，燒戒疤的時候，有人哭嗎？喊嗎？

明子說，沒有人哭，只是不住地念佛。有個山東和尚罵人：

「俺日你奶奶！俺不燒了！」

她問善因寺的方丈石橋是相貌和聲音都很出眾嗎？

「是的。」

「說他的方丈比小姐的繡房還講究？」

「講究。什麼東西都是繡花的。」

「他屋裡很香？」

「很香。他燒的是伽楠香，貴得很。」

「聽說他會做詩，會畫畫，會寫字？」

「會。廟裡走廊兩頭的磚額上，都刻著他寫的大字。」

「他是有個小老婆嗎？」

「有一個。」

「才十九歲？」

「聽說。」

「好看嗎？」

「都說好看。」
「你沒看見？」
「我怎麼會看見？我關在廟裡。」
明子告訴她，善因寺一個老和尚告訴他，寺裡有意選他當沙彌尾，不過還沒有定，要等主事的和尚商議。
「什麼叫『沙彌尾』？」
「放一堂戒，要選出一個沙彌頭，一個沙彌尾。沙彌頭要老成，要會念很多經。沙彌尾要年輕，聰明，相貌好。」
「當了沙彌尾跟別的和尚有什麼不同？」
「沙彌頭，沙彌尾，將來都能當方丈。現在的方丈退居了，就當。石橋原來就是沙彌尾。」
「你當沙彌尾嗎？」
「還不一定哪。」
「你當方丈，管善因寺？管這麼大一個廟?!」
「還早吶！」
划了一氣，小英子說：「你不要當方丈！」
「好，不當。」
「你也不要當沙彌尾！」
「好，不當。」

又划了一氣，看見那一片蘆花蕩子了。

小英子忽然把槳放下，走到船尾，趴在明子的耳朵旁邊，小聲地說：

「我給你當老婆，你要不要？」

明子眼睛鼓得大大的。

「你說話呀！」

明子說：「嗯。」

「什麼叫『嗯』呀！要不要，要不要？」

明子大聲地說：「要！」

「你喊什麼！」

明子小小聲說：「要——！」

「快點划！」

英子跳到中艙，兩支槳飛快地划起來，划進了蘆花蕩。

蘆花才吐新穗。紫灰色的蘆穗，發著銀光，軟軟的，滑溜溜的，像一串絲線。有的地方結了蒲棒，通紅的，像一枝一枝小蠟燭。青浮萍，紫浮萍。長腳蚊子，水蜘蛛。野菱角開著四瓣的小白花。驚起一隻青樁（一種水鳥），擦著蘆穗，撲嚕嚕嚕飛遠了。

一九八〇年八月十二日，寫四十三年前的一個夢

作者簡介

——汪曾祺（1920-1997），詳見本書頁二〇〇。

1983——那山　那人　那狗

彭見明

父親對兒子說：「上路吧，到時候了。」

天還很暗，山、屋宇、河、田野都還蒙在霧裡。鳥兒沒醒，雞兒沒叫。早啊，還很早呢。可父親對兒子說：「到時候了。」

父親審視著兒子闊大的臉龐，心裡說：「你不後悔吧？這不是三天兩日，而是長年累月的早起哩！」

桌上擺著兩只整整齊齊的郵包。郵包已經半舊。父親在漿洗得乾乾淨淨之後，莊嚴地移交給兒子，並教他怎樣分門別類裝好郵件，教他如何包好油布。山裡霧大，郵件容易沾水。

父親小心地拿過一條不長的、彎彎的扁擔，熟練地繫好郵包。於是，在父親肩上度過了幾十個春秋的扁擔。帶著父親的體溫，移到了一個厚實的、富有彈性的肩膀上。這肩膀子很有些力量，像父親的當年。父親滿意這樣的肩膀。

父親覺得：自己的手有些發抖。特別是手脫離兒子肩膀的那一刻。眼睛有些模糊，屋裡的擺設忽然間都模糊了，把兒子高大的身影也融到了牆的那邊。呵呵，心裡梗得厲害。他趕緊催促兒子：「上路吧，到時候了。」

父親和兒子的手背，同時拂過一抹毛茸茸的東西——是狗，大黃狗。

牠早起來了。老人倒給牠的飯已經舔光。狗緊挨著老人，牠對陌生的年輕漢子表示詫異：他怎麼挑起主人的郵包？主人的臉色怎麼那樣難看？這究竟發生了什麼？

不管怎樣，是要出發了，像往常一樣。遠處，有等待，有期望。在腳下，有無盡延伸的路。那枯燥、遙遠、鋪滿勞累、艱辛而又充滿情誼的路啊……

吹熄燈，輕輕地帶攏郵電所的綠色小門——輕輕的，莫要驚醒了大地的沉睡，莫要吵亂了鄉鄰們的好夢。黃狗在前面引路，父親和兒子相跟著，上路了。出門就是登山路。古老的石級，一級一級朝霧裡鋪去，朝高處鋪去，朝遠處鋪去……

在很漫長的日子裡，只有他和狗，悄悄地劃破清晨的寧靜。現在，是兩人——他和兒子。扁擔和郵包已經換到另外一副肩膀上，這是現實，想不到「現實」的步子這麼快——

支局長有一回上山來，對他說：「你老了。」

老了麼？什麼意思？他不理解。他和狗辭別支局長以後便進山了。

不久前，支局長通知他出山。在喝過支局長的香片茶以後，支局長按著他的肩膀，把他帶到大立櫃上的穿衣鏡跟前，說：「你看看你的頭髮。」

他看見一腦殼半「霉」的頭髮。心裡略頓，想：年歲不饒人哪。是老些了。

支局長捋起老人的褲管，撫著膝蓋上那發熱紅腫的地方，說：「你看你這腿。」

不假，腿有點毛病。這算什麼呢？人到老年，誰也不保誰沒個三病兩痛哩。

支局長看定老人，說：「你退休吧！」

老人急了：「我還能……」

「莫廢話了。你有病，組織上已經作了決定。」在找老人談話之前，支局長就暗地裡讓他兒子檢查身體，填過表，學習訓練了半月餘。

他沒有讓過多的傷感和執拗纏住自己，他清楚，他的「熱」和「能」不太多了，像山尖上懸掛的落日，縱有無盡的眷戀，但是，那又能維持多久呢？他恨自己的腳，這該死的腳，那麼沉重、麻木，還鑽心般痛。唉，腳的事業，怎麼可以沒有硬朗的步伐呢？郎中說，搞蜈蚣配藥吃或許有效——他吃了一百條，不見效。有人說，吃叫雞公、吃狗肉或許好。都吃了，也不見好。那頑皮的膝蓋骨哎。什麼地方不可以痛，偏偏要痛在這裡。一片茅草阻河水，永世的遺憾喲。

讓兒子頂替，能頂替嗎？僅僅是往各家各戶遞信送報嗎？沒那麼簡單。僅僅是憑著年輕血旺，爬山過嶺嗎？沒那麼容易咯。

於是，要帶班，要領他走路，要教他盡職，還要告訴他許多許多。

於是，上路了。那新人邁開莊嚴的第一步，那老人開始了告別過去的最後一趟行程。

還有狗。

晨霧在散，在飄，沒響聲地奔跑著，朝一個方向劈頭蓋臉倒去。最後留下一條絲帶、一帕紗巾、一縷輕煙。這時分，山的模樣，屋、田疇、梯土的模樣才有眉有眼——天亮了。近處有啁啾的小鳥，遠處和山城裡迴盪著雄雞悅耳的高唱。

父親發現：平川里來的年輕人滿臉喜色，眼睛朝田野裡亂轉。是呵，對於他，山裡的一切都是新奇的。

父親想告訴兒子，要留神腳下。腳下是狹窄的路、溜滑的青石板，怕失腳。但沒說，讓他飽覽一番吧，讓他愛上山，要與山過一輩子，要愛呢！

他告訴兒子：他跑的這趟郵路，有兩百多里路。在中途要歇兩個晚上，來去要三天。這第一天要走八十里上山路，翻過天車嶺，便是望風坑；走過九斗壠，緊爬寒婆坳；下了貓公嘴，中午飯在薄荷衝；再過搖掌山，夜宿葛藤坪。這一天最累人，最辛苦，所以要早起。走得緊，才不至於摸黑投宿。

「不可以歇在其他地方？」

「不能，第二天、第三天不好安排。」父親說。

狗在前面慢慢走。牠走的是老鄉郵員曾經走的速度。以往跑郵，高大而健壯的黃狗頸上繫著一根皮帶。上嶺的時分，主人一手抓著皮帶的另一頭，狗便用勁地幫主人一把。今天出發的時候，狗依慣例伏在老人腳旁，等待著繫好皮帶。老人卻拍拍牠的腦袋，酸楚地、動情地說：「今天，不用了，走吧。」狗昂起頭看定主人，牠不相信。當看到郵包確實已經移到另外一個肩膀上，才慢慢爬了起來。牠跟隨主人九年，以往出發，主人總和牠喃喃地「聊」著。今天呢，沒有！是因那年輕人的緣故嗎？也許是，狗惡意地看了新來的陌生漢子一眼。

兒子嫌狗走得慢，便用膝蓋在狗屁股上頂了一下。父親說：「不要貪快哩，路要均勻走。遠著哩。爆食無好味，爆走無久力哩。」

狗越過陌生漢子的胯襠，看看老人的眼色。牠沒看出要加速的示意。牠不理睬年輕人的焦慮，牠依舊平衡著牠的速度。

老人從狗的步子裡，知道速度和往常一樣。但是，他發覺自己的雙腿已經不適應這種步子了。他不理解，兩肩空空，光身走路竟會這樣。倘若沒人來接班，倘若今天還是自己挑擔送郵，倘若支局長不催著自己退休，那會是個什麼樣子呢？是不是因為有了寄託，思想上放落了一身枷，病痛抬頭了，人就變嬌了呢？是的，一定是。唉唉，人呵人，是這麼個樣子。

兒子從父親的呼吸裡聽出了什麼。他站住雙腳，穩穩地用雙手扶著扁擔換換肩。他看著父親，眼睛在皺起的眉毛底下流露出不安。在父親那風乾了的桔皮樣的臉龐上，沁出豆大滴汗珠，臉色呢，極不好看。

他對父親說：「爸，你累了。」

父親用袖子揩去汗珠子：「走熱的。」

「爸，你不行，你走不動了。轉身回去吧。」

「沒什麼。年紀不饒人哩。」

「你回去吧，放心，我曉得走的。俗話說，路在嘴巴上。」

父親臉色一沉，快生氣了。

於是，這才繼續著行程。

這時太陽已經把山的頂尖染成一片金色，而山腳卻被雲遮霧蓋了。好像這山浮在水裡，風吹霧動，這沒著落的山也跟著浮游。「難怪神仙要住在山上呢！」老人每每目睹這樣的美景，他便想起傳說中的神話。他的神情特別專注，說不定，哪個山坳拐彎處會飄過來一朵五彩祥雲，上面站著觀音聖母或是托塔李天王呢。這空空山野、漫漫行程，是一個任那萬千思緒神遊的天地；這空幽而縹緲的雲中島嶼，確實能勾起身臨其境的人恍惚而神奇的聯想。

呵呵，人哩，畢竟是幻覺最豐富、最有感受力的。老鄉郵員靠著它，戰勝寂寞、驅散疲勞。現在，他又回到過去，他又陷入痴想，一個人兀自笑了，覺得身子腿腳輕鬆了許多，甚至，想吹幾句口哨兒。

可是，老人那憨實的獨生子卻早已游離於那迷人的景色。

那腳步，沉重得多了。

「汪、汪、汪。」

狗站在金色的峰巒上、站在那塊最高的岩石上，朝山那邊高聲叫著。那聲音在山谷間碰撞，成了這天地裡最動聽、最富有生氣的樂章。

想不到，這沉默的、溫馴的狗竟有這麼響亮的嗓門。雙耳聳起、昂首翹尾，竟有這麼威武、神氣。父親說：牠在「告訴」山下坳裡的人，說什麼人來了。將有什麼山外邊的消息和信件帶給他們。

對於盼望，任誰都可能覺得，每一分鐘都是漫長的。狗在預告，在減短這討厭漫長的時間。

在山頂，在金色的、溫柔的陽光裡，父親、兒子和狗打住了。這兒有一塊歇腳的寬大青石板。父親指著山的那面，告訴兒子這叫什麼地方，有多少大隊、生產隊，需要分門別類發放的報紙書刊的類別和數量。這筆細細的流水帳，好像刻在他那有著花白頭髮保護層的大腦裡。

在談完業務以後，父親特別叮囑兒子：「倘若桂花樹屋的葛榮榮有信，那就要不惜腳力，彎三里路給送去。他和大隊祕書關係不好，祕書不給他轉信。」

「哪個桂花樹屋？」

「你看。」父親用手帶著兒子的眼睛在山下的衝裡、壠裡、屋場間穿梭。

「木工坡的王五是個瞎子。他有個崽在外面工作，倘若來了匯票，你就代領了，要親手交給王五。他那在家的細崽不正路，以前曾被他瞞過一回匯款。你記住了？」

「記住了。」

「螺形灣這兩年養了兔。去送信時，要喊住狗，莫做野獸子咬，狗還沒習慣……」

還有許多。站在山頂、岩坎，俯瞰著縱橫交錯的山衝、塅落，父親讓兒子靠在他身邊，詳盡地講解著他的業務、經驗、他曾經注意過的事情和有必要引起注意的事項。每說一宗，他要問兒子一句：「記得不？」看兒子認真地點過頭，他才接著說。他甚至背出了馬上就要通過的幾個大隊的幹部、黨員、民辦教師、重要人物、經常性服務戶的人名單。兒子是否都點過頭？都記得牢？老人已不大追究了。他覺得：一些話，應該說。應該讓兒子知道。他不是來頂父親的班嗎？父親知道的，接班的怎麼可以不知道呢？

兒子很像父親。笑模樣、語氣、利索乾淨的手勢、有條有理的工作，都像。父親高興，鄉親們更高興。父親向人們說；今後這一帶得由兒子來跑郵。於是，大隊幹部馬上帶頭鼓掌歡迎。人們自然問起老鄉郵員的去路，老人沒說退休的事，他撒謊說：將來也是跑這一帶，和兒子輪流跑。說這話實，他覺得眼圈那兒一熱，他趕緊掏出手帕擦擦鼻子藉以掩飾。啊呀，這個謊，可是一個心酸的謊啊。

郵包掏空了一些。但很快又塞滿了。有要寄包裹的、要發信的、匯款的，都準備好放在學校民辦教師那裡。這是父親的規矩。郵遞員也是郵收員呢。八十多斤的郵包，挑回去，只怕是有增無減哩。

其實，只隔三天沒來，父親就像隔了半年似的，沒完沒了地打聽山裡的情況：牛啦、豬啦、結親嫁女啦，雞毛蒜皮、面面俱到。

容不得父親再婆婆媽媽，年輕漢子和狗已經沿著鄉間阡陌、傍溪小道，打前頭上路了。

夜快降臨的時分，黃狗「倏」地跑過山坳，「汪汪」地一陣吠。然後興奮地搖著尾巴跑轉回來。兒子猜想：葛藤坪到了。

葛藤坪有一片高低不等的黑色和灰色的屋頂，門前有一條小溪。小溪這邊菜田裡，有人在暮色裡揮舞鋤頭，弓著腰爭搶那快去的光陰。

黃狗又跑到一個穿紅花衣服的女子身邊停下來，不走了，高興地在她身邊轉著。紅花衣女子伸起腰，拿眼睛在路上尋找郵遞員，用生脆的嗓子高喊著老鄉郵員的名字，並放下手中活計，奔跑過來，去接年輕人的擔子。老人看了出來，在兒子那高大的身架面前，那張有模有樣、健康紅潤的臉龐面前，姑娘顯得有點靦腆，臉上分明浮過一片胭雲。

老人向那姑娘介紹說：身邊這位是他的兒子，是剛上任的鄉郵員，壬寅年出生的。……說這些幹什麼呢？兒子狠狠地白了父親一眼。

這招惹了不少麻煩呢——洗腳水、一頓豐盛的晚餐、特別好的鋪蓋、還有夜宵。父親發覺自己荒唐了。為什麼要說那麼些話。為什麼要住進這紅花衣女子家來呢？他有些慌亂。

他回想起自己年輕時節在平川里跑郵的時候，由於經常在一棟大屋裡歇腳、吃中午飯，引起了一個年輕女子的注意。於是，那年輕女子竟限時限刻站到楓樹底下等他。後來，又偷偷地送他。最後，偷偷地在那綠色的郵包裡塞了一雙布鞋和一雙繡著並蒂蓮的鞋墊——這女子後來成了兒子他娘。

他對不起兒子他娘。幾十年來，他跑他的郵，女人在家裡受了百般苦楚。人家的丈夫是棵大樹，為女人避風擋雨。他只做了個名譽丈夫。更多的只給女人帶來想像。回去一趟，做客一樣住上一、兩晚。

父親過去的經歷會不會在兒子身上重演呢？說不準。你看那女子，那喜歡勁。老人後悔沒想到這一層，為什麼不住到別人家去。他真不願兒子重演自己過去的一幕。

那姑娘哪兒不好呢？說不出來。老人看著她長大，他喜歡她，也喜歡她家姊妹。她父親是個好匠人，母親是個賢慧女子。以往，老人多是住在她家。那年冬天的厚絮和熱天的涼席都是他記憶中特別深刻的。在姑娘小的時候，他常開她的玩笑：「將來把你帶到平川里去做我的兒媳婦，好不好？」姑娘推他，揉他，扯他的頭髮。只有一次，姑娘認真地問：「你兒子長得體面嗎？高大嗎？性情像你嗎？」老人還記得，姑娘當時那神情特別有趣。於是，老人繼續開玩笑，把自己那獨生兒子誇成天仙般俊。

俗話說：小孩子記得千年事。現在真正帶著兒子來了，怎麼就沒想到過去的玩笑呢？莫要弄得戲語成真言哩。有一齣戲叫做《十五貫》就是戲語成真言。

他喜歡這女子。她比自己年輕時節碰上的兒子他娘漂亮多了，出色多了。時髦呢，更不必說。那時節的姑娘懂什麼？只曉得繡並蒂蓮。連面都不敢出來和人相見，說句話把頭埋到胸脯上。現在的時代女性，居然……你看，不顧兒子臉不臉紅，眼睛死死地盯著鄉郵員。嘴巴不停地問平川里的事：問拖拉機、問水輪泵、問渡船、問自行車……那麼認真，那麼專注。手托著腮，眼睛裡盪漾著水波、光波什麼的。有半點害羞嗎？沒有！

看來，在這條路上跑郵的年輕人，將難逃脫那人兒的手腕。好不好呢？固然好。可是，一個女子嫁給鄉郵員，是要吃很多苦的呀！咳咳，說轉來，鄉郵員總不能不結婚呢！管他去，兒孫自有兒孫福。

第二天，換了一身更合體的紅花衣裳的姑娘堅持要送父子倆一陣。年輕人好像還有些話要說，父親便退後一截獨自走。

父親哼一段打口腔給兒子聽：「過了曲江是禾江，禾江下去是濁江，濁江、南江連麗江，背江、橫江、矮子江，末末了是婆婆江。」

這是這一天的行程，是這一天的攔路虎。七十里彎彎路，不平坦也不陡險，就是難過那擋路的九條江。山裡沒大河，「江」是尊稱。其實只算得上小溪流。春夏季節，水足溪滿，一場暴雨，猛漲三尺，溪面丈餘，濁浪翻滾，架不成橋，砌不成墩。冬秋之季呢，灘乾水淺，河床乾涸，遍布鵝卵石。不怕路遠山險，不怕風霜雨雪，倒是怕這無足無頭水，怕這變幻莫測的惡流。對於山裡人，並不具很大威脅，漲水便不過河或繞道而行。對於鄉郵員呢？必須毫不猶豫地脫襪捲褲下河，嚴寒也罷，急流也罷，必須通過。有時，還要脫掉褲子過河，把郵包頂在頭上送過去。說不定，老人的關節炎就是這樣長年累月而積疾的。

支局長跟過一次班，體諒他，要給他請功，考慮要給他換換地段，讓年輕人來。他不。他擔心人家來不熟悉哪兒水大，哪兒水淺。

在平川里，他家鄉近旁有大河，兒子是水裡好漢。可是，兒子不一定能過好小溪，不一定能在生滿青苔的滑石板上踩得穩腳跟。他要一一告訴兒子過溪的方法，告訴他每條溪下水的合適方位。告訴他在某種情況下河水的大體深淺。肩膀上挑的是千斤重擔，這不是兒戲啊！

兒子有一雙粗實的有繭的腳，有著莊稼人穩重的步伐。他從容地涉過小溪，把擔子放在溪那面乾淨的草地上，又過溪來背老子——他不讓父親脫鞋襪。該是父親結束下冷水的時候了。

狗不肯先過河。牠歷來是伴著老鄉郵員過河的。牠用牠的身子吃力地抵擋著水流，極力在減緩急流對老人日漸消瘦的腿桿子的衝力。

老人沒脫鞋襪，狗在一旁感到驚訝。

狗看著陌生漢子把郵包放好以後，又涉水過來。粗壯但凍得通紅的雙腳穩穩地踩在岸邊淺水裡，略曲著背，把雙手朝後抄過來……。

就這樣，父親彎著腿，雙手摟著兒子的頸根，前胸、腹部緊貼著兒子溫熱的厚實的背。兒子那粗大而有勁的雙手則牢牢地托著老人的雙膝。

狗高興地「嗷嗷」叫著，游在水裡的身子緊傍在兒子的腳上方，拚力抵擋著水流。

父親有一瞬間的眩暈。他懷疑這不是現實。當他睜開眼，看見溪面在縮，水推著狗的「嘩嘩」聲在變小——這顯然是過河了，快靠岸了。而腳呢？確實是溫暖的，沒有半點歷史留給的那種感覺。呵，竟然，對過去只留下了記憶。老人滴下了一滴眼淚。兒子的頸根一縮。兒子反過腦殼，嘟噥了句什麼。

……在父親的記憶裡，他也背過一次獨生兒子。

那一次，支局長命令他回家過三天。嘿，可以和小兒子痛痛快快地玩三天哩。他女人生下二女一男。兒子出生他不在家，老婆反而寄來紅蛋，把丈夫當外客了。

滿周歲，特別隆重。本家四代都是獨生男孩，一線單傳，視男兒為寶貝，據說辦了不少酒席，而他呢，帶著狗，在深山裡跋涉。回所後，留所的同事說：家裡寄來紅燒肉、高粱酒。於是，和同事、和狗，一道在山腳下，在綠色的門檻裡享用兒子做生日的佳餚。

這回啊，可以認真地親親兒子。他買了鞭炮，買了燈籠，在山上挖了一只竹兜給兒子做了一把打火炮的槍——兒子會玩這些了。

沒搭車，車要等。於是，和黃狗抄近路，爬山越嶺往平川里老家裡趕。

這年過年，他讓兒子騎在他背上玩了一整天。兒子想下來也不讓。他要彌補作為父親的不足——他是背過兒子一次，作為父子情誼，能記起的，僅止於此啊。

現在，兒子背著他。背著他已經蒼老的身軀。這背腰、已經負過生活重荷的背腰像一堵牢固的屏障、像山、像密密的林子，保護著他。有一種安全、溫馨的感覺。父親驚奇地發現：他已經理解到了「享受」的含義。他正在享受像所有做父親的得到的那種享受。

呵呵，幾十年獨身來往於山與路、河與田之間，和孤單、和寂寞、和艱辛、和勞累、和狗、和郵包相處了半輩子，那其間的酸楚，現在被一種甜蜜的感觸全部溶化了。父親的這滴老淚，是對過去萬般辛苦的總結，還是對告別這熟悉的一切而難過呢？

上岸了。狗「汪汪」地朝老人喊。告訴他：別痴痴呆呆，該要做什麼了。

是的，差點糊塗了。老人和狗急忙奔進河沿的樹林子裡。這一會，狗奔跑著給年輕鄉郵員銜來一把茅草，又閃電似的奔進林子。兒子剛找到父親準備的火柴，點燃暖腳的茅草，狗又拖來一小把枯樹枝。

篝火已燃起，父親把火撥旺，好把兒子凍紅的腳暖過來。狗在遠處使勁抖著身子，把水珠子從毛裡撒開去，然後躺在火邊烤著。溫存地把舌子舔著年輕漢子的手背——他不陌生了，他是好人，他馱著牠的主人過了河，牠感激他。

狗叫著，跑著，朝被墨綠色的大山擠壓得十分可憐，而又被暮靄攪得七零八落的村莊跑去。遠遠的，引來一群人——

父子倆已經聞到了晚炊和鋪蓋底下稻草的氣息。

鄉郵員不能輪休，只能歇星期天。和兒子跑完一趟郵後的第二天，恰好是星期天。今天有太陽，父親和兒子搬來椅子，坐在後院菜園子裡當陽的地方。狗躺在一旁，用腳爪和蝴蝶鬧著玩。

父親要對兒子說的，說了三天，似乎已經說完了。但還是說個沒完，也許全是重複，父親記不起了，兒子也不厭煩。

父親說完了，兒子才開始說。

在山上，新上任，他沒有資格多說。父親現在要回平川里的農村去代替自己的位置。他出來工作了幾十年，一切對於他都是陌生的，一切都要重新做起，他是生手。應付那一攬事務，將是極不容易的呢。

「爸，回鄉以後，頭一要多去上屋場老更叔公那兒坐坐。困難時節，他照顧了我們家不少呢。

借他家的油、糧食，計數不清了。後來他一概都不讓還。」
「這人不錯，是得去感謝。」
「感謝倒不必。他是個好愛面子的角色，平素說你架子大，沒去他家坐過。」
「哪能呢？抽不出時間嘛！」
「是倒是，今後你得注意。」兒子又說，「爸，大隊長是個厲害角色，千萬不要得罪，看不得聽不慣的事情權當耳邊風，莫要惹翻了人家父母官。他要給你好處，容易。要給你難看，你得忍氣吞聲。」
「這人我聽說過，不正路，莫非是紙老虎？」
「爸，你管他什麼虎。」
「你莫管，人家說老虎屁股摸不得，我看要摸的該摸。我是國家幹部。」
兒子急了，說：「你不知道，將來種子、化肥、農藥都要求人家。撕破了臉皮不好辦。」
「嘿，我看，沒那麼多要求的。人不求人一般大。」
父親性子倔，兒子不好多說。但露出了懇求而固執的目光。
父親理解少年老成的兒子，緩和地說：「當然，我也不是個蠻子，亂幹一氣。」
兒子告訴父親：一家四口人，包了三丘水田。田裡工夫他來頂職前已經委託給了同輩好友。他要父親答應：不理水田裡的事，不下水——兒子擔心父親的腿病。
「爸，你保證不下水嗎？」兒子問。
「就不下。」

兒子說：「母親曾經咯過一口血，冬天裡氣喘得厲害，她不吃藥，也不肯請郎中看。你回家後，一定要帶她到縣裡去檢查一次，縣裡你熟。」

父親點點頭。

「這回鄉下去，會有這麼複雜呵。」父親想。

父親痛惜地望著早熟的兒子。十幾歲時，就已必然地、無可推託地挑起家庭重擔，默默地像牛一樣地勞作，為在遠山奔走的父親解脫，為操勞過度的母親分憂。他過早地放棄了學習，他沒有得到過獨生子所能得到的嬌慣。那厚實的然而仍是幼嫩的肩膀竟壓著這麼沉重、這麼複雜的擔子。這過早的重荷，完全是由於自己的緣故啊。他真想抱一抱兒子，親一親他。可是，他長大了。他想對兒子說幾句感激的話，可是，說不出。誇耀的句子，他一輩子沒用過呢！

父親最後為兒子裝好兩只綠色郵包。這郵包是一生中裝得最滿意的。但裝的時間太久，老人的手已經十分不聽使喚了。

父子倆睡在一張床上。幾天的疲勞加上傍著兒子強壯的身軀所放出的熱量，老人應該是香甜地睡去的。但，沒有。很久很久還光著眼睛。夜風輕輕地敲打著玻璃的聲音，不知名的草蟲「嘰嘰」的叫聲那麼清晰、那麼頑固地灌進耳朵……

若不是狗用嘴巴在扯蚊帳，並「嗷嗷」地呼喚，差點睡過時辰。

老人「骨碌」一下爬起了床，三五下穿好衣服，用力推醒酣睡的兒子。

默默地煮熟飯，和狗一道吃過。父親把扁擔放到兒子肩膀上，吹熄燈，關攏門，相跟著，走向還眨著星星的曠野。

下完門檻的石階，父親踉蹌了一下，他不知道是怎樣挪開步子的，是怎樣地踉蹌了一下，他只知道身子往下一沉。他趕忙撐住兒子的肩膀才沒倒在地……

在一道唱著歡歌，不停不息地奔跑的小溪旁，在一座古老的不長的石拱橋的橋頭，兒子挑著郵包，站住不動了。父親如果不轉回山坳那面的綠門綠牆的營業所，他決計這樣站下去。直到晨霧散去。直到朝陽升起，哪怕耽誤一截行程。就這樣，讓八十多斤重的擔子壓著肩膀，就這樣站著。

霧不大，加上溪水的反光，父親分明地看見兒子臉上的固執。

於是，他決計不再送了。他對兒子說：「你……小心，走吧。」

兒子默默地點點頭。鼻子裡酸酸地「嗤」了一下。但，他仍沒開步。

於是，父親轉過身去。

狗呢？站在橋的當中，「嗷嗷」地著急地叫著。父親返身走上橋，蹲下去抱著狗的頸根。像小孩子一般地對牠說：「你去，跟他去，他會待你好的。你去吧，他需要你，要你做伴，要你做幫手；過河需要你；過絲茅源需要你帶路，不然，他會迷路的；沒有你，他鬥不過攔路的蛇；還有，山裡的人要聽你的聲音，也……捨不得你的。聽見了？聽清了？呵，呵……」

「汪汪汪。」狗著急地喊。說不願意？還是要跟老人去？

「你去吧，去！」老人猛喊。

兒子在逗狗：「呵，呵。」

父親猛地扭轉頭，逕自往回走了。狗略一躊躇，也跟了去。在老人身邊「嗷嗷」叫著。

老人突然撿起根竹棍，朝狗屁股上抽去。「汪——汪汪。」狗負著痛，朝橋那邊跑去。

老人把竹棍丟進透明的跳躍的山溪水裡，喉嚨裡猛地堵上一塊東西。好一陣，他覺得一股熱氣直撲膝蓋。他睜開眼一看，是狗！狗在吻他的膝蓋骨。

他又俯下身，從口袋裡掏出手帕，替狗擦去眼淚。輕輕地喃喃地說：「去吧。」

於是，一支黃色的箭朝那綠色的夢裡射去。

作者簡介

彭見明（1953-），湖南省平江縣人。一九八〇年開始文學創作。現為湖南省文聯名譽主席、一級作家、享受國務院特殊津貼專家、中國作家協會全國委員、湖南省政府文史館館員。著有長篇小說十一部，小說散文集十三部。長篇小說《玩古》獲（一九九一——一九九五）全國優秀長篇小說獎。小說、電影《那山　那人　那狗》獲一九八三年全國優秀短篇小說獎、第十九屆中國電影金雞獎最佳故事片獎、加拿大、印度、日本等國際電影節獎。

我的遙遠的清平灣

史鐵生

北方的黃牛一般分為蒙古牛和華北牛。華北牛中要數秦川牛和南陽牛最好，個兒大，肩峰很高，勁兒足。華北牛和蒙古牛雜交的牛更漂亮，犄角向前彎去，頂架也厲害，而且皮實、好養。對北方的黃牛，我多少懂一點。這麼說吧：現在要是有誰想買牛，我擔保能給他挑頭好的。看體形，看牙口，看精神兒，這誰都知道；光憑這些也許能挑到一頭不壞的，可未必能挑到一頭真正的好牛。關鍵是得看脾氣，拿根鞭子，一甩，「嗖」的一聲，好牛就會瞪圓了眼睛，左蹦右跳。這樣的牛幹起活來下死勁，走得歡。疲牛呢？聽見鞭子響準是把腰往下一塌，閉一下眼睛。忍了。這樣的牛，別要。

我插隊的時候餵過兩年牛，那是在陝北的一個小山村兒——清平灣。

我們那個地方雖然也還算是黃土高原，卻只有黃土，見不到真正的平坦的塬地了。由於洪水年年吞噬，塬地總在塌方，順著溝、渠、小河，流進了黃河。從洛川再往北，全是一座座黃的山峁或一道道黃的山梁，綿延不斷。樹很少，少到哪座山上有幾棵什麼樹，老鄉們都記得清清楚楚；只有打新窯或是做棺木的時候，才放倒一、兩棵。碗口粗的柏樹就稀罕得不得了。要是誰能做上一口薄柏木板的棺材，大夥兒就都佩服，方圓幾十里內都會傳開。

在山上攔牛的時候，我常想，要是那一座座黃土山都是穀堆、麥垛，山坡上的胡蒿和溝壑裡的狼牙刺都是柏樹林，就好了。和我一起攔牛的老漢總是「唏溜唏溜」地抽著旱煙，笑笑說：「那可就一股勁兒吃白饃饃了。老漢兒家、老婆兒家都睡一口好材。」

和我一起攔牛的老漢姓白。陝北話裡，「白」發「破」的音，我們都管他叫「破老漢」。也許還因為他窮吧，英語中的「poor」就是「窮」的意思。或者還因為別的：那幾顆零零碎碎的牙，那幾根稀稀拉拉的鬍子。尤其是他的嗓子——他愛唱，可嗓子像破鑼。傍晚趕著牛回村的時候，最後一縷陽光照在崖畔上，紅的。破老漢用鐝把挑起一捆柴，扛著，一路走一路唱：「崖畔上開花崖畔上紅，受苦人過得好光景……」聲音拉得很長，雖不洪亮，但顫微微的，悠揚。碰巧了，崖頂上探出兩個小腦瓜，豎著耳朵聽一陣，跑了：可能是狐狸，也可能是野羊。不過，要想靠打獵為生可不行，野獸很少。我們那地方突出的特點是窮，窮山窮水，「好光景」永遠是「受苦人」的一種盼望。天快黑的時候，進山尋野菜的孩子們也都回村了，大的拉著小的，小的扯著更小的，每人的臂彎裡都擓著個小籃兒，裝的苦菜、莧菜或者小蒜、蘑菇……孩子們跟在牛群後面，「嘰嘰嘎嘎」地吵，爭搶著把牛糞撮回窯裡去。

越是窮地方，農活也越重。春天播種；夏天收麥；秋天玉米、高粱、穀子都熟了，更忙；冬天打壩、修梯田，總不得閒。單說春種吧，往山上送糞全靠人挑。一擔糞六、七十斤，一早上就得送四、五趟；掙兩個工分，合六分錢。在北京，才夠買兩根冰棍兒的。那地方當然沒有冰棍兒，在山上幹活渴急了，什麼水都喝。天不亮，耕地的人們就扛著木犁、趕著牛上山了。太陽出來，已經耕完了幾垧地。火紅的太陽把牛和人的影子長長地印在山坡上，扶犁的後面跟著撒糞的，撒糞的後頭跟著點籽的，點籽的後頭是打土坷垃的，一行人慢慢地、有節奏地向前移動，隨著那悠長的吆牛聲。吆牛聲有時疲憊、淒婉；有時又歡快、詼諧，引動一片笑聲。那情景幾乎使我忘記自己是生活在哪個世紀，默默地想著人類遙遠而漫長的歷史。人類好像就是這麼走過來的。

清明節的時候我病倒了，腰腿疼得厲害。那時只以為是坐骨神經疼，或是腰肌勞損，沒想到會發展到現在這麼嚴重。陝北的清明前後愛颳風，天都是黃的。太陽白濛濛的。窯洞的窗紙被風沙打得「唰啦啦」響。我一個人躺在土炕上……

那天，隊長端來了一碗白饃……

陝北的風俗，清明節家家都蒸白饃，再窮也要蒸幾個。白饃被染得紅紅綠綠的，老鄉管那叫「zi chui」。開始我們不知道是哪兩個字，也不知道什麼意思，跟著叫「紫錘」。後來才知道，是叫「子推」，是為紀念春秋時期一個叫介子推的人的。破老漢說，那是個剛強的人，寧可被人燒死在山裡，也不出去做官。我沒有考證過，也不知史學家們對此作何評價。反正吃一頓白饃，清平灣的老老少少都很高興。尤其是孩子們，頭好幾天就喊著要吃子推饃饃了。春秋距今兩千多年了，陝北的文化很古老，就像黃河。譬如，陝北話中有好些很文的字眼：「喊」不說「喊」，要說「吶喊」；香菜，叫芫荽；「騙人」也不說「騙人」，叫作「玄謊」……連最沒文化的老婆兒也會用「醞釀」這詞兒。開社員會時，黑壓壓坐了一窯人，小油燈冒著黑煙，四下裡閃著煙袋鍋的紅光。支書念完了文件，喊一聲：「不敢睡！大家討論個一下！」人群中於是息了鼾聲，不緊不慢地應著：「醞釀醞釀了再……」這「醞釀」二字使人想到那兒確是革命聖地，老鄉們還記得當年的好作風。可在我們插隊的那些年裡，「醞釀」不過是一種習慣了的口頭語罷了。鄉親們說「醞釀」的時候，心裡也明白：球事不頂！可支書讓發言，大夥總得有個說的；支書也是難，其實那些政策條文早已經定了。最後，支書再喊一聲：「同意啊不？」大夥回答：「同意——」然後回窯睡覺。

那天，隊長把一碗「子推」放在炕沿上，讓我吃。他也坐在炕沿上，「吧達吧達」地抽煙。「子推」浮頭用的是頭兩茬麵，很白；裡頭都是黑麵，麩子全磨了進去。隊長看著我吃，不言語。臨走時，他吹吹煙鍋兒，說：「唉！『心兒』家不容易，離家遠。」「心兒」就是孩子的意思。

隊裡再開會時，隊長提議讓我餵牛。社員們都讚成。「年輕後生家，不敢讓腰腿作下病，好好價把咱的牛餵上！」老老小小見了我都這麼說。在那個地方，擔糞、砍柴、挑水、清明磨豆腐、端午做涼粉、出麻油、打窯洞……全靠自己動手。腰腿可是勞動的本錢；唯一能夠代替人力的牛簡直是寶貝。老鄉把餵牛這樣的機要工作交給我，我心裡很感動，嘴上卻說不出什麼。農民們不看嘴，看手。

我餵十頭，破老漢餵十頭，在同一個飼養場上。飼養場建在村子的最高處，一片平地，兩排牛棚，三眼堆放草料的破石窯。清平河水整日價「嘩嘩啦啦」的，水很淺，在村前拐了一個彎，形成了一個水潭。河灣的一邊是石崖，另一邊是一片開闊的河灘。夏天，村裡的孩子們光著屁股在河灘上折騰，往水潭裡「撲通撲通」地跳，有時候捉到一隻鱉，又笑又嚷，鬧翻了天。破老漢坐在飼養場前面的窯頂上看著，一袋接一袋地抽煙。「『心兒』家不曉得愁，」他說，然後就啞著個嗓子唱起來：「提起那家來，家有名，家住在綏德三十里鋪村……」破老漢是綏德人，年輕時打短工來到清平灣，就住下了。綏德出打短工的，出石匠，出說書的，那地方更窮。

綏德還出吹手。農曆年夕前後。坐在飼養場上，常能聽到那歡樂的嗩吶聲。那些吹手也有從米脂、佳縣來的，但多數是綏德人。他們到處串，隨便站在誰家窯前就吹上一陣。如果碰巧那家要娶媳婦，他們就被推去，「嗚哩哇啦」地吹一天，吃一天好飯。要是運氣不好，吹完了，就只能向人家要一點吃的或錢。或多或少，家家都給，破老漢尤其給得多。他說：「誰也有難下的時候」。原先，他也幹過那營生，吃是能吃飽，可是常要受凍，要是沒人請，夜裡就得住寒窯。「攬工人兒難，哎喲，攬工人兒難；正月裡上工十月裡滿，受的牛馬苦，吃的豬狗飯……」他唱著，給牛添草。破老漢一肚子歌。

小時候就知道陝北民歌。到清平灣不久，幹活歇下的時候我們就請老鄉唱，大夥都說破老漢愛唱，也唱得好。「老漢的日子熬煎咧，人愁了才唱得好山歌。」確實，陝北的民歌多半都有一種憂傷的調子。但是，一唱起來，人就快活了。有時候趕著牛出村，破老漢憋細了嗓子唱〈走西口〉，「哥哥你走西口，小妹妹也難留，手拉著哥哥的手，送哥到大門口。走路你走大路，再不要走小路，大路上人馬多，來回解憂愁……」場院的婆姨、女子們嘻嘻哈哈地衝我嚷，「讓老漢兒唱個〈光棍哭妻〉嘛，老漢兒唱得可美！」破老漢只做沒聽見，調子一轉，唱起了〈女兒嫁〉：「一更裡叮噹響，小哥哥進了我的繡房，娘問女孩兒什麼響，西北風颳得門栓響嘛哎喲……」往下的歌詞就不宜言傳了。我和老漢趕著牛走出很遠了，還聽見婆姨、女子們在場院上罵。老漢衝我眨眨眼，撅一條柳條，趕著牛，唱一路。

破老漢只帶著個七、八歲的小孫女過。那孩子小名兒叫「留小兒」。兩口人的飯常是她做。

把牛趕到山裡，正是晌午。太陽把黃土烤得發紅，要冒火似的。草叢裡不知名的小蟲子「磁——磁——」地叫。群山也顯得疲乏，無精打采地互相挨靠著。方圓十幾里內只有我和破老漢，只有我們的吆牛聲。哪兒有泉水，破老漢都知道：幾钁頭挖成一個小土坑，一會兒坑裡就積起了水。細珠子似的小氣泡一串串地往上冒，水很小，又涼又甜。「你看下我來，我也看下你……」老漢喝水，抹抹嘴，扯著嗓子又唱一句。不知道他又想起了什麼。

夏天攔牛可不清閒，好草都長在田邊，離莊稼很近。我們東奔西跑地吆喝著，罵著。破老漢罵牛就像罵人，爹、娘、八輩祖宗，罵得那麼親熱。稍不留神，哪個狡猾的傢伙就會偷吃了田苗。最討厭的是破老漢餵的那頭老黑牛，稱得上是「老謀深算」。牠能把野草和田苗分得一清二楚。牠假裝吃著田邊的草，慢慢接近田苗，低著頭，眼睛卻溜著我。我看著牠的時候，田苗離牠再近也不吃，一副廉潔奉公的樣兒；我剛一回頭，牠就趁機啃倒一棵玉米或高粱，調頭便走。我識破了牠的詭計，牠再接近田苗時，假裝不看牠，等牠確信無虞把舌頭伸向禁區之際，我才大吼一聲。老傢伙趔趔趄趄地後退，既驚慌又愧悔，那樣子倒有點可憐。

陝北的牛也是苦，有時候看著牠們累得草也不想吃，「呼哧呼哧」喘粗氣，身子都跟著晃，我真害怕牠們趴架。尤其是當那些牛爭搶著去舔地上滲出的鹽鹼的時候，真覺得造物主太不公平。我幾次想給牠們買些鹽，但自己嘴又饞，家裡寄來的錢都買雞蛋吃了。

每天晚上，我和破老漢都要在飼養場上待到十一、二點，一遍遍給牛添草。草添得要勤，每次不能太多。留小兒跟在老漢身邊，寸步不離。她的小手絹裡總包兩塊紅薯或一把玉米粒。破老漢用牛吃剩下的草疙節打起一堆火，乾的「劈劈啪啪」響，溼的「磁磁」冒煙。火光照亮了飼養場，照著吃草的牛，四周的山顯得更高，黑魆魆的。留小兒把紅薯或玉米埋在燒盡的草灰裡；如果是玉米，就得用樹枝撥來撥去，「啪」地一響，爆出了一個玉米花。那是山裡娃最好的零嘴兒了。

留小兒沒完沒了地問我北京的事。「真個是在窯裡看電影？」「不是窯，是電影院。」「前回你說是窯裡。」「噢，那是電視。一個方匣匣，和電影一樣。」她歪著頭想，大約想像不出，又問起別的。「啥時想吃肉，就吃？」「嗯。」「玄謊！」「真的。」「成天價想吃呢？」「那就成天價吃。」這些話她問過好多次了，也知道我怎麼回答，但還是問。「你說北京人都不愛吃白肉？」

她覺得北京人不愛吃肥肉，很奇怪。她仰著小臉兒，望著天上的星星；北京的神祕，對她來說，不亞於那道銀河。

「山裡的娃娃什麼也解不開，」破老漢說。破老漢是見過世面的，他三七年就入了黨，跟隊伍一直打到廣州。他常常講起廣州：霓虹燈成宿地點著、廣州人連蛇也吃、到處是高樓、樓裡有電梯……留小兒聽得覺也不睡。我說：「城裡人也不懂得農村的事呢。」「城裡人解開個狗嗎？」留小兒問，「咯咯」地笑。她指的是我們剛到清平灣的時候，被狗追得滿村跑。「學生價連犍牛和生牛也解不開，」留小兒說著去摸摸正在吃草的牛，一邊數叨：「紅犍牛、猴犍牛、花生牛……爺！老黑牛怕是難活下了，不肯吃！」「牠老了，熬了。」老漢說。山裡的夜晚靜極了，只聽得見牛吃草的「沙沙」聲，蛐蛐叫，有時遠處還傳來狼嗥。破老漢有把破胡琴，「吱吱嘎嘎」地拉起來，唱：「一九頭上才立冬，閻王領兵下河東，幽州困住楊文廣，年太平，金花小姐領大兵，……」把歷史唱了個顛三倒四。

留小兒最常問的還是天安門。「你常去天安門？」「常去。」「常能照著毛主席？」「哪的來，我從來沒見過。」「咦?!他就盛在天安門上，你去了會照不著？」她大概以為毛主席總站在天安門上，像畫上畫的那樣。有一回她扒在我耳邊說：「你冬裡回北京把我引上行不？」我說：「就怕你爺爺不讓，」「你跟他說說嘛，他可相信你說的了。盤纏我有。」「你哪兒來的錢？」「賣雞蛋的錢，我爺爺不要，都給了我，讓我買褂褂兒的。」「多少？」「五塊！」「不夠。」「嘻——我哄你，看，八塊半！」她掏出個小布包，打開，有兩張一塊的，其餘全是一毛、兩毛的。那些錢大半是我買了雞蛋給破老漢的。平時實在是餓得夠嗆，想解解饞，也就是買幾個雞蛋。我怎麼跟留小兒說呢？

我真想冬天回家時把她帶上。可就在那年冬天，我病厲害了。

其實，餵牛沒什麼難的，用破老漢的話說，只要勤謹，肯操心就行。餵牛，苦不重，就是熬人，夜裡得起來好幾趟，一年到頭睡不成個囫圇覺。冬天，半夜從熱被窩裡爬出來的滋味可不是好受的。尤其五更天給牛拌料，牛埋下頭吃得香，我坐在牛槽邊的青石板上能睡好幾覺。破老漢在我耳邊叨嘮：黑市的糧價又漲了，合作社來了花條絨、留小兒的襖爛得露了花……我「哼哼哈哈」地應著，剛夢見全聚德的烤鴨，又忽然掉進了什剎海的冰窟窿，打了個冷顫醒了，破老漢還沒嘮叨完。「要不回窯睡去吧，二次料我給你拌上。」老漢說。天上劃過一道亮光，是流星。月亮也躲進了山谷。星星和山巒，不知是誰望著誰，或者誰忘了誰，「這營生不是後生家做的，後生家正是好睡覺的時候。」破老漢說，然後「唉，唉——」地發著感慨。我又迷迷糊糊地入了夢鄉。

碰上下雨下雪，我們倆就躲進牛棚。牛棚裡盡是糞尿，連打個盹的地方也沒有。那時候我的腿和腰就總瘦疼。「倒運的天」！破老漢罵，然後對我說：「北京夠咋美，偏來這山溝溝裡做什麼嘛。」「您那時候怎麼沒留在廣州？」我隨便問。他抓抓那幾根黃鬍子，用煙鍋兒在煙荷包裡不停地剜，瞪著眼睛楞半天，說：「咋！讓你把我問著了，我也不曉得咋價日鬼的。」然後又楞半天，似乎回憶著到底是什麼原因。「唉，毬毛擻不成個氈，山裡人當不成個官。」他說，「我那辰兒要是不回來，這辰兒也住上洋樓了，也把警衛員帶上了。山裡人憨著咧，只要打罷了仗就回家，哪搭兒也不勝窯裡好。毬！要不，我的留小兒這辰兒還愁穿不上個條絨襖兒？」

每回家裡給我寄錢來，破老漢總嚷著讓我請他抽紙菸。

「行！」我說：「『牡丹』的怎麼樣？」「唏——『黃金葉』的就拔尖了！」「可有個條件，」

我湊到他耳邊，「得給『後溝裡的』送幾根去。」「憨娃娃！」他罵。「後溝裡的」指的是住在後溝裡的一個寡婦，比破老漢小十九歲，村裡人都知道那寡婦對破老漢不錯。老漢抽著紙菸，望著遠處。我也唱一句：「你看下我來，我也看下你……」遞給他幾根紙菸，向後溝的方向示意。他不言傳，笑瞇瞇地不知道想了什麼。末了，他把幾根紙菸裝進煙荷包，說：「留小兒大了嫁到北京去呀！」說罷笑笑，知道那是不沾邊兒的事。

在後山上攔牛的時候，遠遠地望著後溝裡的那眼土窯洞，我問破老漢：「那婆姨怎麼樣？」「亮亮媽，人可好。」他說。我問：「那你幹麼不跟她過？」「唏——老了老了還……」他打岔，「算了吧！」我說：「那你夜裡常往她窯裡跑。」我其實是開玩笑。「咦！不敢瞎說！」他裝得一本正經。我詐他：「我都看見了，你還不承認！」他不言傳了，尷尬地笑著。其實我什麼也沒看見。

破老漢望著山腳下的那眼窯洞。窯前，亮亮媽正費力地劈著一疙瘩樹根；一個男孩子幫著她劈，是亮亮。「我看你就把她娶了吧，她一個人也夠難的。再說就有人給你縫衣裳了。」「唉，丟下留小兒誰管？」「一搭裡過嘛！」「她的亮亮也嬌慣得危險，留小兒要受氣呢。後媽總不頂親的。」「什麼後媽，留小兒得管她叫奶奶了。」「還不一樣？」山裡沒人，我們敞開了說。亮亮家的窯頂上冒起了炊煙。老漢呆呆地望著，一縷藍色的輕煙在山溝裡飄繞。小學校放學的鐘聲「噹噹」地敲響了。太陽下山了，收工的人們扛著鋤頭在暮靄中走。攔羊的也吆喝著羊群回村了，大羊喊，小羊叫「咩咩」一地響成一片。老漢還是呆呆地坐著，悶悶地抽煙。他分明是心動了，可又怕對不起留小兒。留小兒的大死得慘，平時誰也不敢向破老漢問起這事，據說，老漢一想起就哭，自己打自己的嘴巴。聽說，都是因為破老漢捨不得給大夫多送些禮，把兒子的病給耽誤了；其實，送十來斤米或者麵就行。那些年月啊！

秋天，在山裡攔牛簡直是一種享受。莊稼都收完了，地裡光禿禿的，山窪、溝掌裡的荒草卻長得茂盛。把牛往溝裡一轟，可以躺在溝門上睡覺；或是把牛趕上山，在山下的路口上坐下，看書。秋山的色彩也不再那麼單調：半崖上小灌木的葉子紅了，杜梨樹的葉子黃了，酸棗棵子綴滿了珊瑚珠似的小酸棗……尤其是山坡上綻開了一叢叢野花，淡藍色的，一叢挨著一叢，霧濛濛的。灰色的小田鼠從黃土坷垃後面探頭探腦；野鴿子從懸崖上的洞裡鑽出來，「撲楞楞」飛上天；野雞「咕咕嘎嘎」地叫，時而出現在崖頂上，時而又鑽進了草叢……我很奇怪，生活那麼苦，竟然沒人逮食這些小動物。也許是因為沒有槍，也許是因為這些鳥太小也太少，不過多半還是因為別的。譬如：春天燕子飛來時，家家都把窗戶打開，希望燕子到窯裡來作窩；很多家窯裡都住著一窩燕兒，沒人傷害牠們。誰要是說燕子的肉也能吃，老鄉們就會露出驚訝的神色，瞪你一眼：「咦！燕兒嘛！」彷彿那無異於褻瀆了神靈。

種完了麥子，牛就都閒下了，我和破老漢整天在山裡攔牛。老漢閒不著，把牛趕到地方，跟我交代幾句就不見了。有時忽然見他出現在半崖上，奮力地劈砍著一棵小灌木。吃的難，燒的也難，為了一把柴，常要爬上很高很陡的懸崖。老漢說，過去不是這樣，過去人少，山裡的好柴砍也砍不完，密密匝匝的，人也鑽不進去。老人們最懷戀的是紅軍剛到陝北的時候，打倒了地主，分了地，單幹。「才紅了那辰兒，吃也有得吃，燒也有得燒，這咋會兒，做過啦！」老鄉們都這麼說。真是，「這咋會兒」，迷信活動倒死灰復燃。有一回，傳說從黃河東來了神神，有些老鄉到十幾里外的一個破廟去禱告，許願。破老漢不去。我問他為什麼，他皺著眉頭不說，又哼哼起〈山丹丹開花紅豔豔〉。那是才紅了那辰兒的歌。過了半天，使勁磕磕煙袋鍋，嘆了口氣：「都是那號婆姨鬧的！」「哪號？」我有點明知故問。他用煙袋指指天，搖搖頭，撇撇嘴：「那號婆姨，我一照就曉得……」如此算來，破老漢反「四人幫」要比「四．五」運動早好幾年呢！

在山裡，有那些牛做伴，即便剩我一個人，也並不寂寞。我半天半天地看著那些牛，牠們的一舉一動都意味著什麼，我全懂。平時，牛不愛叫，只有奶著犢子的生牛才愛叫。太陽偏西，奶著犢兒的生牛就急著要回村了，你要是不讓牠回，牠就「哞——哞——」地叫個不停，急得團團轉，無心再吃草。

有一回，我在山窪窪裡，睡著了，醒來太陽已經挨近了山頂。我和破老漢吆起牛回村，忽然發現少了一頭。山裡常有被雨水沖成的暗洞，牛踩上就會掉下去摔壞。破老漢先也一驚，但馬上看明白，說：「沒麻搭，牠想兒了，回去了。」我才發現，少了的是一頭奶犢兒的生牛。離村老遠，就聽見飼養場上一聲聲牛叫了，兒一聲，娘一聲，似乎一天不見，母子間有說不完的貼心話。牛不老在母親肚子底下一下一下地撞，吃奶，母牛的目光充滿了溫柔、慈愛，神態那麼滿足，平靜。我喜歡那頭母牛，喜歡那隻牛不老。我最喜歡的是一頭紅犍牛，高高的肩峰，腰長腿壯，單套也能拉得動大步犁。紅犍牛的犄角長得好，又粗又長，向前彎去；幾次碰上鄰村的牛群，牠都把對方的首領頂得敗陣而逃。我總是多給牠拌些料，犒勞牠。但牠不是首領。最討厭的還是那頭老黑牛，不僅老奸巨猾，而且專橫跋扈，雙套牠也會氣喘吁吁，卻占著首領的位置。遇到外「部落」的首領，牠倒也勇敢，但不下兩個回合，便跑得比平時都快了。那頭老生牛就好，雖然比老黑牛還老，卻和藹得很，再小的牛衝牠伸伸脖子，牠也會耐心地為之舔毛……和牛在一起，也可謂其樂無窮了，不然怎麼辦呢？方圓十幾里內看不見一個人，全是山。偶爾有攔羊的從山梁上走過，衝我吶喊兩聲。黑色的山羊在陡峭的岩壁上走，如走平地，遠遠看去像是懸掛著的棋盤；白色的綿羊走在下邊，是白棋子。山溝裡有泉水，渴了就喝，熱了就脫個精光，洗一通。那生活倒是自由自在，就是常常餓肚子。

破老漢有個弟弟，我就是頂替了他餵牛的。據說那人奸猾，偷牛料；頭幾年還因為投機倒把坐過縣大獄。我倒不覺得那人有多壞，他不過是蒸了白饃跑到幾十里外的水站上去賣高價，從中賺出幾升玉米、高粱米。白麵自家捨不得吃。還說他捉了烏鴉，做熟了當雞賣，而且白饃裡也摻了假。破老漢看不上他弟弟，破老漢佩服的是老老實實的受苦人。

一陣山歌，破老漢擔著兩捆柴回來了。「餓了吧？」他問我。「我把你的乾糧吃了，」我說。「吃得下那號乾糧？」他似乎感到快慰，他「哼哼唉唉」地唱著，帶我到山背窪裡的一棵大杜梨樹下。「咋吃！」他說著爬上樹去。他那年已經五十六歲了，看上去還要老，可爬起樹來卻比我強。他站在樹上，把一杈杈結滿了杜梨的樹枝撅下來，扔給我。那果實是古銅色的，小指蓋兒大小，上面有黃色的碎斑點，酸極了，倒牙。

老漢坐在樹杈上吃，又唱起來：「對面價溝裡流河水，橫山裡下來些游擊隊……」那是〈信天遊〉。老漢大約又想起了當年。他說他給劉志丹抬過棺材，守過靈。別人說他是吹牛。破老漢有時是好吹吹牛。「牽牛牛開花羊跑春，二月裡見罷到如今……」還是〈信天遊〉。我衝他喊：「不是夜來黑嘍才見罷嗎？」「憨娃娃，你還不趕緊尋個婆姨？操心把『心兒』耽誤下！」他反唇相譏。「『後溝裡的』可會迷男人？」「咦！亮亮媽，人可好！」「這兩捆柴，敢是給亮亮媽砍的吧？」「誰情願要，誰扛去。」這話是真的，老漢窮，可不小氣。

有一回我半夜起來去餵牛，藉著一縷淡淡的月光，摸進草窯。剛要攬草，忽然從草堆裡站起兩個人來，嚇得我頭皮發麻，不禁喊了一聲，把那兩個人也嚇得夠嗆。一個歲數大些的連忙說：「別怕，我們是好人。」破老漢提著個馬燈跑了過來，以為是有了狼。那兩個人是瞎子說書的，從綏德來。天黑了，就摸進草窯，睡了。破老漢把他們引回自家窯裡，端出剩乾糧讓他們吃。陝北有句民謠：「老鄉見老鄉，兩眼淚汪汪。」老漢和兩個瞎子長吁短嘆，嘮了一宿。

第二天晚上，破老漢操持著，全村人出錢請兩個瞎子說了一回書。書說得亂七八糟，李玉和也有，姜太公也有，一會是伍子胥一夜白了頭，一會又是主席語錄。窯頂上，院牆上，磨盤上，坐得全是人，都聽得入神。可說的是什麼，誰也含糊。人們聽的是那麼個調調兒。陝北的說書實際是唱，彈著三弦兒，艾艾怨怨地唱，如泣如訴，像是村前汩汩而流的清平河水。河水上跳動著月光。滿山的高粱、穀子被晚風吹得「沙沙」響，時不時傳來一陣響亮的驢叫。破老漢摟著留小兒坐在人堆裡，小聲跟著唱。亮亮媽帶著亮亮坐在窯頂上，穿得齊齊整整。留小兒在老漢懷裡睡著了，她本想是聽完了書再去飼養場上爆玉米花的，手裡攥著那個小手絹包兒。山村裡難得熱鬧那麼一回。

我倒寧願去看牛頂架，那實在也是一項有益的娛樂，給人一種力量的感受，一種拚搏的激勵。我對牛打架頗有研究。

二十頭牛（主要是那十幾頭犍牛、公牛）都排了座次，當然不是以姓氏筆畫為序，但究竟根據什麼，我一開始也糊塗。我餵的那頭最壯的紅犍牛卻敬畏破老漢餵的那頭老黑牛。紅犍牛正是年輕力壯的時候，肩峰上的肌肉像一座小山，走起路來步履生風，而老黑牛卻已顯出龍鍾老態，也瘦，只剩了一副高大的骨架。然而，老黑牛卻是首領。遇上有哪頭母牛發了情，老黑牛便幾乎不吃不喝地看定在那母牛身旁，絕不允許其他同性接近。我幾次慫恿紅犍牛向牠挑戰，然而只要老黑牛晃晃犄角，紅犍牛便慌忙躲開。我實在憎恨老黑牛的狂妄、專橫，又為紅犍牛的怯懦而生氣。後來我才知道，牛的排座次是根據每年一度的角鬥，誰奪了魁，便在這一年中被尊崇為首領，享有「三宮六院」的特權，即便牠在這一年中變得病弱或衰老，其牠的牛也仍為牠當年的威風所震懾，不敢貿然不恭。習慣勢力到處在起作用。可是，一開春就不同了，閒了一冬，十幾頭犍牛、公牛都積攢了氣力，是重新較量、爭魁的時候了。「男子漢」們各自權衡了對手和自己的實力，自然地推舉出一頭（有時是兩頭）體魄最大，實力最強的新秀，與前冠軍進行決賽。那年春天，我的紅犍牛處在新秀的位置上，開始對老黑牛有所怠慢了。我悄悄促成牠們決鬥，把牠們引到開闊的河灘上去（否則會有危險）。這事不能讓破老漢發覺，否則他會罵。一開始，紅犍牛仍有些膽怯，老黑牛尚有餘威。但也許是春天的母牛們都顯得愈發俊俏吧，紅犍牛終於受不住異性的吸引或是輕蔑，「哞——哞——」地叫著向老黑牛挑戰了。牠們拉開了架勢，對峙著，用蹄子刨土，瞪紅了眼睛，慢慢地接近，接近……猛地扭打到一起。這時候需要的是力量，是勇氣。犄角的形狀起很大作用，倘是兩支粗長而向前彎去的角，便極有利，左右一晃就會頂到對方的虛弱處，然而，紅犍牛和老黑牛都長了這樣兩支角。這就要比機智了。前冠軍畢竟老朽了，過於相信自己的勢力和威風，新秀卻認真、敏捷。紅犍牛占據了有利地形（站在高一些的地方比較有利），逼得老黑牛步步退卻，只剩招架之功。紅犍牛毫不鬆懈，瞧準機會把頭一低，一晃一衝，頂到了對方的脖子。老黑牛轉身敗走，紅犍牛追上去再給老首領的屁股上加一道失敗的標記。第一回合就此結束。這樣的較量通常是五局三勝制或九局五勝制。新秀連勝幾局，元老便自願到一旁回憶自己當年的驍勇去了。

為了這事，破老漢陰沉著臉給我看。我笑嘻嘻地遞過一根紙菸去。他抽著菸，望著老黑牛屁股上的傷痕，說：「牠老了呀！牠救過人的命……」

據說，有一年除夕夜裡，家家都在窯裡喝米酒，吃油饃，破老漢忽然聽見牛叫、狼嗥。他想起了一頭出生不久的牛不老，趕緊跑到牛棚。好傢伙，就見這黑牛把一隻狼頂在牆旮旯裡，黑牛的臉被狼抓得流著血，但牠一動不動，把犄角牢牢地插進了狼的肚子。老漢打死了那隻狼，賣了狼皮，全村人抽了一回紙菸。

「不，不是這。」破老漢說，「那一年村裡的牛死的死，殺的殺（他沒說是哪年），快光了。全憑好歹留下來的這頭黑牛和那頭老生牛，村裡的牛才又多起來。全靠了牠，要不全村人倒運吧！」破老漢摸摸老黑牛的犄角。他對牠分外敬重。「這牛死了，可不敢吃牠的肉，得埋了牠。」破老漢說。

可是，老黑牛最終還是被人拖到河灘上殺了。那年冬天，老黑牛不小心踩上了山坡上的暗洞，摔斷了腿。牛被殺的時候要流淚，是真的。只有破老漢和我沒有吃牠的肉。那天村裡處處飄著肉香。老漢呆坐在老黑牛空蕩蕩的槽前，只是一個勁抽煙。

我至今還記得這麼件事：有天夜裡，我幾次起來給牛添草，都發現老黑牛站著，不臥下。別的牛都累得早早地臥下睡了，只有牠喘著粗氣，站著。我以為牠病了。走進牛棚，摸摸牠的耳朵，這才發現，在牠肚皮底下臥著一隻牛不老。小牛犢正睡得香，響著均勻的鼾聲。牛棚很窄，各有各的「床位」，如果老黑牛臥下，就會把小牛犢壓壞。我把小牛犢趕開（牠睡的是「自由床位」），老黑牛「噗通」一聲臥倒了。牠看著我，我看著牠。牠一定是感激我了，牠不知道誰應該感激牠。

那年冬天我的腿忽然用不上勁兒了，回到北京不久，兩條腿都開始萎縮。

住在醫院裡的時候，一個從陝北回京探親的同學來看我，帶來了鄉親們捎給我的東西：小米、綠豆、紅棗兒、芝麻……我認出了一個小手絹包兒，我知道那裡頭準是玉米花。

那個同學最後從兜裡摸出一張十斤的糧票，說是破老漢讓他捎給我的。糧票很破，漬透了油汙，中間用一條白紙相連。

「我對他說這是陝西省通用的。在北京不能用，破老漢不信，說：『咦！你們北京就那麼高級？我賣了十斤好小米換來的，咋啦不能用?!』我只好帶給你。破老漢說你治病時會用得上。」

唔，我記得他兒子的病是怎麼耽誤了的，他以為北京也和那兒一樣。

十年過去了。前年留小兒來了趟北京，她真的自個兒攢夠了盤纏！她說這兩年農村的生活好多了，能吃飽，一年還能吃好多回肉。她說，黑肉真的還是比白肉好吃些。

「清平河水還流嗎？」我糊里巴塗地這樣問。

「流哩嘛！」留小兒「咯咯」地笑。

「我那頭紅犍牛還活著嗎？」

「在哩！老下了。」

我想像不出我那頭渾身是勁兒的紅犍牛老了會是什麼樣，大概跟老黑牛差不多吧，既專橫又慈愛……

留小兒給他爺爺買了把新二胡。自己想買臺縫紉機，可是沒買到。

「你爺爺還愛唱嗎？」

「一天價瞎唱。」

「還唱〈走西口〉嗎？」
「唱。」
「〈攬工調〉呢？」
「什麼都唱。」
「不是愁了才唱嗎？」
「咦⁈誰說？」
關於民歌產生的原因，還是請音樂家和美學家們去研究吧。我只是常常記起牛群在土地上舔食那些滲出的鹽的情景，於是就又想起破老漢那悠悠的山歌：「崖畔上開花崖畔上紅，受苦人過得好光景……」如今，「好光景」已不僅僅是「受苦人」的一種盼望了。老漢唱的本也不是崖畔上那一縷殘陽的紅光，而是長在崖畔上的一種野花，叫山丹丹，紅的，年年開。
哦，我的白老漢，我的牛群，我的遙遠的清平灣……

作者簡介

——史鐵生（1951-2010），生於北京，畢業於清華大學附屬中學，被先鋒派作家奉為精神領袖。年輕時雙腿癱瘓，一九八八年確診尿毒症，小說多有自傳色彩。成名作為〈我的遙遠的清平灣〉，獲一九八三年全國優秀短篇小說獎以及青年文學獎；長篇小說《老屋小記》獲第一屆魯迅文學獎、《東海》文學月刊「三十萬東海文學巨獎」金獎、北京市文學藝術獎，《務虛筆記》獲上海市長篇小說獎；短篇小說〈毒藥〉，獲上海文學獎；散文〈病隙碎筆〉獲老舍散文獎、傳媒文學傑出成就獎、第三屆魯迅文學獎。作品亦曾譯為英、日等語言出版。

1985

西藏，繫在皮繩扣上的魂

扎西達娃

現在很少能聽見那首唱得很遲鈍、淳樸的祕魯民歌〈山鷹〉。我在自己的錄音帶裡保存了下來。每次播放出來，我眼前便看見高原的山谷。亂石縫裡竄出的羊群、山腳下被分割成小塊的田地、稀疏的莊稼、溪水邊的水磨房、石頭砌成的低矮的農舍、負重的山民、繫在牛頸上的銅鈴。寂寞的小旋風、耀眼的陽光。

這些景致並非在祕魯安第斯山脈下的中部高原，而是在西藏南部的帕布乃岡山區。我記不清是夢中見過還是親身去過。記不清了。我去過的地方太多。直到後來某一天我真正來到帕布乃岡山區，才知道存留在我記憶中的帕布乃岡只是一幅康斯太勃筆下十九世紀優美的田園風景畫。

雖然還是寧靜的山區，但這裡的人們正悄悄享受著現代化的生活。這裡有座小型民航站，每星期有五班直升飛機定期開往城裡。附近有一座太陽能發電站。在哲魯村口自動加油站旁的一家小餐廳裡，與我同桌的是一位喋喋不休的大鬍子，他是城裡一家名氣很大的「喜馬拉雅運輸公司」的董事長，在全西藏第一個擁有德國進口的大型集裝箱車隊。我去訪問當地一家地毯廠時，裡面的設計人員正使用電腦程序設計圖案。地面衛星接收站播放著五個頻道，每天向觀眾提供三十八小時的電視節目。

不管現代的物質文明怎樣迫使人們從傳統的觀念意識中解放出來，帕布乃岡山區的人們，自身總還殘留著某種古老的表達方式：獲得農業博士學位的村長與我交談時，嘴裡不時抽著冷氣，用古頭彈出「囉囉」的謙卑的應聲。人們有事相求時，照樣豎起拇指搖晃著，一連吐出七八個「咕嘰咕嘰」的哀求。一些老人們對待遠方的城裡人，仍舊脫下帽子捧在懷中站到一旁表示真誠的敬意。雖然多年前國家早已統一了計量法，這裡的人們表示長度時還是伸直一條胳膊，另一隻手掌橫砍在胳膊的手腕、小臂、肘部直到肩膀上。

桑傑達普活佛快要死了，他是扎妥寺的第二十三位轉世活佛。高齡九十八歲。在他之後，將不再會有轉世繼位。我想為此寫篇專題報導。我和他以前有過交道。全世界最深奧和玄祕之一的西藏喇嘛教（包括各教派）在沒有了轉世繼位制度從而不再有大大小小的宗教領袖以後，也許便走向了它的末日。形式在一定程度上也支配著意識，我說。扎妥．桑傑達普活佛搖搖頭，表示否認我的觀點。他的瞳孔正慢慢擴散。「香巴拉，」他蠕動嘴唇，「戰爭已經開始。」

根據古老的經書記載，北方有個「人間淨土」的理想國——香巴拉。據說天上瑜伽密教起源於此，第一個國王索查德那普在這裡受過釋迦的教誨，後來宏傳密教《時輪金剛法》。上面記載說，在某一天，香巴拉這個雪山環抱的國家將要發生一場大戰。「你率領十二天師，在天兵神將中，你永不回頭，騎馬馳騁。你把長矛擲向哈魯太蒙的前胸，擲向那反對香巴拉的群魔之首，魔鬼也隨之全部除淨。」這是《香巴拉誓言》中對最後一位國王神武輪王讚美的描寫。扎妥．桑傑達普有一次跟我說起過這場戰爭。他說經過數百年的惡戰，妖魔被消滅後，甘丹寺裡的宗喀巴墓會自動打開，再次傳布釋迦的教義，將進行一千年。隨後，就發生風災、火災，最後洪水淹沒整個世界。在世界末日到達時，總會有一些倖存的人被神祇救出天宮。於是當世界再次形成時，宗教又隨之興起。扎妥．桑傑達普躺在床上，他進入幻覺狀態，跟眼前看不見的什麼人在說話：「當你翻過喀隆雪山，站在蓮花生大師的掌紋中間，不要追求，不要尋找。在祈禱中領悟，在領悟中獲得幻象。在縱橫交錯的掌紋裡，只有一條是通往人間淨土的生存之路。」

我恍惚看見蓮花生離開人世時，天上飛來了一輛戰車，他在兩位仙女的陪伴下登上戰車，向遙遠的南方凌空駛去。

「兩個康巴地區的年輕人，他們去找通往香巴拉的路了。」活佛說。

我疲憊地看著他。「你要說的是——在一九八四年，這裡來了兩個康巴人，一男一女？」我問。

他點點頭。

「男的在這裡受了傷？」我又問。

「你也知道這件事。」活佛說。

扎妥・桑傑達普活佛閉上眼，斷斷續續回憶起當年那兩個年輕人來到帕布乃岡山區的事，他講起那兩個人告訴他一路上的經歷。我聽出扎妥活佛是在背誦我虛構的一篇小說。這篇小說我給誰都沒有看過，寫完鎖進了箱裡。他幾乎是在逐字逐句地背誦，地點是一路上直到帕布乃岡一個叫甲的村莊。時間是一九八四年。人物一男一女。這篇小說沒給別人看的原因就是到最後我也不知道主人公要去什麼地方。經活佛點明我現在才清楚。唯一不同的一點是結尾時主人公是坐在酒店裡有一位老人指路。我沒寫老人指的是什麼路，當時連我自己也不知道。而扎妥活佛說是在他的房子裡給那兩人指的路，但這裡還有一個巧合，即老人與活佛都談起過關於蓮花生的掌紋。

最後，其他人進屋來圍在活佛身邊，活佛眼睛半睜，漸漸進入了失去知覺和思想的狀態。

有人開始準備後事了。扎妥活佛將被火葬，我知道有人想拾到活佛的舍利作為永久的收藏和紀念。與扎妥．桑傑達普訣別後，在回家的路上，我邊走邊考慮著有關文學創作的動機問題……

回到家，我打開貼有「可愛的棄兒」題詞的箱子蓋。裡面整齊地排列著上百只牛皮紙袋，我所有不被發表或我不願發表的作品都存在這兒。我取出一個編碼是840720的紙袋，裡面是一個短篇小說，記錄著兩個康巴人來到帕布乃岡的經過，還沒有題目。下面是這篇小說的原文：婛趕著她的二十幾隻羊下山的時候，站在半山腰。她看見山腳底下那一條寬闊蜿蜒、礫石纍纍的枯乾的河床有個螞蟻般的小黑點在緩緩移動。她辨認出那是一個男人，正朝她家的方向走來。婛揮揮羊鞭，匆匆把羊往山下趕。

她粗略算了算，那人得走到天黑時才能到這兒。周圍荒野只有這隆起的小山崗上有幾間鵝卵石壘起的矮房，房後是羊圈，一共兩戶人家：婛和她的爸爸，還有一個五十多歲的啞女人。爸爸是個說《格薩爾》的藝人，常常被幾十里遠的外村人請去說唱，有時還被請到更遠的鎮裡。短則幾天，長則數月。來人騎馬，還牽匹空馬來到小山崗，把身背長柄六弦琴的爸爸請上馬。隨後馬蹄伴著銅鈴聲有節奏地久久敲響著荒野裡的寂靜。她站在崗上，一手撫摩坐立在她裙邊的大黑狗，一直望到兩匹馬拐過前面的山彎。

婛從小就在馬蹄和銅鈴單調的節奏聲中長大，每當放羊坐在石頭上，在孤獨中冥思時，那聲音就變成一支從遙遠的山谷中飄過的無字的歌，歌中蘊含著荒野中不息的生命和寂寞中透出的一絲蒼涼的渴望。

啞女人整天織氆氌，每天早晨站在小山崗上，向空中撒出一把豌豆糌粑，呼喊著觀音菩薩。然後手搖一柄浸滿油汙的經輪筒，朝東方喃喃祈禱。偶爾在半夜時分，爸爸爬起身去女人房裡，天濛濛亮時頭頂蒙著長長的袍子又鑽進自己的羊皮墊裡。早晨婛起來擠完奶打好茶，喝糌粑糊。然後背上裝了一天口糧的小羊皮口袋，背一只小黑鍋，去房後拉開羊圈柵欄，軟鞭一揮，趕著羊群上山。生活就是這樣。婛把食物和熱茶準備好，趴在毯子上等待來客。室外的狗叫了，她衝出門，月亮剛剛升起。她拉住狗鏈，不見四周有人，一會兒，從她前面的坡下冒出個腦袋。

「來吧，不要緊，我抓住狗的。」婛說。

來人是一位頂天立地的漢子。

「辛苦，大哥。」婛說。她把漢子領進了房裡，他禮帽下的額邊垂著一綹鮮紅的絲穗。爸爸不在家，去說《格薩爾》了。隔壁傳來啞女人織氆氌時木棰砸卜的梆梆聲。這位疲憊的漢子吃過飯道完謝後便倒在婛的爸爸床上睡了。

婛在門外站了一會兒，天空繁星點點、周圍沉寂得沒有一點大自然的聲音，眼前空曠的峽谷地帶在月光下泛著青白色。大黑狗被鐵鍊拴著在原地轉圈，婛過去蹲下身摟著牠的脖子。想起自己在這寂寞簡樸的小山崗上度過的童年和少年時代，想起每次來接爸爸上馬的都是些沉悶不語的人，想到屋裡那位從遠方來明天又要去遠方的酣睡的旅人。她哭了，跪在地上捧著臉，默默祈求爸爸的寬恕，然後將眼淚在黑狗的皮毛上蹭擦乾，起身回屋。黑暗中，她像發瘧疾似地渾身打顫，一聲不響地鑽進了漢子的羊毛毯裡。

當東方的啟明星剛剛升起，在搖曳的酥油燈下，婛把自己的薄毯裹成一個卷，在一只布袋裡塞了些牛肉乾、揉糌粑的皮口袋、粗鹽和一塊酥油，又背上天天放羊時在山上熬茶用的小黑鍋，一個姑娘該帶的都在她背上了。她最後巡視一眼昏暗的小屋。「好了。」她說。漢子吸完最後一撮鼻菸，拍拍巴掌上的菸末起身。摸她頭頂。摟住她的肩膀，兩人低頭鑽出小屋，向黑魆魆的西方走去。婛全身負重，身上的東西一路上叮噹作響。她根本不想去打聽漢子會把她帶向何處，她只知道她永遠要離開這片毫無生氣的土地了。漢子手中只提著一串檀香木佛珠，他昂首闊步，似乎對前方漫漫的旅途充滿了信心。

「你腰上掛條皮繩幹什麼？像隻沒人牽的小狗。」塔貝問。

「用它來計算天數，你沒見上面打了五個結嗎！」婛告訴他，「我離開家有五天了。」

「五天算什麼，我生來沒有家。」

她跟著塔貝徒步行走，一路上，有時在村莊的麥場上過夜，有時住羊圈裡，有時臥在寺廟廢墟的牆角下，有時住山洞，運氣好時，能在農人外屋借宿，或是在牧人的帳篷裡。

每進一個寺廟，他倆便逐一在每個菩薩像的座臺前伸出額頭觸碰幾下，膜拜頂禮。在寺廟外，道路旁，江河邊，山口上，只要看見瑪尼堆，都少不了拾幾塊小白石放在上面。一路上還有些磕等身長頭的佛教徒，他們一步一磕，繫著厚帆布圍裙，胸部和膝部磨穿了，又補了幾層厚補釘。他們臉上突出的地方全是灰，額頭上磕了一個雞蛋大的肉瘤，血和土黏在一起。手掌上釘鐵皮的木板護套在他們身體俯臥的兩邊地上印出兩道深深的擦痕。塔貝和婛沒有磕長頭，他倆是走路，於是超過了他們。

西藏高原群山綿延，重重疊疊，一路上人煙稀少。走上幾天看不到一個人影，更沒有村莊。山谷裡颳來呼呼的涼風。對著藍色的天空仰望片刻，就會感到身體在飄忽上升，要離開腳下的大地。烈日烤炙，大地灼燙。在白晝下沉睡的高原山脈，永恆與無極般寧靜。塔貝的身體矯健靈活，上山時腳尖踩著一塊塊滑動的石頭步步上躥，他徑直攀上一塊圓石，回頭看見婛被甩下好長一截，便坐下來等她。他們在趕路時總是默默無言，婛有時在難以忍受的沉默中突然爆發出她的歌聲，像山谷裡的一隻母獸在仰天吼叫。塔貝並不轉過頭看她一眼，只顧行路。婛過一會不唱了，周圍又是死一般沉寂。婛低頭跟在他身後，只有坐下來小憩時才說說話。

「不流血了吧？」

「它現在一點也不疼。」

「我看看。」

「你去給我捉幾隻蜘蛛來，我捏碎了塗在上面就會好得快。」

「這兒沒有蜘蛛。」

「去找找，石頭縫裡，你扒開石塊會有的。」

婛在四周扒開一塊塊半掩在土中的石塊，認真地尋找蜘蛛。一會兒她就捉了五六隻，握在掌中，走過來扳開塔貝的手掌放在上面。他一隻隻捏碎後塗在小腿的傷口上。

「那條狗好凶，我跑跑跑跑，背上的鍋老碰我的後腦勺，碰得我眼睛都花了。」

「當初我該拔出刀宰了牠。」

「那女人給我們這個。」她模仿著做了個最汙辱人的下流動作，「真嚇人。」

塔貝又抓起一把土撒在傷口上，讓太陽晒著。

「她錢放在哪兒的？」

「在酒店的屋櫃子裡，有這麼厚一疊。」他亮亮巴掌，「我只拿了十幾張。」

「你用它想買什麼呢？」
「我要買什麼？前面山下有個次古寺，我給菩薩送去。我還要留一點。」
「好的。你現在好點了嗎？不疼了吧？」
「不疼了。我說，我口乾得要冒煙。」
「你沒見我把鍋已經架上了嗎？我就去撿點乾刺枝。」
塔貝懶洋洋躺在石頭上，將寬禮帽拉在眼睛上擋住陽光，嘴裡嚼著乾草，婛趴在三顆白石壘成的灶前，臉貼著地，鼓起腮幫吹火熬茶。火苗「嘭」地燃燒起來。她跳起身，揉揉被煙熏得灼辣的眼，拉下前額的頭髮看看，已經被火舌燎焦了。
遠處高山頂上有兩個黑影，大約是牧羊人，一高一矮，像是盤踞在山頂岩石上的黑鷹。他們一動也不動。
她也看見了他們，揮起右手在空中畫圈向他們招呼，上面的人晃動起來，也劃起圈向她致意。距離太遠，扯破嗓子喊互相也聽不見。
「我還以為這裡只有我們兩個人。」婛對塔貝說。
「我在等你的茶。」他閉上眼。
婛忽然想起了什麼，她從懷裡掏出一本書，很得意地向塔貝展示自己的獵物，那是昨晚上在村裡投宿時從一個往她耳裡灌滿了甜言蜜語、行為並不太規矩的小夥子屁股兜裡偷來的。塔貝接過一看，他不認識這種文字和一些機械圖，封面印的是一幅拖拉機。「這玩意兒沒一點用處。」他扔給婛。婛很沮喪，下一次燒茶時她一頁頁撕下來用作引火的燃料了。

走到黃昏，站在山彎遠遠看見前面的一個被綠樹懷抱的村莊時，婛的精神重新振奮起來，又唱起歌了，她掄起拄棍在地邊的馬蘭草堆裡亂舞，又端起棍子小心翼翼地戳戳塔貝的胳肢窩和腰下，想逗他發癢。塔貝不耐煩地抓住棍梢往外一甩，拽得她趔趄幾下跌倒在地。

進了村，塔貝自己一個人去喝酒或者幹別的什麼去了。他倆約好在村裡小學校邊一幢剛剛蓋好還沒有安裝門窗的空房子裡住宿。村裡的廣場晚上演電影，有人在木桿上掛銀幕。婛在一片林子裡拾柴火時被一群小孩圍住，孩子們趴在牆頭朝她扔石頭。有一顆打在她肩上，她沒有回頭，直到一個戴黃帽子的年輕人把孩子們轟走。

「他們扔了八顆石頭，有一顆打中你了。」黃帽子笑眯眯地說，他把手中握著的一只電子計算機攤在婛眼前，顯示屏顯出一個阿拉伯數字「8」，「你從哪兒來？」

婛看著他。

「你記不記得你走了多少天？」

「我不記得。」婛撩起皮繩說，「我數數看。你幫我數數。」

「這一個結算一天嗎？」他跪在她跟前。「有意思……九十二天。」

「真的！」

「你沒數過嗎？」

婛搖搖頭。

「九十二天，一天按二十公里計算。」他戳戳計算機上的數字鍵碼，「一千八百四十公里。」

婛沒有數字概念。

「我是這兒的會計。」小夥子說，「我遇到什麼問題，都用它來幫我解答。」
「這是什麼？」婋問。
「是電子計算機，好玩極了。它知道你今年多大。」他按出一個數字給婋看。
「多大？」
「十九歲。」
「我今年十九歲嗎？」
「那你說。」
「我不知道。」
「我們藏族以前從不計算自己的年齡。但它卻知道。看，上面寫的是十九吧。」
「不像。」
「是嗎？我看看。哦，剛開始看有些不習慣，它的數字有點怪。」
「它能知道我名字嗎？」
「當然。」
「叫什麼。」
他一連按出八位數，把顯示屏顯得滿滿的。
「怎麼樣？它知道吧。」
「叫什麼？」
「你連自己的名字還看不出來？笨蛋。」

「怎麼看？」

「你這樣看，」他豎著給她看。

「這是叫婛嗎？」

「當然叫婛，洽霞布久曲呵婛。」

「嘿！」她興奮地叫道。

「嘿什麼，人家外國人早用了。我在想一個問題，以前我們沒日沒夜地幹活，用經濟學的解釋是輸出的勞動力應該和創造的價值成正比。」他信口開河起來，把工分值、勞動值以及商品值和年月日加減乘除亂說一通。又顯出數字，「你看看，計算出來倒成了負數。結果到年終我們還要吃返銷糧，向國家伸手要糧。這是違反經濟規律的……你瞪我幹什麼？想吃掉我？」

「如果你沒晚飯吃，就在這兒吃好了，我拾了柴就燒菜。」

「他媽的，你是從中世紀走來的嗎？或者你是……是叫什麼外星人。」

「我從很遠的地方來，走了……」她又撩起皮繩。「剛才你數了多少？」

「我想想，八十五天。」

「走了八十五天。不對，你剛才說九十二天，你騙我。」婛咯咯笑起來。

「啊嘖嘖！菩薩喲，我快醉了。」他閉眼喃喃道。

「你在這兒吃嗎？我還有點肉乾。」

「姑娘，我帶你去一個地方好吧？有快活的年輕人，有音樂、啤酒，還有迪斯科。把你手上那些爛樹枝扔掉吧！」

塔貝從黑壓壓一片看電影的人群中擠出來。他沒被酒灌醉，倒被那銀幕上五光十色、晃來晃去、時大時小的景物和人物弄得昏頭脹腦、疲憊不堪，只好拖著腳步回到那幢空房裡。小黑鍋架在石頭上，石頭是冰涼的。婃的東西都放在角落邊。他端起鍋喝了幾口涼水，便背靠牆壁對著天空冥思苦想。越往後走，所投宿的村莊越來越失去了大自然夜晚的恬靜，越來越嘈雜、喧囂。機器聲，歌聲，叫喊聲。他要走的絕不是一條通往更嘈雜和各種音響混合聲的大都市，他要走的是……婃撞撞跌跌回來，她靠著沒有門框的土坯牆，隔著一段距離塔貝就聞到她身上發出的酒氣，比他噴出的酒氣要香一些。

「真好玩，他們真快活，」婃似哭似笑地說。「他們像神仙一樣快活。大哥，我們後……大後天再走。」

「不行。」他從不在一個村裡住兩個晚上。

「我累了，我很疲倦。」婃晃著沉甸甸的腦袋。

「你才不懂什麼叫累，瞧你那粗腿，比犛牛還健壯。你生來就不懂什麼叫累。」

「不，我說的不是身體。」她戳戳自己的心窩。

「你醉了，睡覺。」他扳住她的肩頭將她按倒在滿是灰土的地上。最後替她在皮繩上繫了個結。

婃越來越疲倦了，每次在途中小憩時，她躺下就不想繼續往前走。

「起來，別像貪睡的野狗一樣賴著。」塔貝說。

「大哥，我不想走了。」她躺在陽光下，瞇起眼望著他。

「你說什麼？」

「你一人走吧，我不願再天天跟著你走啊走啊走啊走。連你都不知道該去什麼地方，所以永遠在流浪。」

「女人，你什麼都不懂。」但是他知道該往哪個方向走。

「是，我不懂。」她閉上眼，蜷縮成一團。

「滾起來，」他在㛈屁股上踹了兩腳，高高揚起巴掌，做出砍來的樣子。「要不，我揍你。」

「你是個魔鬼！」㛈哼哼唧唧爬起身。塔貝先走了，她拄著棍子跟在後面。

㛈在一個她認為適當的機會時逃跑了。他倆睡在山洞裡，半夜時她爬起身，沒忘記背上她的小黑鍋，藉著星光和月光朝山下往回跑。她覺得自己像出籠的小鳥一樣自由。到第二天中午，在一邊是深谷的岩邊休息時，從對面山脊出現了一個黑點，就像那天她放羊回家時所看見的一樣。塔貝截住了她，走來。她氣得發抖，掄起小黑鍋向他頭上死命砸去，那其大無比的力量足以使一頭野公牛的腦漿飛迸出來。塔貝驚駭機智地閃過，抬手一撥，黑鍋從她手中飛脫，叮叮噹噹滾下深谷裡。他倆互相看看，聽見那聲音響了好一陣。最後㛈只得嗚嗚咽咽攀下深谷，幾個時辰後才把鍋撿上來。鍋身碰滿了大大小小的凹坑。

「你賠我的鍋。」㛈說。

「我看看，」他接過來。兩人仔細檢查了一陣，「只有一條小縫，我能補好。」

塔貝走了，㛈垂頭喪氣地跟著。

「哎——」她用大得出奇的聲音唱起一首歌，把整個山谷震得嗡嗡響。

大概有那麼一天，塔貝對㛈也厭倦了，他想：只因我前世積了福德和智慧資糧，棄惡從善，才沒有投到地獄，生在邪門外道，成為餓鬼痴呆，而生於中土，善得人身。然而在走向解脫苦難終結的道路上，女人和錢財都是身外之物，是道路中的絆腳石。

不久，他倆來到名叫「甲」的村莊。這個時候，婛的腰間那根皮繩已繫了一串密密麻麻的結。沒想到甲村的人們會敲鑼打鼓站在村口迎接他倆。民兵組成儀仗隊背著半自動步槍站在兩旁，為了保險起見，槍口都塞了紅布捲。兩頭由四個村民裝扮的犛牛在夾道中跳著舞。村長和幾個姑娘捧著哈達和壺嘴上沾著酥油花的銀壺在最前面迎接。原來這裡一直大旱。前不久有人打了卦，今天黃昏時會有兩個從東邊來的人進村，他們將帶來一場瓊漿般吉祥的雨水，使久旱的莊稼得到好收成。他倆果然出現了，人們認為這是一個好兆頭。歡天喜地將塔貝和婛扶上掛滿哈達的鐵牛拖拉機簇擁著進了村。男女老少都穿著新衣，家家戶戶的屋頂都換了新的五色經幡布。有人從婛的音容、談吐和體態上看出了她有轉世下凡的白度母的特徵，於是塔貝被撇在一邊。但是塔貝知道婛絕不是白度母的化身。因為在婛睡熟的時候，他發現她的睡相醜陋不堪，臉上皮肉鬆弛，半張的嘴角流出一股股口涎。

他一人悶悶不樂地去酒店喝酒，他想惹點事，最好有人討厭他，跟他過不去，他就有事幹了。打上一場，那人敢跟他拚刀子更好。

酒店只有一個老頭在喝酒，蒼蠅在他頭頂飛來飛去。塔貝進去後，帶著挑釁的神氣坐在他對面。一個包花頭巾的農家姑娘取一只玻璃杯放在他桌前，斟滿酒。

「這酒像馬尿。」他喝了一口大聲說。

沒有人回答。

「你說像不像？」他問老頭。

「要說馬尿，我年輕時喝過。那真正是用嘴對著公馬底下那玩意兒喝的。」

塔貝得意地笑起來。

「為了把我的牛羊從阿米麗爾大盜手中奪回來，我從格則一直追到塔克拉瑪干沙漠。」

「阿米麗爾是誰？」

「嘿，那是幾十年前從新疆那邊來的一支強盜的女首領，是哈薩克人，在阿里和藏北一帶赫赫有名。一個萬戶數不清的牛羊群在一夜之間就從草原上帶走，第二天從帳篷出來一看，白茫茫一片，留下的只有數不清的蹄印，連噶廈政府派出的藏兵也制不了她。」

「後來？」

「剛才你說馬尿。是啊，我背著叉子槍，騎馬追我的牛羊，在那大沙漠裡，就是那幾口馬尿救了我的命。」

「再後來？」

「再後來，女首領要留我，留我給她當……」

「丈夫？」

「羊倌。我是萬戶的兒子啊！她娘的長得真漂亮，她簡直是太陽，誰都不敢對直看她一眼，我逃了回來。你說說，我除了地獄和天堂，還有什麼地方沒去過？」

「我要去的地方你就沒去過。」塔貝。

「你準備去哪兒？」老頭問。

「我，不知道。」塔貝第一次對前方的目標感到迷惘，他不知道該繼續朝前面什麼地方去。老頭明白他的心思。

老頭指著他身後的一座山說：「誰也沒有往那邊去過。我們甲村以前是驛站，通四面八方，可就是沒人往那邊去。一九六四年的時候，」他回憶起來，「這裡開始辦人民公社，大家都講走共產主義道路，那時沒有幾個人講得清楚共產主義是什麼，反正它是一座天堂。在哪兒，不知道。問衛藏的來人說，沒有。問阿里的來人說，沒有。康藏的人也說沒看見。那隻有喀隆雪山沒人去過。村裡就有幾個人變賣了家產，背著糌粑口袋，他們說去共產主義，翻越喀隆雪山，從此沒回來。後來，村裡人沒一個再去那邊，哪怕日子過得再苦。」塔貝用牙咬住玻璃杯口，翻起眼看他。

「但是我知道有關喀隆雪山下的一點祕密。」老頭眨眨眼。

「說吧。」

「你準備去那邊嗎？」

「也許。」

「爬到山頂，你會聽見一種奇怪的哭聲，像一個被遺棄的私生子的哭聲，不要緊，那是從一個石縫裡吹來的風聲。爬完七天，到山頂時剛好天亮，不要急著下山。太陽下，雪的反光會刺瞎你的眼，等天黑後再下山。」

「這不是祕密。」塔貝說。

「對，這不是祕密。我要說的是，下山走兩天，能看見山腳下時，那底下有數不清的深深淺淺的溝壑。它們向四面八方伸展，彎彎曲曲。你走進溝底就算是進了迷宮。對，這也不是什麼祕密，別打斷我的話，你知道山腳為什麼有比別的山腳多得多的溝壑嗎？那是蓮花生大師右手的掌紋。當年他與一個叫喜巴美如的妖魔在那裡混戰一百零八天不分勝負，大師施出種種法力未能降伏喜巴美如。當妖魔變成一隻小小的蝨子想使對手看不見時，蓮花生舉起了神奇的右手，口中高聲念誦著咒經，一巴掌蓋向大地，把喜巴美如鎮到了地獄中，從此在那裡留下了自己的掌紋。凡人只要走到那裡面就會迷失方向。據說在這數不清的溝壑中只有一條能走出去，剩下的全是死路。那條生路沒有任何標記。」

塔貝神情嚴肅地看著老頭。

「這是一個傳說，我也不知道走出去以後前面是個什麼世界。」老頭搖搖頭，咕嚕道。

塔貝準備去那邊了。老頭後來向他提出要求，請他將婛留下。他家有個兒子，最近剛買了一臺拖拉機。現在家家都想買拖拉機。大清早，隆隆的機器聲掩蓋了千百年雄雞的打鳴聲。道路上的馬車和毛驢被擠到了邊上。人們喝著從雪山流下的純潔透明的溪水時，也嗅到一股淡淡的柴油氣味。老頭自己經營著一座電機磨房，老伴耕種著十幾畝田地。前不久，老頭還去大城市出席了一個「治窮致富先進代表大會」，領到獎狀和獎品，報紙上也登過他的四吋大照片。他們世世代代沒像現在這麼富裕過，也世世代代沒像現在這麼忙碌過。需要一個操持家務的媳婦。說話的時候，他兒子進來了，掏出一沓花花綠綠的鈔票，想在外鄉人面前炫耀。兒子戴著電子錶，腰間掛著小巧的放聲機，頭上戴著耳機，他隨著別人聽不見的音樂節奏扭著舞步，真是把城裡公子哥兒的派頭學到家了。塔貝對此無動於衷，只是門外停著的那輛沒熄火的手扶拖拉機的突突聲牽動了一下他的心弦。他起身走向拖拉機旁，摸摸扶手。

「好的，婛留給你了。」塔貝說。小夥子大概剛從婛那裡得到了一點什麼，笑眼矇矓。

「我能坐坐你這玩意兒嗎？」塔貝問。

「當然，半個小時保你會開。」小夥子上前教他操作常識，教他怎樣控制油門，教他怎樣換擋、離合器怎樣配合、怎樣起步和煞車。

塔貝慢慢開動了拖拉機，行駛在黃昏的鄉村土道上。婛在一旁看著他。她要留下來了。她愉快地流著眼淚。這時後面開來一輛速度很快的帶拖斗的鐵牛拖拉機，塔貝不知道怎麼辦。旁邊是條淺溝，小夥子在後面高聲喊他開進溝裡。塔貝從駕駛座跳到了路中間，手扶拖拉機自己慢慢溜進了溝裡。他被來不及煞車的「鐵牛」後面的拖斗撞倒在地。大家全圍上前。塔貝爬起身，拍拍土。他的腰部被撞了，他說沒什麼，一點事也沒有。大家鬆了口氣。

塔貝要走了，他第一次擺弄機器就被它咬了一口。他抱住婛，跟她行了個碰頭禮，往喀隆雪山那邊去了。到夜晚時，果然下了場雨，村裡人高高興興唱起歌。塔貝離開甲村，一人進了山。在半路上，他吐了一口血，他的內臟受了傷。

小說到此結束。

我決定回到帕布乃岡，翻過喀隆雪山，去蓮花生的掌紋地尋找我的主人公。

從甲村翻過喀隆雪山到掌紋地的路途比我預料的要遙遠得多。僱的一匹騾子在途中累倒了。牠臥在地上，口中流著白沫，用臨死前那樣一種眼光看著我。我只得卸下牠馱的包囊背在自己身上，在牠嘴邊放了幾塊捏碎的壓縮麵包。一翻過喀隆雪山，首先聽見海嘯般轟轟巨響，山下的雪堆像雲朵般上下翻捲，腳下的雪粒像急流的河水。但是我的整個身體一點沒感到風的吹動，空氣就像無風的冬夜一樣寒冷而靜謐。我戴著防護鏡，所以用不著等到天黑才下山。整個山面是被厚雪覆蓋的一片平滑的大斜坡，看上去沒什麼凸凹障礙，我背著囊包走「Z」形緩慢下山。沉重的囊包從背上慢慢墜到腰間，就在我收腹挺胸聳肩想把囊包提起來時，由於猛烈的失重，腳下站立不穩，一個跟頭朝前跌倒。我知道已經無法再站起來，身體正快速往下滑動，於是手腳抱成一團，接著天旋地轉向山下滾去。萬幸的是，還沒掉進雪窩裡去。等我醒來，已躺在平整鬆軟的雪地上，我已到了山腳，向上望去，在雪坡中一道深深的條痕通到高處雪霧飄渺的空間。

在山頂時我看了一次錶，時間是九點四十六分，此刻再次看錶時，指針卻指向八點零三分。走下雪線便進入草苔地帶，再往下是草地，高寒灌木叢，小樹林，接著是一片大森林。穿出森林，樹木植物又漸漸稀少，呈現出光禿禿的荒涼的山石、空壩。整個途中，我不時地看錶，把心裡估計的時間和錶上的時間不斷加以對照，計算一番後得出了結論：翻過喀隆雪山以後，時間開始出現倒流現象，右手腕上這塊精工牌全自動太陽能電子錶從月分數字到星期日曆全向後翻，指針向逆方向運轉，速度快於平常的五倍。

越往前走，映入視覺中的自然景象也越來越產生了形的異變：一株株長著卵形葉子、枝幹黃白的菩提樹，根部像生長在輸送帶上一樣整整齊齊從我跟前緩緩移過。旁邊有座古代寺廟的廢墟。在一片廣闊的大壩上走來一隻長著天梯般長腳的大象。牠使我想起了薩爾瓦多·達利的《聖安東尼的誘惑》，我小心翼翼避開這一切，加快腳步，並不回頭再望一眼。一直走到蒸騰著熱氣的溫泉邊才歇息一會兒。我實在太累了，但不敢睡，我知道一旦合上眼皮，將永遠長眠不醒了。透過溫泉的熱氣，前面有些不知哪個時代遺棄在這裡的金馬鞍、弓箭鐵矛、盔甲、轉經筒和法號，還有破成布條的黃旗，這裡很像是一個古戰場。如果我不那麼累的話，我會走過去仔細看看，也許能考證出《格薩爾》史詩中所描寫的某一戰場是在這裡。現在我只能坐在一旁遠遠地觀看。這些金屬被溫泉長時間的高溫熔化了，軟綿綿攤在那裡，失去了視覺上的硬度感，有的已無法辨認出它本身的形狀，變成稀釋的物質四處流溢，頗有規律地排列組合成像馬雅文字一樣難解的符號。起先我懷疑眼前這一切物象是由於患上了孤獨症而錯誤地感知外界客體產生形的變異，但馬上又排斥了這個想法，因為我大腦的思維是有邏輯性的，記憶力和分析能力都良好。太陽自始至終由東向西，宇宙不管怎樣還是在按照自身的規律存在和運動。雖然白晝和黑夜交替出現，但由於手錶上的指針繼續向反時針方向作快速運行，日曆和星期月分牌不斷向後翻，這使我心理上產生一種體內生物鐘的紊亂，甚至身體出現失重現象。

等我從一個黎明醒來，發現自己睡在一塊高大無比的紅色巨石下面。我是在一個呈放射型向前延伸的數不清溝壑的匯聚點上。一定是這又涼又潮的寒意把我凍醒了，加上從四處溝底吹來的風更冷得我牙齒打顫。我急忙攀上眼前一面亂石突出的溝壁，探頭一看，前面是一望無際的地平線，我已經到了掌紋地。數不清的黑溝像魔爪一樣四處伸展，溝壑像是乾旱千百年所形成的無法彌合的龜裂地縫，有的溝深不見底。竟然找不到一棵樹，一根草。一片蠻荒，它使我想起一部描寫核戰爭電影的最後一個廣角鏡頭；在世界末日的焦土上，一東一西兩個男女主人公慢慢抬起頭，費力地向對方爬去，最後這兩個世界上唯一的倖存者終於爬到一起，擁抱。苦難的眼光。定格。他們將成為又一對亞當和夏娃。

扎妥．桑傑達普的軀體早已被火葬，大概有人在燙手的灰燼中撿到了幾塊珍寶般的舍利。我的主人公卻沒有在眼前出現。

「塔——貝！你——在——哪——兒？」我放開聲音喊叫，我覺得他走不出這塊地方。聲音傳得很遠，卻沒有一點回音。

不一會兒，我便看見了奇蹟：一兩公里外的前面出現了一個黑點。我沿著壟溝朝前飛跑，一面喊著我的主人公的名字。等我看清時，驚訝得站住了：是婛！這是我萬萬沒預料到的。

「塔貝要死了。」她哭哭啼啼走過來說。

「他在哪兒？」

婛把我帶到她身邊的溝底下。塔貝躺在地上，他臉色蒼白，憔悴，沉重地呼吸著。溝邊長著苔蘚的石縫裡滴著水，在地上積成個小水窪，婛不停地用腰帶蘸一點水，滴在他半張的嘴裡。

「先知，我在等待，在領悟，神會啟示我的。」塔貝睜眼看著我說。

「他腰上的傷很嚴重，需要不停地喝水。」婛在我耳邊低語。

「你為什麼沒留在甲村？」我問。

「我為什麼要留在甲村呢？」她反問。「我根本沒這樣想過，他從來沒答應我留在什麼地方。他把我的心摘去繫在自己腰上，離開他我準活不了。」

「不見得。」我說。

「他一直想知道那是什麼。」婛指著我身後，我回過頭，從溝底往回望去，這是一條筆直的深溝，一直可見到頭，前面那座紅色巨石正是我昨晚過夜的地方。現在才看清，紅色的心臟上刻著一個雪白的「ཧཱུྃ」。站在紅石下仰起頭是無法看見的。「ཧཱུྃ」通常是喇嘛念「唵嘛呢叭咪吽」六字真言一百遍時要喊出的一個音節。它刻在紅石上。據我所知，要麼，就是此地是神靈鬼怪出沒的地方，要麼，這裡曾埋葬過一位偉人的英靈，在從江孜到帕里的一個名叫曲米新古河邊的一塊岩石上也刻著這樣一個「ཧཱུྃ」，那是為紀念一九〇四年為抵抗英國人的侵略在那裡獻身的藏軍首領二代本拉丁而刻的。但這一切，我覺得沒有對塔貝再解釋的必要。此時此刻，我才發現一個為時過晚的真理，我那些「可愛的棄兒」們原來都是被賦予了生命和意志的。我讓塔貝和婛從編有號碼的牛皮紙袋裡走出來，顯然是犯了一個不可彌補的錯誤。為什麼我至今還沒塑造出一個「新人」的形象來？這更是一個錯誤。對人物的塑造完成後，他們的一舉一動即成客觀事實，如果有人責問我在今天這個偉大的時代為什麼還允許他們的存在，我將作何回答呢？

懷著最後的一絲僥倖心理，我俯在塔貝耳邊，輕聲細語地用各種他似乎能理解的道理說服他，使他相信他要尋找的地方是不存在的，就像托馬斯·莫爾創造的《烏托邦》，就那麼一回事。

晚了，在他生命的最後一刻要讓他放棄多少年形成的信仰是不可能了。他翻了個身，將腦袋貼在地面。

「塔貝，」我說，「你會好起來的，你等我一會兒，我的東西全放在那邊，裡面還有些急救藥……」

「噓！」塔貝制止住我，耳朵貼緊冰涼潮溼的地面。「你聽！聽！」

好半天，我只聽見自己心律跳動中出現的一點微弱的雜音。

「扶我上去！我要到上面去！」塔貝坐起身，揮舞著手喊道。

我只得扶起他。婛先爬到溝上面，我在下面托住塔貝，他身體居然很沉。我扛著他，一手小心護著他腰，另一隻手扭住鋒利突出的岩石塊，一點點把他往上托。兩隻腳踩在外凸的石塊上。攀石的那隻手被劃了一下，先是麻木，接著灼痛，熱呼呼的血流了出來，順著胳膊流到衣袖裡。婛趴在上面，伸下兩隻手夾住了塔貝的胳肢窩。一個在上面拽，一個在下面托，費好大的勁才把他抬上溝來。太陽正要從地平線上升起，東邊輝映著一派耀眼的光芒。他貪婪地吸了一口早晨的空氣，眼睛警覺地四處搜尋，想要發現什麼。

「它說的是什麼，先知？我聽不懂，快告訴我，你一定聽懂了，求求你。」他轉過身匍匐在我腳下。他耳朵裡接收的信號比我早幾分鐘，隨後我和婛都聽見了一種從天上傳來的非常真實的聲音。我們注意聆聽。

「是寺廟屋頂的銅鈴聲。」婛喊道。

「是教堂的鐘聲。」我糾正道。

「山崩了，好嚇人。」婛說。

「不，這是氣勢龐大的鼓號樂和千萬人的合唱。」我再次糾正道。婛困惑地看我一眼。

「神開始說話了。」塔貝嚴肅地說。

這次我沒敢糾正。是一個男人用英語從擴音器裡傳來的聲音。我怎麼也不能告訴他，這是在美國洛杉磯舉行的第二十三屆奧林匹克運動會的開幕式，電視和廣播正通過太空向地球上的每一個角落報送著這一盛會的實況。我終於獲得了時間感。手錶上的指針和日曆全停止了，整個顯出的數字告訴我：現在是公元一千九百八十四年七月，北京時間二十九日上午七時三十分。

「這不是神的啟示，是人向世界挑戰的鐘聲、號聲，還有合唱聲，我的孩子。」我只能對他這樣講。

不知他聽見沒有，或者他什麼都明白了。他好像很冷似的蜷縮起身子，閉上眼，跟睡著了一樣。我放下塔貝，跪在他身邊，為他整理著破爛的衣衫，將他的身體擺成一個弓形，由於我右手上的血沾在了他衣衫上，這使我感到很內疚。是我害了他，也許，這以前我曾不只一次地將我其他的主人公引向死亡的路。是該好好內省一番了。

「現在，只剩下我一個人了。」婃可憐巴巴地說。

「你不會死。婃，你已經經歷了苦難的歷程，我會慢慢地把你塑造成一個新人的。」我仰面望著她說，我從她純真的神情中看見了她的希望。

她腰間的皮繩在我鼻子前晃蕩。我抓住皮繩，想知道她離家的日子，便順著頂端第一個結認真地往下數：「五……八……二十五……五十七……九十六……」

數到最後一個結是一百零八個，正好與塔貝手腕上念珠的顆數相吻合。

這時候，太陽以它氣度雍容的儀態冉冉升起，把天空和大地輝映得黃金一般燦爛。

我代替了塔貝，婃跟在我後面，我們一起往回走。時間又從頭算起。

作者簡介

——扎西達娃（1959-），生於甘孜州巴塘縣，畢業於拉薩中學，後從事劇團與編劇工作，一九七九年於《西藏文學》發表小說，現為西藏作協主席、西藏文聯主席。作品曾獲全國少數民族優秀作品一等獎、莊重文文學獎，〈西藏，繫在皮繩結上的魂〉獲第八屆全國優秀短篇小說獎，中篇小說〈西藏，隱祕歲月〉獲第八屆全國中篇小說提名獎，著有長篇小說《騷動的香巴拉》，遊記《古海藍經幡》，小說集《西藏，繫在皮繩結上的魂》、《風馬之耀》、《西藏，隱祕歲月》，《扎西達娃小說選》等。

島嶼

孫甘露

一個人是一座島嶼，一篇小說是一座島嶼，一次寫作也是一座島嶼。如此等等。

漫遊正是一種傳統。精神的和內心的漫遊則是一種散文之外的屬於夜晚的傳統。萬物之靈的可悲的偏執。在島嶼的周圍是水和漫遊者，這兩者其實都是敘述者。就此而言，一個短篇小說的長度剛好是一百年，這類說法在小說之外是令人無法接受的。

霍德是一位小說作家。不過這種說法是十分可疑的，他將他唯一的一部著作帶在身邊，每日研讀。當然這一切只是在傳說之中。

誰也沒有讀到過這部小說集，即使在傳說中也沒有人讀到過。可以假定是不存在的，就像一座已經沉沒了的島嶼。短篇小說的半徑剛好是光在一秒鐘內的歷史。據說這記載在霍德的小說集中。這部著作的題目是「島嶼」。這是無法證實的。

霍德出生的那天魚群停止了洄游，而飛禽則開始了遷徙。這也是無法證實的。如同霍德在《島嶼》中寫道：短篇小說中的降雨量是可以測算的。霍德的母親是一位少女，她草率作出決定，要在島上產下作家霍德，他的生父是無從查考的。

在《島嶼》中霍德明確寫道：短篇小說的車速不得超過十五公里／小時。霍德在五十歲那年（短篇小說的一半）在島嶼上駕車以每小時四十五公里的速度撞倒了他小說中的人物少女樺。因此霍德被判處在島上服役六十年，不得離開島嶼。這就是說，在短篇結束的時候，作家還有十年的時間才被准許離開這篇已經不再存在的小說。《島嶼》所研討的主題是：作家怎樣遵守他自己制定的小說規則。

從全知的敘述來看，少女樺是一名狂躁症患者，她在公路中央行走是出於無奈，因為她不能自持。而作家霍德是一名夢遊症患者。就純粹環境角度而言，當天日照充足，能見度極高，公路平坦，氣溫適度，發生車禍完全是出於作家霍德的需要。在他選擇這一結局的一瞬間，他回顧了一下自己的歷史，並且還簡要回溯了他所從屬的那個種族的歷史，他還從中找出了兩三條文化的原因以及一條佛洛伊德式的原因。基於風俗的考慮，霍德留意了公路兩旁坡地上的植物，一片石楠，幾棵歪脖子樹。他還留意了自己的呼吸、脈搏，還捎帶自後視鏡中觀察了一下自己的臉色。找出動機和必然性是為了敘述的價值。這一下撞得可不輕，差點沒把少女樺給撞到短篇小說之外去，要知道《島嶼》的面積也就是方圓十個平方米左右。

出於人道主義和結構的考慮，霍德駕車將少女樺送往島上的醫院。短篇小說的容量提醒霍德，隨著情節的展開和人物性格的發展，作家已經無法控制他筆下的人物。汽車開出去一公里左右，這時霍德要是再不幹出點駭人聽聞的事來，短篇小說的要素將被無可挽回地敗壞了。作家霍德此時受著小說史、批評家、人性的多重煎熬，他在斟酌是使用存在主義的選擇還是基督教傳統的懺悔。最終島民的地域文化心理占了上風，純樸的鄉土感情相對少女的惻隱之心使霍德作出了痛苦及其輝煌的道義上的抉擇。霍德滿懷深情地朝躺在後座上的少女樺望了一眼，然後加快了車速，但是經典的小說敘述要求作家霍德此刻節外生枝，波瀾起伏，霍德在職業訓練的慣性和職業道德壓力之下不得不置流血不止的少女於不顧，使汽車在公路的一個隨著陳述出現的拐彎處迎面撞上了另一輛汽車。

霍德是一名慣於想入非非的人物，這使得他明顯地有別於運貨卡車司機小默。在熱情地追隨潮流的作家霍德的筆下出現一個被稱為小默的司機實屬必然，這個五大三粗的年輕司機的名字雖然有點矯揉造作，但是從所謂發生學的角度來看，責任全在於霍德。他的寡情，他的不如意，他的小資產階級情調以及他的流氓無產者的沉淪生活使他自然而然地選中了小默。

這一事件就像唯一的一次初戀，從作家霍德的體內生長出來，然後棄他而去，徹底摧毀了他的理想，使他再也沒有可能成為一名純粹的夢想者，一名冷血暴徒，一名懷古的頌歌作者，一名不朽者。它宛若一個溫暖的祕密在霍德的內心深處出現而後消失，帶走了他的熱情、憂鬱和迷戀。作家霍德猶如一名午夜的侍者，一名晨間朝露的吮吸者，在島嶼上方的金色陽光下，以最出色的愛情交換不再存在的小說。

作為幻想，在冬季的一個夜晚（這正是霍德所鍾愛的時間），在島上的唯一的一所醫院裡（這一地點並沒有什麼特殊含義），作家霍德和卡車司機對坐在手術室外的褐色長椅上。似有若無的話題隨時間流逝而去。走廊裡柔和的光線和夜晚的談話使霍德的感覺逐漸變得不真實起來，他暗暗地問自己，對面這個平靜、壯實的年輕人是誰？他們最後的一個話題是有關繪畫史的，他提到了幾位關鍵性的大師的名字，這些霍德已經記不清了，因為在此之前，卡車司機勸作家做一件事：回憶《島嶼》。就霍德個人而言，想像的世界與世人共同的約定的世界的界限是含混不清的，整個存在都是虛構的。他拚命排除日常經驗，帶著愉快的心情享受暗示，享受晦澀，享受迷棚的境遇。

霍德確實陷入了完全的絕望，他多次試圖接近記憶中的《島嶼》，但是一片令人沮喪的迷霧總在他的記憶之窗前飄浮，便他感到再也無法重現那些被歲月之海淹沒了的島嶼。島嶼在別處。

人們可以用情人、受孕、吉日或者死亡來給生活標上印記，而霍德總是以小說作品取代它們。當他寫下情愛或者某個女人時，就是為了讓它們像島嶼一樣遠離他，最終為大海所浸沒。

他記不清了，那些篇幅短小、用很稚氣的方式表達妄念的島嶼有近二十座。

在《島嶼》中，霍德走進一間他所陌生的房子，通過他的敘述緩慢地接近它。時間是他作為作家生活中的某一天。這所房子有著一個昏暗的過道，右側有一扇門通向一間同樣昏暗的房間，他感到這是一座三層的樓房，是島上一些僻靜街道旁經常可見的。霍德所有小說故事都發生在島上的這所房子裡，它猶如一個舞台，而霍德則常常是一名衣衫襤褸的美工，他使用抽象的法則布置它，使之適用於一切人物和故事。

在這所房子的背後，隔著一片荒蕪的草坪是一座殖民地時期遺留下來的小教堂，它的內部被粗暴地改建為一個教師宿舍。這就是《島嶼》中少女樺的住所。

那時候霍德還被人稱為少年霍德。放學後，他通常在那個四周圍著籬笆的草坪上踢球，或者玩一種巨大的跳房子遊戲，他和一群女生混合編組，她們總是爭著選他，因為他是一個行家，幹這一行更勝於她們。有時候，他也被一些高年級的男生拉去玩捉迷藏，這個簡單的遊戲被一個高個子的傢伙賦予了殘酷的意義，因為他設下圈套想要贏走霍德一直帶在書包裡的那本《島嶼》。霍德滿含悲憤地參加了他脅迫他加入的遊戲。為了保衛他的男孩子的自尊，霍德依依不捨地離開了跳房子的女生，為了捍衛他的《島嶼》，霍德氣喘吁吁地躲進了小教堂的迷宮般的樓道，並且結識了少女樺。

她在《島嶼》中出現時是瘋人院的一名女護士，她在那群因戰爭而瘋狂的男人中的形象令霍德備受感動。她嬌小而溫和，他浪漫地在海邊用目光無情地描繪了她沐浴的身體。她是不存在的，但是霍德描寫了他在一個教堂似的建築裡（這個建築毫無根據地修建在一片森林裡）從深夜直至黎明急切地守候她的情景。那個瘋人院是超現實主義的，它所收洽的瘋子並不是哪次具體戰爭的結果。只是他們在一起用嘶啞的嗓音合唱一文混濁的歌曲讓少年霍德感到一種性的激動。

在霍德十一歲的時候，他隨他的母親和外祖母住在島上的一個軍港附近，他有一位年齡與他相仿的密友。她是一位海軍軍官的女兒。在這個孤獨的島嶼上，霍德和他的女友利用每一個黃昏在各自家中的窗前互相思念，而他們最傑出的地方就是給對方寫短小的信函，其中充滿了無比直率的言詞。他們不像人們常做的那樣記敘對方在自己心中喚起的情感和想像，而是直接描述未曾見過的對方的身體，這無疑是一種創造性的描述，他們把這看作是心靈的形象。這一方法由他們共同發明並且共同享有。這些信件霍德一直保存著，即使在今天看來它們仍舊是那麼觸目驚心。霍德一直不知道是否該在《島嶼》中披露它們，因為他已不可能去詢問一下這些祕密的另一個所有者的意見。

她十四歲時死於一次車禍，霍德的密友、情人，創造力的源泉，最初的溫暖和回憶，在他的筆下遠離了他。她的瘦小的身體在血泊中抽搐，靠向少年霍德的小手。這雙初次張開的手從此在觀念的意義上是拒絕一切的。那時候他就渴望以一個成年人的語氣來談論世間萬物，霍德發現的方法就是直呼其名。

她死了，他們的祕密的遊戲也就此結束。她躺在病床上低聲呻吟著，霍德去向她道別，她讓霍德用手伸進罩著她小小的身體的床單，握住她的腳脖子。

你用力。她對霍德說，我要死了，我感到了。

再也沒有人這樣與霍德說話。他多麼希望她是他的妻子。但是她只是他的祕密，他的隱私的生活的一部分。

作家霍德在他的島嶼上結識的朋友姓石名默，他是一位經驗豐富的卡車司機。他駕駛著運貨卡車跑遍了整個島嶼，他有一個隱密的願望，這就是在他退休之前畫一張島嶼的平面圖。從哲學的（比如諾瓦利斯）角度來看，這種難以考察功利性的衝動與作家霍德寫作《島嶼》的計畫的含義是相似的。霍德因此把卡車司機石默視為知己也是理所當然的。

石默認為，島上的生活是孤獨的，同時它也是令人難以忘懷的。這種低調的日常態度使石默對漫長生活的展望蒙上了悲觀的色澤。他將自己對島嶼的考察告訴了霍德，並且指出了這類考察的若干難點。譬如，類似少女樺這樣的青少年的東遊西蕩危及了社會良知的穩定性，其次，一些頻繁來往於諸多島嶼的身分不明的旅遊者的活動擾亂了島嶼幾百年來的靜謐的氣氛。這一切作家霍德在他的《島嶼》中似乎曾經提及，並且還在腳注中解釋了他與卡車司機石默的友誼。

《島嶼》是一部小說集，它的作者是卡車司機石默的朋友霍德。在這部具有超現實傾向的小說集中，作者霍德是這樣追述他與石默的關係的。

那時候霍德還十分年輕，他抱著許多幼稚的想法來到這個島上，他想要檢驗一下自己獨立生活的能力，他要到村子裡去伐木，要娶一個土著女子為妻。毫無疑問，霍德什麼都沒幹成。這倒不是因為他太年輕了，而是因為他什麼都還沒幹就已經疲倦了。霍德天生喜歡閒逛或者守望著大海出神，想像自己是一座石像，一座墓碑，死亡一般長久地瞪視著天空。他甚至認為自己就是一座島嶼，就是一部有關島嶼的小說集，除了環繞著它、拍打著它的波濤，別無他物。

他在島上漫遊就猶如是一種敘述，一種對敘述本身的敘述，他提到了歲月、歷史、海、友情、性、罪惡甚至上帝。但是這種陳述的激情是不易被察覺的。它的謹慎、繁複和迴旋遮蔽了潛在但至高無上的悠長情感，並使它溫文爾雅地富於裝飾性，並且正是這種裝飾性指明了動機所在，還預示了變化與尋求歸宿是同樣必須的。

《島嶼》是內省式的，但不是思辨的。霍德通過專注的內省獲得他的思考著的內心世界，而它並不是先天存在的。同樣，卡車司機也不是先天存在的，石默也是霍德內省的結果，他在布滿道路的《島嶼》上逡巡，意外地發現了他滿心期待著的夥伴。在某個瞬間裡，霍德以為他看見自己朝自己走來的形象。

在相當長的一段時間裡，石默感到島嶼與他假想中的世外桃源別無二致。島上的生活幾乎是凝固不動的，那些來去匆匆，若隱若現的島民彷彿全是因作家霍德的描寫而出現在島上的，他們表情冷漠，互相敵視，互不理解而又相互糾纏不休。石默感到這若即若離的狀態正是自己夢寐以求的。唯一使他痛苦的是，在島嶼的歷史上曾經有過一位名叫石默的人，這一點在霍德的《島嶼》中沒有記載。他的臆想告訴他，所做的一切不過是對那位千古流芳的石默的模仿。石默是島嶼的夥伴，是千百年來人們尊奉的偶像，他的業績據說是光輝的，但是誰也不記得了，他的巨大的聲名和可疑的身世使他成為傳說中的人物，一種介於神和爬行動物的什麼東西。這似乎可以解釋為什麼作家霍德沒有將其收入他的《島嶼》，霍德是從來不討論驕傲和批判力的，他推崇的是領悟力和含糊其辭。這正對石默的胃口，這個憑直覺行事的卡車司機不偏不倚地迎面撞上霍德是非常合乎邏輯的。

在《島嶼》中，次序被委婉地打亂了，對往事的回憶與對未來的憧憬混為一談。少女樺正是這樣一位神思恍惚，不諳世事的人。

在許多年裡，人們總可以在島嶼中心的廣場上見到這位獨自散步的少女，她的落落寡歡的憂鬱神情使她被寫進《島嶼》裡時顯得缺乏感人至深的力量。她太不典型，太不合常規了。按照作家霍德的敘述，少女樺似乎是在她死後才誕生於世的，她像一個遭遺棄的婦人那樣悶悶不樂，而把這種神態舉止安在一個少女身上實在是太勉強了。她的生活缺乏依據，總之，她離一個活生生的人相距很遠，她是霍德塑造的最失敗的一個人物。可是，技法拙劣的作家霍德毫不猶豫地給這個不成功的扁平人物虛構了一大套驚心動魄的戰爭故事，以此來加強《島嶼》的深度。

他可笑地寫道：少女樺的祖上來源於一個光榮而歷史悠久的族類。霍德總是誇大其辭地頌揚他筆下的人物，他以此來貶謫他們，這種諷喻的手法累壞了霍德，在緊張寫作《島嶼》的日日夜夜裡他是極度疲倦的，他白天黑夜地寫呀寫的，昏頭昏腦地分不清黃昏與清晨，他在書桌前來回地踱步，想像著少女樺的祖先的可怕命運，他們乖張的性格更加劇了這命運的悲劇性。霍德遙望著海平線，他心裡明白那便是少女樺的所在，他在紙上詳細地描繪她，可她還是那麼遙遠，這使霍德對自己感到無限地哀憐。

作家霍德明顯是跟不上時代那洶湧向前的潮流了，他通過一次車禍以及一次寫作結識了少女樺以及卡車司機石默，這沒有使他擺脫孤獨的島嶼狀態。他感到自己是在可笑地模仿上帝的舉動。塑造一個男人和一個女人，然後是伊甸園，然後是滔天罪行。他明白只有少數幾個辦法可以使自己逃出困境。其中之一便是跌宕起伏，多姿多彩的故事。

在古時候，霍德在《島嶼》中寫道，島上的浪漫主義者的總數要遠遠超過無政府主義者的總數，所以，隨著時光流轉，島嶼逐漸由一個充滿動亂和喧囂的不毛之地演變成了浪漫者的樂園，無所事事的人們在島上成群結隊地呼來擁去，他們高高興興地在各種各樣的山洞口爬進爬出，似乎不把他們的花哨衣服弄髒不罷休似的。在這些沒頭沒腦的舉動休息的間隔，他們便成雙成對地生兒育女，接著便是攜帶妻兒老小繼續在各個洞口進進出出，他們顯出一副很忙的樣子，彷彿島嶼的命運完全取決於他們這些荒唐的舉動，在這些吵吵嚷嚷的人中間就有少女樺和卡車司機石默的祖先。這些事事如意而又不甘平庸的人在某一天清晨醒來時，突然厭倦了日復一日的生活，他們便拋棄家庭，去從事一些鮮為人知的祕密工作。當人們在什麼地方瞧見他們時，只見他們整天價晃晃悠悠無所事事的樣子，根本不知道他們的心靈受著什麼樣的煎熬。但是，歲月根本就不理會這一切，並且很快就將他們拋棄了。他們還來不及感受歲月的無常就消失不見了。

正是在這時候，作家霍德駕車出現在公路中央。類似這樣日照充足的日子並不是隨處可遇的，它有點像一個人的心情。少女樺不是那些愛好思考歷史以及現狀的人的同志，她更熱衷於關心自己的身體以及服飾，她認為這樣才更符合一個女人的形象。她喜愛散步但並不刻意選擇散步的路線，隨著景物在她的視野中緩緩地移動，她的心情也不斷地變幻著，她一會兒是烈日下的一名長跑運動員，一會兒又成了在樹蔭下小憩的中年婦女，有時候她是一個趕去某處赴約的少女，有時候則又成了遊手好閒的公子哥兒。更多的時候她滿足於做一名養路工，她知道要自己設想是一個在野外散步的哲人那是不可能的。小說集《島嶼》的作者霍德認為這一切都沒有充分的理由，他依稀記得《島嶼》彷彿是一部習題集，一些小說場景的匯編。

在《島嶼》中，作家霍德唯一沒有詳加介紹的就是他所駕駛的那輛汽車。

在霍德所處的時代，已經很難再看到這種式樣陳舊、破破爛爛的汽車了，遠遠地望過去，它就跟一隻懷孕的鴨子沒什麼兩樣，它的四隻老式輪胎隨時都可能掉下來似的，因為它跑起來始終是歪歪扭扭的。它的後視鏡早就不見了，並且沒有喇叭也沒有轉向燈。當然啦，在《島嶼》中沒有警察，這給霍德省去許多麻煩。有評論家認為，這是作為作家的霍德的重大失誤，他犯了一個不該有的常識錯誤，這妨礙儘管已經找不著了的《島嶼》成為一部萬古流芳的經典作品。霍德是有意識這麼做的，他也是不得已而為之，他自鳴得意地設計了一部老式汽車，但是忘了給這輛老掉牙的破車申請駕駛執照，所以，避免出現警察也就是順理成章的事了。

《島嶼》幾乎是一座博物館，因為它居然收容了這麼一輛爛車。座墊的皮革早就開裂了，裡面填塞著一疊一疊的小說手稿，汽車的外殼油漆斑駁，一副很有年代的樣子，車閘也早就壞了，所以，只要開動起來，它就止不住地一個勁往前衝。當霍德的視野中出現少女樺的時候，他就自然而然地撞了上去。

從理論上說，作家霍德的車在撞倒了少女樺之後是停不下來的，但迎面出現的卡車成了霍德的煞車裝置。

卡車司機石默承認自己是不懂得小說規則的，可是他是一位經驗豐富的司機。這使他一眼就看出了霍德的可悲的境遇。石默非常同情他，同情這個手忙腳亂的作家。他認為，事到如今，全是霍德一人的錯。石默非常欣賞自己將情感和邏輯分開考慮的能力。

接著他們一同前往醫院。

霍德認為，汽車也是一座島嶼，一座活動的島嶼。除了作家之外，沒有人相信這一點。

作者簡介

孫甘露（1959-），上海市作家協會專業作家，中國作家協會會員，先鋒文學代表作家，現居上海。代表作品包括：長篇小說《呼吸》，中短篇小說集《訪問夢境》，小說集《憶秦娥——中國當代中篇小說經典文庫》，隨筆集《在天花板上跳舞》、《比緩慢更緩慢》，圖文集《上海的時間玩偶》、《孫甘露文學片段自選》，作品集《請女人猜謎——中國小說五十強（1979-2000）》，紀錄片《一個人和一座城市——上海：此地是他鄉》，以及電影電視作品等多種。作品有英、法、日、俄、義等國譯本，單篇作品被收入海內外多種文學選集。

1990 —— 飼養毒蛇的小孩

殘雪

砂原的長相很平常，找不出什麼特點，不說話的時候，幾乎是空空洞洞的一張臉，當然和死人還是有點區別。

「一直乖乖的，」砂原的母親對我訴說，「壞就壞在不該出門，要是一直待在家裡，什麼問題也不會有。六歲那年就有了這個問題。當時我和他爸一不防備，他溜了出去，我們找了好久，最後發現他在公園裡的月季花叢中睡覺，仰著身子，四肢攤得很開，一副不管不顧的樣子。事後他告訴我們，他看見的不是月季花，而是很多蛇頭，還說連蛇的骨骼都看得清清楚楚，因為一條蛇咬了他一口，他就倒下睡覺了。說老實話，砂原那時還從未見過真蛇，只在電視裡看到過，我和他爸嚇壞了，加倍留心著不讓他出門。」

我們談話的時候，砂原就坐在屋哩，一動不動地將臉對著一扇貼了木紋紙的櫃門，我很詫異，不住地往他那邊探頭。

「用不著擔心，他早就聽不到了，想要不聽就不聽。後來有一個醫生勸我們帶孩子到風景優美的地方去，並讓他多與人交往，說會有些改善。我們去了海邊。砂原白天常和海邊的野孩子一起玩耍，不過他很容易疲倦。我們一直注意觀察他，這孩子就是讓人放心不下。他只要一累，就隨便倒在什麼地方睡覺了。他過於隨便，晚上洗腳時也可以一邊洗一邊睡，我們認為他在洗腳，實際上那只是一種機械動作，他的大腦早就休息了。我們到海邊的第三天，一個漁民的孩子舉著血淋淋的中指跑進屋裡來，說是砂原咬的。事後我們追問他，他恍恍惚惚地笑著，告訴我們那是一條蛇的頭，他不咬牠的話，那傢伙就會來咬他了。我們在海邊住了一個月，優美的風景並沒有在他身上產生良好的影響，那一年砂原九歲。此後我們年年旅行，去沙漠，去湖泊，去大森林，大草原，砂原無動於衷，他坐在火車車廂裡就像坐在家裡一樣，既不向窗外觀望，也不與別人交談，可能他根本就不知道自己在旅行。當然，我和他爸都知道，這孩子從小就過於隨便，對於周圍的事漠不關心，或者說有點冷淡，怎麼說呢，他缺乏一種對新鮮事物的敏感性。

「是前年的事了，我們發現他右手臂上傷痕累累，逼問之下，他領我們走出去，到了一個防空洞裡，裡面墨墨黑黑的，他打著手電蹲下去，我們看見一個紙箱子裡裝著一窩小花蛇。他爸膽戰心驚地問他哪裡來的，他說：『這裡一條那裡一條捉來的唄。』真奇怪，他不是整天和我們在一起嗎？我們一直精心照看著他的呀！『並不總和你們在一起的，那只是表面現象罷了。』他又用那種隨隨便便的口氣說話了。他爸把他哄走之後，我就找了一把鋤頭，一頓亂砍將那些小毒蛇消滅了。回來之後，我們通宵達旦地守夜，防止他溜出去，不過兩天之後，他手臂上又出現了新鮮的傷痕，一律是那種兩點紅紅的齒印。他還對我們說：『你們這是何苦呢，累成這樣，你們就是不明白，我只不過是表面上和你們在一起。我坐在這裡什麼地方不能去？蛇很多，牠們常迷路，我這裡一條那裡一條把牠們聚攏來，免得牠們孤單。當然你們是看不見的，昨天我就在那邊的書櫃下找到一條，我只要找就能找到。小的時候我怕牠們，還咬過一條蛇的頭，現在想起來真是好笑。』他就是這樣跟我們說話。」

那一天，砂原背對著我們坐著，他忽然伸手拍了拍腦袋。我們走過去，砂原母親扳過他的肩頭使他面向我們，他臉上的表情是很隨和的。我就謹慎地選擇字眼問他坐在這裡想什麼？不寂寞嗎？

「聽。」他簡短地回答我的問題。

「聽見了什麼呢？」

「什麼也沒有，很安靜。不過一到晚上九點情況就不同了。」

「你就這樣撇下我們，我們還怎麼活？」砂原母親又開始嘮叨。

「談不上什麼拋棄，」砂原和藹地說，「我生來就是捉蛇的。」

我開始勸阻砂原的母親不要管兒子的事，依我看，她的兒子雖有點怪氣，但天生傑出，說不定會幹出什麼大事來呢。

「我們不希罕他幹什麼大事業，」砂原的母親說，「我和他爸爸都是普普通通的人，兒子卻在做見不得人的勾當，飼養毒蛇，這太嚇人了，他到底想幹什麼？這不就和我生了一條毒蛇一樣可怕嗎？我們一直放心不下，被他拖得形容枯槁，最可怕的是他現在根本不出門就可以幹出奇怪的事情來，他總能達到目的。」

有一天，我碰見砂原的母親從防空洞出來，滿臉憔悴，手持一把鋤頭，一問，才知道她又消滅了一窩小蛇，共八條。她的頭髮快要脫光，步履老態龍鍾。在她的身後，跟著砂原的父親，一隻眼眨個不停的老人。砂原是最後出來的，彎著背，臉上的表情很隨和，見了我點點頭，說起話來：「我特意製造了這個殺戮的場面，可以說有點壯觀的意味，八條生命毀於一旦。對於牠們來說，並不見得就有什麼了不得的恐怖，使我詫異的是拿鋤頭的手為何如此的自信。」

我就問他是不是他帶他雙親到防空洞裡去的，他說正是這樣，他們一說要去，他立刻就帶他們去了，他總是對父母的行為有種好奇。他說這話時，他母親瞪著遠遠的空中，眼神茫茫然然，父親則總在說著同一句話：「一個人要是太偏激，就會給生存造成許多困難，美麗的風景可以使人眼界大開。」

我發現這三個人裡面最為垂頭喪氣的是擔任劊子手的母親，砂原總是那副無動於衷的老樣子。剎那間我恍然大悟，這三個人之間有種微妙的關係，一種奇特的牽制。這件事就是一個確證。本來，他完全用不著帶父母去防空洞，他可以帶他們去別的什麼地方，但這僅僅是由於他性格隨和嗎？

我回憶起砂原嬰兒時代的事。毫無疑問，他是一個異常靈敏的嬰兒，臉部的表情十分豐富。砂原的母親非常自豪，卻又有點惴惴不安，她曾悄悄告訴我，這孩子十分容易疲倦，尤其不能聽人談話，只要誰對他說話，他的眼皮就耷拉下來，再過一會兒就呼呼入睡，「簡直像棵含羞草，可他並不害羞。」後來一直到五歲，他都保留了這種習慣，再往後他就學會控制自己了，但那也只是一種禮貌。別人對他說話，稍一多說幾句，他就哈欠連天，如果再說下去，他就自顧自地睡著了。那時候，他對旅行的生活並不厭惡，反而有點喜歡，因為用不著聽別人談話。當父母去欣賞大自然的風景時，他就獨自坐下，傾聽小動物弄出的騷響。他總是可以準確無誤地指出田鼠在什麼地方打洞，金環蛇在什麼地方潛行，也許一生下來，他就在練他那種特殊的聽覺，人說話的聲音是被排除在這種聽覺之外的。鍛鍊到如今，他已經可以通過意會的萌動來達到某種行動的目的了。從表面看，他是一個性情柔順的孩子，這種孩子最容易讓人失去戒備心理，被咬的漁民的孩子就是在這種狀況下受到傷害的，現在又輪到他的父母了。他究竟怎麼看待周圍的人和物，實在是個深奧的謎，比如他似乎憐憫小蛇，卻又唆使父母進行殺戮，這一類的事是很難想通的。不能說美麗的風景對他就不起作用，或許正是美麗的風景孕育了他這種性情，各人對風景的感受是大不相同的。這麼說，父母的苦心只是起到了與他們期望相反的作用。

忽有一天，砂原不再面壁沉思了，對父母的態度也由隨和轉為親切起來。我去的時候，總看見他們一家三口很和諧的樣子，砂原的母親臉上也有了笑容，在過去十幾年裡，這老婦人完全被她的兒子拖垮了，而現在，她臉上的皺紋似乎正在舒展開來，她高興地對我說：「砂原這孩子正在懂事起來，想想看，為了他，我殺了多少條毒蛇！」她說這話的時候，砂原笑瞇瞇地坐在一旁附和著。

我不相信事情會這麼簡單，我隱約地感到砂原的笑容有些虛偽。雖然他現在不再養毒蛇，誰知道他又會搞出什麼新的名堂來呢？我決心和他好好談一下。

「我用不著找地方養毒蛇了，」砂原回答說，「牠們就在我的肚子裡，當然不是時刻待在裡面，我想要牠們待牠們就來，尤其那條小花蛇是我心愛的。」

我凝視著他日漸消瘦的身體，問他是否他母親知道這些事？他說用不著告訴母親，因為小蛇根本不占空間，如果他不說，就等於沒有這回事，大家快快活活的正好。我又問他這是否影響他本人的健康？

他注意地看了我一眼，忽然睡意朦朧的樣子，邊打哈欠邊說：「誰的肚子裡又沒有幾條這類東西呢？不知道罷了，所以才健康。我總是想睡，你說得相當多，我很少說這麼多，你是一個怪人。」

我還要問他，可是他腦袋往胸前一垂，就站在桌邊睡著了。

砂原的母親又振奮起來，年輕了好多。「看來旅行還是必要的，」她邊收拾行李邊說。砂原也幫著一起收拾，很高興的樣子。可是不多一會，砂原就背轉身去嘔吐起來。「小問題。」他抹著蒼白的嘴唇說，還私下裡對我咕噥一句，「是那條小花蛇搗亂。」

很快他們又坐著火車出發了，車是開向西南方向的，那天風很大。

約莫過了兩年他們才回來，三個人都是老樣子，仍很和睦，細看之下，一點也看不出有什麼異常。倒是砂原明顯地胖了一些，臉上也有了一點光澤。當我偷偷地問他關於蛇的事時，他說蛇還在肚子裡，但他已經學會了適應，就是跳高跑步也不會有什麼危險，有的時候，這種情況還對身體有好處呢！當我問他有什麼好處時，他又打哈欠了，抱怨說聽人講話真是一樁苦差事。砂原的母親邀請我吃晚飯，在飯桌上，一貫喜歡嘮叨的老婦人變得沉默寡言起來，而且也沒有從前自信了。砂原的父親說了一句；「再也不出去旅行了。」就大家都沒有話了。

從那以後他們的大門總是敞開，父母也不再監視砂原的行動，就彷彿失去了興致，就彷彿遲鈍了許多一樣。他們焦躁不安，從早到晚不停地看錶，分明是在等待著什麼。「等死吧。」砂原說，輕輕地拍了拍自己的肚子，那肚子扁扁的，看不出有什麼東西在裡面。砂原說這樣正好，這一來，大家都認為他不再飼養小蛇了，實際上哪裡改得了？

深秋的風從平原上吹過來，從早到晚像在唱歌一樣，這神祕的一家人愈來愈讓我想不通了。我記起砂原的母親才五十歲，父親五十五，可是瞧他們老成什麼樣子了啊，兩人的行動都遲緩得令人擔心，兩人都患了心血管硬化。「他害了我們。」那父親有一天突然說，臉上的表情十分複雜，「我們這麼快就完蛋了。」他說完之後，臉上的表情又緩和了，目光停留在砂原削瘦的肩頭，化為慈祥的愛撫，他們仨人心照不宣。

關於這小孩是怎麼沒有了的，父母的說法很不一樣。父親說，他吃過晚飯就說要去防空洞看一看，因為好久沒有去過了，說不定那裡面變了樣呢。當時二老都不在意兒子的話，因為他們實在也厭倦了。兒子說了就站起來，跌跌撞撞向門口走走去，最近他已瘦得像根枯柴。結果是他一晚未歸，家裡人也懶得去找。「這種事，心煩得很。」父親說，痴痴呆呆地瞪定了窗玻璃。

砂原的母親似乎不承認兒子出走這件事。「這個孩子本來就不大可靠，我們倆瞪大眼監視了他十多年，沒有什麼顯著的效果。怎麼說呢，他照樣可以大搖大擺四處遊逛，而我們看不見他。現在我也死了心了，誰知道他本來是不是我的孩子，他是不是一直和我們住在一起呢？我並不認為他是昨天走掉的，我從來就無法肯定他是不是存在。」

他們這麼一說，我也迷惑起來。砂原是什麼？思來想去，留在腦子裡的只有一些碎片，一些古怪的語句，再一凝神，句子也消失了。關於砂原，除了這個名字之外，我實在也想不出什麼了。

在大家都以為他沒有了的時候，砂原卻又回來了，照舊在家安安靜靜的，很和藹的樣子。他這樣一搞，父母更不在乎他的存在不存在了，他們也實在疲倦了。

「砂原這個名字是麼來的呢？」我忽然想起來問道。

「我一想起這件事就納悶，誰也不曾給他起名，這個名字是怎麼來的呢？」母親懵懵懂懂地說。

作者簡介

殘雪（1953-），本名鄧小華，出生於長沙。先鋒派文學代表人物。一九八五年首次發表小說，至今已有七百萬字作品，作品大量翻譯出版，被美國和日本文學界認為是二十世紀中葉以來中國文學最具創造性的作家之一，多次入選世界優秀小說選集。是唯一獲得美國最佳翻譯圖書獎的中國作家，獲得英國獨立報外國小說獎提名，入圍美國紐斯塔特國際文學獎短名單。其代表作有《山上的小屋》、《黃泥街》、《蒼老的浮雲》、《五香街》、《最後的情人》等。

北門口預言

韓少功

北門口是殺人的地方。

城樓靠河，上面總是棲著烏鴉，凝視河水裡湧蕩著的夕陽或晨星。船到了，船客們鑽出小船篷，忽覺世界明亮耀目，臉上紅紅的興奮，便開放在滿河不知來處的擣衣聲及其回聲和回聲的回聲之中。外地人東張西望，鼻梁幾乎承受不住凌空欲下的城樓，還有斑駁的青苔以及「古道雄關」的漢隸。顧盼之間不免暗生一絲驚愕，覺得這裡一定發生過什麼大事，只是無從打聽。

船客們的竹背簍裡，多背著窮人的營生。他們賒欠船資，或以勞力抵償。從辰州到這裡上水船一路三十六灘，每遇到河道狹窄處，嘩嘩白浪一排排自天而下，船便預先往岸邊停靠，不用吩咐，自有一些船客挽起褲腳跳下船去了，依次搭上悠悠放開的縴索，引船逆水而上，算是給船家交錢。縴索彎垂著，卻不知縴夫們何以拉得一個個都四肢伏地，一顆顆屁股翹對天空被太陽燒烤。漲紅的脖子青筋暴出，大口喘氣的嘴巴幾乎就要啃著地，啃著河岸上粉紅色的小野花，啃著岩鷹偶爾投撒過來的影子。本地人把行船叫作爬船，我開始以為是對划船的誤讀，划爬一音之轉，後來才覺得叫爬船也很確切，縴夫們一路上確實就像狗一樣爬著。

他們沿著河爬山來，是為了這裡的鹽巴、桐油、竹木，還有鴉片和槍。揣度外鄉人的目光，首先來自北門口的一些老嫗。她們端坐街口，守著面前的粽粑、甜酒和醋蘿蔔，臉上布滿著如網的皺紋，面色油黑光亮，酷似一件件煙熏火燎又被搓摩出來的根雕。很少見她們有買賣，似乎她們天天坐在這裡也不是為了買賣，只是來列陣迎接暮色，靜觀歲月在城樓殘牆的磚縫裡的流逝。過了街口，有糞臭，有漢子們抽著菸三兩相聚，便是牛馬場和柴市了。此地市牛不論老少，用一根竹條箍量牛的前肋，再拳量竹條長短以定值。水牛至十六拳為大，黃牛至十三拳為大，此為「拳牛」。馬則論老少，以木棒從地面比至放鞍處，高至十三拳為大，此為「比馬」。至於市柴，從不用秤，全碼成四方柴堆，腳量柴堆長短便量出了價格。雙方對腳的大小全不計較。

北門口是殺人的地方。

買賣成了，漢子們去酒店裡喝包穀酒。店堂裡有幾口鐵鍋，鍋裡渾湯長留，鍋下炭火不熄，周圍有躥來躥去的狗，有雜亂的板凳以及客人留在木紋上的餘溫。新來的客人叫一碟牛肉或豬腳，對認識和不認識的人都點頭笑笑，選一口鍋倒入冷肉，燙熱下酒。鍋裡的油湯浮著一層紅紅的辣椒末，淺了便加水，總是幾個月連綿下來不曾清換，不知被多少雙筷子攪過，黏黏膩膩如膠汁，膠著千家口味一團和氣，最使客人們喜歡。酒到三分，他們臉上放出光彩，忍不住相邀對起歌來。上一板，下一板，唱得地晃屋偏不辨你我。他們一接上歌頭便要唱個輸贏，常常唱得涼涼的暮色流進店來，注入他們的衣袖和他們空空的酒碗，遲遲不肯散去。

聽歌的人比唱歌人還忙碌，目光齊刷刷在對歌者之間隨著聲音來回轉移，待歌手一落音便評議歌詞的優劣。這句好。這句殺得有勁。張老闆肚子裡文章好多呵。諸如此類。他們精確地審度形勢，鼓動一場詩歌的拚殺，歌手不鬥氣他們不開心，真鬥了氣他們又急急地勸解，甚至掏出錢來買酒給歌手們安撫。

唱到鬥氣時，歌手們常有的詛咒之辭是「你爛嘴爛舌講鬼話，北門口去啃泥巴」。

北門口是殺人的地方。「北門口去啃泥巴」一語自然惡毒。

只要聽到號聲一響，北門口就倍加熱鬧起來。不用士兵吆喝，攤販紛紛閃避，讓出城門下那一塊地坪空空蕩蕩，任蒼蠅和蝴蝶在那裡翻飛嬉舞。因為人們已有經驗，有些死囚性子烈，死到臨頭還要發點橫脾氣，把士兵的手咬去一塊皮肉，或者一路上把貨攤嘩啦啦踢將過去。有次踢翻了一口炸油餅的鍋，滾油揚起一匹金浪，燙著了一條狗。這條狗的屁股頭至今還紅鮮鮮地潰爛了一塊，不時驚搐以擺脫蒼蠅的追繞。娃崽們聞號而動，焦急萬分地跟在大人們後面跑，小小的赤腳在麻石街上幾乎不發出什麼聲音。他們在大人們腰邊或胯下鑽擠，不願意被母親找到。女人們若找到自己的娃崽，便罵，便揪耳，把他們當雞一樣地提回去。

原來的劊子手姓曾。姓曾的老了以後又來了姓周的，人稱周老二。姓周的比姓曾的殺得好，不用喝酒壯膽，下刀時也不嚎叫。他不用板刀而用拐子刀，刀口向外貼在手臂後，每次從死囚身後上去，橫肘一抹，人頭便滾落在地，動作輕捷而俐落，旁人幾乎來不及看清楚刀下奧祕。他還可以雙刀斬雙頭，動作一次性完成，叫做左右開弓，此絕技不輕易示人。要是他事先得了死者親屬的銀錢，自然刀下做點手腳，橫肘時看似威猛，刀卻極有分寸地暗暗帶住，刀位準確，留下一兩寸未斷的頸皮，連著死者的頭顱和身軀，這叫留一個全屍。至於沒有親屬來事先打點好的，或是獐頭鼠目面相刁惡的，周老二一聲冷笑，嚓！人頭便甩揚起黑髮嘀溜溜地旋轉，旋出老遠，準準地一直旋到街口邊的糞水凼裡，五官被糞水汙得一塌糊塗。腦袋受了這等折磨，身軀還必定撲通一聲向前撲倒，算是最後伏罪一拜，尊嚴蕩然不存。

這種死法，自然讓各位看客目光僵直，倒抽一口冷氣，很長一段時間內還精神恍惚。

周老二殺人殺得名氣大了，殺出了新規矩。每次完成差事，他提著拐子刀從北門口大搖大擺回家，見到豬肉案，不用問是誰的，隨心所欲砍上一刀，三斤就是三斤，五斤就是五斤，刀尖挑上豬肉揚長而去，無須說話，更無須付錢。這叫做吃「揩刀肉」，誰也奈何他不得。以至後來一聽到北門口號響，街上的肉販子都神色慌張，趕緊收拾攤子躲避，怕等一下被周老二撞見。

周老二沒碰上豬肉，便見羊斬羊，見狗剁狗。「洗刀酒」也是必定要喝上幾碗的。拐子刀洩一道寒光，就是他這一天白吃白喝的特權。

周老二總算碰到了對手。這一次縣衙發布文告，處決一個土匪頭子。此人從監房一直罵到北門口，又大喊：「姓彭的，你在雲家灣等呵——」不知這句話裡隱著什麼故事。他臨刑前不待周老二靠近，很有心計地搶先盤腿而坐。周老二一刀抹過去，他揚著血脖子差點站了起來。第二刀，他的罵聲仍在繼續。最後總算把頭斬下來了。他依靠雙腿在前面頂著，還是仰面倒下免了個跪死，頸腔噴濺的血澆了周老二滿襟，周老二不免有些狼狽。見此情景，眾人暗暗佩服，有位後生情不自禁喊出一聲「好——」，興沖沖地一個勁捲衣袖，似乎受到什麼啟發，就要上場去比試比試什麼。

土匪頭子身坯肥大。要抬他去遊鄉示眾，四個人還抬不動他，只好把他攔腰鋸斷，分開負擔。鋸到骨頭的時候，嘎嘎聲從北門口一直順著石階滾下，蹦跳到河灘上，驚散了一群鴨子。天氣很熱，有人給他全身抹石灰，防腐爛。不知為什麼，石灰浸漚過的人肉慢慢變成了綠色，他們就是抬著這綠手綠腳綠腦袋，走進了八月的稻草垛子散發出來的秋天。他的衣袋褲襠早已被搜索過多少次了，未搜出什麼珍奇，眾人疑心此匪腰纏萬貫的傳說恐是虛名。不過，土匪頭子的小老婆最後趕到，從容脫去亡人的布襪，腳趾頭上套著的八個金戒指便真真切切一亮，跳入圍觀者的眼中。有人立即搥胸，娘哎娘哎地悔恨自己剛才的粗心，詛咒自己的命運。

這都是一些傳說。

也有些土匪成了官軍，便貼文告，殺其他的土匪。但不管誰貼文告，周老二照舊一把拐子刀幹他的差事。曾經有一次，一位新來的長官倡導新制，用槍斃代替斬首，差點端了周老二的飯碗。不久，這位長官便被更新的長官當土匪給斬了，一切又回復舊規矩。人們也覺得舊規矩讓人放心。用周老二的話來說，放槍嘣一下就了事，放個屁一樣，殺沒有殺威，死沒有死相，還費鐵子。

這位倡導新制的長官是外來人，號召窮人抗捐減租，還有很多事令眾人感覺新奇。比方說他不抽鴉片，不嫖娼，也不坐轎子，他也不准手下人這般逍遙。他的一位強姦民女的舅舅，也被他割耳朵下了大牢。手下很多人敬佩他，但跟他長久了，便漸漸地覺得清苦乏味。連百姓們也認為這個傢伙自己走路，哪裡像個官，必是亂黨，衙門肯定坐不長久。他們開始叫他「王聖人」，後來叫他「王癲子」，見他和善如常並不惱，便認定他確確實實癲了，他去北門口啃泥巴是遲早的事。

又一支軍隊來了，把王癲子一夥趕到霸王嶺，連攻十六日沒攻上去。最後傳下命令，凡下嶺投降的，只要辦一桌謝罪酒飯，洗心革面，三年之間欠租的減租，欠捐的免捐，祖墳一律受到保護，獻上王匪的更可得重賞。這一招果然靈，兩天之後，王癲子便由他們的幾名衛士五花大綁押下嶺來，衛士們得了賞錢。

北門口的號又吹響了。人們擁擠著爭看墨跡未乾的文告。聽文告上說，匪首王犯衣冠禽獸，每天食人肉乾以充飢，眾人均驚詫失色：還有這樣的事？

一位女子哭天喊地衝入街，一只鞋子半途上脫落了。她衝著漢子們搶地磕頭，央求道：彭家大叔，羅家大叔，石家大叔，你們講句公道話吧，吾家文彬沒有吃過人肉，沒有吃過人肉哇——

漢子們沉默，低下頭往別人身後躲。也許他們並非膽怯，只是說話得有憑據，得給他們時間。他們被人注視的時候便皺眉思忖，似乎暗示他們正準備這樣去做。

馮家大叔，張家大叔，李家大叔，你們大家都講句公道話哇——

女子的聲音逐漸稀薄。她被兩名士兵拖到牛馬市那邊去了。街市依然沉默無聲。

街心留下她的一只鞋子。

王癲子就是在這天一命歸西。他不怎麼好漢，臨刑前居然哭了起來，讓周老二十分看不起。周老二下手時狠狠用力，收刀後便覺得背上扭得有點陰痛。他開始沒在意，回家時覺得越來越痛，摸一摸，摸到一個蠶豆大小的肉團，硬得讓人心疑。他請郎中看，郎中說是毒疔，來者不善，是來收命的。果然，幾天之內，毒疔越來越硬，竟有碗口大。黃色的膿頭密集相聚，如一顆飽滿熟透的石榴，鮮紅而美豔。半個鎮子都可以聽到劊子手徹夜的嚎叫，狗吠也隨著此起彼伏。

再仔細聽聽，在嚎叫間歇的寂靜裡，有麻石街上輕輕的腳步聲，時有時無，不知何人還在深夜獨步。

有人說，可能是王癲子冤死，周老二碰上冤死鬼，遭此報應。人們去搜索過死者的衣袋和褲襠，沒發現過銀錢，只有一紙遺書，上面寫著吾既為民生，吾當賣吾死，得其所哉，死而何怨，云云。一位老郎中最通文墨，也支支吾吾沒說清楚遺書是什麼意思。

人們回憶王癲子臨刑前的仰天痛泣，說如果不冤，他恐怕不會哭得如此傷心的。在郎中先生的提議下，人們湊了點錢，幫助死者的親屬把屍體葬了。

報應一說終究不實，周老二的毒疔後來膿淨封疤，好了。他操刀的營生，接下去還幹了十多年，照樣殺得很好，刀從不壞刃。

我第一次來到北門口的時候，這裡早已不做刑場了。城樓旁邊升起了百貨公司的水泥牆，還有郵局和書店，成了守攤老嫗們新的背景。有一位傘匠把什麼鐵板敲得叮噹響，走過街市，播一路防雨的警告，又像是敲打出什麼暗號。據說周老二還活著，老得牙齒都掉光了，還偶爾去酒店喝盅包穀酒。據說他看人還是職業性地往頸根上看，說人還是職業性地往頸根上說。比方說某人當上了林木站站長，他就說此人是個幹大事的，頸根粗壯，頸後邊的肉足有寸多厚，同郵電局彭家老三的頸根差不多。郵電局確有彭家也確有老三，與他不曾交道，卻不知自己的頸根如何被他仔細觀察並牢記在心，甚至可以隨口拿來打比方。

老了的周老二，有時還在新政府的幹部面前，吹噓他也有過革命的功績。那年革命黨號召剪辮子，沒有什麼人響應，後來不就是全靠他周老二一把板刀麼？鎮守使授予他全權懲治長髮鬼（有時候他說是紅軍給了他命令）。他忙得沒日沒夜，肩上背著一捆長辮，提著板刀在墟場上轉（有時候他說他騎了馬）。只要見到長辮子，他一把揪住，拖到某個肉案上，揪得那人引頸於案，手起刀落，銀光一閃，嘣，一條辮子就體溫猶存地落在了他的手中。他攏共斬下了幾百條辮子（有時候他說斬下了幾千條，包括繳了法國洋教士的幾條假辮子），再強霸的後生，也被他斬得抱頭鼠竄，鄉下人好幾個月都不敢上街趕場。

有個後生曾經很崇拜地看著他，說你這樣革命，後來怎麼還讓你去坐牢？

冤案！冤案！沒有牙齒的嘴巴說，張鎮長他公報私仇，他占了墳地還硬說吾入過洪幫……

政府幹部們對以前的墳地和張什麼人沒有興趣，向酒店裡的其他熟人搭腔去了。那些人也無意再次成為周老二的聽眾，假裝沒看見他。他自斟自飲，依然呆坐，三兩隻蒼蠅叮在他的鼻尖和眼角，他似乎也沒氣力去搖搖頭或揚揚手，把蒼蠅趕開。他衰弱的目光顫顫抖抖地浮游出去，停留在人們一棵棵可愛的頸根上，照例把它們溫柔地撫摸。

我住在這個小城的時候，正碰上這裡的一件大事。在縣城的化工廠基建工地，出土了一批西漢時期的石俑，共有八個，除了挖斷一條手臂以外，基本上完好。最大的一座男俑有活人般高，堪稱絕品。省裡文物部門派來的專家驚歎不已。縣政府也立即籌資建文博中心，計畫利用這些石俑，再加上本地懸棺、城樓等古蹟，招攬遊客以活躍本地經濟。

本地人爭相來看稀奇。據說有鄉下來的一位老婦人，看到最大的那座男俑時，突然大驚失色當場暈倒。後來，她在家裡醒來時說，她看見文彬了，那個石頭人活脫脫就是文彬，王文彬是來找她的！

後輩人都不明白王文彬是誰。老一輩尋思半晌，才想起王某就是當年北門口啃了泥巴的王癲子。他們急忙忙再來石俑面前核對，左看看，右看看，覺得確定有點像，又不怎麼太像。

老婦人很快嚥了氣。她留在街心的一只鞋子重新被人們傳說，她後來的命運我也慢慢得知一二。她嫁一位桶匠，生有二男一女，住城東大滂畬，門前有荷塘。

我沿著河岸散步。月光如水，把河對岸的山影洗得模糊了，把流水聲洗得特別明淨而清晰。這條陌生的河流，閃著波光流向嘩啦啦的黑暗。在波光熄滅的前面那一片河灘，野渡無人，有一條隱約可見的空船，似乎將滑向黑暗永遠不可能再回來。我走到石俑前仰面觀看它們。最大的石頭人平視遠方，嘴唇緊閉，我猜想他是不願意說出往事。我摸到了他的腿，石頭涼得讓我吃驚。我不知道這件古物的製作者是什麼人，不知道當年製作時參照了什麼人的面容。

我摸到了兩千年的冰涼。

我聽到了哭泣聲，左右尋找，發現不是石頭人在哭，哭聲來自臨江的一戶木樓。

這篇文章將要結束了。也許還可以附帶說一說另一件事。人們告訴我，十年前曾有一位老頭路過此地，預言十年後這裡將土裡出金，河裡流血。剛好十年過去了，第一句似乎已經靈驗：石俑出土，曠世珍奇，招八方遊客，還愁今後財源不旺？至於第二句，好事者們機警周密地反思，終於附會給化工廠了。化工廠排出的水殷紅如血，染紅了半條江。還有隨風飄溢的紅色粉塵，紅了牆瓦和道路，紅了雞鴨，紅了晾晒的衣衫，紅了老人的白髮，甚至人拉出的尿也泛紅。我曾見到某農家的一隻老鼠，如全身抹了胭脂，挾一道紅光射入衣櫃底下。這就是十年前那奇怪的預言麼？

我走出紅色。作為群眾要求，作為當地政府的計畫，我把搬遷化工廠還需相當錢款的事記下來，答應回去後向上面報告。

作者簡介

——韓少功（1953-），生於湖南長沙，畢業於湖南師範大學中文系。曾任雜誌編輯、主編、社長，後曾任海南省作家協會主席、海南省文聯主席等。代表作長篇小說《馬橋詞典》獲上海市第四屆中長篇小說優秀大獎長篇小說一等獎、《亞洲周刊》評選二十世紀中文小說一百強、第二屆紐曼華語文學獎。曾獲法國文學藝術騎士勳章、華語文學傳媒大獎年度小說家、第四屆魯迅文學獎、《人民文學》年度優秀作品獎、第十四屆百花獎、首屆蕭紅文學獎、第三屆蒲松齡短篇小說獎等。著有長篇小說《日夜書》、《暗示》，小說集《北門口預言》、《空城》、《誘惑》等，散文集《山南水北——八溪峒筆記》、《靈魂的聲音》等。

1993 ——

我作為英雄武松的生活片斷

李馮

那時已有申牌時分，
這輪紅日，懨懨地相傍下山。

——《水滸全傳》第二十三回

一、夢中的老虎

好不容易，就像擺脫那場瘧疾，我才擺脫了這位江湖上人稱及時雨黑宋江的糾纏。因酒後傷人，我來小旋風柴進的莊園避難已有一年。一年多來，雖是疾病纏身，全莊上下在小旋風的暗示下又對我冷面相待，我獨自過得倒也放任自在。可矮胖子宋江一到，生活的平靜立即給破壞了，他剛殺死了一個妓女閻婆惜——大概同是避難，又自詡為英雄，他可能想對小旋風露一手。所以一面之下，他就如一名相馬專家，竟一口咬定我也是個俗眼難識的英雄。當時我瘧疾發作，全身打抖，正鏟了一鍬子炭在走廊下烤火。這個捂著膀腕慌慌張張出來找廁所的傢伙看也不看，便一腳踏翻了鏟子，火星炭屑飛了我一臉。我第一反應當然是跳起來，揪住他劈胸欲打。可看到他滿臉堆笑，小旋風又從廳內衝出相勸，我舉著的拳頭只好鬆下來——我這人吃軟不吃硬。後來我真後悔，那一拳幹嘛沒落下去，否則不會有日後的麻煩。可那天我偏偏沒喝酒。我喜歡喝酒。除了在清河縣一拳打死一個人，我這一年酒後沒少和莊桿們幹架。不過應該申明，我打架不是為了逞能，酗酒更不是為了打架。只是為了壓住體內那股不斷作怪的厭煩情緒，我才必須經常性地將自己灌醉。所以說我根本就不是什麼英雄，或者說在我看上去像一個英雄那會兒，我肯定正是個十足的醉鬼。

說來也怪，一見宋江，我的癔疾便消失了。大概比比折磨人的本事，它也自嘆不如甘心隱退了吧。我發覺這個傢伙極像螞蟥，一旦給叮上了你便再難脫身。他對自己的看法那麼固執，就連一向高傲自大的小旋風，都不由懷疑起過去的眼光來。小旋風猶猶豫豫地重新打量著我，令人端來了輕易不待客的美酒。以前，我僅是憑職業性的嗅覺聞到過它從地窖裡飄出的香味。我樂得大醉。一來機會難得，二來免得和宋江囉唆。所以每次我乾脆喝到人事不知，不然說不定真控制不住給宋江一拳的慾望。可時間長了我覺得這不是個辦法。痛飲本是順著性子的樂事，現在為這麼個彆扭的傢伙，實在有負佳釀。我還留心到小旋風對我表現出的海量，已經開始心疼了。

這時我接到了一個訊息——清河縣那小子並沒有死。當時他只是給我打閉了氣，數日後給雲遊的神醫安道全救活過來。於是我趁勢向宋江提出，我要回清河縣一趟，那裡尚有我一個哥哥。思念親人，天經地義。我自以為這是個漂亮的脫身之計。但宋江沒肯輕易放過我。他堅持要送行。結果這一送便送出了莊十里。看看紅日平西他仍扯著我的手絮絮叨叨，我只好說，既然蒙他如此不棄，那我們不如結拜兄弟。這胖子高興極了。他似乎早等著我這話。他年長為兄，受了我四拜。在路邊酒店交換盟帖時，我這才注意到，我居然沒有一個江湖上人人必備的綽號，便在帖上寫道「清河人氏武二郎」，簡單了事。

我不想為幾天後陽谷縣的那次痛飲浪費太多筆墨。那時隨著離家漸近，我趕路的勁頭已經弱下來。因為回家只是藉口。現在宋江已從生活中消失，我拿不準有沒有走下去的必要。我哥哥五短身材，比宋江更矮也更加乏味。誰知道去年我傷人逃跑就不是潛意識中要避開他的願望在作怪呢？可不回家，我又無處可去了。我越想越焦躁。於是我在那家「三碗不過崗」酒店裡悶頭待了一下午，一氣喝了十八碗——喝這麼多倒不是衝酒店招牌過不去，我主要想把宋江臨別時硬塞給我的那點碎銀子花完。幾天來，它們一直在我的包袱裡叮咚亂響。而且，十八碗在我的酗酒史中也不算什麼驚人紀錄。老闆提醒我時，我還沒醉呢！

和老闆吵完架，我不好意思在店裡留宿了。借著酒意，我用哨棒挑起輕飄飄的包袱晃出店門，行了約四五里路，徑直上了一座山崗。這時已有申牌時分，回身望去，一輪紅日，慵慵地相傍西落。十月間天氣，日短夜長。走了一陣，我酒勁上翻，眼前的路徑越來越難辨認。我開始後悔剛才的逞強好勝，一心想停下歇息一會兒。我確實感到不需要走下去。我一手袒開焦熱的胸膛，一手拎著哨棒，跌跌撞撞撲入一座亂樹林。除了風聲和樹影，那裡頭又黑又靜。人們都說醉酒的人膽子大，其實不過是那時無暇顧及外界罷了。迷糊中，我在月光下的空地間看見了一塊光滑的大青石，它像一張帶有磁力的床。我不由放翻自己躺上去。它又大又涼，我很快便安心地沉沉入睡。可我似乎剛開始做夢，平地一陣風，亂樹背後噗的一聲響，一隻吊睛白額大老虎就跳入我夢中來。我掙扎翻起，與牠遊身相鬥。這一段大家在戲台上都已見過。那老虎不過一撲、一掀、一剪，我則一閃、一躲又一閃，無甚新奇之處。奇怪的只是我倆初次配合，卻比老演員還默契，一招一式有板有眼，不差分毫。我真疑心自己仍在做夢。直到我掄起哨棒，打到枯枝上將它折成兩截，我才意識到老虎可能具備某種真實性。於是我一吼，轉身迎上。老虎也一吼，將兩隻前爪搭過來。我就勢拿住牠的頂門一把按下，揮拳亂打。牠毛皮抓上去手感很好。這理應是我感到痛快的時刻，可老虎的頭就如棉花包一般不著力，打著打著我的拳好像也成了一團棉花。我煩了，心想這算什麼事。我不想打了。我便鬆開手。老虎伏在地上不動，踢踢牠也沒反應，似乎睡著了，還十分香甜。我也睏得很。我沒奈何地想，好吧，就把這塊清靜地盤和剛才的好夢讓給這個畜生，我挪個地方總行了吧。

睡意和醉意都未清，我一腳深一腳淺摸下山。行不到半里路，枯草上又立起兩隻老虎。我「啊呀」叫了一聲。這回，酒嚇醒了。但定睛一看，老虎解開自己的毛皮，原來是兩名化裝的獵戶。接著十餘名持著鋼叉火把的鄉丁從四處聚攏過來。他們和我交談，說他們都是陽谷縣人，山上出了一隻傷人的老虎，他們正奉命捉捕。我說老虎剛被我打死了。他們不相信。我沒管他們。我心想，這老虎，是這些獵戶的事，或者說獵戶們，歸那隻吃人的老虎，可都與我無關。我想繼續趕路了。但他們纏著我，非要我領他們回去看不可。這時我酒既醒了，脾氣也就沒了。我一邊在前頭領路，一邊想這陣算是撞了鬼，先是宋江，再是老虎，然後又是這批獵戶，都和我過不去。我暗自狐疑，要是我剛才真在做夢，那老虎根本不存在，這可怎麼好？或者牠僅是像我一樣睡著了，等一覺醒來便拍拍屁股溜了呢？我越走越擔心。一種更為不妙的預感抓住了我，我可能是真犯下了一個難以彌補的錯誤。因為借助獵戶的火把，我猛然低頭看到了自己衣襟上的一塊血漬。

二、嫂子潘金蓮

人們叫他三寸丁谷樹皮，我喊他哥哥。當我在陽谷縣城狹窄而破舊的青石街道上閒逛，背後傳來一聲熱悉的叫喚時，我就如迷途獵犬聽到主人聲音似的那麼全身一緊。我回過身，一個滿面皺紋，挑著兩籠炊餅的小矮人笑嘻嘻地望著我：「啊呀，武都頭，你今日發跡了，如何忘了我則個？」他的語調中包含著意外重逢的驚喜，對我遲鈍的嗔怪以及身為兄長的大度，模樣裝束與清河縣時無異。正午的陽光穿過旁邊酒店上方高懸的旗幡，打斷了我昏然的思緒和進去痛飲的企圖，使我一時弄不清究竟身處何處。我敏感地意識到，我想在陽谷縣獨自安身立命又成了一場徒勞。

真的如被人尋見的小狗，我乖乖地隨這個興奮的小矮人往回走。我們留在地上的短短身影相差無幾，但我倆體形上的巨大差別卻引起了人們深深的好奇。事實上，近日來，我一直不可避免是人們注意的中心。當我們經過那些鐵匠鋪、裁縫店和屠宰攤時，他們躲在屋簷的陰影下朝我們指指戳戳。由於急於知道我想避開的哥哥為何會在此地出現，我無暇顧及那些可惡的人們。可因為興奮過度，我哥哥本來不清的口齒就顯得更加混亂了。大批毫無意義的感嘆詞從他那只及我胸口的小腦瓜裡噴射出來，隨著炊餅擔子顫動的節奏，彷彿熱鐵鍋裡濺出的失去目的的水花。這樣來到他的新居時，我僅僅才弄清楚他搬來已有月餘，對屋內他新婚的妻子——我的嫂子，自然是一無所知。在戲台上，這常常被處理成男女主角意味深長的相會。但實際上她遠非後來人們傳說的那麼淫蕩漂亮。在我第一印象中，她和一名普通的家庭主婦沒多少區別。她剛從被油煙燻黑的廚房內鑽出來，頭髮凌亂，沒抹脂粉，穿了一件染工粗劣的絳藍布裙，裡頭是一方綠色的絲綢抹胸。後來我猜測，這大概是她被逐出那個富人家時帶走的唯一奢侈品。

我並不是傻瓜，至少，在我沒喝醉時是如此。當我應哥哥嫂嫂的要求，順理成章又無可奈何地搬到他們家後，我嫂子便責無旁貸地負擔起了我的飲食起居，並逐漸對她的工作表現出了極大熱情。她像對待我哥哥一樣對待我。由於禮節我也用薪水送過她一匹彩緞。由於在這個三角構成的家庭中，我與她的關係處於一種不平衡和含糊的狀態，看上去我們的交往便有了某種暗示作用。這並不奇怪，我們東方人總是喜歡聚居，這麼個漫長無聊的日常生活中，家庭內部的通姦或同類企圖便變得很尋常。這是生活正常的分泌物。這一模式，甚至為美國科學家的一份研究報告所證明。他們在調查我們鄰近尼泊爾的一個原始部落時發現，那裡的許多家庭，幾兄弟是合用一個妻子的。妻子對此習以為常，她從容地調節著與幾兄弟間的關係。可由於這種關係仍從屬於日常生活，超不出這個範疇，它對我便失去了吸引力。在我清醒時，我一直試圖思考著近來生活的急遽變化。它就像一齣我身不由己的戲，把我由清河縣被通緝的逃犯，變成了陽谷縣受人尊敬的步兵都頭。我知道前因雖已發生，後果還遠遠沒有結束。可假如我是導演，我不清楚下面的劇情該如何發展。我看不出，我與我意外出現的嫂子有任何實質曖昧關係的可能。來自內心的折磨使我無暇考慮女人，那個本應留給情人或妻子的位置我早已讓給了酒精。如果我不採取主動，那我們的關係就既不會發展，也不會惡化。

想像中的打擊遲遲不至，我體內的情緒發作得更頻繁和強烈了。我經常在街上痛苦地閒逛，等待著命運新的安排。白天當班要守軍紀，晚上同僚相約，顧忌到家裡的哥嫂，我再不能像過去那麼沒有節制。於是在那些酒癮難捱的日子裡，我只得尋找其他娛樂來作為替代物。我去看了一場戲，是根據我的打虎故事改編的。我被塑造成一個勇武過人的暴力英雄。可我發現，我仍然沒有一個讓人滿意的綽號。「打虎者武松」——這算什麼？太直露，太缺乏概括力了，甚至沒有我哥哥那難聽的外號形象。看完戲，我略帶遺憾地去夜市逛書攤，在一大堆花花綠綠諸如《女友》、《環球銀幕》、《足球世界》的畫刊雜誌後的一個角落，我挑了一本嶽麓書社出版的《水滸全傳》和一本新感覺派小說選。到家後我先瀏覽了較薄的後一本。三〇年代小說家的文筆很一般。唯獨寫石秀的一篇——他的情形與我頗為相似，也是和結拜兄弟楊雄夫婦住在一起——勾起了我的興趣。但他被拙劣地描寫成對嫂子想入非非，出於嫉妒，不僅刺殺了嫂子的情人，還挑唆楊雄肢解了妻子。殘酷的血腥場面敗壞了我的閱讀胃口。一想到在《水滸》中，我將和這個傢伙在梁山泊相遇，我便再沒興致翻這一本書。我發覺可供消遣的方式實在少，如果不外出，只能在屋裡不停地換電視頻道。我出了一筆錢，接通了有線電視台的衛星電視。這下節目豐富多了，頭一天，衛視中文台的歌舞和連續劇讓我興致勃勃地看到深夜。可幾天下來，我感到它們仍是另一個層次的千篇一律。這時恰好一個川劇班來巡迴演出，據說他們將我再度搬上舞台，剛剛轟動了全國。我連忙買了張黑市票去看了。這一回，我雖然倖免成為像石秀那樣的性慾狂，但結果同樣糟。我嫂子成了一名感情豐富、光彩照人的新女性。而我，卻因為對她熾熱愛情麻木不仁受到了譴責。我憤怒地退出了劇場，試圖以這種誇張的舉動反駁編劇的無知。但靜下心一想，這些胡編亂造，或許正是命運的某種啟示？所以後來只要一有關於我的新劇目上演，我仍然去看。

在陽谷縣，我看的最後一齣戲，是我奉知縣之命出一趟公差前。那是一個日場。在戲裡，我同樣因公出了遠門。趁我不在，我嫂子與一名叫西門慶的暴發戶勾搭成姦，謀殺了我哥哥。全劇在一場大屠殺中告終——我回來踢死西門慶，刀剮了嫂子潘金蓮。它嗜血的程度讓我幾乎嘔吐。可由於它與我第二天的行程銜接得如此緊密，我突然意識到，它展示的空間可能真成為現實。我急忙趕去縣府，求見知縣並請求他收回成命。他沒有答應，因為我將護送的是一批珠寶，是他辛苦搜刮拿去賄賂上司以求遷升的。我再度懇求他。他好奇地問起原因。我稍一遲疑，不得不如實說出了擔心。他笑了，說戲上的事怎麼能當真？就算我嫂子想通姦，那這事遲早會發生，我難道能守她一輩子嗎？那她算我哥哥，還是我的老婆？他猜測說我最近一定沒過足酒癮，思路才如此混亂。於是他吩咐衙役抬來了一甕好酒，一邊陪我喝一邊拍著我肩膀安慰說，即便這期間真出了事，我殺掉了奸夫淫婦，也是比打虎更可歌可泣的壯舉，他絕不會因此判我死罪。

一罈酒落肚，我緊張的四肢鬆弛下來，頭腦反而愈加清醒。我感到了那冥冥之網又在朝我收攏。但這一回，我不願再受它擺布。我還沒有醉。我仍然是自己的主宰。回家途中我冷靜判斷著形勢。雖然它已成功地讓知縣迫使我如期出發，然而在這之前，我仍有機會扭轉局面。我到廚房裡找了一把尖刀，揣在懷裡，沒有停頓便又匆匆出門。我想如果慘案必然會發生，我注定要扮演劊子手，我可以先下手殺掉西門慶，以這種流血較少的方式，阻止另兩場謀殺和復仇。我在縣城裡逛了許久，四處打聽西門慶的下落。可人們都奇怪地看著我，說此地根本沒這個人。我也疑惑起來。按戲上的解釋，他是一名暴發戶，難道他是在等我離開後才突然出現，並迅速完成了暴發、通姦和謀殺這一系列罪行的嗎？這時，疲軟的四肢開始向我的大腦抗議了，並暗示它和它們一樣，已經被酒精燒得錯亂和盲目。

夜幕降臨，我掙開渾濁黯淡的空氣，一無所獲地返回家。哥哥得知我第二天動身的消息，特地提早收回了炊餅買賣，和嫂子在樓下備好了餞行的酒菜。他們對我的遠行各自感到依依不捨。嫂子讓我快去快回。哥哥則不住勸我多飲幾盅，等上了路就切莫貪杯，以免誤了正事。他的態度既誠懇又認真，彷彿我真是需要他照顧的小弟。這種家庭氣氛讓我感到窒息。在以前，對這些關心，我會本能地加以排斥。可由於預見到了即將發生的不幸，這些話便對我產生了另外的效果。我突然放下酒盅，請嫂子上樓避一下，說我有話跟大哥談。我的態度一定顯得突兀而粗暴，這兩個以不同方式愛我的人都怔住了。因為剛才，嫂嫂還臉紅紅地特別敬了我酒。現在她的臉就像盛菜的瓷碗又白又難看。看到我固執地不做聲，她猛一摔筷子，氣沖沖地上了樓。我安慰自己這麼做是迫不得已的，來不及更多自責，便抓住機會叮囑大哥，要他從明日起，把每天的十籠炊餅減為五籠，晚出早歸，到家便放下簾子。我哥哥一邊點頭，一邊不解地說兄弟我按你的吩咐便是，方才又何苦對嫂子那樣？我知道他認為我喝醉了，但繼續說若嫂子對你不住千萬不要發作，諸事待我回來。這下哥哥不高興了，說兄弟你真的喝多了。我沒法再說下去。因為我要是提醒他留神一個叫西門慶而此刻又不存在的人，他更會認定我在說胡話了。

這天晚上，我昏昏沉沉地躺在床上，傾聽著巷內失去了間隔彈性的次次更聲和屋內單調持續的蟋蟀鳴叫。我明白在這場無形的搏鬥中又輸了一步。不是嗎？戲台上的我出發前，不也對哥哥說了那番話嗎？我不甘心地等候破曉來臨，連衣服都沒脫，在無奈中朦朧睡去。四更天工夫，對面房門吱啞一聲驚動了我。接著樓梯的顫動轉到我床上，隔著薄薄的樓板，我又聽到重物在下面案板的拍打聲。我知道和平時一樣，那個生活在炊餅世界裡的小矮人又早起和麵了。為什麼他一定是我的哥哥，為什麼我非得替代他忍受那預見死亡的痛苦，而且，僅僅是預見？我絕望地坐起身，一件硬物在懷裡梗了我一下。我把它摸出來，原來正是白天的那把尖刀。黑暗中我握住它，迷亂的心忽然亮堂起來。我赤腳下床，輕輕拉開門，邁過走廊。對面房門虛掩著，透過門縫可以看到裡頭亮著燈。我清楚我的舉動很荒謬，可這是不讓哥哥和西門慶死於非命的唯一方法和最後機會了。這時，樓下的忙碌聲在我耳中如同雷鳴。於是我慢慢推開門，桌上凝固的油燈映出了我牆上移動變形的黑影，我終於來到了床前。泛黃的紗布蚊帳半開著。我嫂子躺在那兒。她只戴著那件翠綠抹胸，露出的皮膚很白很亮。這是我頭一次如此近注視女人的肉體。但外部的事物，已不能觸動我分毫。它並沒有讓我暈眩。它只是一個象徵。我像一把繃緊的弓那麼專注，以至不知如何抬起手及手裡的刀。這時嫂子睜開眼，像排練似的對我淺淺一笑，似乎在一齣與我無關的戲中，按安排等待著這一時刻。她小聲說兄弟你來了。從她的表情看出，她把我誤解成一個企圖亂倫的小人，而且並不反感。這讓我既委屈又憤怒。我想告訴她，這一刻對我們的意義並不同。我可以亂倫，但我不會。我並不是那個武松，我也沒有殺死過那隻老虎。我剛這麼想，嘴上似乎已說出來。我很後悔。因為這些事，這些話，一個被塑造成只關心家庭生活，只關心感情和性慾的女子，是不會理解的。難道，我還需要為邏輯和動機而表白，為洗刷自己而演說嗎？我需要的只是行動。但是已經晚了，我已經說了出來。果然她瞪大眼睛，說那你來幹什麼，那你滾出去。為了不驚動樓下的哥哥，她盡力壓低聲音，但掩飾不住眉宇間強烈的怨氣。我發覺我們間的一切越來越不真實了。應當趕緊結束這一切。我舉起刀想要結果她。可她的話卻那麼簡明有力。是啊，我憑什麼來干涉她的命運，憑什麼去懲處未來的罪行？我們倆是誰生活在現實中，又是誰更像個失去理智的瘋子？是的，我明明感到自己舉起了刀，可我卻分明又聽到了它與地板撞擊時發出的那聲鈍響。

三、景陽崗

在兩名公差的催促下，我邁出了那家把客人酒量限制在三碗之下的酒店。實際上除了一碗薄粥，我還滴酒未沾。今天早上一動身，兩名公差對趕路便顯得特別熱心。他們不住地用朴刀背敲打我，似乎不為我的威名所動。他們嚷著趁天色好，要連夜爬越前面的山崗。我不知道他們急些什麼。背上剛剛癒合的棒瘡尚在隱隱生疼，脖子和手腕又給七斤半的木枷磨出了水泡。十月間日短夜長，一輪紅日，懨懨地相傍西落。我問公差此處是什麼山，他們回答說叫景陽崗。我忽然記起，這似乎是我第二次被判流放了。我知道兩名公差在急什麼。

對如此頻繁地登上舞台，在這座山亮相，我早就感到了厭煩。我曾試圖向導演指出，除了曖昧性關係和不停地殺戮，在我的故事中並沒有多少東西屬於我。不是嗎？身旁的兩名公差，即將折回孟州的蔣門神和張都監全家，以及再往後的蜈蚣道人等等，都陸續要成為我的刀下之鬼。我的故事情節上合乎邏輯，實質毫無理性和意義。在兩次流放之間我曾希望終結這一切，主動要求葬身於一百殺威棒下。但營管之子金眼彪施恩相中了我的身手。他設計與我結為兄弟，要求我替他除掉對頭蔣門神。結果去快活林打架那天，我不得不誆騙這個傻瓜，說我要喝了酒才長力氣，途中我每逢一個酒館便進去痛飲三碗，以期在新的恥辱來臨之前便將它忘卻，可這並不能改變我的獲勝及引出張都監對我的陷害。導演反駁說，我不可能有更好的選擇，難道我願意墮入芸芸眾生，為瑣碎乏味的生活所吞沒嗎？性愛和暴力，一直是我們文學永恆的主題。為證明這一點，他甚至捧出了一大擺作品。從古典到時下的流行，在裡面，人們總是在肆無忌憚地做愛和殘殺。導演指出，這雖然僅出自我們的想像，但顯然，我們需要它。他的話似乎有道理。所以回到家裡，我仍然在琢磨，這時我的身邊足夠清靜了。那些愛我或糾纏我的人暫時都存在於別的空間。哥哥已經死了。至於潘金蓮和西門慶，雖說在故事的另一版本中，我僅是殺死了一個與西門慶相貌相似的無辜，他倆在一部叫《金瓶梅》的書中又繼續生活了多年，可畢竟與我永遠脫離了干系。我住在高樓林立的居民區。高樓確如導演所說，意味著一種懸空狀態，即生活被形而上。清晨和黃昏，我定時下去取牛奶和報紙。我有大量的閒暇，去思考這兩件小事可能具有的涵義。我購買了一台高倍望遠鏡，從百葉窗的縫隙窺視對面樓裡的人們。我希望為我開動的腦筋增添一些新奇的素材。但最大的場面，莫過於結婚和出殯。時值七月，屋內又熱又悶，我只得又添置了一台空調。它同時送出了充足的涼氣和噪音。我計算了一下電費，每天開十小時，將花去我月薪的三分之一。如果說它可能有助於思考，那麼這種生活的代價可未免太昂貴了。

我們登上山頂，天已經完全黑下來。一輪明月緩緩升出，景物變得夢幻般難以辨認。跟在後面的公差氣喘吁吁，喝令我歇息一會兒。我們穿過亂樹林，來到了一塊空地。兩名公差挑了一處陰影一屁股坐下，剛一坐下，立刻又湊著腦袋竊竊私語起來。為了讓他們感到更多的安全感，我走遠了一些，任山風和黑暗將他們隔絕在幕後。我獨自去到那塊大青石旁，安靜地等待著老虎出現。今天，我沒有喝酒。我完全處在現實中，如果牠來了，我能夠真正地殺死牠。可老虎一直沒有來。我十分疑惑。這應該是我命運改變的地方，是我被迫成為英雄的開始。難道，我已經失去了落足點了嗎？夜涼如水，我吃力地彎下腰，用夾住的雙手撫摸青石的表面。月光下它光潔如鏡，映出了我。憔悴的面容及通往各種時間的可能。我可以看到未來和最後死亡的終極。它不可改寫。我明白在今天晚上，我將暫時是自由和孤獨的，我所能做的便是等待，於是我坐在青石上耐心地等起來。這一刻在我的生活中沒有酒，沒有暴力，沒有老虎和女人。它多麼難得，而又難以信賴。我並不知道我在等什麼。我知道我終究要重返讀過的那本《水滸》，成為梁山泊一百零八好漢中的一員——這真是笑話，難道我真會投奔宋江，那個可笑的巫師嗎？說實話我一點不喜歡這書，其中唯獨一段，還堪堪讓我滿意。它預言我將遇到開人肉包子鋪子的菜園子張清夫婦，他倆將贈給我一雙雪花鎮鐵戒刀，並勸我裝扮成頭陀，剪開頭髮遮住前額的刺配金印。從此我將獲得一個真正的綽號——行者，將名副其實地這麼生活，不再替人負過，也不再輕易殺人。我要用我的一生去追逐那一直糾纏我的敵人，它可能是一個人、一本書、一隻老虎、一天，甚至，便是我自己。我希望能以我個人的方式……在我出神設想著將來的這一刻，我彷彿真擺脫了命運的羈絆。但一陣山風，擾亂了我的思緒。它颳來了兩名公差的隻言片語。我聽到了「飛雲浦」這個詞，它使我心中一動。我不由望望木枷中的雙手，在暗淡的光輝的月色下它們突然布滿了殺氣，如同將來屬於我的兩把戒刀，在黑暗的寂靜中發出了奇特的嘯鳴。它們似乎已不屬於我。於是我將再無奈地回到現實。因為我知道，至少在明天，已經有一場刀光劍影的格鬥在迎候著我了。

作者簡介

李馮（1968-），生於廣西南寧，一九九二年畢業於南京大學中文系，碩士學位，著有長篇小說《孔子》等兩部，小說集《中國故事》、《盧隱之死》、《今夜無人入睡》等六部，另有遊記、文學評論集、電影文學劇本《英雄》、武俠小說《英雄》和日文版小說集等。為中國當代先鋒派文學的代表作家。曾獲長江文藝小說獎、首屆聯網四重奏文學獎等多項文學獎。並擔任電影《英雄》、《十面埋伏》編劇。

哭泣的小貓

葉兆言

老貓是小貓的母親。老貓每次叫春的時候，老唐就預感到事情又要麻煩。這是一場災難來臨的前奏。老唐從來就沒喜歡過貓，他討厭那些被人豢養的畜生。老貓是老唐的妻子寶玲病故前，九歲的兒子唐人跟人要來的，寶玲的腎不好，有嚴重的腰子病。住院住了很長時間，醫生對老唐說：「把你老婆接回去吧，她的病不會好了。」

老唐便讓寶玲出院。

寶玲在家養病，越養越胖，她的胖是水腫。老唐依然上班，兒子唐人從同學家要了頭小貓回來，老唐說：「你添什麼亂，把貓還給人家。你哪有時間玩貓？」寶玲說：「我閒著，也是閒著，我來養，這貓就算是送給我玩的。」老唐罵罵咧咧不肯罷休，寶玲說：「我的日子不會長了，我們不吵架，好不好？」

老唐說：「誰想跟你吵架，你有病，就是王母娘娘，誰敢惹你。」

寶玲病歪歪地拖了兩年多，老貓長大叫起春來，唐人問寶玲，貓幹嘛這麼死叫，又問貓為什麼要打架。寶玲告訴兒子，等他再長大一些，就知道為什麼。寶玲死的時候才三十五歲，她比老唐小八歲，婚前，別人老跟她開玩笑，說年齡相差這麼多，老唐肯定會疼她。寶玲說：「我自己會心疼自己，用不著他來疼。」

老貓是在寶玲死後半個月，生第一胎的。寶玲已經知道老貓懷孕了，她幫老貓準備好了一個全新的窩，在大澡盆裡鋪了上一層鬆軟的棉花，再把澡盆放在床肚底下，並且吩咐唐人千萬不要偷看。貓是有靈性的動物，牠害怕有人會傷害牠的小貓，會銜著小貓東躲西藏。老貓第一胎生了三隻小貓，剛開始，老唐和唐人都沒有注意到。寶玲屍骨未寒，家裡亂糟糟的。老貓沒有把小貓生在床肚底下的澡盆裡，而是生在了堆破爛的閣樓上。

有一天，唐人看見老貓銜著一隻小貓從閣樓上下來，接著又銜下來一隻，又銜下來一隻，小貓毛絨絨的，細聲細氣叫著，非常可愛。唐人感到很吃驚。

老貓每年起碼都生一窩小貓，每次少則三四隻，多便是六七隻。老唐覺得這很糟蹋人。在老貓叫春的日子裡，他將寶玲留下的口服避孕藥，攙和在貓食裡餵貓，可是沒任何用處。這是一個不以人的意志轉移為的惡性循環。老貓到日子就叫春，就懷孕，懷孕了胃口特別好，生了小貓要餵奶，胃口更好。小貓生長迅速，自已能吃貓食了，便和老貓搶著吃。老唐為這貓食煩透了神，常常忘了餵貓，結果整天就聽見貓餓得哇哇叫。一個沒有女主人的家庭，根本就不應該養貓。

小貓長大了，要送人，也是一件煩人的事。湊巧，碰到喜歡貓的，小貓剛生下來，就來訂貨。小貓是非常可愛的動物，然而並不是什麼人都喜歡貓，就算是喜歡貓的人，也不一定非要親自養貓。老唐和老貓本來就沒什麼感情，他對牠的仇越結越深，動不動就踢牠一腳，老貓哇的一聲慘叫，跑多遠的。老貓已成為家裡很多餘的東西。

對付老貓的叫春，幾乎是一場場驚心動魄的戰鬥。老唐關緊了門窗，堅決不讓牠逃出去。老貓上下跳，歇斯底里亂叫，吵得老唐和唐人整晚沒辦法睡覺。老唐提著一根擀麵杖，像打耗子一樣，在房間裡追過來追過去。唐人幫著老唐一起痛打老貓。老貓逃到了閣樓上，然後在從閣樓上縱身跳下來。碰翻的熱水瓶掉在地上爆炸，燒飯的爐子也差點撞翻。大家都精疲力盡，老貓有氣無力地叫，老唐和唐人終於睏得睡著了。

在門外也是貓叫。附近的公貓都來了，不僅叫，還要廝打。老唐醒來，從墊的棉胎上撕了些棉絮，拚命把耳朵塞起來。唐人睡得很香，老唐又扯了些棉絮，往兒子的耳朵裡塞，用勁塞。唐人睏意朦朧地睜開眼睛，說：「你把我弄醒了，你把我弄醒了。」

老唐聽不見兒子說什麼，他繼續用勁堵塞兒子的耳朵。唐人說；「唉喲，你弄疼我了，你真的弄疼我了。」老唐說：「我要是不把這貓扔了，我他媽就是你兒子。」唐人也聽不清父親說什麼，知道他是因為貓在生氣。老唐嘀嘀咕咕地還在說著，睏意朦朧的唐人突然一骨碌從床上跳起來，跑到門口用力把門拉開。老唐發瘋一般撲向門口，他想趕緊把門關上，但是已經晚了，老貓像箭一樣從老唐和唐人的腳底下衝了出去。

外面黑糊糊的，聽得見貓疾馳的腳步聲。貓的眼睛在黑夜中閃亮。老唐隨手抄起扔在門口的擀麵杖，追出去，咬牙切齒地詛咒著。他彷彿置身於夜色的海洋中，天知道周圍有多少隻貓，浩浩蕩蕩，像一群歡樂的魚一樣，在老唐不遠的地方游過來游過去。老貓是隻白顏色的花貓，牠身上有著大熊貓一樣的黑色花紋。牠跑到哪裡，那些迫不及待的公貓就跟蹤到哪裡。老唐想把手上的擀麵杖擲出去，又有些捨不得，便摸索著在地上撿石子砸。

那些貓在外面叫了一夜。唐人到後來也跑了出來，幫著父親一起攆貓。那群貓就是不肯跑遠，存心在附近轉悠，老唐越來越憤怒，越戰越勇，越戰越徒勞。公貓們正為著愛情決一死戰，牠們根本就不在乎人類的存在。

老唐決定遺棄那頭老貓，他把老貓帶到城市的另一頭，隨手扔進了一個垃圾箱。晚上回家的時候，老唐吃驚地發現老貓正在兒子唐人的腳附近打轉，繞來繞去地討吃的。第二天，老唐把老貓扔在一個更遠的地方，可是三天以後，老貓又若無其事地回了家。接二連三的行動都以失敗告終，老唐發現那老貓簡直就是個精靈。

遺棄老貓同樣是一場戰鬥，距離一次次增加，老貓一次次令人難以置信地又回來。老唐想不出更好的辦法，他的最後一招，是在貓食裡加了足夠的安眠藥，然後讓飢腸轆轆的老貓吃。老貓意識到了有些不一樣，牠不是嘴饞，而是已經餓得不能不吃。老唐將昏睡的老貓裝在透氣的麵粉口袋裡，和唐人一起等候在鐵路邊。一列貨車緩慢地開過，老唐將麵粉口袋十分準確地投進一節裝甘蔗的車皮裡。這是一輛開往北方的貨車，老唐希望它開得越遠越好。

老唐對自己這一招是否有效毫無信心。他苦著臉對唐人說：「我要是把你給扔了，早就扔了，可是要扔掉一頭貓，你看看有多難。」

唐人說：「老貓這次還能回來嗎？」

老唐沒辦法回答兒子的問題。父子倆一路沒話地回到家，平時已經聽慣了老貓的叫聲，到吃飯的時候，感覺到安靜得不得了。老唐讓唐人找些話說，唐人問說什麼，老唐說隨便。唐人想了想，說：「要是我媽知道我們把老貓這麼扔了，她會怎麼想？」

老唐說：「怪就怪你媽，就是她要養這該死的貓的。」

唐人說：「媽肯定會不高興？」

「你媽死都死了，她知道個屁，」老唐有些不高興，他注意到兒子似乎比他更不高興，婉轉地說：「我們不談這個好不好？」

唐人一臉陰雲：「我們談什麼？」

老唐說：「談貓可以，別談你媽。」

三天過後，老貓沒有回來。這是以往老貓被扔往別處，離家最長的時間。十天過去了，一個月過去了，老貓仍然沒有回來。剛開始，老唐和唐人的耳朵邊隱隱約約彷彿還聽得見老貓的叫聲，自然是一種錯覺。有一天，這錯覺非常強烈，強烈到老唐父子倆都以為那老貓真的回來了。他們在附近到處尋找，一聲又一聲地呼喚牠。漸漸地，老唐相信這老貓再也不會回來。很可能，老貓在遙遠的北方找了一個新家，或者成了一頭在山林裡自由來往的野貓，成為野貓也許是老貓最聰明的選擇。

老貓是在老唐父子差不多把牠忘掉的時候，又一次出現在他們家附近。牠只是在周圍轉悠，猶豫著不敢進家。添枝到老貓在外面有過一些什麼樣的痛苦經歷，牠瘦成了皮包骨，骯髒不堪，肚子卻很大。老唐第一眼就看出來牠又快到臨產的日子了。他把唐人叫過來，哭笑不得地對兒子說：「看見沒有，這畜生就是認定死理，牠非要回來。牠還是回來了！我操，牠回來幹什麼？」

那只餵貓的鉢子已經扔了，不得不重新找一個搪瓷碗代替。老貓的食量驚人，吃飽了便躲在閣樓上不下來。牠總是把小貓生在閣樓上，沒幾天，唐人便聽見閣樓上小貓像老鼠一樣的吱吱叫聲。這一次，老貓生了三隻小貓，只有一隻看上去還健壯，另外兩隻瘦骨嶙嶙，都叫不出聲音來。老貓逮住了機會就拚命吃，吃飽了就爬到閣樓上去餵奶。老貓似乎也明白老唐父子不是真心歡迎牠歸來，牠始終保持著足夠的警惕。於是有一天，老貓開始銜著小貓走下閣樓，讓老唐父子感到奇怪的，是小貓就剩下孤零零的一隻，另外兩隻小貓不在了。很顯然，小貓是死了，唐人在閣樓上到處找，卻沒有見到那兩隻小貓的屍體。

老唐再次忙碌尋找樂意收養小貓的人家。那小貓長得非常可愛，像牠的母親，可是身上的花紋更好看。沒人再樂意收養老唐家的小貓。老貓的繁殖能力實在太強，這個街區到處都是老貓的後代。老貓叫春的日子裡，一大群盯在牠後面亂跑的公貓，其中有一大半是牠的直系親屬，有的是第二代，有的是第三代。老唐讓唐人問問同學，有沒有哪位同學樂意養小貓。有個女同學表示願意，可是回家一問，女同學的父親說：「養什麼貓呀，你要敢把牠捉回來，我就把牠殺了燒著吃。」唐人把這話轉達給老唐，老唐悻悻地說：「你就讓她帶回去燒著吃好了，我反正不心疼。」

那小貓長得很快，開始和母親爭奪貓食。老貓通常都是讓牠，餓極了也會搶著吃。日子就這麼一天天拖下去，小貓彷彿永遠不準備斷奶，只要有機會，便往母親的胯下鑽。不久，老貓又有了叫春的跡象，老唐為此感到憤怒。老貓回來沒有繼續把牠扔了，是個錯誤。讓老貓在家裡生產，反而多了一頭小貓出來，更是錯誤。小貓是頭母貓，等到小貓也會叫春，這後果的嚴重性不堪設想。

老唐向兒子表達他最後解決貓患的決定。老貓已經成了精，既然扔不掉。乾脆想辦法弄死牠。老貓果然又叫起春來，牠似乎再也顧不上小貓，獨自溜了出去。帶有色情意味的叫春和公貓撕打時的慘嚎，響徹雲霄震耳欲聾。老唐往耳朵塞了棉絮，若無其事地呼呼大睡。第二天，老唐為老貓準備好了最後的晚餐，他去菜市場買了條魚，將魚頭和魚尾放在一起用小火煮，香味在空氣中瀰漫，老貓和小貓圍著爐子叫個不歇。

老唐是在老貓快吃飽的時候，將牠輕輕地按住的。老貓絲毫沒有感到老唐的惡意。老唐抱著老貓，徑直向門外走去，將老貓塞進事先已經打開的黑黝黝的陰溝裡，然後毫不猶豫地蓋上又笨又重的水泥蓋。陰溝裡是老鼠大顯身手的地方，老貓不是捕鼠能手，老唐從來沒有看見牠捉過一隻老鼠。也許是捉到了沒看見，事實上，老唐很少注意老貓平時都在幹什麼。老唐家曾經鼠滿為患，有了貓，多厲害的老鼠都會逃之夭夭。

老貓的慘叫引起許多非議。剛開始淒楚的聲音非常嘹亮，漸漸地減弱了。聞聲趕來的公貓們終於失望而去，唯有小貓守在水泥蓋周圍，嘶啞地叫著，直到叫不出聲音來，才怏怏離去。天知道老貓是什麼時候嚥氣的，很久以後，下了一場大雨，陰溝排水不暢，老唐立刻想到那是因為老貓的屍首堵著的緣故。老唐把遺棄小貓的任務交給了唐人。小貓還小，只要把牠扔到野外，肯定不會再回來。為保險起見，老唐建議他走得越遠越好。

唐人選擇了一個星期天，他將小貓裝進一個鞋盒裡，然後用繩子紮住。他剛學會騎自行車，又約幾個小夥伴，穿過城市，沿著鄉間大路往前騎，五個小夥伴只有兩輛自行車，有一輛必須載三個人。鄉間大陸高低不平，其中一輛自行車沒煞住，猛地衝到麥田裡。

一個小夥伴提議將小貓放在麥田裡。麥田裡有老鼠，讓小貓自己去捉老鼠好了。另一個小夥伴立刻反對，說這不好玩，說既然把小貓帶出去了，就應該好好地和牠玩一會兒。他們來到水庫邊的一片空地上，將小貓從鞋盒裡放了出來，然後像追逐獵物，在空地上追小貓。小貓東躲西藏，不明白這些小孩子究竟想幹什麼。牠跑得遠遠的，回過頭來，對著唐人充滿疑惑地叫著。

小夥伴們玩累了，便坐在山坡上休息，休息了一陣，又互相扔土塊玩。小貓遠遠地看著他們。唐人的額頭被扔中了，頓時痛得直流眼淚。扔土塊的連忙上前打招呼，連聲說對不起。大家於是停止了互相扔土塊的遊戲，再次坐下來說笑。五個小夥伴中最大的那位，無師自通地向其他的幾個人講述帶色情意味的故事，講的人津津有味，聽的人很入迷。

小貓對野外的環境顯然感到陌生，牠悄悄地來到唐人身邊，輕聲地叫著，作著媚態，試探唐人對牠的態度。牠突然縱身躍到唐人的大腿上，蜷伏在他身上休息。小夥伴說：「這貓是公的，還是母的？」

唐人說：「是母的。」

小夥伴說：「那好，讓我們看看牠的那玩意。」

唐人拎起小貓的兩隻後腿，分開來，讓小夥伴們欣賞。小貓的尾巴亂晃，唐人說：「你們真是笨蛋，把尾巴拉住不就行了。」

年齡最大的那位小夥伴手臂讓小貓的爪子抓了一下，當場留下一道深深的血痕。大家都笑他沒用。被抓傷的小夥伴惡狠狠地給了小貓一巴掌，小貓反過來又抓了他一下。這一次他被惹火了，從唐人手上搶過小貓，飛快地趕到水庫邊用勁往水庫裡扔。唐人大聲阻止，已經來不及了。

小貓在空中畫過一道弧線，落在了水庫裡。唐人早就聽說過，狗是會游泳的，而貓不會，貓的強項只是捉老鼠和爬樹。但是落了水的小貓卻會游泳，牠在水裡打了個轉，慢慢地向堤岸游過來。牠游得很慢很慢，水庫很深，水很清澈。唐人他們站在堤岸上，能夠看見小貓細細的腿像槳一樣輕輕划著。牠終於游到了岸邊，濕漉漉地爬了上來。蓬鬆的毛一旦濕透，小貓只有一點點大，牠膽顫心驚地對著唐人哀叫著。

既然小貓會游泳，小夥伴們決定讓牠游個夠。有人上前，拎著小貓的頭頸皮，又一次把小貓拋下水庫。唐人仍然想阻止，但是他自己也忍不住參加了這次虐殺小貓的遊戲。這遊戲玩了很久，也很有趣。小貓哀叫著，徒勞地一次次游上岸，又一次次地被扔下水庫。牠終於明白應該躲開那些向牠奔跑過來的小孩子。小夥伴們興高采烈地喊著，他們注意到小貓的肚子已經像氣球一樣膨脹起來。

「不能再扔了，小貓要淹死了。」一個小夥伴說。

「死就死吧，反正有不要牠了。」另一個小夥伴說。

唐人走到水邊，招呼著小貓，想把牠撈上來。小貓對他已經失去了信任，牠毅然掉過頭，向另一個方向游去。小貓的肚子裡灌足了水，牠實際上已游不動。漸漸地，牠只能無效地在原地打轉轉。唐人大聲地招呼牠，無望地對牠做著手勢。小貓的腿開始動彈不了，牠瞪大著眼睛，像一個球靜靜地漂浮在水面上。

小貓的眼角邊全是水珠，那是小貓哭泣時留下的淚水。

一九九五年九月十日

作者簡介

葉兆言（1957-），籍貫江蘇蘇州，生長於南京，南京大學中文系碩士。目前專事寫作。一九八〇年開始發表作品，著有長篇小說《死水》、《綠色陷阱》、《今夜星光燦爛》、《花影》、《花煞》、《一九三七年的愛情》、《別人的愛情》、《我們的心如此頑固》，中篇小說集《愛情規則》、《最後一班難民車》、《懸掛的綠蘋果》、

《夜泊秦淮》、《豔歌》、《棗樹的故事》、《殤逝的英雄》、《紅房子酒店》，散文《文學少年》等。

1996

哺乳期的女人

畢飛宇

斷橋鎮只有兩條路，一條是三米多寬的石巷，一條是四米多寬的夾河。三排民居就是沿著石巷和夾河次第鋪排開來的，都是統一的二層閣樓，樓與樓之間幾乎沒有間隙，這樣的關係使斷橋鎮的鄰居只有「對門」和「隔壁」這兩種局面，當然，閣樓所連成的三條線並不是筆直的，它的蜿蜒程度等同於夾河的彎曲程度。斷橋鎮的石巷很安靜，從頭到尾洋溢著石頭的光芒，又乾淨又安詳。夾河裡頭也是水面如鏡，那些石橋的拱形倒影就那麼靜臥在水裡頭，千百年了，身姿都龍鍾了，有小舢舨過來它們就顫悠悠地讓開去，小舢舨一過去它們便駝了背脊再回到原來的地方去。不過夾河到了斷橋鎮的最東頭就不是夾河了，它匯進了一條相當闊大的水面，這條水面對斷橋鎮的年輕人來說意義重大，斷橋鎮所有的年輕人都是在這條水面上開始他們的人生航程的。他們不喜歡斷橋鎮上石頭與水的反光，一到歲數便向著遠方世界蜂擁而去。斷橋鎮的年輕人沿著水路消逝得無影無蹤，都來不及在水面上留下背影。好在水面一直都是一副不記事的樣子。

旺旺家和惠嫂家對門。中間隔了一道石巷，惠嫂家傍山，是一座二、三十米高的土丘；旺旺家依水，就是那條夾河。旺旺是一個七歲的男孩，其實並不叫旺旺。但是旺旺的手上整天都要提一袋旺旺餅乾或旺旺雪餅，大家就喊他旺旺，旺旺的爺爺也這麼叫，又順口又喜氣。旺旺一生下來就跟了爺爺了。他的爸爸和媽媽在一條拖掛船上跑運輸，掙了不少錢，已經把旺旺的戶口買到縣城裡去了。旺旺的媽媽說，他們掙的錢才夠旺旺讀大學，等到旺旺買房、成親的錢都掙回來，他們就回老家，開一個醬油鋪子。他們這刻兒正四處漂泊，家鄉早就不是斷橋鎮了，而是水，或者說是水路。斷橋鎮在他們的記憶中越來越概念了，只是一行字，只是匯款單上遙遠的收款地址。匯款單成了鰥父的兒女，匯款單也就成了獨子旺旺的父母。

旺旺沒事的時候坐在自家的石門檻上看行人。手裡提著一袋旺旺餅乾或旺旺雪餅。旺旺的父親在匯款單左側的紙片上關照的，「每天一袋旺旺」。旺旺吃膩了餅乾，但是爺爺不許他空著手坐在門檻上。旺旺無聊，坐久了就會把手伸到褲襠裡，掏雞雞玩。一手提著袋子，一手捏住餅乾，就好了。旺旺坐在門檻上剛好替惠嫂看雜貨鋪。惠嫂家的底樓其實就是一爿鋪子。有人來了旺旺便尖叫。旺旺一叫惠嫂就從後頭笑嘻嘻地走了出來。

惠嫂原來也在外頭，一九九六年的開春才回到斷橋鎮。惠嫂回家是生孩子的，生了一個男孩，還在吃奶。旺旺沒有吃過母奶。爺爺說，旺旺的媽天生就沒有汁。旺旺銜他媽媽的奶頭只有一次，吮不出內容，媽媽就叫疼，旺旺生下來不久便讓媽媽送到奶奶這邊來了，那時候奶奶還沒有埋到後山去。同時送來的還有一只不鏽鋼碗和不鏽鋼調羹。奶奶把乳糕、牛奶、亨氏營養奶糊、雞蛋黃、豆粉盛在鋥亮的不鏽鋼碗裡，再用鋥亮的不鏽鋼調羹一點一點送到旺旺的嘴巴裡。吃完了旺旺便笑，奶奶便用不鏽鋼調羹擊打不鏽鋼空碗，發出悅耳冰涼的工業品聲響。奶奶說：「這是什麼？這是你媽的奶子。」旺旺長得結結實實的，用奶奶的話說，比拱奶頭拱出來的奶丸子還要硬掙。不過旺旺的爺爺倒是常說，現在的女人不行的，沒水分，肚子讓國家計畫了，奶子總不該跟著瞎計畫的。這時候奶奶總是對旺旺說，你老子吃我吃到五歲呢。吃到五歲呢。既像為自己驕傲又像替兒子高興。

不過惠嫂是例外。惠嫂的臉、眼、唇、手臂和小腿都給人圓嘟嘟的印象。矮墩墩胖乎乎的，又渾厚又溜圓。惠嫂面如滿月，健康，親切，見了人就笑，笑起來臉很光潤，兩只細小的酒窩便會在下唇的兩側窩出來，有一種產後的充盈與產後的幸福，通身籠罩了乳汁芬芳，濃郁綿軟，鼻頭猛吸一下便又似有若無。惠嫂的乳房碩健巨大，在襯衣的背後分外醒目，而乳汁也就源遠流長了，給人以取之不盡、用之不竭的印象。惠嫂給孩子餵奶格外動人，她總是坐到舖子的外側來。惠嫂不解鈕子，直接把襯衣撩上去，把兒子的頭擱到肘彎裡，而後將身子靠過去。等兒子銜住了才把上身直起來。惠嫂餵奶總是把脖子傾得很長，撫弄兒子的小指甲或小耳垂，弄住了便不放了。有人來買東西，惠嫂就說：「自己拿。」要找錢，惠嫂也說：「自己拿。」旺旺一直留意惠嫂餵奶的美好靜態，惠嫂的乳房因乳水的腫脹洋溢出過分的母性，天藍色的血管隱藏在表層下面。旺旺堅信惠嫂的奶水就是天藍色的，溫暖卻清涼。惠嫂兒子吃奶時總要有一隻手扶住媽媽的乳房，那隻手又乾淨又嬌嫩，撫在乳房的外側，在陽光下面不像是被照耀，而是乳房和手自己就會放射出陽光來，有一種半透明的晶瑩效果，近乎聖潔，近乎妖嬈。惠嫂餵奶從來不避諱什麼，事實上，斷橋鎮除了老人孩子只剩下幾個中年婦女了。惠嫂的無遮無攔給旺旺帶來了企盼與憂傷。旺旺被奶香纏繞住了，憂傷如奶香一樣無力，奶香一樣不絕如縷。

惠嫂做夢也沒有想到旺旺會做出這種事來。惠嫂坐在石門檻上給孩子餵奶，旺旺坐在對面隔著一條青石巷呢。惠嫂的兒子只吃了一隻奶子就飽了，惠嫂把另一隻送過去，她的兒子竟讓開了，嘴裡吐出奶的泡沫。但是惠嫂的這隻乳房脹得厲害，便決定擠掉一些，惠嫂側身站到牆邊，雙手握住了自己的奶子，用力一擠，奶水就噴湧出來了，一條線，帶著一道弧線。旺旺一直注視著惠嫂的舉動。旺旺看見那條雪白的乳汁噴在牆上，被牆的青磚吸乾淨了。旺旺聞到了那股奶香，在青石巷十分溫暖十分慈祥地四處彌漫。旺旺悄悄走到對面去，躲在牆的拐角。惠嫂擠完了又把兒子抱到腿上來，孩子在哼唧，惠嫂又把襯衣撩上去。但孩子不肯吃，只是拍著媽媽的乳房自己和自己玩，嘴裡說一些單調的聽不懂的聲音。惠嫂一點都沒有留神旺旺已經過來了。旺旺撥開嬰孩的手，埋下腦袋對準惠嫂的乳房就是一口。咬住了，不放。惠嫂的一聲尖叫在中午的青石巷裡又突兀又悠長，把半個斷橋鎮都吵醒了。要不是這一聲尖叫旺旺肯定還是不肯鬆口的。旺旺沒有跑，他半張著嘴巴，表情又愣又傻。旺旺看見惠嫂的右乳上印上了一對半圓形的牙印與血痕，惠嫂回過神來，還沒有來得及安撫驚啼的孩子，左鄰右舍就來人了。惠嫂又疼又羞，責怪旺旺說：「旺旺，你要死了。」

旺旺的舉動在當天下午便傳遍了斷橋鎮。這個沒有報紙的小鎮到處在口播這條當日新聞。人們的話題自然集中在性上頭，只是沒有挑明了說。人們說：「要死了，小東西才七歲就這樣了。」人們說：「斷橋鎮的大人也沒有這麼流氓過。」當然，人們的心情並不沉重，是愉快的，新奇的。人們都知道惠嫂的奶子讓旺旺咬了，有人就拿惠嫂開心，在她的背後高聲叫喊電視上的那句廣告詞，說：「惠嫂，大家都『旺』一下。」這話很逗人，大夥都笑，惠嫂也笑。但是惠嫂的婆婆顯得不開心，拉著一張臉走出來說：「水開了。」

旺旺爺知道下午的事是在晚飯之後。儘管家裡只有爺孫兩個，爺爺每天還要做三頓飯，每頓飯都要親手給旺旺餵下去。那只不鏽鋼碗和不鏽鋼調羹和昔日一樣鋥亮，看不出磨損與鏽蝕。爺爺上了歲數，牙掉了，那根老舌頭也就沒人管了，越發無法無天，嘮叨起來沒完。往旺旺的嘴裡餵一口就要嘮叨一句，「張開嘴吃，閉上嘴嚼，吃完了上床睡大覺。」「一口蛋，一口肉，長大了掙錢不發愁。」諸如此類，都是他自編的順口溜。但是旺旺今天不肯吃。調羹從右邊餵過來他讓到左邊去，從左邊來了又讓到右邊去。爺爺說：「蛋也不吃，肉也不咬，將來怎麼掙鈔票？」旺旺的眼睛一直盯住惠嫂家那邊。惠嫂家的鋪子裡有許多食品。爺爺問：「想要什麼？」旺旺不開口。爺爺說：「士力架？」爺爺說：「德芙巧克力？」爺爺說：「親親八寶粥？」旺旺不開口，親親八寶粥旁邊是澳洲的全脂奶粉，爺爺說：「想吃奶？」旺旺回過頭，淚汪汪地正視爺爺。爺爺知道孫子想吃奶，到對門去買了一袋，用水沖了，端到旺旺的面前來。說：「旺旺吃奶了。」旺旺咬住不鏽鋼調羹，吐在了地上，順手便把那只不鏽鋼碗也打翻了。不鏽鋼在石頭地面活蹦亂跳，發出冰涼的金屬聲響。爺爺向旺旺的腮邊伸出巴掌，大聲說：「撿起來！」旺旺不動，像一塊鹹魚，翻著一雙白眼。爺爺把巴掌舉高了，說：「撿不撿？」又高了，說：「撿不撿？」爺爺的巴掌舉得越高，離旺旺也就越遠。爺爺放下巴掌，說：「小祖宗，撿呀！」

是爺爺自己把不鏽鋼餐具撿起來了。爺爺說：「你怎麼能扔這個？你就是這個餵大的，這可是你的奶水，你還扔不扔？啊？扔不扔？——還有七個月就過年了，你看我不告訴你爸媽！」

按照生活常規，晚飯過後，旺旺爺到南門屋簷下的石碼頭上洗碗。隔壁的劉三爺在洗衣裳。劉三爺一見到旺旺爺便笑，笑得很鬼。劉三爺說：「旺爺，你家旺旺吃人家惠嫂豆腐，你教的吧？」旺旺爺聽不明白，但從劉三爺的皺紋裡看到了七拐八彎的東西。劉三爺瞟他一眼，小聲說：「你孫子下午把惠嫂的奶子啃了，出血啦！」

旺旺爺明白過來腦子裡就轟隆一聲。可了不得了。這還了得？旺旺爺轉過身就操起掃帚，倒過來握在手上，揪起旺旺衝著屁股就是三四下，小東西沒有哭，淚水汪了一眼，掉下來一顆，又汪開來，又掉。他的淚無聲無息，有一種出格的疼痛和出格的悲傷。這種哭法讓人心軟，教大人再也下不了手。旺旺爺丟了掃帚，厲聲詰問說：「誰教你的？是哪一個畜生教你的？」旺旺不語。旺旺低下頭淚珠又一大顆一大顆往下掉。旺旺爺長嘆一口氣，說：「反正還有七個月就過年了。」

旺旺的爸爸和媽媽每年只回斷橋鎮一次。一次六天，也就是大年三十到正月初五。旺旺的媽媽每次見旺旺之前都預備了好多激情，一見到旺旺又是抱又是親。旺旺總有些生分，好多舉動一下子不太做得出。這樣一來旺旺被媽媽摟著就有些受罪的樣子，被媽媽擺弄過來又擺弄過去。有些疼。有些彆扭。有些需要拒絕和掙扎的地方。後來爸爸媽媽就會取出許多好玩的好吃的，都是與電視廣告幾乎同步的好東西，花花綠綠一大堆，旺旺這時候就會幸福，楞頭楞腦地把肚子吃壞掉。旺旺總是在初三或者初四開始熟悉和喜歡他的爸爸和媽媽，喜歡他們的聲音，氣味。一喜歡便想把自己全部依賴過去，但每一次他剛剛依賴過去他們就突然消失了。旺旺總是撲空，總是落不到實處。這種壞感覺旺旺還沒有學會用一句完整的話把它們說出來。旺旺就不說。初五的清早他們肯定要走的。旺旺在初四的晚上往往睡得很遲，到了初五的早上就醒不來了，爸爸的大拖掛就泊在鎮東的闊大水面上。他們放下一條小舢舨沿著夾河一直划到自家的屋簷底下。走的時候當然也是這樣，從窗櫺上解下繩子，沿夾河划到東頭，然後，拖掛的粗重汽笛吼叫兩聲，他們的拖掛就遠去了。他們走遠了太陽就會升起來。旺旺起來的時候天上只有太陽，地上只有水。旺旺的瞳孔裡頭只剩下一顆冬天的太陽，一汪冬天的水。太陽離開水面的時候總是拽著的，扯拉著的，有了痛楚和流血的症狀。然後太陽就升高了，蒼茫的水面成了金子與銀子鋪成的路。

由於旺旺的意外襲擊，惠嫂的餵奶自然變得小心些了。惠嫂總是躲在櫃檯的後面，再解開上衣上的第二個鈕釦。但是接下來的兩天惠嫂沒有看見旺旺。原來天天在眼皮底下，不太留意，現在看不見，反倒格外惹眼了。惠嫂中午見到旺旺爺，順嘴說：「旺爺，怎麼沒見旺旺了？」旺旺的爺爺這幾天一直羞於碰上惠嫂，就像劉三爺說的那樣，要是惠嫂也以為旺旺那樣是爺爺教的，那可要羞死一張老臉了。旺旺爺還是讓惠嫂堵住了，一雙老眼也不敢看她。旺旺爺順著嘴說：「在醫院裡頭打吊針呢。」惠嫂說：「怎麼了？好好的怎麼去打吊針了？」旺旺爺說：「發高燒，退不下去。」惠嫂說：「你嚇唬孩子了吧？」旺旺爺十分愧疚地說：「不打不罵不成人。」惠嫂把孩子換到另一隻手上去，有些責怪，說：「旺爺你說什麼嘛？七歲的孩子，又能做錯什麼？」旺旺爺說：「不打不罵不成人。」惠嫂說：「沒有傷著我的，就破了一點皮，都好了。」這麼一說旺旺爺又低下頭去了，紅著臉說：「我從來都沒有和他說過那些，從來沒有。都是現在的電視教壞了。」惠嫂有些不高興，甚至有些難受，說話的口氣也重了：「旺爺你都說了什麼嘛？」

旺旺出院後人瘦下去一圈。眼睛大了，眼皮也雙了。嘎樣子少了一些，都有點文靜了。惠嫂說：「旺旺都病得好看了。」旺旺回家後再也不坐石門檻了，惠嫂猜得出是旺爺定下的新規矩，然而惠嫂知道旺旺躲在門縫的背後看自己餵奶，他的黑眼睛總是在某一個圓洞或木板的縫隙裡憂傷地閃爍。旺爺不讓旺旺和惠嫂有任何靠近，這讓惠嫂有一種說不出的難受。旺旺因此而越發鬼祟，越發像幽靈一樣無聲遊蕩了。惠嫂有一回抱著孩子給旺旺送幾塊水果糖過來，惠嫂替他的兒子奶聲奶氣地說：「旺旺哥呢？我們請旺旺哥吃糖糖。」旺旺一見到惠嫂便藏到樓梯的背後去了。爺爺把惠嫂攔住說：「不能這樣沒規矩。」惠嫂被攔在門外，臉上有些掛不住，都忘了學兒子說話了，說：「就幾塊糖嘛。」旺爺虎著臉說：「不能這樣沒規矩。」惠嫂臨走前回頭看一眼旺旺，旺旺的眼神讓所有當媽媽的女人看了都心酸，惠嫂說：「旺旺，過來。」爺爺說：「旺旺！」惠嫂說：「旺爺你這是幹什麼嘛！」

但旺旺在偷看，這個無聲的祕密只有旺旺和惠嫂兩個人明白。這樣下去旺旺會瘋掉的，要不就是惠嫂瘋掉。許多中午的陽光下面狹長的石巷兩邊悄然存放著這樣的祕密。瘦長的陽光帶橫在青石路面上，這邊是陰涼，那邊也是陰涼。陽光顯得有些過分了，把傍山依水的斷橋鎮十分銳利地劈成了兩半，一邊傍山，一邊依水。一邊憂傷，另一邊還是憂傷。

旺爺在午睡的時候也會打呼嚕的。旺爺剛打上呼嚕旺旺就逃到樓下來了。趴在木板上打量對面，旺旺就是在這天讓惠嫂抓住的。惠嫂抓住他的腕彎，旺旺的臉給嚇得脫去了顏色。惠嫂悄聲說：「別怕，跟我過來。」旺旺被惠嫂拖到雜貨舖的後院。後院外面就是山坡，金色的陽光正照在坡面上，坡面是大片大片的綠，又茂盛又肥沃，油油的全是太陽的綠色反光。旺旺喘著粗氣，有些怕，被那陣奶香裹住了。惠嫂蹲下身子，撩起上衣，巨大渾圓的乳房明白無誤地呈現在旺旺的面前。旺旺被那股氣味弄得心碎，那是氣味的母親，氣味的至高無上。惠嫂摸著旺旺的頭，輕聲說：「吃吧，吃。」旺旺不敢動。那隻讓他牽魂的母親和他近在咫尺，就在鼻尖底下，伸手可及。旺旺抬起頭來，一抬頭就汪了滿眼淚，臉上又羞愧又惶恐。惠嫂說：「是我，你吃我，吃。——別咬，銜住了，慢慢吸。」旺旺把頭靠過來，兩隻小手慢慢抬起來了，抱向了惠嫂的右乳。但旺旺的雙手在最後的關頭卻停住了。旺旺萬分委屈地說：「我不。」

惠嫂說：「傻孩子，弟弟吃不完的。」

旺旺流出淚，他的淚在陽光底下發出六角形的光芒，有一種爍人的模樣。旺旺盯住惠嫂的乳房拖著哭腔說：「我不。不是我媽媽！」旺旺丟下這句沒頭沒腦的話回頭就跑掉了。惠嫂拽下上衣，跟出去，大聲喊道：「旺旺，旺旺……」旺旺逃回家，反閂上門。整個過程在幽靜的正午顯得驚天動地。惠嫂的聲音幾乎也成了哭腔。她的手拍在門上，失聲喊道：「旺旺！」

旺旺的家裡沒有聲音。過了一刻旺爺的鼾聲就終止了。響起了急促的下樓聲。再過了一會兒，屋裡發出了另一種聲音，是一把尺子抽在肉上的悶響，惠嫂站在原處，傷心地喊：「旺爺，旺爺！」

又圍過來許多人。人們看見惠嫂拍門的樣子就知道旺旺這小東西又「出事」了。有人沉重地說：「這小東西，好不了啦。」

惠嫂回過頭來。她的淚水泛起了一臉青光，像母獸。有些驚人。惠嫂凶悍異常地吼道：「你們走！走——！你們知道什麼？」

作者簡介

——畢飛宇（1964-），生於江蘇興化，現居南京。畢業於揚州師範學院，曾任教師，後從事新聞工作，現任江蘇省作家協會副主席、南京大學教授。二〇一七年獲頒法國文學藝術騎士勛章。作品〈哺乳期的女人〉獲首屆魯迅文學獎短篇小說獎、第七屆百花文學獎、一九九六年中國十佳短篇小說獎、一九九六年《小說選刊》獎。長篇《推拿》獲第八屆茅盾文學獎、《當代》長篇小說年度獎、《人民文學》優秀長篇小說獎、中國當代文學學院獎、小說雙年獎，散文集《造日子》獲二〇一三年度華文最佳散文獎。曾獲中國大紅鷹文學獎、中國小說學會獎等。著有長篇小說《推拿》、《平原》、《上海往事》、《那個夏季，那個秋天》，小說集《玉米》、《青衣》、《大雨如注》、《充滿瓷器的時代》等，散文集《造日子》、《寫滿字的空間》，評論與對話集《小說生活：畢飛宇、張莉對話錄》、《小說課》。

1999

喜宴

王安憶

天下著細雨，是春雨，小崗上有人家要娶親了。上午遣人到這貼鄰的大劉莊來請，來請誰呢？請知識青年。小崗上是個小莊，只一個生產小隊，大劉莊則有七個小隊，第九個小隊在大劉莊那一鄰的小鮑莊，合成一個生產大隊，叫大劉大隊。知識青年都下放在大劉莊的生產隊裡，因為天下雨，沒出工，坐在當門，看門外的爛地發呆。娶親的是學校的老師，高中畢業生，年紀已經不小，有二十六了，這在鄉裡，早已過了婚娶的年齡。他為什麼耽誤下的？先是為了挑個好的，挑好了，又要「談」一段，互相了解，所以才晚了時辰。這老師長了一張方臉膛，濃眉，大眼，方下頦，中間有一道淺淺的凹槽，嘴略有點此地人說的「媽媽嘴」，但不是太典型，正好使他笑起來帶了點孩子氣。他家還有個妹妹，長得也是他這樣的。兄妹倆雖然是跟了一個乾瘦的寡母生活，但身體都健壯，血氣很旺的樣子，可能是隨他們早逝的父親的遺傳，並且都讀了書。他們的寡母很驕傲地說，大劉大隊就數他家的一兒一女最俊俏。現在，兒子又要娶親了。

知識青年總共也不多，十一個，一個縣城來的又回家去了，剩下十個，正好一桌。他們和這位老師並不熟悉，因為老師是小崗上人，又不下地，偶爾在村道上遇到了，彼此都矜持地點點頭，就走過去了。看上去，老師比知識青年更像是城裡人。

他穿得很整齊，口袋裡插著鋼筆，手裡捧一疊課本，夏天腳上也很講究地穿著鞋襪，冬天是一件駱駝絨長大衣，開著懷，手插在大衣兩邊的斜插袋裡。只是無論冬夏，他都愛戴一頂單軍帽，有簷的，戴到齊眉。這是「文化革命」前期的裝束，雖然城裡也還有青年戴軍帽，但卻是浪蕩的風格。或是歪著，或是將帽頂掐出邊，有些像電影裡「國軍」的軍帽，流露出紅衛兵運動進入低潮時期的頹廢情緒。像他這樣畢恭畢敬的戴法，卻是透出了士氣。還有使他像一個莊裡青年的，就是吹笛子。下學以後，他橫著一桿竹笛，一邊吹一邊在小學校前面的田間小路上信步。笛聲悠揚，他的身姿也很悠閒，這就有了一種牧童唱晚的情調。小學校是在村莊背後，人稱「家後」，與村莊相隔有一片農田，單獨的一排五間房屋，靠著進縣城的大路，顯得有些寂寥。莊裡絕大部分農田，又都在南邊，這裡多少有些人跡罕至。較常見的是大路上趕路的人，匆匆走過。或走路，或趕了驢車，驢脖下拴的鈴鐺，叮叮地響，清脆得很，又曠遠得很。學校裡還有位女老師，已經成家，五間房屋裡有一間就是她的。男人又是在公社，一到星期天就走了，有時下了課也走。小學校就更顯寂寥了。

他呢，又是深居簡出的，極少到大劉莊來。大莊對小莊難免有些歧視，小莊呢，也有著自己的尊嚴。所以，除了在小學校，他就是在家中。家是很舊的三間土坯屋，低矮而且黑暗，真不知道怎麼會長出他們兄妹這樣兩個俊俏的青年來。他住東頭一間，寡母和妹妹住西頭一間，中間是堂屋，迎門牆下的條案上放了他父親的牌位。

他的房間是很少有人進去的，卻有一個常客，幾乎每天吃過晚飯就來了，兩人便扎進了他的房間，說話，或者奏樂。他吹笛子，客人拉二胡。這個常客也是小崗上人，比他低兩級的同學，因為成分不好，富農，所以回鄉來只能務農，並且，至今沒說上媳婦，也過了此地的婚娶年齡。這位學友極聰敏，拉一手好二胡，而且會作曲。

因為大劉莊上知識青年裡有一個是愛文學的，所以時常去請那青年寫歌詞，這樣，就和知識青年有了往來。今天，學長娶親，遣去請知識青年赴喜宴的，就是他。

因為下雨，這學友就踩了一雙大毛窩，既是防滑，也是取暖。春寒，加上雨，天陰冷得很，是那種不提防的沁骨的冷。他踩著毛窩，左一劃拉，右一劃拉，來到這些知識青年住的地方。他們散住在各處，有的在人家裡，有的是自個兒單住。他穿了一件單衣，臉凍青了，卻很歡喜，笑著說：請你們賞臉呢！他因是下地做農活，所以臉色比較粗糙，頭髮也蓬亂，這時淋溼了，就貼在額上。他長了一張瓦刀臉，牙有些暴突，是稱不上好看的，但很奇特的，他倒不土。這可能是來自於他的開放的氣質。他的眼神，說話，表情，都是鎮定，從容，愉快，開朗。尤其他笑起來，嘴幾乎裂到耳根，這張不好看的臉一下子顯得生動起來。他的口音也和鄉裡人有所區別，雖然也是鄉音，可又不完全是，這可能與他的措辭有關，比較文面，卻不刻板，還相當風趣。他的嗓音也是一個原因，有些啞，但不是嘶啞，而是有些雄渾的，是種有內力的男聲。總之，這一切合起來，甚至使他有了些魅力。他要比他的學長放鬆和自如，這是因為有自信，雖然無論境遇，還是個人條件，他都遠不如學長。現在，學長娶親了，他還沒說著媳婦。很多次相親，都是無功而返。

知識青年受到邀請，都有些茫然，這個老師與他們有什麼關係呢？由於受到這個邀請，分散在各個生產隊，來自於不同城市的知識青年便也糾結在一處，討論要不要去。有知識青年的房東就說：既來請了，就一定要去，並且不能空手去，要帶禮金。禮金的標準是，一人兩元，可帶小孩。房東又與他們解釋：雖然你們在城裡，老師在鄉下，但都是上過學，讀過書的，也可稱得上同學，所以他才請你們。

於是，大家便決定去，房東又讓在他家寄住的那個知識青年帶上他家的一個男孩，一同去了。

這男孩大約是五六歲，看上去還更小些，卻很老練地雙手插在袖筒裡，穿著小毛窩的腳，穩健地岔著泥，走在穿了膠鞋，打了雨傘，歪歪倒倒的知識青年前面。一到地方，就不見了人影。只見門前有一群孩子在細雨中玩耍，都是大人帶來吃酒的，想是混入其間。天很暗，又下雨，這些孩子看上去都差不多。

他們進了屋，黑洞洞的土坯屋裡，依牆坐滿了吃酒的人。裡間屋是女眷，外間屋是男客，統是袖了手，也不怎麼說話，有些拘謹，又有些嚴肅，耐心地等待著開席。他們這一夥人，並不分男女，擠坐在當門，看著人們忙亂。門前院子裡張了油布，做一個大篷，底下放了案板，等著上客。陰著的天，被油布一襯，又有些發黃。

油布有些破綻，不曉得使過多少婚喪嫁娶，有碰碎了的雨點灑下來，碰巧濺到臉上，冰涼的，就縮一縮脖子。老師的學友是指揮，在細雨中划動瘦長的四肢，佝著背，跑到東，跑到西。做新郎的老師只偶爾地露面。他的駱駝絨長大衣裡面是新嗶嘰呢的制服，口袋上還別了一朵紅絨花，軍帽則換了藍呢帽。他臉膛更紅了，嘴抿著，想不笑，又做不到，嘴角就一動一動的，看上去就更孩兒相了。他出來和知識青年招呼，剛說半句話，就教他的學友喊走了，去決定婚儀中的一個什麼細節。

天陰，看不出時辰，但憑經驗，已是午後。這樣的雨天，鄉裡人家都是吃兩頓，頭頓吃過，現在都感到肚餓了。不時有女眷從屋裡走到門前，看自家帶來吃酒的孩子有沒有走遠，要不就喊一聲，把孩子喊到身邊，一起坐著，等著開席。孩子坐一會就坐不住了，乘大人不留神，再跑出去瘋。那知識青年帶來的房東家的男孩倒是反過來。有兩次走到屋內，看帶他來的那名知識青年還在不在，就又走開去玩。屋裡更暗了，有人垂著頭在打盹，發出了鼾聲。這土坯屋裡樣樣都是暗的，只有做了新房的，老師那間東屋的門上，新貼的一個「喜」字，紅豔豔的。來吃酒的人都穿戴過了，男的大都戴著呢帽，女的呢，至少是換了衣服，頭上蒙了方巾。只是腳下的一雙鞋，都沾了泥。惟有當門的一夥，邋邋遢遢。知識青年大都是頹唐的，而且故意地強化他們的頹唐，表示著對命運的不滿。他們穿得相當糟糕，卻是帶著些戲劇化的，比如其中有一個，穿一件剝了蒙襖褂子的棉襖，釦子都掉光了，就攔腰紮一根鬆緊帶；還有一個眼鏡腳斷了，用一根線掛在耳朵上；一個剃了光頭；另一個則幾個月不理髮，頭髮蓋到了脖頸根。女生略微好些，比較要面子，不肯落拓相，可那神情卻是苦悶的。她們想的比較多，年齡的逼迫也更嚴峻。她們平時就不大開心，此時看著別人嫁娶，難免就有一些感觸。所以臉都是繃緊的，含著些牴觸。他們這一夥坐在當門，給這喜宴帶來一股不協調的氣氛。

新娘不到，喜宴便無法開席，此時至少也是午後兩點了。有一些消息傳來，說是新娘的兄弟攔住了，要新郎親自登門去接，新郎這才起身。新娘家在鄰縣的棗林子，這麼走去，好天也須一個半小時，莫說這樣的天。這是給新郎顏色呢！因為他老不娶，老不娶，卻要談，談，談。怎麼不再談了呢？怎麼就要娶了呢？這時候，新郎那學友划船似的從門前泥地裡划過來，對著當門的一群知識青年說：餓了吧，都怪新娘子！說著就哈哈笑著過去了。學長娶親，他那樣高興，他自己娶親呢？

他什麼時候才能娶親啊！有時人們在地裡做活，遠遠看見他和他那富農老子從高高的壩子上過去，就說他是去相親。傍晚，消息就傳開了，去相親卻沒相成。他那富農老子身板比他高大，也更挺拔，臉膛也要方正，但中間那一條卻是凹的，身材雖高大，卻是闊扁的，一眼便知是他的老子。他的老子，看上去還不如他吃的苦多，所以就顯得不老，也好看一些。穿得很齊整，態度文雅，並且有些新派，是那類見過些世面，受過新思想影響的鄉紳的樣子。不過，還是沒兒子看上去聰明。

既是新郎才起身去接人，那至少還有兩個小時才可開席，別人倒沒什麼，反正下雨出不了工，知識青年卻有些不耐煩了，腳也坐硬了。他們紛紛起身，跺著腳，跨出房門，去四處轉轉看看。那房東家的孩子一看帶他來的大人要走，就有些急，高聲叫：小×，你不吃酒就走？他想，他要是走，那麼自己沒得人帶了，也只得走了。那小×說了聲：還來。他才放下心，繼續在孩子堆裡瘋。這小崗上是個小莊，平時大都沒來過，或者只是走過，幾大步便跨了過去。這時候看看，便覺著是個貧瘠的村莊，幾乎沒有青磚房子，連半截青磚的都少見。臺子也修得不整齊，房屋便擠簇在一堆，在這雨霧和泥濘中，看上去都是快倒的樣子。樹也不多，井呢，有那麼一口，井沿鋪了些碎磚，不像大劉莊，全是青石板的井臺。走了一圈，並沒看到什麼有趣的，便又踅了回來，站在院子裡，看孩子玩耍，聽幾個老人說，如今的喜事沒了吹打班，便不像喜事了。鍋屋裡外都是請來幫忙的女人，光是借來的碗碟就有幾籮筐，肉和魚都剁開了，粉條子泡在大木盆裡發。那老師的寡母，今天要做婆婆了，頭上竟也戴了一朵紅絨花，拐了小腳裡裡外外地忙。他妹妹倒是穿得還不如平日鮮亮，臉上的表情也有些悻悻的。她一頭扎在鍋屋裡，專事燒鍋，並不出來接客。平時是很會說的嘴，今天竟鎖上了，好像要給新嫂嫂來個下馬威似的。

時辰已經到下半晌了，陰著的天倒開了些，北方才有了天光，但也是近晚的天光。估量著差不多了，新郎的學友便開始往樹杈上掛炮。幾千響的炮抖落下來，總有些散的，於是小孩子就有了事做，紛紛去搶那些散炮，然後借了老漢的煙袋，嗶嗶剝剝地放。本來等慵了的，這時又有了些零星的喜氣。再接著，就有人跑來傳話，說新娘子來了，坐著牛車，已經到了壩子下。從這話到聽見牛車的木轂轆在泥裡吱扭，又有大半個時辰。知識青年又進了屋，坐在當門。因等得又餓又厭，一個個木胎泥塑般地發楞。外面嘩嘩然的，也沒興趣去探個究竟了，只是低著頭，抖著腳等飯吃。

外面鬧嚷著什麼呢？鬧嚷著地太爛，要髒了新娘子的新鞋。新娘子腳上是一雙黑平絨橫搭絆的鞋，裡頭是尼龍花襪。於是就要新郎背新娘子進洞房。也是等得太久，要鬧出些花樣，才甘心。新娘子起先不肯，架不住眾人起哄，尤其是新郎的學友，高聲大氣地說理，只得教背了。一上新郎的背，新娘噗哧一聲笑了，眾人又是譁然。這她就再不肯抬臉了，將臉埋在男人的背上。只看見一頭烏油油的短髮，頭頂圓圓地挑了一個箍，別了個紅夾子。眾人擁著背了新娘子的新郎，轟轟地進了房。

外頭炮響起了。這時孩子們分成了兩撥，一撥進新房被裡被外地亂搜，搜出紅蛋，花生，糖塊，還有菸卷。另一撥則在屋外地上滿下找沒炸開的散炮。那跟了知識青年來的房東的男孩，看來是老於此道。他先衝進新房翻騰，翻騰出了成果，再返身出屋。此時炮正放到高潮，散炮和著碎紙，四下亂濺。於是他就有了雙重的收穫。

屋裡屋外開始擺宴，人們抖擻起來。女眷們都出去喊自家的孩子，喊到身邊跟著，準備入席。新郎的學友又進來了，對著知識青年報告：新娘子愛笑。對新娘子那一笑很欣賞，很高興的樣子。這是這一日娶親裡，畫龍點睛的一筆。說過後，他又興興頭頭去忙了。喜宴終於開席了。

那房東家的男孩，早已進了屋，貼著帶他來的知識青年的大腿根站著，到入席的時候，便擠挨在他的身邊。凡小孩都是沒座位的，小的，坐在大人的腿上，大的，便擠挨了站著。等上菜的時候，大家都沉默著，氣氛略有些緊張。這時，飯菜的香氣已飄了起來，一桌一桌地挨著上了。最先上來的是四喜丸子，然後是蘿蔔肉塊，再後是魚，豆腐，粉條，白菜，饃饃是小麥麵的，男人的席上還有酒。席上的人們一陣埋頭，只聽一片稀哩呼嚕的吃喝聲，有孩子東張西望，大人便朝他頭上一筷子打去：龜孫子，快吃！於是孩子趕緊埋頭快吃。知識青年這一桌還是排在當門，也有酒。那孩子不曉得是第幾回吃酒了，一隻手穩穩地捏在筷頭上，直伸向最遠處的肉碗，滿滿地挾回來，用饃饃接住，一點都不灑落。吃得又快又好。這時候，無論有多少玩得瘋的，也吊不走他的一點興趣。桌上的菜，有一小半是被他掃走的。

兩個女青年，因是餓了，還吃得多些，那些男的，興頭卻在酒上，還猜拳。新郎特意過來敬了酒，由他學友陪著。到底和新郎有些生分，何況新郎還端著點架子，所以便客客氣氣地。倒是逮住了那陪來的，一陣糾纏，硬要討他的喜酒吃，雖是他的軟處，他卻一點不嘴軟，反過來問他們什麼時候有喜酒吃，這裡的喜酒就又有一層意思，還是指他們上調回城的喜事。乘著酒，彼此都有些發洩，可到底因為是吃喜酒，並不認真，所以就不傷和氣，嘻嘻哈哈的。新郎的學友，伏下身，悄聲又說一句：這新娘子咋樣？愛笑。對她那一笑印象猶深。

新娘子在屋裡，再沒露面。有人去看，屋裡擠了人，有娘家陪來的，也有這頭陪著的，滿滿當當。新娘子坐最裡頭，又低著臉，頭髮擋著，看不清，就覺著她是在「吃吃」地笑。

等了近一天的喜宴不到半個時辰便結束了，每一桌都是風捲殘雲的局勢，連一點饃渣渣都不剩，盤裡碗裡都是見底的。遠路來的開始走了，知識青年那一桌呢？也差不多了。剩了些饃饃頭，還有些殘羹剩湯，酒喝乾了。一個個走起路來都有些歪，說話舌頭也大了。屋裡點了燈，是油燈，把窗上的喜字映了出來。新郎從把新娘背進房裡，就沒再進過屋，怕人笑話起哄，只站在門外同人說話。

見知識青年要走，又特地送到路上。那房東家的孩子，有些吃撐了，加上瘋了一日，這時已經睡成一灘泥，由那知識青年背著，回家了。

一個月以後，這夥知識青年中的幾個，派工到東邊挖一條乾溝。歇歇時，要喝水，就想起吃過喜酒的這家老師，便奔了去。這天太陽很高，明晃晃的，樹又綠了，小崗上顯得光亮了些。老師家那三間土坯屋前，用秫秸攔了院子。老師在小學校上課，妹妹下地了，只有那寡母和新媳婦在家，見他們來，就招呼進屋坐，臨時燒水沏茶，又捧出落花生。花生裡還摻著棗子和一些碎紅紙，是辦喜事那日餘下的。這回，這幾個知識青年看清了新娘子。黑紅的鴨蛋臉，眉眼特別濃，果然愛笑，笑起來又非常大方。知識青年等水燒開了，喝了茶，吃了花生，聊了天，在婆媳倆一片熱忱的留飯聲中，告辭了出來。

作者簡介

——王安憶（1954-），生於江蘇南京，後遷居上海，現任復旦大學中文系教授、上海作家協會主席、中國作家協會副主席。長篇代表作《長恨歌》獲第五屆茅盾文學獎，短篇〈髮廊情話〉獲第三屆魯迅文學獎優秀短篇小說獎，二〇一三年獲法國文學藝術騎士勳章。著有長篇小說《匿名》、《上種紅菱下種藕》、《流水三十章》、《桃之夭夭》等，小說集《月色撩人》、《剃度》、《荒山之戀》等，散文集《劍橋的星空》、《漂泊的語言》、《窗外與窗裡》等。

吹牛

紅柯

他們正在喝開桌酒，動筷子前先把自己跟前三杯酒乾掉。有人在外邊喊他。那人騎在馬上，可以聽見馬蹄刨地的聲音。那人說：「你的老朋友馬杰龍叫你。」

「啥事？」

「叫你吹牛。」

那人打馬走了。

馬杰龍的牧場離鎮上有好幾十公里。大家嚷嚷：「喝酒喝酒，明天再說。」他把開桌酒喝了，但沒動筷子，大家就不高興：「拉個老太太就可以吹牛，非要你去嗎？」馬杰龍養了一大群牛，他也喜歡馬杰龍的牛。他說：「對不起，我得去一下。」大家都在發楞，他就出去了。

他跨上馬，一抖韁繩，馬踢踏踢踏一路小跑。快要出鎮子時，他又踅回去。他一直把馬騎到商店裡，騎到櫃檯跟前。店裡的人都揚頭看他。他的馬打出一串吐嚕，主人問他要什麼？他高高在上，指指這個指指那個，櫃檯上很快放了一堆綠洲方糖雲南磚茶還有四瓶伊犁特。主人問他還要什麼？他的眼睛搜索半天，他看見了花生和蠶豆，他說就要這個。主人取出幾袋花生和蠶豆，問他還要什麼，好東西多得很，主人掂兩條紅雪蓮香菸，他把菸收了。主人又掂兩袋阿瓦提洗衣粉，他嗯一聲拉下臉，主人就尷尬了。旁邊的人都笑：「娘兒們才買洗衣粉，人家又不是娘兒們。」他指指櫃上的東西：「給我裝好。」主人找一個蛇皮袋，往裡塞磚茶方糖，主人要裝伊犁特時，他把酒抓過來。

馬腦袋也伸過了櫃檯，差點把主人撞倒，主人靠在貨品架上。他把伊犁特一瓶一瓶插進口袋，肋巴兩邊全塞滿了，像別了幾把刀子。他把蛇皮袋壓在馬鞍上，一帶韁繩就出去了。

出了鎮子，馬反而慢了，馬蹄又碎又輕。馬知道主人喜歡這樣。主人腰板筆直，可主人的腦袋是耷拉的，燈心絨外套的領子貼著腮，眼睛瞇得很細，馬背一顛晃，眼睛便晃蕩出一絲瞳光，像濺出來的水。馬奔上一面長坡，從坡頭開始出現零亂而低矮的山崗。山都是赤褐色的沙磧和岩石，植物難以逾越。牧草和駱駝刺越來越少，後來連駱駝刺也不見了。他就睡著了。

他有馬背上睡覺的功夫。到了沙石地帶，他就瞌睡。他跟植物一樣，對沙石不抱任何奢望。他的頭髮被風高高吹起來，頭髮有點鬈，那是風吹鬈的。沙土落在頭上很快就不見了，沙土沉澱到頭皮上，頭髮還是很黑的。沙土還在往下沉，那些大顆沙粒跟蟲子似的快要叮破腦殼了。他早就習慣沙粒的叮咬，它們跟蝨子沒什麼兩樣，頂多讓你癢癢一下，他確實被癢了一下。他就打呼嚕，他的呼嚕聲是頂有名的。

他在床上打呼嚕，他老婆就往他嘴裡灌水。水也止不住雄壯的呼嚕聲，跟煮茶似的，他睡得更䣖了。老婆就哭，老婆一哭，他就醒了，呼嚕聲戛然而止，老婆的哭聲很靈驗，別人的老婆是打哭的，他老婆的哭聲是呼嚕打出來的。他沒打過老婆，男人怎麼能打老婆呢？他對那些愛打老婆的人說，兒子娃娃是長毬的，幹麼動手呢？手是對付男人的。人家就嚷嚷，問他有什麼高招制服女人，他就說打呼嚕。他老婆喜歡他，也喜歡他的呼嚕；儘管呼嚕讓她哭鼻子，可呼嚕聲也制止了丈夫的牛性子。老婆把家治得井井有條，把他侍候得熨熨帖帖。他吃好喝好，往床上一躺，「大型轟炸機」就起飛了。他把自己的呼嚕聲比做威力無比的大型轟炸機。對他來說睡覺不是停頓，而是新世界的開始。呼嚕聲是做好夢，你說這有多奇妙！

馬杰龍是他的好朋友，去馬杰龍家做客，他有這奇妙的感覺，他就能在馬背上睡得山呼海嘯波瀾壯闊。

他和他的馬穿行在連綿起伏的丘岡地帶，每上一道岡，身子就猛地往後傾斜，又猛地往前一栽，但絕對栽不到地上。他前後俯仰，絕不左右搖晃，左右一晃非栽下來不可。有時路很窄，路面全是亂石，馬就跳起來，他差點驚醒，他都驚出汗了，睡眠眼看就要破裂，他的腦袋不是氣球，他的腦袋盛得下任何堅硬的睡眠。他腦袋一脹，山崗就軟下去，山崗落在馬蹄底下。他和他的腦袋高聳在馬鞍上，除過太陽和鷹，還沒有誰能翻越他的腦袋。

天空升起綠色的光芒，草原出現在地平線上，馬打出一串歡暢的吐嚕，他也在這強勁的綠色中醒來了。他看見草地上的牛群，牠們都是出奶很多的花牛，黑白相間，跟拼貼畫一樣。馬杰龍的牛群要比這些牛棒得多。他和他的馬從牛群邊走過去。放牛的漢子跟他打招呼，還丟給他一支菸，他也給人家丟了一支。牧場的人都認識他，他是馬杰龍的朋友嘛。

馬杰龍的牛圈空蕩蕩的，馬杰龍的老婆在裡邊起牛糞。女人看見他衣兜裡的酒瓶子，女人就嚷嚷。他每回來都喝得大醉，馬杰龍也醉得一塌糊塗，兩個壯漢還要胡鬧一氣，家裡跟遭搶劫一樣。女人不怕他們喝酒，就怕他們胡鬧。有時候他們喝得很高雅，邊喝邊吹牛，女人不停地加菜加肉，女人很喜歡他們吹牛。那才是他們最得意的時候，酒勁再大也鬧不起來，身體壯得跟山一樣。酒是什麼？不就是嘩嘩流淌的水麼。他是很有酒量的。可他就是喝不過馬杰龍。總是他先醉，馬杰龍也只好把自己灌醉，否則就不夠朋友。每回喝酒，女人總是盯著他這位大兄弟，盯得他不好意思。

「嫂子你這是幹什麼？」

「嫂子怕你喝醉。」

「大哥不是也醉了嗎？」

他已經有三分醉態了，他一定要把馬杰龍比下去：「馬大哥你很穩當啊——嗯，我要讓你晃起來。」馬杰龍笑。女人說：「兄弟你太傻了，你是遠道來的客，他以逸待勞，除非你歇一宿。」

就這樣他養成了馬背睡覺的習慣，馬杰龍只能跟他打平手。高雅的氣氛就是這樣出現的，誰也比不過誰，就吹牛，海闊天空無邊無際。牧場到底偏僻，吹起牛來馬杰龍總是甘拜下風。馬杰龍喜歡他吹牛，牧場的人都喜歡他吹。吹牛的範圍由小鎮而奎屯、石河子、昌吉，最後是烏魯木齊，那是他去過的最大城市了。

他們醉酒的時候越來越少，可他這嫂子還這麼嚷嚷，他就逗這可愛的女人：「嫂子你開開恩吧，我們兄弟快半年沒醉了。」「嫂子不喜歡你們那副醉鬼樣子。」女人真生氣了，他就掏出酒瓶讓女人看：「沒幾瓶嘛，你不用怕。」

「你把酒廠搬來我也不怕，我把他趕出去了。」

「嫂子你真狠心呀。」

他把蛇皮袋丟在院子裡，腿一夾馬就竄出去。女人在院子裡大喊：「你一定把他叫回來，你們在家裡喝，我給你們煮肉。」

他嘴裡嘿嘿直叫，他已經感覺到一種不同尋常的東西了。在無邊無際的草原上喝酒，喝得再瘋也不用擔心撞翻桌子椅子茶几什麼的。他和他的馬竄成一股風，越上山崗時，大地就像嚥下一塊東西；他又竄進樹林，樹葉嘩然響動，樹好像剛剛站起來，又直又挺。

草原逐漸開闊，再也看不到低矮的山崗和稀疏的林子了。四野茫茫，天上只有一顆太陽，他就看太陽。太陽肯定知道他的朋友馬杰龍，馬杰龍就在這片草原上，馬杰龍就是跑到俄羅斯，太陽也看得見。他在馬背上仰頭看太陽，太陽無數道光芒中有一道光變粗變長了，它的鋒芒所指就是馬杰龍的方位。他一抖韁繩，朝那裡奔過去。

他穿過紫色的苜蓿，穿過藍色的毋忘我，眼前出現大片大片的草原菊。

他的朋友馬杰龍就坐在金黃的菊花地上。他的朋友馬杰龍笑咪咪的，那笑容就像從花裡開出來的。馬杰龍盤腿坐在花毯上，傳說中的哈薩克王就這樣坐在白氈上瞇著眼睛看他美麗的草原。馬杰龍掐著下巴上的黑鬍子，說：「我的朋友你好啊。」馬杰龍大手一撇，他就順著那手勢坐在地上。他的屁股可以感覺到鼓鼓囊囊的草原菊，他的手也感覺到了，花朵像錦緞縮出來的。四瓶伊犁特蹲在馬杰龍的腳邊，像四隻小獵犬。他也有四瓶伊犁特，他的伊犁特像刀子一樣掖在衣兜裡。馬杰龍說：「你的酒你帶回去，怕我馬杰龍供不起酒嗎？家裡還有好幾箱呢。」

「我喜歡喝你的酒。」

他取出蠶豆和花生，沒東西盛，他撕開袋子掏著吃，馬杰龍也掏了幾顆蠶豆。他們一人一瓶抿著喝。蠶豆太鹹。馬杰龍說：「吃這個。」馬杰龍摘一朵草原菊丟在嘴裡，他也摘一朵，慢慢咀嚼，麻絲絲的，草腥味兒很濃，嚥下去後卻有一股清香，香味兒是從鼻子裡散出來的，他說：「好厲害的花，沁到肺裡了。」馬杰龍說吃慣了，嘗不出味兒，他說慢慢吃，馬杰龍就慢慢吃，跟吃奶酪一樣，細嚼慢嚥，一股香氣從鼻腔裡衝出來，馬杰龍打了個清冽的噴嚏。馬杰龍抿一口酒，他也抿一口。

馬杰龍說：「我還想打噴嚏。」馬杰龍嚥下一棵草原菊，便有一個噴嚏爆出來。馬杰龍說：「舒服死了，我從來沒這麼舒服過。」他說：「這就叫鼻煙。」馬杰龍瞪大眼睛，手裡的酒瓶也是一驚一乍，晶光閃閃。他說：「清朝的王公貴族就吸這種煙，裝在玉石雕刻的壺裡用鼻子吸。」

「不用嘴？」

「不用嘴。」

「那煙絲肯定是草原上長出來的。」

「就是這草原菊，」他摘一朵草原菊，「清朝的祖先是從北方大草原上來的，進了北京老想著老家的特產，就把這草原上的寶貝配製成煙，不用嘴吸，用鼻子聞，聞一下，味兒全都出來了。」

「草原妙就妙在這味兒上。」

「還有噴嚏。」

「噴嚏真好。」

他打了一個，馬杰龍也打了一個。

馬杰龍說：「想女人的時候才打噴嚏，這小玩藝兒也能教人打噴嚏。」馬杰龍捻一朵草原菊，花朵飛旋，馬杰龍在他肩上打一下：「好兄弟，大哥我就喜歡聽你吹牛，來，咱吹喇叭。」

他們咬住瓶嘴，整瓶酒嘟嘟嘟響起來，就像騎手吹牛角號。吹完他們長長啊一聲，又開第二瓶。瓶蓋用牙咬開，酒香沖天而起，像衝出魔瓶的妖魔，向草原的四面八方逃竄。馬杰龍說：「我發現我有點著魔。」他說我也是。馬杰龍說：「這才是我的好兄弟，我們一起纏上了魔鬼。」

他們把酒瓶舉起來對著太陽看。馬杰龍說：「太陽成女人了，太陽穿著紅兜兜。」他也看見了太陽的紅兜兜，太陽那麼一身好肉全讓紅兜兜給勒出來了，他就把那紅兜兜給撕下來。其實那是圖案優美的標籤，伊犁特的標籤是紅色的，太陽穿上很合身。他叫起來：「哈，太陽成了光溜溜。」馬杰龍也叫起來：「太陽是個女的。」他說：「咱們斯文些，女人看咱哩。」他坐端正，馬杰龍也挺挺胸，馬杰龍說：「你嫂子就是這麼個人，愛叨叨，其實她喜歡咱喝酒，也喜歡你吹牛。」

「嫂子是好嫂子，咱給嫂子敬一杯。」

酒瓶磕在一起。

他們喝得高興，就向太陽敬酒。嘴裡嘀咕什麼太陽沒聽清，可太陽看清楚了，他們給她敬酒了哩，太陽就過來了。太陽走到他們跟前，他們打酒嗝；可他們坐得很端正。馬杰龍說：「乖媳婦，今兒不吃菜不吃肉，純純地喝酒吹牛。」太陽空著手，太陽啥都沒端，太陽大大方方走到他們跟前，馬杰龍拱拱手：「乖媳婦你坐下。」他也拱拱手：「老嫂子你坐下。」太陽紅了一下臉。馬杰龍說：「你這兄弟，你嫂子不老么，你一說老，你嫂子就急了。」

「嫂子年輕著哩。」

「那你還說她老？」

「老是好的意思，咱中國人，尊重誰就把誰叫老啥老啥。」

馬杰龍樂了：「兄弟我的好兄弟，我就愛聽你吹牛。」

馬杰龍看太陽一眼：「媳婦，咱不叫你乖媳婦了，乖來乖去不如一個老字，咱就叫你老婆。」馬杰龍對著太陽叫老婆，他對著太陽叫老嫂子。

太陽雍容華貴，拎起金光燦爛的裙襬走開了。

「你嫂子就這麼個人，不叫她弄菜，她非弄不可。」

太陽蹲在綠色草原上，草原亮堂堂的。草原上的女人都是這樣做飯，用乾牛糞燃起一堆火，煮奶茶煮肉。

「草原上的女人不容易啊，在屋裡侍候男人，男人出外，還得跟著牲口住帳篷。」

「嫂子跟著你走遍了大草原。」

「要把牛娃子餵大，就得找最好的草場，牠們剛長起來，就變成這個。」

馬杰龍從懷裡掏出一張紙片片，搖得嘩啦啦響。那是一張現金支票，是奎屯一家食品廠的，上面的數字是十二萬五千元。

「老兄你發財啦，你嚷嚷什麼？」

「一大群牛變成一堆洋碼數字，你說這算什麼事兒？」

「這確實是椿頭疼事。」

「老哥我頭疼得厲害，你嫂子頭也疼。」

「她莫（沒）事，我來的時候她起牛圈呢，她幹得很歡。」

太陽在草地上撿牛糞，太陽把乾牛糞堆起來，堆得很高。

「你嫂子就這麼個人，幹活不惜力氣，圈裡的牛糞夠燒，她還要到外邊去撿，堆得跟山一樣。」

太陽把牛糞點著了，烈火熊熊，發出轟轟的吼聲。

「那是我的牛在叫。」馬杰龍抹一下臉，淚水就不見了，馬杰龍說：「我莫事。」馬杰龍看他一眼：「我真的莫事，我給你嫂子留了幾頭牛，女人心軟，本來說好留兩頭小牛，她一嚷嚷，就多留兩頭大的，那是小牛的爹和娘。」

「我看見了。」

「你看見了？」

「在圈裡，挺不錯。」

「你也覺得不錯。」

「是你馬杰龍的牛啊，馬杰龍的牛是草原最好的牛。」

「可我的牛被他們趕走了。」

「喂老兄，是你賣掉的，人家給你的價錢很公平。」

「價錢確實很公平，我就是受不了。半夜三更我還提馬燈去給牛加料，牛圈空蕩蕩的，我一下著魔了，騎上馬抄起槍，在草原上竄了一夜，把身上的子彈全射光了。我趕到奎屯心裡就發毛，那裡沒有草，我的牛肯定餓壞了。不管怎麼說，我得把牠們趕回去，趕到草原上去。廠子裡的人就是聽不進去，還說我無理取鬧，為了我的牛我不在乎，我告訴他們，這裡根本不是牛待的地方，牛應該待在草原上。廠長臉一橫，你出爾反爾要受罰。我不在乎，罰多少算多少，我只要我的牛。廠長就往車間打電話，廠長說，你後悔也來不及了，牛全宰掉了。我大叫，二百頭牛啊。廠長說，我們是機械化，流水線作業。手下人也嚷嚷，別說二百頭，兩千頭也是一眨眼的工夫。我問他們殺牛幹什麼，牛跟你們有仇嗎？人家就說我是苕子（新疆人把瘋子叫苕子），他們跟苕子不說。」

「你確實有點苕。」

「你說我的牛能回來嗎？」

「能回來。」

「那你就給我吹一吹，我的牛怎麼能回來。」

「那裡已經有一頭牛了，」他指著草原上的太陽，告訴馬杰龍，「嫂子在擠奶哩。」

馬杰龍瞇著眼睛看，馬杰龍喝酒的時候也沒挪眼睛。

太陽的黃裙子拖在地上，太陽的手也是金黃的，在草原菊的花朵上，有一匝紅豔豔的牛奶頭，太陽的金手緊緊地攥著牛奶頭，使勁捋，一道白線就出來了。

馬杰龍直勾勾瞅著美麗的太陽，馬杰龍連酒都想不起來了，他碰一下，馬杰龍跟著動一下，馬杰龍像個機器人一樣。他知道他的朋友馬杰龍，他也知道馬杰龍的婚姻，他往馬杰龍的嘴裡塞一棵草原菊，他小聲說：「這是牛奶頭。」馬杰龍的腮動一下，草原菊被咂得吱兒吱兒響，馬杰龍已經嘗到牛奶頭的甜頭了。他小聲說：「你還記得那片草原嗎？你肯定記得。草原上最出色的騎手馬杰龍趕了好幾百里路，乾渴難忍，就抓住一頭奶牛，咬住牛奶頭美美地喝一通，把一對牛奶頭都咂癟啦。」「咂癟啦。」馬杰龍把草原菊嚥到肚子裡，又一棵草原菊塞到馬杰龍的嘴裡，馬杰龍說：「對，對，是兩個，牛奶頭是兩個。」

「你的記性還不錯，應該是兩個。你解了渴就打馬走了，你醒來的時候，那頭牛臥在帳篷外邊。牛吃了一夜草，奶頭脹鼓鼓的，你樂壞了，奶牛還要讓你喝一回。豈止一回，牠要讓你天天喝，喝個美。你高興得發抖，可這回你沒咂出奶，你吭哧半天連奶星子也沒咂出來。奶牛的那雙大眼睛多麼亮啊，跟太陽一樣望著你，你感動得淚都流下來了，你肯定聽見奶牛給你說的話了。」

「奶牛真的說了？」

「肯定說了，要不你馬杰龍能流淚嗎，要不你馬杰龍能有那麼大膽子，喝了人家的牛奶，還要帶走人家的丫頭。」

馬杰龍大口大口喝酒，緊張得要命，緊緊地抓住他的手：「好兄弟，我的好兄弟。」他聲音小小一點，他幾乎是耳語：「那頭奶牛顯然有神靈相助，神靈附體的動物就能張口說話，給人指點迷津，奶牛告訴你，要成為最幸福的人，必須請來牠的主人，主人的手能讓牛奶像泉水一樣源源不斷流出來。新婚之夜，你一著急就把新娘子當成了牛，你沒叫新娘的名字，你喊出的是：牛啊我的牛。」

「我這樣叫了嗎？」

「你肯定這樣叫了，你火急火燎咬新娘的奶頭。」

「有這麼回事。」

「肯定是這麼回事，神靈在天上盯著呢，你沒咂出奶對吧。」

「沒咂出奶。」

「也沒咂癟。」

「沒咂癟。」

「而且越咂越大。」

「越咂越大。」

「草原所有的牛加在一起也比不上那麼一對小奶頭。」

馬杰龍把酒全灌下去了，馬杰龍俯在地上，用嘴噙住金光燦爛的草原菊，「唉，我的小奶頭，我的牛。」馬杰龍脖子一挺，整個大地都隆起來了，馬杰龍噙住了大地的奶頭，腦袋左晃右晃咂了很久很久，才抬起頭長出一口氣，馬杰龍說：「我的牛回來了。」馬杰龍看他一眼又說：「兄弟我的牛回來了。」

他說：「我的牛也回來了。」

他的腦子裡錚響一下，他拿不住自己了。他從兜裡拔出最後一瓶伊犁特，咬開蓋子，對著瓶嘴吹喇叭，嘟嘟嘟，像雄壯蒼涼的牛角號。這回他沒看見太陽的紅兜兜，他也沒撕瓶子上的標籤。太陽不用穿衣服，也不用給誰做媳婦，太陽完全一副蠻橫相，碩大的腦袋上挺著兩隻角，一顛一顛跑起來。

他說：「牛來了。」

馬杰龍說：「那是我的牛。」

他說：「那是我的，是公牛，你看牠沒奶頭。」

他們爭得很厲害。

馬杰龍對自己說：「老婆對不起我得鬧一鬧。」

他對自己說：「老嫂子對不起我也要鬧一鬧。」

他們的腦袋「嘭」撞在一起，「嘭」又撞一下，他們的腦袋就起了牛犄角，他們嘿嘿笑：「牛犄角，牛犄角，你一個我一個。」他們撞得很厲害，牛犄角越撞越大，他們感到吃驚，這牛犄角怎麼像女人奶頭，越弄越大，他們就摸自己的額頭，上邊確實長了牛犄角。

他們不撞了，他們往回走。走到家門口，女人就叫：「頭怎麼了？」他們說：「讓牛撞了。」

作者簡介

——紅柯（1962-2018），本名楊宏科，陝西岐山縣人，陝西寶雞師範學院中文系畢業，曾任教師、陝西作家協會副主席。短篇〈吹牛〉獲第二屆魯迅文學獎、一九九九年當代文學排行榜，中篇〈庫蘭〉獲二〇〇〇年度中國小說排行榜中篇第十名，長篇《西去的騎手》獲二〇〇一年中國小說排行榜長篇第一名，短篇〈高聳入雲的地方〉獲第八屆上海文學獎，其他作品曾獲首屆馮牧文學獎新人獎、首屆柳青文學獎等。

魚

阿來

2000

有三天時間，我因為一點小病在唐克鎮上睡覺和寫作，加上一些消炎藥，病痊愈了。三天後，幾個同伴轉了一個大圈回來接我。我們又一起上路了。汽車沿著黃河向西疾駛。上午的太陽在反光鏡裡閃爍不定。汽車引擎的顫動，車輪在平整大道上的震動，通過方向盤傳到手上。我感覺到活力又回到了體內。一口氣開出四、五十公里後，公路離開寬廣平坦的河邊草灘，爬上了一座小小的山丘。

在山丘半腰，我停下來，該把車還給真正的司機來駕駛了。

大家都從車裡鑽出來，活動一下身子，有意無意瞇縫著眼睛眺望風景。剛剛離開的小鎮陷落在草原深處，因為距離而產生出某種本身並不具有的美感。在山丘的下方，平緩漫漶的河流在太陽照射下有了些微的暖意。大家在草地上坐下來，身邊的秋草發出細密的聲音。那是化霜後最後一點溼氣蒸發的聲響。空氣中充滿了乾草的芬芳。

當大家抽完一支菸，站起身來拍掉屁股上的草屑準備上路的時候，一個皮毛光滑肥碩無比的屁股扭動著出現在眼前。一隻旱獺從河裡飲水上來，正準備回到山坡上乾燥的洞穴。旱獺扭動著肥碩的身體往坡上走，密密實實的秋草在牠身前分開，又在身後合攏。我從車裡取出小口徑步槍，從後面向那扭動最厲害的部位開了一槍。清脆的槍聲乘著陽光飛到很遠的地方，鼻子裡撲滿了新鮮刺激的火藥味。旱獺卻不見了蹤影。我感到自己打中了牠。但在牠應聲蹦起然後消失的那個地方連一星血跡都沒有留下。

汽車駛下山丘，繼續在黃河兩邊寬闊草灘上穿行。直到中午時分，才又爬上了另一座山丘。汽車再次停下來。現在到了午餐時間。一大塊軍用帆布上攤開了啤酒、牛肉和草原小鎮上回民飯館裡出售的乾硬的餅子。吃飽喝足以後，躺在山坡上那些乾燥的秋草中，是一件十分愜意的事情。陽光乾淨溫暖，一無阻滯地從藍天深處直瀉在頭髮、眼瞼和整個身體上，是一種特別的沐浴方式。隨風搖動的秋草，輕輕地拂在臉上，手上，給人帶來一種特別的快感。這一切都使整個身心都像身下的草原沃土一樣鬆軟。而在山坡下，眾多的水流在草原上縱橫交錯，其間串連著一個又一個平靜的水淖。所有水面都在閃閃發光。都像我們陽光下的身體一樣溫軟無邊。

一點來由沒有，我卻感到水裡那些懶洋洋的魚。

水裡的魚背梁烏黑，肚腹淺黃。魚啞默無聲，漂在平靜的水裡，像夢中的影子一樣。這些魚身上沒有鱗甲，因此學名叫做裸鯉。在上個世紀初，若爾蓋草原與另外幾個草原統稱松藩草原，因此這魚的全稱是松潘裸鯉。我躺在那裡冥想的時候，同伴們已經打開切諾基後備箱，準備魚線魚鉤與魚餌了。這些東西，和槍與子彈一樣是草原旅行的必備之物。我們一行四個人組成了一個宗教調查小組。現在卻要停在草原深處漁獵一番。兩個人要爬到山丘更高處，尋找野兔旱獺一類的獵物。我和貢布扎西下到河邊釣魚。

對我而言，釣魚不是好的選擇。

草原上流行水葬，讓水與魚來消解靈魂的軀殼，所以，魚對很多藏族人來說，是一種禁忌。此行我就帶著中央民族大學教授丹珠昂奔寄贈的一本打印規整的書稿，主要就是探討了藏族民間的禁忌與自然崇拜。其中也討論到關於捕魚與食魚的禁忌。他在書中說，藏族人在舉行傳統的驅鬼與驅除其他不潔之物的儀式上，要把這些看不見卻四處作崇的東西加以詛咒，再從陸地，從居所，從心靈深處驅逐到水裡。於是，水裡的魚便成了這些不祥之物的宿主。我當然見過這樣的驅除與咒詛的儀式，卻沒有想過它與有關魚的禁忌間有著這樣的關係。總而言之，藏族人不捕魚食魚的傳統已經很久很久了。但在二十世紀的後五十年裡，我們已經開始食魚了。包括我自己也是一個食魚的藏族人了。雖然魚肉據稱的那種鮮嫩可口，在這口裡總有種腐敗的味道。

今天的分工確實不大對頭。

兩個對魚沒有禁忌的漢族人選擇了獵槍，他們弓著腰爬向視線開闊的丘崗，我跟扎西下到了河灘上。腳下的草地起伏不定，因為大片的草原實際上都浮在沼澤淤泥之上。雖然天氣晴好，視野開闊，但腳下的起伏與草皮底下淤泥陰險的咕嘟聲，使即將開始的釣魚帶上了一點恐怖色彩。

扎西問我：你釣過魚嗎？

我搖搖頭。其實我也想問他同樣的問題。他的失望中夾雜著惱怒：我還以為你釣過魚呢！

我當然沒有問他為什麼會這麼想。因為在很多其實也很漢化的同胞的眼中，我這個人總要比他們都漢化一點點。這無非是因為我能用漢語寫作的緣故。現在我們都打算釣魚，但我好像一定要比他先有一段釣魚的經歷。

扎西又問我：你真沒有釣過？

我肯定地點點頭。

扎西把手裡提著的一個罐頭盒子魚餌塞給我：那我跟他們去打獵。這個身體孔武的漢子在草灘上飛奔，躍過一個個水窪與一道道溪流時，有力而敏捷。看到這種身姿使人相信，如果需要的話，他是可以與獵豹賽跑的。但現在，他卻以這種孔武的姿勢在逃避。

在一道小河溝邊，我停了下來。

河溝裡的水很小，陽光穿透水，斑斑駁駁地落在河底。河的兩邊，很多紅色白色的草根在水中漂拂。河底細小砂粒而不是水的流淌，使小河有了窸窸窣窣的流淌聲。河面不寬，被岸束腰的地方，原地起跳便可以一躍而過。所以，隨便從身邊折一枝紅柳綁上魚線就可垂釣了。

主人心裡起膩是往魚鉤上穿餌的時候。罐頭盒子打開，肥肥的黑土與綠綠的菜葉中間，小指粗細的蚯蚓在其中蠕動不已。一根蚯蚓被攔腰掐斷時，立即流溢出很多黏稠的液體，紅綠相間黏在手上。一根魚線上有兩只魚鉤，上完一只，我在身邊的草上擦淨雙手，又開始了第二只。第二只上好後，我長舒了一口氣，額頭上沁出了細密的汗珠。

用看起來瀟灑純熟的姿式甩動魚竿，把魚鉤投向河面。可惜的是，河面太窄。用魚鉤和鉤上的蚯蚓加上小小鉛墜，拖著魚線，發出細細的尖嘯，越過河面，落到對岸的草叢中了。收回魚竿，一只魚鉤上的餌已經不見了。只好再掐死一隻蚯蚓，忍著噁心看牠身體內部黏稠的液體沾滿我的手指。那液體是墨綠色的，其間有兩三星鮮紅的血。我戴上墨鏡，那種顏色便不太刺激了。這回，我把魚鉤投到了水裡，看到魚餌劃過河底一塊又一塊明亮的太陽光斑，慢慢落到了清淺的河底。然後，又隨著砂礫一起，慢慢往下游流動。挎著一只軍用挎包，裡面裝著魚餌和備用的魚線、魚鉤，我跟隨著流動的魚餌慢慢往下游走去。

流水很快便把蚯蚓化解於無形。先是黏糊糊的物質被掏空，剩下一段慘白的皮在水裡輕飄飄地浮游，然後，那皮也一點點融化在水裡。物質作為蚯蚓形式的存在，就此消失了。每順河走出一兩百米，就要換一次魚餌。如是五、六次，我已經能平靜從容地掐斷蚯蚓，將其穿上魚鉤，從手上到心裡都沒有特別的反應了。這時，遠處的山丘上傳來兩響清脆的槍聲。槍聲貼地而走，就像子彈直接從身邊掠過一樣。我離他們已經相當遠了，卻仍然看到他們隨著槍響應聲而起，向前撲去。魚鉤沉在水裡，滿耳都是細細的砂石在水底流動的沙沙聲，秋草在陽光下失去最後一點水分時發出的輕輕的嗶剝聲。水沖刷著魚線，魚竿把輕輕的震顫傳達到手心。紅柳枝條握在手裡，有些粗糙，換一把手，馬上就能感到陽光留在上面的溫暖。三個人在山丘上散開，在灌叢裡出出進進。因此我知道，那兩槍沒有擊中獵物。旱獺安全地回到地下的迷宮裡去了。不一會兒，便有青色的煙升起來。三個人的身影在煙霧裡進進出出。這會兒，他們必須受到煙熏火燎。他們想把燃在旱獺洞口的煙煽到地洞裡去。指望著旱獺受不了煙熏從地下迷宮裡逃出來。旱獺的地下宮殿構造相當複雜。就算旱獺忘了為其宮殿建造一些隱祕的通風口的話，要把往上的煙，一點點煽進洞，也是一項將耗掉非常多時間的工作。那些專業的獵人因此帶有專門的鼓風工具。但我的三個夥伴沒有。結果無非是他們會被自己生的煙熏得比旱獺還慘。在對待走獸方面，我至少有準專業獵人的經驗。

釣魚就是另外一回事了。

我突然覺得手上一沉，心裡也陡然一驚。是魚咬鉤了嗎？我看看水裡，魚鉤與墜子都不在清淺的水底了。它順著水流鑽進了腳底的草皮下。大股水流在即將鑽進草皮下時，打起了一個不大的漩渦。從漩渦中央傳來了一頭被殺的牛即將嚥氣時，喉嚨深處發出的那種咕嚕聲。城裡的房子裡，下水道偶爾也會發出這樣的聲音。魚鉤和上面的餌就從那裡被吸了進去。我提提手裡的魚鉤，立刻感到上面墜著了一個沉沉的重物。

魚！

一些密宗道行高深的喇嘛曾告訴我，他們在密室裡閉關觀想時，會看到一個金光閃閃的藏文字母或者某個圖像。我沒有修習過密宗的課程，魚這個詞卻立刻就映現在腦門前。只是它一點也不金光閃閃。

魚！這個詞帶著無鱗魚身上那種黏乎乎滑溜溜的暗灰色，卻無端地帶給人一種驚悚感。

於是，我聽到自己驚詫多於快樂的聲音：魚！

於是，好沉的一條魚便被提出了水面。魚在空中撲騰著，通身水光閃爍。使牠離開生命之水那片刻時間帶上了一種歡快的味道。我一鬆手，魚落在草叢中，身上閃爍的水光消失了，迅即又回復了那種滑溜溜黏乎乎的灰暗本色。一種讓人疑慮重重的顏色。向魚接近的時候，我有種正接近腐屍的感覺。

這是我第一次釣魚。

魚釣出水後，一動不動的躺在草叢裡，把強吞進嘴裡的鉤取出來，便成為恐懼色彩相當強烈的一個過程。魚還未抓到手裡，那雙鼓突悲傷的眼睛讓你不敢正視。於是，便抬舉眼看天。空中輕盈地浮動著一些絮狀的破碎雲彩。雲在眼中飄動時，魚的身軀抓在了手上，然後，又滑出去了。我不知道是魚在掙扎，還是那種可疑的泫滑使我自己主動把手鬆開了。魚側躺在那裡，嘴巴艱難地一張一合。嘴角那裡有些血泡湧出，眼中認命而又哀怨的神情漸漸黯淡。鬆手的唯一結果只是，我必須從草叢中再一次將其抓到手上。這次，我用的勁很大，手掌被堅硬的魚鰭劃開了一道口子。當我把深深扎在魚喉嚨深處的鉤扯出來時，魚的淡血與我的稠血混在了一起。

我看過別人在草原釣魚，所以知道接下來的一個步驟應該是：折一根韌性十足的細柳枝，從魚的一側鰓幫穿進去，從嘴裡拉出來。用這種方式，把釣上來的魚一條條串連起來，十分便於搬運與攜帶。但我只希望自己在草原上釣魚，而不指望自己釣到那麼多的魚。所以，我才在下意識中選擇了這條清淺的小溪。而在不遠處，一條真正的大河波光粼粼。

問題是，在這輕淺的溪流中偏有魚在我不經意間上鉤了！我保證，即或在潛意識深處，也沒有讓魚上鉤的期望。

上好魚餌，我走到溪邊，看看剛才起魚的那個地方，確實看不出什麼不同尋常的地方。一小股水打著旋，發出被殺的牛臨死前那費勁的咕咕的吞嚥聲，消失在腳底的草皮下面。使勁跺一跺腳，草皮顫動幾下，復又歸於堅韌的平靜。於是，我把魚餌很準確地投到那個小小的漩渦之中。魚餌旋轉了幾圈便鑽到草皮下去了。

魚餌剛從眼前消失，手上又是過電似的一麻，魚竿差點從手裡掉到草地上了。接下來純粹是本能地把魚竿猛然一甩。水面上啪噠一聲，一朵水花開過。又一條魚便沉沉地在空中飛行了。魚掠過我頭頂的時候，肚皮上那種黃疸病人般的土地黃色在陽光的輝映下有一瞬間變成了耀眼的金色。我不知道自己嘴裡發出的聲音屬於驚叫還是歡呼。這時，飛在空中的魚脫離了魚鉤，沉沉地落在了不遠處的草地上。我走去一看，魚躺在那裡一動不動。那雙鼓突出來的雙眼死盯著人，我覺得背上有點發麻。

再回到溪邊，又從老地方投下魚鉤，很快魚就咬鉤了。

就這樣，我一口氣從那漩渦下面的某個所在扯出來十多條魚。每一條都像是一個年齡組的青年人，長得整整齊齊。看看亂七八糟躺在地上的魚，再看看四周無聲無息間或翻起一兩個氣泡的沼澤，覺得許多魚從這麼一個不可思議的地方來從容赴死，確實讓人感到有種陰謀的味道。陰謀！這念頭像閃電一樣從腦海中一掠而過。是我自己讓它從腦門上一掠而過的。如果我讓這個念頭駐留下來，可能此生再也沒有機會打破關於魚的文化禁忌了。

我們不斷投入行動，就是不想停下來思考。

今天的行動，就是不斷把魚餌投進小小的水潭（現在我相信堅韌的草皮掩蓋下就是一個小而深的水潭），看到底有多少傻瓜樣的魚受命運的派遣前來慷慨赴死。秋天的魚沉在深水裡，又肥又懶。又貪婪地把魚餌帶魚鉤整個吞進肚裡。想到這裡，我回頭望望身後草地上那些懶懶地躺著等死的魚，心裡竟生出些莫名的仇恨與恐懼。

我不知道為什麼又往魚線上綁上了一只魚鉤。上好餌後，三只魚鉤慢慢沉到水下，又慢慢漂向那個漩渦，慢慢被吸進那個可能存在也可能不存在的水潭。我大口地呼吸，以使自己鬆馳下來。同時想像魚餌慢慢在無底的水中墜落，落在一條魚的面前，那條魚一動不動。魚餌有些失望，再繼續往暗黑的深處下墜。想著那種下墜，我的身子也有些飄飄然的輕盈了，四周的黑暗卻讓人害怕。當我想把魚竿提起來時，一條魚很猛地撲住了魚餌。我不知道牠為什麼要這麼狠地撲向魚餌。即便是撲向死亡本身也用不著這麼大的力量。魚把餌和餌包藏的鉤吞下去後，便靜靜地一動不動了。我繼續等待。第二條魚上鉤了，之後，又安安靜靜地漂在水裡，一點也不掙扎，不想逃離死亡。

還有第三只餌沒有被吞下。

魚上鉤是手中的感覺，所以，我一直在悠閒地觀望遠處山丘上那三個熏旱獺的傢伙在無謂地忙活。山丘上的煙已經很淡了。看來他們已經放棄了無效的勞碌。開始用隨車攜帶的軍用鐵鍬開掘地道。這是一個更浩大的工程，因為旱獺的洞穴在地下一米左右蜿蜒曲折至少也有一、二百米。

看上去很笨的旱獺很聰明，這些看上去靈活敏感的魚面對魚餌卻表現得這麼不可思議。這不，第三只鉤上又有一條魚撲上來了。往上起魚的時候，三條魚把竿子都墜彎了。三條魚一起離開水面。一起開始掙扎，差點使魚竿落到水裡。我知道牠們這一切努力都是為了再回到水裡，而我當然不會同意。於是發一聲喊，用力一擺魚竿。三條魚便沉甸甸地落到了腳前的草叢裡。

我注意到牠們一旦落到草地上便不再掙扎了。

我對魚，這些獵獲對象的一切都很注意。不是一般注意。而是非常注意，帶著非常敏感的非常注意。甚至對並不存在的一切都非常敏感地注意著。

這回，我注意到魚一旦落在草叢中便不再掙扎了。有些魚離水實在很近，只要弓起脊背，挺一下身子，輕輕一個魚們都很在行的彈跳，就回到一溪秋水中了。當草原開始變成一片金黃時，流水便日漸冰涼，那些大群大群的候鳥離開了。魚們便像潛艇一樣，沉到很深的地方，那些地方黑暗而又溫暖。在冬天將臨的時候，選擇明亮就相當於選擇冰凍。但這些魚從很深的地方被釣起來，躺在草叢裡一動不動，彷彿不知道身邊就是能使其活命，使其安全的所在。牠們躺在那裡一動不動，好像存心要用眾多死亡來考驗殺戮者對自身行為的承受極限。

我今天釣魚是為了戰勝自己。在這個世界，我們時常受到種種鼓動，其中的一種，就是人要戰勝自己，戰勝性情中的軟弱，戰勝面對陌生時的緊張與羞怯，戰勝文化與個性中禁忌性的東西。於是，我們便能無往而不利了。現在，我初步取得了這種勝利。而且，還想讓同伴們都知道這種勝利。於是，便揮舞著雙手，向他們大聲叫喊起來。

他們停止了辛苦的挖掘，直起腰來，向我這裡瞭望。我一手抓起一條魚，叫喊著揮舞。差不多兩公里遠的距離，他們不會看到我手中的魚，但我相信他們可能會看到魚的閃光。魚體表那層泫滑的物質確實會在當頂的太陽下閃閃發光。他們站在小丘頂上向這邊瞭望。在他們背後，西邊的天空中，出現了一座座山峰一樣的雨雲。中央墨黑一團，電光閃閃，四周讓陽光鑲上了一道耀眼的金邊。隨著隆隆的雷鳴聲，那團烏雲往東而來。河面上有風走過。直立的秋草慢慢弓下身子。懸垂的魚線也被吹出了好看的弧度。

魚又上鉤了。

我暗暗希望這是最後一條。

但是，又一條魚上鉤了。我仍然希望這是最後一條，心裡卻明白，還有很多魚等在一個隱祕的地方，正在等待著前來受死。果然，第三條魚又上鉤了！

三條魚起出水面時，仍然只在離開河水時做了一點象徵性的掙扎。然後，便與別的魚一起靜靜地躺在草叢中了。那麼多垂死的魚躺在四周，陽光那麼明亮，但那不大的風卻吹得人背心發涼。

我再一次向同伴們呼喊，叫他們趕快拿傢伙來，來裝很多的魚。我實在是想離開這段河岸了。一股小小的水流裡，怎麼可以有這麼多這麼大的魚？魚們上鉤的速度好像越來越快了。於是，每提起一竿魚，我都向他們呼喊一次。

我不知道烏雲是什麼時候籠罩到頭頂的。這時上餌，下鉤，把咬鉤的魚提出水面只是一種機械的動作了。因為不是我想釣魚，而是很多的魚排著隊來等死。原來只知道世界上有很多不想活的人，想不到居然還有這麼多想死的魚。這些魚從神情看，也像是些崇信了某種邪惡教義的信徒，想死，卻還要把剝奪生命的罪孽加諸於別人。

我的心中的仇恨在增加。

頭頂的天空被翻滾的烏雲罩住了，清亮的水面立即變得黯淡。這時的我，臉上肯定帶著凶惡的表情，狠狠地把魚餌投進面前那個小小的漩渦中。水流變得像烏雲一樣墨黑的時候，那裡好像是地獄的入口。魚們仍然在慷慨赴死。

夥伴們行進的很緩慢，他們小心翼翼地在沼澤之間尋找著路徑，這倒不是像傳聞中那樣，任何一個人被淤泥吸住了腳，便會遭受滅頂之災。事實上是，這些出身於這片荒野，又進了城的人，害怕又臭又黏的淤泥弄髒了漂亮的鞋子。

我的孤獨與恐懼之感卻有增無減。

雷聲在頭頂震響，越來越大的風撕扯著頭髮與衣服。河面上的水被吹起來。水珠重重地射在臉上。想張嘴呼喊，但卻讓狂風噎得喘不過氣來。魚們還在前赴後繼，有增無減，邪了門了！見了鬼了！死神獰笑著露出真面目了！我聽見自己咬牙切齒地說，來吧，狗日的你們來吧。

我聽見自己帶著哭聲說：來吧，狗日的你們來吧，我不害怕！

我聽見自己說：我不相信你們也不害怕。是，我害怕，可是，你們不害怕就來吧！

就在人都快要瘋狂的時候，不是潭裡的魚沒有了，而是那個裝魚餌的馬口鐵皮的罐頭盒子終於空了。我頹然坐在地上，手一鬆，短短的一段魚竿，便順水漂走了。我不知道自己是不是大聲哭了起來。因為，頭頂上響亮的炸雷，把所有的一切聲音都掩蓋了。雷聲中，頭頂上那座高及天頂的雲山便崩塌下來。雷聲停了，閃電也停了。四周像是沉重的黃昏景象。我的同伴，和寬廣的草原都從四周消失了。甚至連風的聲音都聽不見。很壓抑的黑暗。很讓人毛骨悚然的安靜。剛才被大風壓倒在地的秋草又嚓嚓地直起身來。這時，我聽見了一種低沉的聲暗：咕，咕，咕。像鴿子的聲音。但我馬上就肯定這不是鴿子的聲音，而是……而是魚！

是魚在叫！

從來沒有聽說過魚會叫！

但我馬上意識到這是魚在叫！很艱難，很低沉的聲音：咕，咕，咕咕。不是鴿子叫，而是腳踩在一塊腐爛中的皮革上發出的那種使人心悸的聲音。踩到那樣一塊皮子時，你會覺得是踐踏了一具死屍。現在，好像所有這些將死未死的魚都叫起來。牠們瞪著那該死的閉不上的眼睛，大張著渴得難受的嘴巴，費力地吞嚥低低的帶著濃烈硝煙味的溼潤空氣。吞一口氣，嘴一張：咕。再吞一口氣，嘴再一張：咕。

那麼多難看的魚橫七豎八在草叢中，這裡一張嘴：咕。那裡一張嘴：咕。

我不能想像要是雨水不下來，會是一個什麼樣的場景。我坐在草地上，一動不動。烏雲把天空壓得很低。如果站起身來，身子好像就會頂到天空，就會觸及到滾動不息的烏雲裡蛇一樣蜿蜒的電流。又是一聲震得我在地上跳動一下的炸雷，然後，烏雲像一個盛水的皮囊打開了口子，雨水夾著雪霰劈頭蓋腦地打下來。那一下又一下清晰的痛楚讓我恢復了正常的感覺。

當雪霰消失，只剩下雨水的時候，我乾脆趴在地上，痛痛快快地淋了一身。同時，我想自己也痛痛快快地以別人無從知曉、連自己也未必清楚意識到的方式痛哭一場。但是，直到今天，我也不知道是哭終於戰勝了自己，還是哭自己終於戰勝了自己。或者是哭著更多平常該哭而未哭的什麼。

很快烏雲便攜帶巨大的能量與豐富的水分，被西風推動著，往東去了。太陽又落在了眼界中的天下萬物身上。冰涼的身體又慢慢感到了溫暖。

三個同伴終於到了。

他們抬著柳條筐四處收撿那些魚，竟然裝了兩個人抬起來都很沉的滿滿一筐。當我指給他們看那個打著小小漩渦，躲在草皮底下的小潭時，他們絕不相信它是那麼多魚所在的地方。在車裡換了乾淨衣服，聞著乾淨衣服的味道，車子散發出的橡膠味和汽油味道，我覺得自己完全安全了。汽車開動後，我轉頭去望釣魚的地方。那麼多水流在草原上四處漫漶，在太陽下閃閃發光，已經不能確定哪裡是曾經發生那樣一件離奇遭遇的地方了。於是，人還沒有離開事件的發生地，這件事情本身，便變得虛無起來了。

作者簡介

——阿來（1959-）藏族，生於四川阿壩藏區的馬爾康縣。畢業於馬爾康師範學院，曾任成都《科幻世界》雜誌主編、總編及社長，現任四川省作協主席。一九八二年開始詩歌創作，八〇年代中後期轉向小說創作。二〇〇〇年，其第一部長篇小說《塵埃落定》獲第五屆茅盾文學獎，為該獎項有史以來最年輕得獎者及首位得獎藏族作家。主要作品有詩集《棱磨河》，小說集《舊年的血跡》、《月光下的銀匠》、《蘑菇圈》，長篇《塵埃落定》、《空山》、《格薩爾王》、《瞻對》、《柏上河影》，散文《大地的階梯》等。

華文小說百年選・中國大陸卷 1

國家圖書館出版品預行編目 (CIP) 資料

華文小說百年選・中國大陸卷 / 陳大為 , 鍾怡雯主編 .
-- 初版 . -- 臺北市 : 九歌 , 2019.06
冊 ; 公分 . -- (華文文學百年選 ; 5-6)
ISBN 978-986-450-191-5 (卷 1 : 平裝). --
ISBN 978-986-450-192-2 (卷 2 : 平裝). --
857.61 107006859

主 編 —— 陳大為、鍾怡雯
創 辦 人 —— 蔡文甫
發 行 人 —— 蔡澤玉
出 版 —— 九歌出版社有限公司
台北市 105 八德路 3 段 12 巷 57 弄 40 號
電話／ 02-25776564・傳真／ 02-25789205
郵政劃撥／ 0112295-1

九歌文學網 www.chiuko.com.tw

印 刷 —— 晨捷印製股份有限公司
法律顧問 —— 龍躍天律師 ・ 蕭雄淋律師 ・ 董安丹律師
初 版 —— 2019 年 6 月
定 價 —— 420 元
書 號 —— 0109405
I S B N —— 978-986-450-191-5